「死」の文学、「死者」の書法

椎名麟三・大岡昇平の「戦後」

立尾真士
Tachio Makoto

翰林書房

「死」の文学、「死者」の書法——椎名麟三・大岡昇平の「戦後」——◎目次

第一部　「死」の文学――椎名麟三論――

まえがき

「「死」の文学、「死者」の書法――椎名麟三・大岡昇平の「戦後」――」と題した本書で試みたいのは、椎名麟三と大岡昇平それぞれの文学テクストにおける「死」および「死者」の表象を分析し、そのありようが「戦後」の文学にいかなる問題を提起し、あるいは可能性をもたらしたかを探ることである。

しかしここで、椎名、大岡が「戦後」を代表するにふさわしい文学者であると強調したいわけではない。だがそのことはまた、椎名、大岡の他にも「戦後」を代表する文学者は多数存在する、といったことを指して述べているわけでもない。そもそも、既に多くの論者が指摘するように、一九四五年八月一五日以降を「戦後」とみなす歴史認識自体は極めて恣意的なものに過ぎない[1]。あるいはまた、一九四五年のある時期から後を「戦後」であると仮定したとしても、ならば二〇一五年の現代は「戦後」であるか否か、という問いに対する明確な答えも存在しない[2]。とすれば、どのような文学者であれ「戦後」を「代表」することなど本来的に不可能だ、とさえ言い得るのである。

にもかかわらず、本書の副題に二人の文学者の名前とともに「戦後」という用語を付したのは、「戦後」という言葉が同時代を言表するのに最適な語であるという認識が、かつて確かに存在したからに他ならない。そしてまた、そうした時代にあって「戦後文学者」や「戦後派」という呼称が存在し、そのように呼ばれた彼ら／彼女らがときに「文壇」内部で、ときにその範疇を越えて「戦後」の「代表」であるとみなされた――あるいは自らをそうみなした――という事実は、やはり看過できないのではないだろうか。

さて、そのような時代にあって、椎名麟三という文学者は「戦後文学の代表」とみなされることが一般的であった。実質的なデビュー作である「深夜の酒宴」（『展望』一九四七・二）以降、様々なテクストにおいて「死の恐怖」や「絶望」をくり返し表象し、さらには転向者をたびたび登場させる椎名文学を「戦後文学」の象徴とすることは、肯定的な評価であれ否定的な言説であれ、同時代から現在にいたるまで「文学史」的には通説となっている。一方で大岡昇平とその文学は、しばしば「戦後文学」との差異やその隔たりによって評価されてきた。大岡自身、「俘虜記」（『文學界』一九四八・二、後に「捉まるまで」と改題）をはじめとしたテクストでくり返し戦場体験／俘虜体験を記したことを「反戦後派」のあらわれと述べているが、それはまた、椎名ら「戦後文学者」が「戦後」になってなお転向者としての自己意識を特権化し続けたことに対する違和の表明と言える。

本書では、そのように「戦後文学」という語を介して対照的に語られる椎名文学と大岡文学の読解を通して、両者のテクストにおけるある種の近接と相似性を抽出していく。しかしそれは単に、椎名を「戦後文学の代表」とし、大岡を「反戦後派」とみなす「文学史」に疑義を呈するといったものではない。本書で明らかにしていくように、椎名文学の変遷──特に椎名がイエス・キリストの「復活」の肉体を「発見」していく過程──が極めて「戦後文学」的であり、大岡文学における書記行為のありよう──それは「戦前」の大岡文学から通底するものでもある──が「反戦後派」的であることは、やはり否定しがたいのである。にもかかわらず、両者のテクスト間には確かに相似性が存在する。そして、あらかじめ言うならばそれは、椎名文学における「死」をめぐる言説や大岡文学における「死者」表象を通して、見出し得るものなのだ。

では、椎名文学と大岡文学との間になぜ近接と相似が現出してしまうのか。それは、椎名麟三と大岡昇平という二人の文学者に固有の「特質」といったものには決して還元し得ない問題だろう。その相似とは恐らく、「戦後」という時代にあって「文学」が不可避的に直面してしまうある種の臨界のあらわれに他ならないのだ。とするならば、「戦後文学」を介して相反する存在として対峙させられてきた二人の文学者とそのテクストをあえて並置して読み進めることにおいてこそ、既存の「戦後文学」の思考／志向には収斂されることのない、新たな「戦後」の「文学」、あるいは「文学」の「戦後」の可能性を見出し得るである。

注

（1）江藤淳『占領史録〈上〉――降伏文書調印経緯・停戦と外交権停止』（講談社学術文庫、一九九五・六）「解説」、佐藤卓己『八月十五日の神話――終戦記念日のメディア学』（ちくま新書、二〇〇五・七）などを参照。

（2）東日本大震災を経ての「現在」という立脚点から「戦後」と「現代」との関係性を問い直したものとして、例えば白井聡『永続敗戦論　戦後日本の核心』（太田出版、二〇一三・三）などが挙げられよう。

凡例

一、椎名麟三、大岡昇平のテクストの引用は、原則として『椎名麟三全集』（冬樹社、一九七〇・六〜一九七九・一〇）および『大岡昇平全集』（筑摩書房、一九九四・一〇〜二〇〇三・八）に拠り、表記はそれに準じた。

一、文献については、単行本および新聞・雑誌名は『　』で示し、新聞・雑誌に掲載された文章の題名は「　」で示した。

一、旧字は適宜新字に改め、ルビは省略した。

一、引用文中の傍点は、原文の表記に準じたものである。

一、引用文中の「／」は原文の改行を示す。

一、引用文を略した場合、「（略）」で示す。

序　章　「戦後文学」の思考／志向

1

「戦後文学」と椎名麟三・大岡昇平

文芸雑誌『近代文学』[1]は、「戦後文学が、今日まで十四年間ほど辿ってきた足どりを批評するとともに、そこでの達成をあらためて再確認する」という意図の下、一九五九年七月から一九六二年七月まで一二回にわたって連載座談会「戦後文学の批判と確認」[2]を掲載した。そこにおいて椎名麟三ならびに大岡昇平は次のように語られている。

本多　椎名麟三という作家は、戦後派のなかでもとくに戦後派的な作家であったと言えるので、椎名文学について、その特徴、強みと弱みを考えてみるなら、かなり離れたところから戦後文学を分析できるのではないかと思います。

（略）

佐々木　このあいだ江藤淳君が言っていたが、ああいう世代の人には椎名麟三がいちばん典型的な戦後派作家と映ったらしい。われわれ『近代文学』の連中なんか、たとえばコミュニズムの問題を直接出している野間君などの方がもっとも戦後文学的だと感ずる感じ方があるでしょう。若い人たちはそうではなくて、やはり椎名麟三がいちばん戦後的だと……。

本多　なるほどね。
佐々木　あれこそ戦後文学だと思ったというふうに言っていたね。
奥野　それは僕らでも感じましたね。
埴谷　実際そうでしょう。

（梅崎春生・赤岩栄・奥野健男・佐々木基一・埴谷雄高・本多秋五座壇会
「戦後文学の批判と確認＝第四回＝椎名麟三――その仕事と人間（上）・（下）」『近代文学』一九六〇・三〜四）

武田　それからあれじゃない、フランス文学の伝統とかは非常によく知ってるから、たとえばサルトルなどに対しても、僕らが感じるようなショックとか刺激は感じないで、ああいう書き方ならおれ（大岡昇平――引用者注）だって書けるぞという気があるのじゃないかな。
中村　それはある。
武田　その点が戦後派と違う。椎名さんは日常性の転換ということをやってるし、梅崎さんなんかもやってるけど、彼はまたそういうのが気にいらないのじゃないですか。
中村　そうかもしれないね。

（略）

埴谷　僕は安心したという気がしましたね。戦後文学には左翼という非常に狭い……まあ深いかもしれないけれども、ひとつの雰囲気があったですね。ところが、こういう作品（『俘虜記』――引用者注）が出てきて、大げさに言えば、これは文学の栄光がふたたび帰ってきたという感じがして、非常に心強かったですね。

（中村光夫・武田泰淳・佐藤正彰・平野謙・埴谷雄高・佐々木基一・本多秋五座壇会

ここでは、椎名の文学が「あれこそ戦後文学」とみなされるのに対して、大岡のそれについては「戦後派と違う」点が「文学の栄光」として評価される。そしてこうした椎名文学像、大岡文学像はその後の様々な言説にも通底するものであったと言えよう。例えば『日本近代文学大事典』（講談社、一九七七・一一〜一九七八・三）の埴谷雄高による「椎名麟三」の項において、椎名は「実存主義を基調とする戦後文学の代表」と記される一方で、[3] 同事典の「大岡昇平」の項を担当した秋山駿は、『俘虜記』について「いわゆる戦後派の文学とは基調を別にするもの」と述べるのである。

あるいはこのような椎名文学・大岡文学の捉え方は、「戦後文学」に対する批判的言説にも見られるものであった。例えば中村光夫は、「独白の壁――椎名麟三氏について――」（『知識人』一九四八・一二）において「今日戦後文学といはれるものは、実は文学の名に価しない過渡期の病的現象にすぎ」ないという痛烈な「戦後文学」批判をくり広げた上で、「椎名麟三氏を論じようとして、つい前置きがながくなつてしまひましたが、これはおそらく氏が右に述べたやうな戦後文学の代表的地位を占める作家だからでもありませう」と記しているが、[4] 一方で「戦前・戦後」（『國文學　解釈と教材の研究』一九七七・三）では「僕は戦後文学一般については懐疑的というか、批判的なんです。でも友達だから言うわけじゃないけれども大岡のはちょっと特別だと思います」と大岡のテクストを特権化している。さらには、こうした中村の言説に近接するかのごとく一九七〇年代中盤から「戦後文学」批判を行ってきた柄谷行人もまた、「どうあっても世界をあやふやなものにしてみせよう、疑ってやろう」という「持続的意志」を有する存在として大岡を、そのような「懐疑」を持たない文学者として野間と椎名の名を挙げた上で、大岡の『俘虜記』には「ある徹底性、深さ」があるが椎名の「深夜の酒宴」には「本当の思考といえるもの」がないと断じてい

るのである。(5)

換言すれば、椎名麟三は「戦後文学の代表」であることによって、そして大岡昇平は「戦後文学」から逸脱する存在とみなされることによって、それぞれが評価あるいは批判されてきたのだ。では、そのように椎名、大岡に関する批評的言説に常に付随してしまう「戦後文学」とは、そもそもいかなる意味を有するものであっただろうか。本章においてはまず、「戦後文学」と呼ばれたものの性質とその思考／志向について考察していきたい。

2 「廃墟」からの「創造」と「戦前」の「反復」

既に記した通り、前掲座談会「戦後文学の批判と確認」の第一回は荒正人にあてられた。あるいは本多秋五が「物語戦後文学史　第一回　素朴な驚異を頼りに——連載をはじめるに当たって」（『週刊読書人』一九五八・一〇・一三、『物語戦後文学史』所収）の冒頭に荒の「第二の青春」（『近代文学』一九四六・二）をとり上げていることなどからも、敗戦後のしばらく、荒の言説は『近代文学』同人の思考を規定するものとみなされていたことは確かであろう。では、そこで荒が表明した思考とはいかなるものであっただろうか。(6)

> いまかえりみて、すぐる半歳はうたがいもなく異常《アヌス・ミラビリス》の年であった。地獄を見、天国を知り、最後の審判を見聞し、神々の顚落を目撃し、天地創造を実見したのであった。（「第二の青春」）

わたくしたちのいま立っている文学的発足点は、かくも特異な、かくも稀有なものなのである。「終末の日」だ。壊滅の映像のなかに、否定、滅亡、虚無へのおさえがたい旅愁をおぼえるのである。だが、そこにこそ、前に立つものの影が宿されるのだ。万有を孕んだ未来が秘められているのだ。否定のなかから湧きあがる新生の肯定のなかに、「終末の日」の豊饒なる虚無のなかに、希望に溢れた絶望のなかに、われらの全てを激しく賭けようではないか。

（「終末の日」『近代文学』一九四六・六）

荒がここで示唆しているのは、「戦後」とは一切が「壊滅」した「虚無」あるいは「終末の日」であり、だからこそそうした「否定」の中から全ての「新生の肯定」と「天地創造」がなし得るという逆説である。そして、このような概念は『近代文学』同人および近傍の文学者においても共通するものであった。例えば奥野健男は、「戦後派文学」は「在来の一切の日常性が殆ど崩壊されて」いる「極限状態」から出発したとし[7]、あるいは埴谷雄高は、戦後の「見渡すかぎり瓦礫の山が拡がっている焼跡の廃墟の荒涼たる風景」について、その「廃墟」とは既存のもの全てが「瓦解」し「露呈」している「開いた空間」「裸かの原始」であったと記す[8]。さらに埴谷は後に、「狭義の戦後文学」が一挙に「生誕」し一つの「世代」として形成した「文学的党派」について、「焼跡の廃墟のここかしこから現われてきたパルチザン」とみなしてもいる[9]。こうした一連の言説を踏まえた上で、小田切秀雄は「戦後派文学は、それまでの文学史にたいするきわめて大きな断絶において現われたもの」であったと断じることとなる[10]。とすればこのとき、空襲による徹底的な破壊とそれによって生じる物理的な「廃墟」は、既存の文学を含むあらゆる価値観の「瓦解」と相同的なものとみなされているのであり、だからこそ「戦後文学」は「戦前」の文学からの「断絶」の上で「生誕」したものとして、その「新しさ」が保証されることとなるのだ[11]。

だがこうした「戦後文学」観は、「戦後」を「戦前」あるいは「戦中」との「断絶」ではなく連続性から捉えようとする思考においては、当然のことながら否定されるものであるだろう。その最たる例が中村光夫による一連の「戦後文学」批判であった。

現代の戦争が文化に及ぼす影響はただ破壊あるのみです。それは過去を善悪の差別なしに一律に破壊して、僕等を未知の空間に導きますが、そこには本質的な創造の契機は含まれてゐないのです。したがつて破壊のあとの空白をまづみたすものは、必ず過去の断片のよせあつめです。いはばそれは真空の場所を空気が満たすに似た物理的現象にすぎません。新しい化合が行はれるには時間を要します。したがつてそこに生れる「新文化」は大部分過去の及ばぬ模倣であり、しばしばその戯画にすぎません。

（「独白の壁――椎名麟三氏について――」）

しかし、戦後文学といふ言葉の害はたんにそれだけに止まりません。それは、「戦後」を「戦前」と対置することによつて、戦争といふものに何か文学を変質させる特別な作用があるやうな幻想をあたへます。ところが現代の戦争は――ときには科学の或る特殊な一部門を進歩さすことはあるにしても――国民の生活あるひは文化全般にたいしてはたんに破壊と混乱をもたらすだけであり、太平洋戦争はこの文化の荒廃といふ点では典型的な様相を示してゐるのです。（略）いはゆる「戦後の新人」といはれた人々も、結局今日から見れば、表面を新しく装はれただけで、芯は古風な作品を書いてゐたことを指摘したいのです。

（「占領下の文学」『文学』一九五二・六）

ここで中村が述べていることは、戦争とは荒や埴谷などが考えたように「文学を変質させる特別な作用」や「創造の契機」を有するものではない以上、「戦後文学」もまた「廃墟」からの「創造」といった言葉で示されるような新たな文学たり得ず、結局は「戦前」の文学の「及ばぬ模倣」に過ぎないということである。そして、このように「戦後文学」は「戦前」の「反復」とみなす言説もまた、その後様々に形を変えてなされ続けてきた。例えば

『近代文学』を「戦後思想史の中心的なベースセッター」として捉える鶴見俊輔は、一方で「「近代文学」の七人の侍たちは、昭和十年ごろに、昭和二十年にもう一度循環してくるその一点に立っていたわけです。そして一点に立つて、その一点から全然動かなかつた」と語る。[12] また、文芸雑誌『文學界』において一九八五年六月から「シリーズ・戦後文学とは何か」が始められるにあたっても、編集部による「「戦後文学」は戦前・戦中の文学と、どのような点でつながり、またつながっていないのか。必ずしも明らかではないだろう」という言説がまず提示されており、その上でシリーズの初回として掲載された柄谷行人・青野聰・坂本龍一・中上健次による共同討議「「戦後文学」は鎖国の中でつくられた」(『文學界』一九八五・六)においては、例えば「戦後文学というものを、近代文学の一部分として捉えていくという、当然そういう考え方があって然るべきだ」(中上)、あるいは「戦前の日本共産党の文学と、それから戦争文学と言われてるものと、戦後文学っていうのは、ほとんどイコールではないか」(坂本)といった発言がなされるのである。こうした言説を踏まえた上で後に三浦雅士は、「昭和二十年代、三十年代」は「昭和初年代、十年代」の「反復」であったことを確認するのだ。[13]

だがこのような、「戦後文学」は「戦前」の「反復」であるという認識は、「戦後文学者」自身も既に有しているものではなかったか。例えば平野謙の次のような言説を見てみよう。[14]

昭和九年から十一年にいたる現代文学は、実作的にも文学理論的にもまれにみる多彩な年度であった。明治・大正文学の単なるアンチ・テーゼならぬ文学的主線がここにひかれようとしたのである。(略)そのような機運と可能性は(略)そのまま戦後の文学に持ちこまれたのである。

(「昭和文学の一帰結」『人間』一九五〇・一二)

平野がここで示唆しているのは、「戦後文学」とは「昭和九年から十一年にいたる現代文学」における「文学的主線」の「機運と可能性」を「反復」するものとして存在する、という文学史観である。その平野が前掲座談会「戦後文学の批判と確認」の第一回において、荒正人の「第二の青春」の「ライト・モチーフ」として「シェストフ的なもの」があったと指摘しているのは看過すべきではないだろう。確かに「第二の青春」の中で荒は、「左翼敗退後」のシェストフ流行について回想した後に、「いかに知らず識らずのうちに自分はシェストフ的足場に立っていたことか、と驚く」と記しているのだ。そして「シェストフ的なもの」とは、言うまでもなく河上徹太郎・阿部六郎訳『悲劇の哲学』(芝書店、一九三四・二)の刊行、および三木清「シェストフ的不安について」(『改造』一九三四・九)の発表などを契機として流行した「シェストフ的不安」と呼ばれた概念を指すことを踏まえるならば、「天地創造」としての「戦後」を主張し『近代文学』同人らの思考の基調ともなった「第二の青春」においてもまた、「戦後文学」は「戦前」の「反復」として捉えられていたのである。(15)

このように、「戦後文学者」あるいは『近代文学』同人自らによる「戦後文学」の概念規定は、「戦前」のあらゆる事象からの「断絶」を根拠とした「廃墟」からの「創造」と、戦争を通過した上での「戦前」の「反復」という二者に代表されると言えよう。ならばこのとき、「戦後文学」批判論者が行ったように、後者(「戦前」の「反復」)を主張することによって前者(「廃墟」からの「創造」)を否定することは不可能ではないだろうか。既に示したように、「戦後文学」批判に見られる「戦前」の「反復」あるいは「模倣」という概念は、『近代文学』同人らによっても認め得るものであったのだ。とすれば、「戦前」からの「断絶」と「戦前」の「反復」という、一見したところ矛盾する二者を共存させた——かのように見えた——ものこそが、実に「戦後文学」の思考と呼ぶべきものであったと考えられるのだ。そしてその思考を最も徹底させたのが、「戦後文学」の理論的支柱でもあった平野謙の一連の論考だった。

3　「昭和十年前後」の「反復」——平野謙の「戦後」（一）——

戦後における平野謙の評論活動を考えるとき、彼の一連の「マルクス主義文学運動」批判[16]を無視することはできないだろう。「ひとつの反措定」（『新生活』一九四六・四～五）において平野は、「目的のためには手段をえらばぬ」という「政治」の特徴を示した上で、「ハウス・キイパア制度」の採用に代表されるように「プロレタリア的な政策」においてもそのような「政治」の力は支配的であったと記す。そうした概念の下、平野は別の論でマルクス主義文学運動について次のように述べている。

爾来、マルクス主義文学運動の正統的な発展は蔵原惟人の手によって、共産主義文学の確立、文学のボルシェヴィキ化、主題の積極性、唯物弁証法的創作方法の提唱など、芸術理論的に一歩一歩深化され、組織論的には文化聯盟の結成とサークル組織とでピラミッド型にむすぶ整然たる組織形態が確立されたのである。ここに「政治と文学」の問題は一応完了したのだ。そして、それらの進展をただひとすじにつらぬくものは「政治の優位性」というゆるがぬ理念にほかならなかった。ああ、政治の優位性！　この旗の下にあらゆる芸術理論も組織問題も展開されたのである。

（「政治と文学（一）」『新生活』一九四六・七）

平野はマルクス主義文学運動を、蔵原惟人の一連の文学・文化理論および組織論に見られるような、「政治の優位性」という「ゆるがぬ理念」を貫徹することで成立した運動とみなす。だが平野は、なぜマルクス主義文学運動におけるそのような「政治の優位性」を批判的に捉えるのであろうか。それは果たして、「政治」が「目的のためには手段をえらばぬ」という力を発揮することに対する、人道主義的な反感という面に限られるのだろうか。

昭和文学史はちょうど昭和十一年ころを境として、ハッキリ前期と後期とに区分される。その前期にあっては、労働者運動の一翼たるマルクス主義文学側からの「政治と文学」の問題提起がその中心にすえられ、後期にあっては、マルクス主義文学の退敗とともに、軍閥、官僚、それをとりまく「革新的」文学者側からの「政治と文学」――文芸統制がその重心にくる。前期における「政治」概念と後期における「政治」概念とではまるで正反対である。しかし、両者が正と負ほどうらはらであればこそ、それをひとつの全体にかさねあわせ、そのことによって「政治と文学」の問題解明はより広い展望に立ち得るのではないか。

(「政治と文学(一)」)

ここで平野が示唆しているのは、「政治と文学」という「問題提起」を行ったマルクス主義文学運動と、運動衰退後に軍閥や官僚、あるいは「革新的」文学者によってなされた「文芸統制」とは、「ひとつの全体」を形成しているという概念である。両者はマルクス主義と軍国主義という決定的な相違はあれ、ともに一つの「政治」思想の下に文学は展開すべきであるという、言うならば「政治の優位性」の理念に基づいた運動という意味においては相同性を帯びているのだ。とすれば、「戦後」にかつてのマルクス主義文学運動をそのまま回帰させることを平野が決して認め得なかったことは必然であろう。「政治の優位性」を保持し続ける限り文学運動は常に「文芸統制」へと接続する可能性を有していると平野は考えたのであり、それを回避するために彼は「政治」と「文学」の関係を問い直さねばならないとするのである。

日本プロレタリア文学の主要な担当者は疑いもなく急進的な小ブルジョア・インテリゲンツィアだった。それは反封建的・反資本主義的・反ファッショ的なレヴォルチオネエルな文学グループであり、文学運動であるべきだった。当然それは超政党的な組織ではないまでも、非政党的な組織形態でなければならぬ。

（「「政治の優位性」とはなにか」『近代文学』一九四六・一〇）

マルクス主義文学運動が「政治の優位性」という理念の下に展開されたことを否定的に捉える平野は、あるべき文学運動として「非政党的な組織形態」に基づいた革新的な「文学グループ」の形成を主張する。つまり平野は、例えば共産党の綱領などによって一元化されることのない文学運動、「政治」あるいは「党」の劣位に置かれることなき「文学」を希求しているのである。そして平野は、このような理想の「文学」像が立ちあらわれた時代こそが、「昭和十年前後」であったとみなすのだ。

『昭和文学史』(17)の第二章は「昭和十年前後」と題されているが、平野はそこで、プロレタリア文学運動衰退後における『文學界』『人民文庫』『世界文化』など数多の文芸雑誌の創刊を指して、「一種の人民戦線的機運」が生成したと述べている。周知の通り平野は終生にわたってこの「昭和十年前後」という時期に拘泥し続けるが、それはまさに、平野によればこの時代こそ「党」などの「政治」組織によって統制されることなき文学グループが形成されようとした瞬間だったからである。そして平野がそうした「人民戦線」的文学運動の中心に置いたのが、小林秀雄である。

例えば荒正人・小田切秀雄・佐々木基一・埴谷雄高・平野謙・本多秋五座談会「文学者の責務」（『人間』一九四六・四）の中の、「小林秀雄の立場は、戦争に処した文学者の態度としてやはりひとつのギリギリ結着な道を現してゐたと思つてゐる」という発言からも分かるように、平野において小林秀雄という存在が常に重要な意味を持つものであり続けたことは疑い得ない。それはまた、『近代文学』が第二号において小林を囲んで座談会を開いていることからも容易に確認されよう[18]。そのような中で平野は、特に小林の『私小説論』[19]に着目するのである。

では平野は、『私小説論』にいかなる可能性を見出したのか。『昭和文学史』において平野は、マルクス主義文学運動衰退と「転向」の発生、それに伴う「シェストフ的不安」の流行という「昭和十年前後」の現象について確認した上で、「小林秀雄は現代文学の混乱のただなかに身を横たえ、いわゆるモダニズム文学とマルクス主義文学との共同責任において、「思想の現実性」という新事態に対処する決意をかためた」と記し、その「決意」のあらわれを『私小説論』に見ようとしている。平野は『私小説論』の各章における主題を簡潔に紹介した後、次のように結論づける。

全体を通じてうかびあがる主要なテーマ(『私小説論』の――引用者注)は「社会化された私」という問題であり、真の「個人主義小説」をいかにしてわが国に根づかせるか、という問題である。それはジッドの『贋金つくり』にひとつのモデルを発見しながら、「思想の現実性」の実現によって、現代小説の新しい混乱を打破しようとした力作論文にほかならない。おおざっぱにいえば、それは芸術派からプロレタリア文学派へ架橋せんとした試みといえるだろう。(略)明らかなことは、自然主義文学反対、私小説反対という志向においては横光利一と共通しながら、横光利一の黙殺したマルクス主義文学の功罪を参酌することによって、河上徹太郎のいわゆる「人間の現実性」ではなく、「思想の現実性」をもって現代文学の混乱を救おうとする小林秀雄の上向きの姿勢だろう。(略)正宗白鳥によって代表される自然主義的人間観に決然と反噬することによって、昭和の新文学の責任を双肩にになおうとする小林秀雄の姿勢のなかには、これを客観的にながめれば、自意識過剰と自我喪失という二律背反的な新文学の運命を、「思想の現実性」を契機として恢復しようとする独特の「夢」がきらめいていた、といえよう。(略)芥川龍之介の「ぼんやりした不安」以来、自意識の文学と社会意識の文学とにひきさかれた昭和の新文学は、ここでより高次なものにアウフヘーベンされる可能性もまんざらなかったわけではないのである。

平野が『私小説論』に見出すのは、「芸術派」と「プロレタリア文学派」の「架橋」、「自意識過剰と自我喪失という二律背反」を解決する「新文学」の「夢」であり、あるいは「自意識の文学」と「社会意識の文学」とが「アウフヘーベンされる可能性」[20]である。ならばこのとき、『私小説論』とは平野においてはまさに「政治」と「文学」のあるべき関係を示唆したテクストであったと言えるだろう。平野によれば『私小説論』は、「真の「個人主義小説」をいかにしてわが国に根づかせるか」という問題意識に沿って書かれたものであり、マルクス主義文学運動衰退後にもはや「党」の強制力を受けることはないという意味においても、「政治の優位性」という一元的な理念の支配からは逃れ得ている。だが一方で『私小説論』は、横光利一が「黙殺」したとされる「マルクス主義文学の功罪を参酌」しており、あくまでも「思想の現実性」をもって「現代文学の混乱を救おう」とするテクストでもあるのだ。即ち、平野にとって『私小説論』とは、「政治」の劣位に置かれることはないままに、しかし「あるがままの私」といった「自然主義的人間観」も拒否し得る、「新文学」の可能性を示唆したテクストだったのである。

だがここで注意すべきは、そのような「人民戦線」的文学運動は「昭和十年前後」においては遂に「可能性」に留まった、と平野がみなしていることである。

昭和十二年（一九三七年）末の執筆禁止の事件に逢会して、中野重治や宮本百合子ははじめて中島健蔵と手をにぎることができたらしいが、もし彼らがそのつもりになれば、もっと早く小林秀雄とも握手することができたはずである。中野重治が《文学界》の同人に勧誘されて一旦承知しながら、結局拒絶したというような当時の文壇ゴシップをもととして、こんなことをここに書きつらねているのではない。昭和十年度を中心とする文壇の再編成という新機運の底をながれる一種の人民戦線的雰囲気を、ついに中野重治も宮本百合子も無自覚のまままみすごしたらしいことを、ここに指摘しておきたいのである。

平野が希求する文学運動が、既述の通り新感覚派あるいはモダニズム文学などの「芸術派」と、「プロレタリア文学派」とが共闘する「人民戦線」である以上、その実現のためには小林秀雄と中野重治、宮本百合子らが「握手」することは必須の条件であるだろう。だが中野らが『文學界』に参加することなく連帯がなされないとき、「人民戦線」的文学運動もまた、遂に十全に機能することはない。だからこそ平野は、私小説・モダニズム文学・マルクス主義文学のいわゆる「三派鼎立」が「昭和十年前後」には自然主義や私小説といった「旧文学」と「人民戦線」的文学との「二派対立」へと「書きかえられようとした[21]」と記しつつも、それが達成されぬままに終わったという「文学史」を様々な場で形成していくのである。

ではそのような「人民戦線」的文学運動は、遂に平野の「夢」に過ぎないものなのだろうか。このとき、「戦後文学」批判論者によってなされる「戦前」の「反復」としての「戦後文学」という概念を、平野ら「戦後文学者」自らが認めていたことを想起しよう。そして平野における「戦前」の「反復」とはまさに、「人民戦線」の「反復」――あるいは完遂――としてあったのだ。

まず最初にいっておきたいのは、『私小説論』の見透した論理的帰結が一応実現されるには、野間宏、椎名麟三、埴谷雄高らのいわゆる第一次戦後派の擡頭まで待たねばならなかった、ということである。（略）第一次戦後派が私小説とプロレタリア文学とをよく止揚し得たのは、ドストエフスキイを先覚とする二十世紀小説の方法を媒介したからこそである。それを私流にいいなおせば、私小説、プロレタリア文学、二十世紀小説の三派鼎立が「社会化した私」の一点に集約され、アウフヘーベンされている、といってもいいように思われてきた。第一次戦後派の擡頭によって、はじめて『私小説論』の見透しが実現されたというのは、およそそういう意味なのである。

（『昭和文学の可能性』岩波書店、一九七二・四）

ここにおいて「戦後文学」の特権性は明らかであろう。平野によれば、「戦後文学」は「かつてのマルクス主義文学運動をいわばそっくりそのまま蘇らそう」という「政治」の劣位におかれたままの「文学」でも、敗戦後の「老大家の復活」に見られるような、マルクス主義などの「思想」とは一切関与しないままの「自然主義的人間観」に拘泥する「旧文学」でもない。「戦後文学」とは「昭和十年前後」には遂に形成し得なかった『私小説論』の「論理的帰結」の実現――「私小説、プロレタリア文学、二十世紀小説」が「アウフヘーベン」された「人民戦線」的文学――なのであり、だからこそ平野らは、「戦後文学」は「戦前」の「反復」に過ぎないという指摘・批判を積極的に受け入れるのだ。即ち、平野らにおいて「戦後文学」とは確かに「戦前」の「反復」であるが、それはあくまでも「昭和十年前後」に可能性としてあった「人民戦線」的文学運動を「戦後文学」が完遂する、という意味において「反復」なのである[22]。

こうした「戦後文学」観が平野の近傍の文学者たちに支持されたことは言うまでもないだろう。例えば本多秋五は「戦後文学史論」（『展望』一九六四・一二）において、「戦後文学には、私小説の自己忠誠がいつか見落してきた意味の社会的関心と、プロレタリア文学の社会重視がいつか見忘れてしまった意味の自己凝視とが、不可分の形で同時に存在するのである」と記す。あるいはここで、「個人の場と社会の場を二つながら高い次元で統一するもの」「自然主義文学とプロレタリア文学の見果ぬ夢を合せて完結させるもの」としての「理想的人間像の文学」を提示した荒正人の言説を想起しても良い。[23]即ちここにおいては、荒、本多ともに平野と同じくかつての「三派鼎立」を「アウフヘーベン」した「文学」を待望し、「戦後文学」をその達成として評価しようとしているのだ。

ところで、本来はフランスの労働階級による統一戦線の名称であり、一般的にはコミンテルンが採択した反ファシズム運動を指す「人民戦線」という用語を、平野が「文学」運動に限定して使用することの問題についてはしばしば指摘されてきた。例えば柄谷行人は、「人民戦線」を「具体的な政治過程にではなく、「文学」に見いだした」平野の姿勢に対して、「大正期」的な「文学主義」に過ぎないと批判的に断じている。[24]だが平野のこのような「文学」の特権化を、「大正自由主義」と端的に接続させることは可能だろうか。もちろん平野や本多らが終生にわたって『白樺』派に対する共感を表明していたのは周知の事実である。だがこれまで確認してきたように、平野が考えた「文学」の理想とは「三派」が「アウフヘーベン」された「人民戦線」的文学なのであり、それはいかに「政治の優位性」を批判するものであったとしてもマルクス主義という「政治」を通過することによってはじめて成立する「文学」であることは、あくまで前提となっているのである。とすれば、平野における「人民戦線」の「文学」化は「文学が自律的ではありえないからこそ主張され続ける」[25]ものであり、その限りにおいて「十分に「政治」的」[26]な所作であったと言えるだろう。

ところで、理想的な「文学」の形態として「私小説、プロレタリア文学、二十世紀小説」が「アウフヘーベン」された「人民戦線」的文学を提示し、さらにその「文学」は「政治」を通過した上で「政治の優位性」を超克していくものであるとするとき、平野のこうした「文学」観がヘーゲル弁証法に依拠したものであることは論を俟たないであろう。『精神現象学』[27]においてヘーゲルは、人間存在の本来的なありようを、対峙する二つの「自己意識」が「互いに承認しあう関係」にあるとみなす。二つの「自己意識」は相手の「承認」を得るために「生死をめぐる闘争」をくり広げると定義するヘーゲルは、この闘争の勝者——「死の恐怖」に打ち克ったもの——が「主人」となり、敗者――自己の生命を優先し、「死の恐怖」に打ち克つことができなかったもの――が「奴隷」となるという、あまりにも有名な「主」と「奴」の弁証法を提示した上で、「奴」が「主」の欲望を代行しつつ「自主・自立の存在」となるためになすのが「労働」であると記すのである。しかし、ヘーゲル弁証法においてこの「主」と「奴」の関係は決して固定したものではない。アレクサンドル・コジェーヴは『ヘーゲル読解入門――『精神現象学』を読む』において、次のように解説する。(28)

> 主は承認のために闘争し自己の生命を危険に晒したが、自己自身にとっては無価値な承認を得たにすぎない。無価値と言うのは、承認するにふさわしい者として彼が承認する者の承認によらなければ、彼は充足されえないからである。したがって、主の陥る態度は現存在の袋小路である。（略）より正確に言うならば、充足せる人間とは奴であった者であり、奴であることを通過し、自己の奴であることを「弁証法的に揚棄した」者であろう。（略）奉仕において［すなわち他者（主）への奉仕において為される強制的な労働において］、奴の意識は自己の自然的現存在への執着を個別的かつ孤立した契機すべてにわたって［弁証法的に］揚棄する。（略）労働が奴を自然から解放するとき、労働は彼を彼自身、すなわち奴としての彼の本性からも解放する。結局、労働は彼を主からも解放してしまう。所与の自然で生まな世界において奴は主の奴であった。自己の労働でもって変貌せしめた技術の世界において彼は絶対的な主として君臨する、少なくともいつか君臨するであろう。（略）奴にとって闘争する主その人の中に体現されていた死の畏怖が歴史的進歩の必要不可欠の条件であるならば、この進歩を実現し完成するものはただ奴の労働だけである。
>
> （第一章　序にかえて）

「主」は確かに「承認」のための「闘争」の勝者であるが、その後に「主」が「主」であるためには「奴」の存在が不可欠である。一方「奴」は、「労働」という行為を経て自己の「奴」としての意識・存在を弁証法的に揚棄《アウフヘーベン》／止揚したとき、「絶対的な主」となるのである。

とすれば、「戦後文学」とはあらゆる「文学」の形態を「アウフヘーベン」したものとしての「人民戦線」的文学であり、それは「政治」を通過した上でそれをも超克したものであると平野が述べるとき、平野はまさに「戦後文学」を、かつては「奴」でありながらもその意識・存在を弁証法的に止揚し「絶対的な主」として君臨していく存在とみなさんとしていたのである。

では平野のこうした「文学」観は、「戦後文学」の特権化の他にいかなる機能を有するものであっただろうか。このとき、平野と同じく「政治」と「文学」の関係を弁証法的に捉えていた荒正人の次のような言説を想起すべきであろう。

幸福の扉をひらく「開け、胡麻《オウプン・セサミ》」は美という呪文のほかには存しない。芸術至上主義《ラール・プール・ラール》がこんにちわたくしたちの手で承け継ぐことができるとするならば、そのためには、美、幸福、ヒューマニズムが一本の樹から生えでた三つの幹であることをつねに念頭におくことが必要であろう。すぐれたたかい芸術が、しいられずともただしい政治に通いうるということ、さらに、政治が芸術にしたがうということ、この確信を棄ててはならない。政治季節であればあるほど。この確信のもとにのみ、文学は政治にすすんで従属するのだ。(略) 絶望を知り、深淵をくぐり、虚無の世界をかいまみたわたくしたち三十代は、その故にこそかえって、この人生を一層いとおしむことができるのである。(略) この陳腐にしてしかも燦然たる、凡俗に似てしかも英雄的たる、醜悪にみちしかもかぎりなく華麗な、幸福への道に旅立たんとするわたくしたち三十代よ、「第二の青春」に捧げる犠牲を惜しむことなかれ。

(「第二の青春」)

荒は、「政治季節」においては「芸術」あるいは「文学」が「政治」に「すすんで従属する」と記しつつ、それはあくまで「政治が芸術にしたがう」という「確信」においてのみであるとも述べる。即ちここでは、「文学」は「政治」に対して「従属」関係にあることは確かだが、その「文学」はやがて「政治」を弁証法的に止揚するものとみなされているのである。それとともに、ここで荒が「わたくしたち三十代」をそうした止揚が可能な主体であると提示していることに注意しなければならない。荒が戦後の言説において、「不幸なる少数者《アンハピイ・フユウ》」(「三十代の眼」『新潮』一九四六・一二)あるいは「失はれた世代《ロスト・ジエネレイション》」(「理想的人間像」)であるが故に「理想的人間」たり得る、として「三十代」を特権的な世代とみなしていたことはよく知られている。(29) 荒が「文学」と「政治」との関係を弁証法において捉えたとき、「政治」を止揚する「文学」を特権化するとともに、そうした「文学」をつくり上げる者として「わたくしたち三十代」——即ち「戦後文学者」——をも特権化しているのである。

平野が希求する「文学」もまた、かつて「鼎立」していた「三派」の「アウフヘーベン」としてあり、それはマルクス主義文学運動において「優位」にあった「政治」を止揚することでもあった。即ち平野における「文学」の理想とは、「党」などの「政治」への従属を通過した上で、そうした組織に還元されぬ「文学者」の関係性において見出されるもの——「人民戦線」的文学——であったのだ。そしてその実現が「戦後文学」であると平野が述べるとき、それは荒と同様に「戦後文学者」——そこには当然平野自身も含まれる——を「アウフヘーベン」の主体として確定することでもあったと言えるのである。

こうした「戦後文学者」の特権化は、近藤功が「私小説は滅びたか」(『三田文学』一九七〇・八)において正しく指摘するように、平野が『私小説論』の主題を「社会化された私」であると「無意識」的に誤読したという事実からも明らかだろう。近藤は、『私小説論』には存在しないはずの「社会化された私」という言説を「有名」にしたのは平野謙や本多秋五ら『近代文学』同人であったことを確認した上で、「小林論文中の「社会化した私」という素気ない言い回しを、「社会化、、、された私」という人為的な過程を経たような複雑な言い回しに無意識に誤って引用」したとき、「能動的な「自我の社会化」というニュアンス」での「曲解」がなされ、「積極的な理念として揚言」されるに至ったと批判する。だがそのような「曲解」こそ平野の「文学」観においては不可分であったのだ。「社会化された私」とは「社会」を「人為的」「能動的」に止揚した「私」の謂なのであり、それは「政治」を「文学」の下に「アウフヘーベン」し得る「近代的主体」としての「戦後文学者」の特権化に接続するのである。(30)

これまで見てきたように、平野が「昭和十年前後」、特に小林秀雄『私小説論』に「文学」の理想を見るとき、それは「戦後文学」がその「人民戦線」的文学の「反復」であることを認めるとともに、「三派」を「アウフヘーベン」し得る主体として「戦後文学者」を特権化する所作でもあった。だが平野のこうした思考／志向は、自らの世代ならびに主体性の特権化という機能を果たすのみに留まらない。それは、「戦後文学」の思考のもう一つの側面、即ち「戦前」からの「断絶」という概念とも密接に関わるものであると考えなければならないのだ。

4 「非文学的時代」としての「昭和十年代」——平野謙の「戦後」(二)——

平野がマルクス主義文学運動における「政治の優位性」を批判したとき、そのような運動形態は「文芸統制」へと必然的に接続するという確信においてであったことは既に確認した。では平野は、「文芸統制」の時代をいかなるものとして捉えているのだろうか。

前掲『日本の文学』において平野は、これまで見てきたような「人民戦線」的文学の可能性について記した後、「いわゆる二・二六事件から中日戦争の勃発にいたる険悪な社会情勢の切迫は、そのような展望を中断せずにはおかなかった」とする。とすれば「文芸統制」の時代とは、平野が理想とした「文学」を「中断」せしめるものとみなされていると言えよう。その上で平野は次のように述べるのである。

昭和十年代の歴史は、これを一口にいえば、戦争とファシズムの時代であり、無条件降伏という未曾有の国家的破滅にいたる荒廃と頽落との時代である。文学もまたそのような戦時体制下の統制に屈服して、一種の非文学的時代を現前せざるを得なかった。

平野はここで、「文芸統制」がなされた「昭和十年代」とは換言すれば「非文学的時代」であったとする。もちろんここで言われる「非文学」とは、決して文学テクストが存在しなかったという意味ではないことは明らかであろう。例えば『昭和文学史』の「第三章　昭和十年代」においても「日中戦争下の文学」「太平洋戦争下の文学」という節は存在しており、そこで平野は火野葦平や石川淳のテクストについて詳細に解説している。にもかかわらず「昭和十年代」が「非文学的時代」とみなされるとき、それは単に、「文芸統制」下の「国策文学」がマルクス主義文学運動と同じく「政治の優位性」という理念に支配されているという、平野の批判意識のみに基づくものではあるまい。「昭和十年代」が「非文学的時代」であるならば、それは平野が理想とする「人民戦線」的な「戦後文学」とは決して相容れないものであるだろう。そのとき「戦後文学」は、「昭和十年代」を自らの「文学」にいささかの影響を及ぼすこともない「非文学」として切断することが可能となるのだ。そしてこの「昭和十年代」と「戦後」との「断絶」こそが、「昭和十年前後」の「人民戦線」的文学を「反復」するものとしての「戦後文学」特権化につながることは言うまでもない。平野らの「戦後文学」観は、このように「昭和十年前後」を「人民戦線」の可能性が生起した時代として、「昭和十年代」を「非文学」の時代として置くことによって、「戦前」の「反復」とそれとの「断絶」という二つの概念を接合し得たのである。[31]

こうした平野の「文学史」に対して明確な批判を打ち出したものの一つとして、橋川文三の『日本浪曼派批判序説』（未来社、一九六〇・二）が挙げられるだろう。橋川はそこで、「特異なウルトラ・ナショナリストの文学グループ」としての日本浪曼派が、戦後においては「戦争とファシズムの時代の奇怪な悪夢として、あるいはその悪夢の中に生れたおぞましい神がかりの現象として、いまさら思い出すのも胸くその悪いような錯乱の記憶として、文学史の片すみにおき去りにされている」とまずは指摘する。[32] そしてそうした日本浪曼派の忘却の最たる例として『近代文学』同人の態度があるとした上で、「『近代文学』の場合は、かれら自身がかつてのプロレタリア共産主義運動の本質追求をその戦後的出発の課題としたにもかかわらず、したがって、そのアンチ・テーゼとしての日本ロマン派に無関心でありえない筈にもかかわらず、意外なほどその無理解は甚しいようである」と批判するのである。

あるいは平野の「戦後文学」観を『近代文学』同人に通底するものとみなすとき、例えば「昭和十六年の初めからまる四年間、トルストイの「戦争と平和」一冊ばかり読んでいた」という本多秋五の言葉に対して、「十年一書を読み、一点に立つ仕方で「近代文学」のグループは終戦に対する準備をしてきた。したがつて、終戦がなんらショックを与えるものとしてこなかつた。終戦の傷がこの人たちにはない」とする鶴見俊輔の言説[33]も看過すべきではないだろう。橋川、鶴見双方とも、視点は違えども「戦後文学」が「昭和十年代」からの影響を全く無視していることを批判しているのである。

だが、このような言説に対する「戦後文学者」の応答は鈍いものだった。例えば『昭和文学史』「第三章　昭和十年代」では『日本浪曼派批判序説』について言及されているが、そこで平野は、「保田与重郎ら「日本浪曼派」を十分に批判する」契機として橋川の同書を「最も注目すべきものである」と述べるに留める。あるいは鶴見の発言を待つまでもなく、例えば本多は「戦後文学者」について「かつてプロレタリア文学の影響下に育ち、戦争の十余年間を臆病な異端者として逃げかくれしてきた」世代であると既に認めているのだ。[34] 即ち、日本浪曼派に「無関心」であり「終戦の傷」がないことは――たとえ平野や本多が「戦争」が自らにもたらした影響をくり返し強調しようとも――「戦後文学」をあくまで「昭和十年前後」の「反復」であるとともに「昭和十年代」とは「断絶」しているものとみなすためには必須の条件なのであり、橋川や鶴見が批判した点こそむしろ『近代文学』同人が積極的に選び取った「戦後文学」観だったのだ。だからこそ彼らは、後に吉本隆明が「戦後文学」を批判するときに用いたあまりにも有名な一節、即ち「戦後文学は、わたし流のことば遣いで、ひとくちに云ってしまえば、転向者または戦争傍観者の文学である[35]」という言説を、むしろ積極的に引用したのである。「戦後文学」とは、「昭和十年前後」における「転向者」という主体を「反復」する者としてあり、かつ「昭和十年代」の主体である戦争遂行者との「断絶」を可能とする「戦争傍観者」であるという点こそ、平野をはじめとする『近代文学』同人らが何よりも強調したいことだったのである。

　このようにして「戦後文学」は、「戦前」（「昭和十年前後」）の「反復」と「戦前」（「昭和十年代」）からの「断絶」という二者の共存を完成した。だが果たして、「戦後文学」におけるそのような「昭和十年代」の切断はそもそも可能なのだろうか。それは橋川が前掲書で端的に指摘するように、「『近代文学』が「第二の青春」「暗い谷間」というスローガンで華々しく登場した」際に「その発想の基盤となったもの」が「日本ファシズムの成熟期」である「昭和十年代の解体的体験」であり、さらに「戦後における戦後派の思想潮流の中」には「日本ロマン派において微妙な変質をとげ」た「実存的ロマンティシズム」が存在するということのみによるのではない。もちろん、例えば荒正人の一連の論考に日本浪曼派に相通じるようなロマン主義的感性を見ることは容易であろう。さらに荒は「三十代の特色」について、「昭和初年の解放運動」の中にある「ヒューマニズム」と「ファシズムと戦争の暗い谷間のなか」の「エゴイズム」をともに通過した世代であり、「昭和初年」の「古代人の純粋と素朴」を喪失しつつも「暗い谷間」で味わった「中世人の虚無感と絶望感にのみ自己を閉ざすこと」もできない、「中世と古代が共棲し、からみあっている」ところの「中世的古代人」であると語ってもいるのだ。[36] とすれば荒はここで、「暗い谷間」という「非文学」に相似する概念を使用しつつも、そうした「昭和十年代」の「戦後」への影響を無視し得ないものとみなしているのである。

だが、そのような「昭和十年代」と「戦後文学」との「断絶」の不可能性は、むしろ平野が提示する「文学史」それ自体にも付きまとってしまっているのだ。その問題を考察するためには、平野自身における「昭和十年代」の言説を追っていかなければならないだろう。

5　二元論の陥穽

これまで見てきたように、平野の文学史観の根底には「政治」と「文学」の二元論および後者の特権視がある。そして平野の評論において、そうした二元論的思考は様々な形で変奏されていく。

例えば平野は、昭和初年代から戦後にかけて活躍した文学者である伊藤整についてしばしば言及し、特に彼の「組織と人間――人間の自由について」（『改造』一九五三・一二）を「戦後文芸思潮全体のひとつの到達点」として高く評価する。[37] 一方で平野は、「昭和期の文学」が「政治」や「組織」といった「巨大な外的状況」によって「文学の自立性を見失いがち」であるとした上で、「その状況下でいかに人間と文学を恢復してゆくかというテーマが、今後あらゆる文学ジャンルの共通の課題となってゆくだろう」とも記すのだ。[38] 即ち平野は、伊藤の「組織と人間」に見られる二元論的思考を自身が考える「政治」と「文学」の関係へと接続させた上で、「人間」や「文学」の再建を強く訴えるのである。

しかしここで問いたいのは、「政治」や「組織」に対して「文学」や「人間」が優位に立つべきであるという思考は、果たして平野が言うように「昭和十年前後」や「戦後」に特権的なものであったのか、という点である。さらに言えば、そうした「文学」や「人間」の特権視によって「昭和十年前後」あるいは「戦後」と、「昭和十年代」とを切断することは、そもそも可能なのだろうか。

例えば、伊藤整や平野と同時代に活躍し、平野から伊藤とは「精神的軌跡」において「近接した地点にたたずんでいる」(39)とみなされもした亀井勝一郎の言説を見てみよう。一九二八年にマルクス主義から転向した後、あるときは「政治」を「ひとつの憧憬」とみなしつつもプロレタリア文学運動の「政治主義」こそディレッタンティズムを生んだと批判し、(40)あるときは「政治的理想に殉ずる者」に「讃嘆」しつつも「人間性に対する暖かい確乎とした信頼をもちつゞけたい」と述べてゲーテを論じた(41)亀井の姿勢に対して、平野は「宮本顕治や小林多喜二らの硬直した「政治主義的偏向」をもう一度文学的にみなおそう」という試みであり、「日本の文学界、思想界にはじめておそいかかった「思想の現実性」の演じてみせたドラマだった」と評価している。(42)即ち平野は、「昭和十年前後」の亀井の諸評論に小林秀雄『私小説論』に匹敵する「新文学」の機運を見出しているわけだが、しかし亀井の「政治」と「文学」をめぐるこのような言説は、「昭和十年前後」の一時期に留まるものではない。

> 現代は政治の優位の時代だといふ人がある。(略)しかし私は政治の優位性を信じない。政治の背後に、人間の精神や愛情や思索や信仰を、より深い支柱として考へる。重要なのは個々の政治ではなく、それら政治においても表現されねばならぬ人間の精神――その見事な開花への欲望であらう。(略)戦争と文学の思想は決して単純なものではない。政治的にのみ考へるのは非常な誤りであらう。東洋の復活もまた単に政治的理想ではなく、東洋の精神の深い再建でなければならない。
>
> (「文学」『現代思想新書第一巻　現代思想概観』三笠書房、一九三九・一〇所収)

ここで亀井は、「政治の優位性」を認めず「文学」や「人間の精神」をあくまで重視する。その上で戦争は単に「政治的」な事態ではなく、「精神」の再建の場として捉えるべきだと訴えるのである。亀井は別の論でも、プロレタリア文芸運動の時代を一つの「党派」や「政策」に「文学者が奉仕する」時代として批判的に捉えた上で、「与へられた政治に盲従すること」なしに「政治のもう一つ先にあるもの、即ち理想の歌ひ手」として「民族の英雄」を描写する「国民文学」を提唱し、さらに「戦争は政治の延長だと常識されてゐたが、それがあつといふ間に延びて、芸術となつたのだ。一種の芸術的戦争である。政治の運命が、いまほど芸術の運命に近づいたときはないのである」と記すのだ(43)。換言すれば、亀井において「昭和十年代」とは決して「政治」が優位に立った「非文学的時代」などではなく、むしろ「政治」を超克した「人間の精神」や「芸術」が高らかにうたい上げられるべき時代であり、さらにはそうした「芸術」の最高形態としてこそ「戦争」は賛美されるべきものなのである。

こうした亀井の時代認識と芸術観は、「昭和十年代」をあくまで「政治」に抑圧された「非文学的時代」であるとする平野にとっては、決して認め得ぬものであっただろう。だからこそ平野は、例えば「作家同盟が解散になってから、日中戦争がはじまるころまでの亀井勝一郎の仕事をひそかに信愛し、私なりに影響も受けた」としつつも「そこからゲーテに赴き、さらに仏教や日本の古美術に赴くようになった亀井勝一郎については、私はどうも共感をおぼえなくなった」と述べるのであり(44)、あるいは戦時下における亀井の古美術や宗教への傾倒を日本浪曼派に共通する「反近代主義」とみなした上で、「本質論に発したはずの反近代主義が、太平洋戦争下において、どんな効果を周囲にばらまいたか」と記しているのだ(45)。即ち平野は亀井の文学活動に対しても、「政治主義」を批判し「新文学」の機運を生成した「昭和十年前後」の亀井と、「反近代主義」に基づき「東洋の精神の深い再建」を唱えた末に戦争賛美へと至った「昭和十年代」の亀井とを分断した上で、あくまで前者のみを評価しようとするのである。

だが、平野が望むような「昭和十年前後」と「昭和十年代」との切断は、それほど容易ではないどころか、むしろ不可能な所作ではないだろうか。と言うのも、その切断の不可能性は亀井のみならず平野自身の「昭和十年代」の諸評論において、既に示唆されているのである。例えば、一九四一年に平野は「文芸院」の設立を目論む尾崎士郎について次のように記している。

今日、文壇全体が逢着している苦渋昏迷の表情も、畢竟、政治と文学の問題につきあたってあがきが取れなくなっているからであろう。（略）かかる従来の政治と文学の関係を、尾崎士郎は一個純正な文学者の立場から、根柢的にくつがえそうと試みたのである。「政治の原理をつらぬく文学の純粋性」とは、そのような彼の抱負を端的に表白した言葉にほかならなかった。「国策に随伴するという認識はすでに過去のものに属する。われわれは文学が国策そのものであるという認識に立たねばならぬ」「政治的認識を深めることによって──否、深めることそれ自体が文学者の立場を確立することである」「政治の原理をつらぬく言葉は、作家が政治性を獲得するという意味ではなく、文学の純粋認識を政治の中に植えつけるということである」ここに、文学の本質的機能が政治をも規制しなければならぬ、という時代にふさわしい夢が語られてある。文学の優位性！政治と文学はここに新しい統一を夢みている。

（「政治と文学」『都新聞』一九四一・一一・二～五）

平野は同じ論の中で高村光太郎の『美について』（道統社、一九四一・八）などにも触れ、「もし真実国策的という形容詞を冠せ得る芸術精神があるとしたら、高村光太郎の瑞々しい美意識こそまさしくそれにほかならない」「このきびしい芸術的確信をぬきにして、芸術政策や国民文学の創造に参与し得るいかなる方途もありはしない」「政治と文学との相関の問題もまたこの視点に立つとき、はじめて解決の道にちかづく」と記している。大政翼賛会代議員や日本文学報国会理事を歴任した尾崎、文学報国会詩部会会長を務め戦争賛美の詩を多数発表した高村が、ともに戦後になって「戦争責任」を厳しく追及されている以上、両名をこの時期の平野が高く評価していたという事実は看過できないだろう。(46) だがそれ以上に注目すべきは、平野が尾崎や高村の文学活動を評価する理由として、「文学の優位性」を示唆していること、「政治」と「文学」の「新しい統一」を目指していることを挙げている点である。即ち「昭和十年代」においては平野自身も、亀井と同様に「政治」を「アウフヘーベン」する「文学」の可能性を「国民文学」や「国策文学」に見出していたのである。とすれば、「政治の優位性」を「文学」において超克するという思考は実のところ「昭和十年前後」から「昭和十年代」、そして「戦後」にわたって貫かれるものだったのであり、さらにはそうした「文学」や「人間」の賛美は「大東亜戦争」肯定の論理にも連なるものであったと言えるのだ。その限りにおいて、「昭和十年前後」を「人民戦線」的文学運動の時代、「昭和十年代」を「非文学的時代」とみなした上で、前者のみを「戦後文学」に接続させる平野の文学史観は、彼がその根拠として「政治」と「文学」といった二元論（およびその止揚）を設定した時点で、既に機能失調を来していたのである。

ところで、「文学」特権化の思考／志向に絶えず付きまとう「昭和十年代」という問題は、決して平野の「戦後文学」観に限ったものではない。それはまた、他の「戦後文学者」のテクストにも示唆されるものであった。

6　「全体小説」論における「昭和十年代」——野間宏の「戦後」——

「戦後文学の達成」（『日本読書新聞』一九五二・八・二七）において平野謙は、「昭和二十二年に野間宏の最初の創作集『暗い絵』が出版せられ、その帯に中村真一郎が「アプレ・ゲエル・クレアトリス」というフランス語をくっつけたとき、はじめてわが戦後社会にアプレ・ゲエルという言葉は登場した」と記した上で、その出来事を荒正人「第二の青春」とともに「戦後文学」誕生の重大事とみなしている。あるいは前掲座談会「戦後文学の批判と確認」

の第二回が野間にあてられていることからも、野間宏という人物が「戦後文学」を論じる上で特権的な地位を占めていることは明らかだろう。そしてその野間が提示し、やがて「戦後文学」を象徴する理念とみなされることとなったのが、「全体小説」論と呼ばれる文学理論であった。

「世界文学の課題」（『光』一九四八・一）に「サルトルは、人間は、オム・トータルだと言う。つまり人間は全的な存在であって、人間は単に外部からとらえることもできなければ、また、単に内部からとらえるということもできない。人間は外部と内部から同時に、トータルに、全的に規定されるものとして、人間をそのまままるごとらえなければならないのである」とあることからも分かるように、野間は戦後のかなり早い時期からサルトルの哲学を参照しつつ「人間」を「全的」に捉えるという「全体小説」の理念を表明している。こうした野間の小説観はやがて『サルトル論』[47]へと結晶していくわけだが、ではそこで野間は「全体小説」をいかなるものとして記しているだろうか。

> 全体とは作品の始めから終りに至る全体、その形態であり、その進行であり、その展開であり、その作品世界の全体であるのです。（略）とすれば全体は、各人物と各人物のとらえられている状況のすべてを、そのなかにおさめ入れていると考えることが出来るのです。（略）とはいえ、作家がその人物の一定時間、一定空間に於ける歩みを見、同時にその人物の人間の全体を見るということは、神の眼をもってしなければ出来ないわけであって、しかも作家が神の眼を持つことは、絶対にしりぞけなければならないのです。（略）つまり神の眼をあくまでも排し、その人物の自発性とその超越のあわい目、或いはまたその人物と人物の人間の全体のあわい目のところにもっぱら注がれる眼をばつくり出すことを、私は考えているというのです。
>
> （小説の全体）

野間が考える「全体」とは「作品世界の全体」であると同時に登場人物各々の「人間の全体」であり、その「全体」を見ることは「神の眼」を有しない限り不可能であるとまずは記される。にもかかわらず野間は、「人物の自発性とその超越のあわい目、あるいはまたその人物と人物の人間の全体のあわい目」に注がれる「眼」を作り出すことを希求するのである。

ところでこうした小説家の欲望は、決して野間のみに限られるものではあるまい。例えば次のような言説は、野間のそれと極めて近似性を帯びているのではないだろうか。

登場人物各人の尽くの思ふ内部を、一人の作者が尽く一人で掴むことなど不可能事であつてみれば、何事か作者の企画に馳せ参ずる人物の廻転面の集合が、作者の内部と相関関係を保って進行しなければならぬ。このときその進行過程が初めて思想といふある時間になる。けれども、ここで、近代小説にとつては、ただそればかりでは赦されぬ面倒な怪物が、新しく発見せられて来たのである。（略）それは自意識といふ不安な精神だ。この「自分を見る自分」といふ新しい存在物としての人称が生じてからは、すでに役に立たなくなつた古いリアリズムでは、一層役に立たなくなつて来たのは、云ふまでもないことだが、不便はそれのみにあらずして、この人々の内面を支配してゐる強力な自意識の表現の場合に、幾らかでも真実に近づけてリアリティを与へやうとするなら、作者はも早や、いかなる方法かで、自信の操作に適合した四人称の発明工夫をしない限り、表現の方法はないのである。（略）純粋小説はこの四人称を設定して、新しく人物を動かし進める可能の世界を実現していくことだ。

（横光利一「純粋小説論」『改造』一九三五・四）[48]

横光利一もまた、「登場人物各人の尽くの思ふ内部を、一人の作者が尽く一人で掴むこと」を「不可能事」であるとまずは認める。だが同時に彼は、「自意識といふ不安な精神」によって「古いリアリズム」が無用となった「近代小説」においては、「四人称」なる人称を「発明工夫」することによって「新しく人物を動かし進める可能の世界」が実現し得るとも記すのである。このとき、「四人称」の「発明」によって生成される「純粋小説」と、「人間の全体のあわい目」に注がれる「眼」を創造することで可能となる「全体小説」とは、相似した概念であると考えることができる。「眼」の創造について記した直後に野間は、「人物の自発性とその超越のあわい目」を「欲望と労働（実践、行動）という二つのもののあわい目」と言い換えているが、『サルトル論』においてはサルトルの思想における「欲望」と「労働」の問題はヘーゲルやマルクスのそれと比較されており、さらに自己意識の弁証法についても詳述されているのだ。即ち野間の「全体小説」論の基調にはサルトルを経由した自己意識の弁証法に関する思考が存在するのであり[49]、それは「純粋小説」について記す際に「自意識といふ不安な精神」を前提とした横光の論考と接続するものと考えられるのである。そして既述の通り、平野謙が「戦後文学」を『私小説論』の「論理的帰結」の実現とみなすことで小林秀雄との接続をはかろうとしたことを想起するならば、野間もまた『サルトル論』を執筆することによって「昭和十年前後」における横光あるいは「純粋小説論」との接合を欲していた、とさえ言えるのではないだろうか[50]。

だが、このような「全体小説」と「純粋小説」との相同性を踏まえた上で、『サルトル論』と「純粋小説論」との間にはなおも明確な差異が存在することを認めなければならない。それは、『サルトル論』における「眼」のあり方と「純粋小説論」の「四人称」との差異である。

「純粋小説論」が長きにわたって議論され続けてきたことの理由の一つとして考えられるのは、そこで「四人称」の「発明工夫」の必要性については明記されているものの、ではいかにして「四人称」を「発明」するのか、あるいはそもそも「四人称」とはいかなる事象であるのかについて、遂に述べられていないということにあるだろう。

「純粋小説論」においては前掲引用部を最後に「四人称」に関する言説は一切存在せず、「通俗小説」と「純文学」の関係について記された後、「純粋小説は可能不可能の問題ではない。ただ作家がこれを実行するかしないかの問題だけで、それをせずにはをれぬときだと思ふ事が、肝腎だと思ふ」と閉じられるのである。

こうした「四人称」という用語の曖昧さは、「純粋小説論」発表当初より様々な議論を引き起こすこととなった。例えば豊島与志雄・三木清・谷川徹三・横光利一・川端康成・深田久弥・河上徹太郎・中島健蔵・中山義秀・小野松二座談会「「純粋小説」を語る」（『作品』一九三五・六）において谷川は、「純粋小説」という用語について「ジイドなんかの言つてゐる純粋小説」と横光の「純粋小説」との相違を踏まえた上で「よく読むとぼんやりは分りますがね。狙ひ所がはつきり摑めない」と率直な感想を述べているが、この座談会では「四人称」について「虚無」（豊島）、「ドストエフスキーの「悪霊」の「私」のやうなもの」（河上）、「作者がある事件を進めるエネルギー」（中島）、「場」（谷川）など様々な解釈がなされている。[51]「四人称」のこうした曖昧さこそが、近年の横光論においていまだ議論の的となり続けている要因であることは確かだろう。[52]

では、野間の『サルトル論』はどうだろうか。注目すべきは、野間がこの書において、作家はいかにして「あわい目」に「眼」を注ぎ得るかについて極めて明快に解説し続けているという点である。

各人物と各人物と重なり合うようにしてある、その人物の欠如している人物の人間の全体とのあわい目のところに、作家はその眼を置きつづけているべきであるということなのです。とはいえこの誤差をとらえること、それを見とどけることはなかなか困難なことであって、その人物の欠如している人物の人間の全体というものは、その一定時間、一定空間に於ける時期に於いて、その全姿を現わすということは決してなく、作家がその人物の人間の全体を見出すということは、作品の終結に於いて、つまり作品の全体が明らかにされてはじめて

可能なことであって、それまでは不可能といってよいからです。（小説の全体）

既に記したように、『サルトル論』における「全体」とは「作品世界の全体」のみならず、登場人物の「人間の全体」を指すものであった。だが各々の登場人物は「作品」の端緒から決して「人間の全体」を表明しているわけではなく、常にそうした「全体」から「欠如」した存在としてあるが故に、各人物とその「人間の全体」との間には「誤差」が生じる。とすれば「作家」が小説を記すこととはそのような「誤差」を発見し続けることであり、それこそが「あわい目」に注がれる「眼」であるだろう。にもかかわらず野間がここで述べているのは、「作家」が「作品」を「終結」まで書き記したならば、「人物の人間の全体」と「作品の全体」はともに明らかになる、ということなのである。

即ち『サルトル論』においては、「作家」が「作品」を「終結」させていくという行為の中で「全体小説」が可能となることが前提とされているのだ。こうした野間の小説観はやがて以下のような弁証法運動として示されることとなる。

私はさきに、作品の全体について、それを磁場であると言い、そしていまは作品の全体は構想の虚の世界であると言ったのですが、磁場とはそのなかにあるものに作用する眼に見えないとはいえ、実在するといえる磁力の場であって、一方構想の世界は虚の世界であり、したがってこの二つは互いに相容れることのない矛盾対立し合うものなのです。そしてこの互いに相容れることのない矛盾し、対立し合うものが、一つになり、かたく組み合わされているともいうべきものが、作品の全体であるわけなのです。（同前）

野間によれば「作品の全体」とは、「構想の虚の世界」と「実在するといえる磁力の場」という「矛盾対立」するものが「一つ」のものとして「かたく組み合わされている」ときに生成するものである。ではここで示される「構想の世界」と「実在」とは、それぞれ何を意味するのだろうか。

この時作家はこの構想の世界を直感によるのではなく、もっぱらその想像力によってつくり出すのであるが、この構想の世界は（略）現実の世界とは別個の世界であるといってよく、構想の虚の世界というべきものであるわけです。（略）作家はその全体を得る作業をすすめる想像力をもって構想の世界をつくり出すのであって、しかもこの時その想像力は、そのいま述べたようなたんに全体を得る時に働く想像力としてあるのではなく、虚の世界の全体をテーマによって貫き組立てることの出来る想像力、つまり芸術的想像力としてあるのです。とはいえこの構想の世界は、構想の虚の世界としてとどまる限り、無限に廻転する巨大な球体、或いは無限にはっきりと虚構の世界として限定し、作品の世界をば実現することは不可能なのである。これが虚構の世界が重なり合う面をもった無限立方体のような、まだ限定されることのないものであって、むしろこの虚の世界を作品の世界として実現されるためには、言葉と紙とペン（タイプライター）とインクと手（身体）をもって、構想の世界を貫くテーマを作品の実現の世界に、構成と構図をもって移し入れることによって、作品の全体をつくりあげるということがなければならないわけなのです。この時実現される作品の世界は（略）現実の全体とは別個の、現実の全体に向かい合い、現実の全体に対置される小説として、巨大な現実の全体と等価であり、さらにそれを越えているともいえる巨大な虚構の全体であるのです。（全体の小説）

「構想の世界」とは、「作家」が「想像力」によって作り出すところの虚構の体系である。このとき野間が、その

「想像力」について「虚の世界の全体をテーマによって貫き組立てることの出来る」ところの「芸術的想像力」と述べていることは看過すべきではないだろう。『サルトル論』の別の場所では、「作家」は「テーマという仕掛けの廻転にしたがうほか」はなく、「テーマ」によって「たえず測定されつづけている」が、同時に「独自の言葉の言いまわし」即ち固有の「文体」によって「テーマ」を「作品」の中に配置し得ると記されている。そうした「テーマ」の「実現」こそが「作品の全体をつくりあげる」ことであるわけだが、その「実現」は「言葉と紙とペン（タイプライター）とインクと手（身体）」をもって「作品」の中に「構成と構図をもって移し入れる」ことを意味するのだ。換言すれば「作家」が固有の「想像力」を発揮して「作品の虚の世界」を「構想」し、そのような「構想」を形成する「テーマ」を、「作家」独自の「文体」を用いつつ「紙」や「ペン」や「手」でもって「作品」化し終えたとき、その小説は「現実の全体」にも匹敵し得る「全体小説」として生成するのである。

野間が『サルトル論』で提示する「眼」は、確かにあるところでは「純粋小説論」の「四人称」と極めてよく似たものである。しかしその「眼」は、「作家」固有の「眼」といった個人主体へと還元されていくものであり、「虚無」や「場」といったものに結びつけられる可能性はあらかじめ排除されている。即ち野間は「全体小説」について、「想像力」を発揮し「作品」の完成という「実践」を通して生まれるという、あくまで「作家」固有の所作において生成するものとして記しているのだ。そしてそれ故に、『サルトル論』刊行後に発表される幾多のテクスト――それは野間の小説のみに限らないだろう――が、様々な論者によってことごとく「全体小説」とみなされるという事態さえ起こるのである。(53)

さらにこうした「純粋小説論」と『サルトル論』の差異の背後に、これまで確認してきた「戦後文学」の思考が存在することもまた明らかだろう。くり返すが、「昭和十年前後」を「反復」しつつ「昭和十年代」と「断絶」せんとする「戦後文学」の思考とは、「戦後文学者」の主体性・特権性を主張するものでもあった。野間もまた、『サルトル論』において「純粋小説」の「四人称」を「全体小説」の「作家」の「眼」へと変換したとき、「作家」という固有主体に対する信頼をそこでは表明しているのである。あるいはそのような「眼」によって生成する「全体小説」が「巨大な現実の全体と等価であり、さらにそれを越えているともいえる巨大な虚構の全体」であるならば、そこにおいては「現実の全体」に対する「虚構」としての「小説」の優位が暗示されているのであり、それは平野らが提示した「政治」を「アウフヘーベン」する「文学」とも接続するものであるだろう。その限りにおいて、「全体小説」論は「戦後文学」の思考を十全に象徴するものと認められるのである。

だが、にもかかわらず野間の「全体小説」論において「昭和十年代」は遂に切断し得てはいないと言わねばならないのだ。既に確認したように『サルトル論』において「全体小説」とは、「全体」からは「欠如」している登場人物たちが各々「重なり合う」という関係性と、その「あわい目」に注がれる「眼」を通して生成するものであった。ところでこのような「人間の全体」観と、例えば次に引用するような「人間」観との間には、果たしてどれほどの違いがあるだろうか。

しかし人の全体性（すなわち世間）を意味する「人間」が、同様に個々の「人」をも意味し得るということは、いかにして可能であろうか。それはただ全体と部分との弁証法的関係によるほかはない。部分は全体においてのみ可能となるとともに、全体はその部分において全体なのである。（略）従って「人間」は単なる人でもなければまた単なる社会でもない。「人間」においてはこの両者は弁証法的に統一せられている。

（和辻哲郎『人間の学としての倫理学』岩波書店、一九三四・三）[54]

和辻はここで、「人間」とは個々の「人」と「社会」とが「弁証法的に統一」されたところの「全体」であると記す。とすれば和辻における「人間」と、野間がサルトルの思想を引用しつつ提示する「人間の全体」とは、やはり極めて相似した概念であると言わねばならないだろう。そしてこのとき踏まえるべきは、そのような和辻の思想に対する次のような批判的言説である。

和辻の倫理学は倫理的規範についての非常に明確な概観を用意している。それは人をその人の本来的自己へと回帰することをうながす全体性の呼び声なのだ。従って、彼にとって倫理性を構成するのは個別性の否定であり、人をその人に内在する全体性によって規定された限りの本来的自己へ再帰させる否定の否定のことなのである。しかも本来的自己の主体的立場への回帰は他人にも全く問題なく「分かってもらえる」ものなのである。というのは一定の共同体に属す人々の間では、まさに間柄という連関によって、相互了解が保証されてしまっているからである。（略）彼の共同体の位置付けと、世界を文化的・民族的共同体が相互外在しかつ並存する場所として見る彼の抜き難い性向を考慮する時、全体性が特定の地理的領域としてイメージされていることを否定することもまた出来ない。だから、回帰は地理的空間での還帰の運動として、つまり「帰郷」の運動として考えざるを得ないのである。

（酒井直樹「西洋への回帰／東洋への回帰――和辻哲郎の人間学と天皇制――」『日本思想という問題』岩波書店、一九九七・三所収）

和辻の場合は、個人の間に、いわゆる間柄が成り立っているというところが端緒になる。よく知られているように、和辻は、人間は、「人・間（ジンカン）」であると、つまり「人」の「間」であるとする。だから、人間の本質は間柄です。間柄というのは、簡単に言えば共同性です。人間の間には、共同性が初めからあるわけですね。こうした共同性のネットワークとしての社会的な集合というのは、調和のとれた全体をつくるはずです。こうして、和辻は、人間の集合が、統一的な全体をつくるということを、初めから前提にして考えているように思います。

（大澤真幸「「近代の超克」とポストモダン」『戦後の思想空間』筑摩書房、一九九八・七所収）

これらの論考において、和辻の思想は「本来的自己の主体的立場への回帰」を目論むものであるが、その「回帰」は「他人にも全く問題なく「分かってもらえる」もの」であり、そこでは「人間の集合が、統一的な全体をつくる」という「共同性」が前提となっていることが指摘される。そしてそうした和辻の倫理学が「全体性」の志向に他ならず、あるいはその「全体性」が「特定の地理的領域としてイメージされている」以上、「本来的自己の主体的立場への回帰」は「帰郷」の「運動」であると断じられるとき、こうした和辻倫理学への論評の背後に、彼が属する京都学派の哲学がやがて戦中日本の全体主義の思想的基盤となったことへの批判的視座があることは言うまでもないだろう。和辻らが構築した「人間」観は、「相互了解」が保証された「人間」における「共同性」が前提となっている限り、常に「日本回帰」と全体主義を準備する思想なのである。

だからこそ、野間をはじめとする「戦後文学」が「文学者」の主体性と「文学」の個別性を主張したとき、それは和辻をはじめとする京都学派が陥った全体主義を切断するためのものでもあったのだ。「昭和十年代」からの「断絶」を主張する「戦後文学」の思考とは、既述の通り「戦後文学者」の特権性を成立させるためのものではあったが、それは同時に「昭和十年前後」の思考――そこには京都学派の哲学のみならず横光の「純粋小説論」や日本浪曼派の思想も含まれるであろう――が「昭和十年代」の国家主義や全体主義へと必然的に接続してしまうことに対する、対抗概念であったとも言えるのである。

野間もまた、『サルトル論』において「全体小説」を「文体」や「想像力」、「作品」を「終結」させるという「実践」に見出したとき、そうした「作品」を完成させる「作家」の固有性を強固に保持することで全体主義から免れようとしたのであろう。それは「四人称」という抽象を「作家」の「眼」という具体へと変換した作業にも見出されるものである。にもかかわらず『サルトル論』で提示される「人間」の「全体」という概念は、やはり京都学派の「人間」観と似てしまっているのである。[55] 即ち「戦後文学」の理念を代表するものとしての「全体小説」論もまた、「非文学的時代」として「断絶」したはずの「昭和十年代」の思考に付きまとわれ続けるのだ。換言すれば、「作家」の固有性と「文学」における「実践」および「想像力」を高らかにうたった『サルトル論』、そしてそこで提示される主体性の運動としての「全体小説」論もまた、「戦後文学」が「非文学的時代」として否認したはずの「全体性」へと帰結する「昭和十年代」の論理を常に内包してしまっているのである。

7

「戦後文学」から椎名麟三・大岡昇平へ

本章においてはこれまで、「戦後文学」と呼ばれたものの思考のありようについて、平野謙や野間宏など『近代文学』同人の言説などを通して考察してきた。では改めて、このような「戦後文学」の思考／志向を前提とした上で椎名麟三と大岡昇平のテクストを論じるとき、そこにいかなる諸問題と可能性を見出し得るだろうか。

既に確認したように、椎名麟三はデビュー当初より「戦後文学の代表」とみなされ続けてきた。その椎名は「戦後文学」について、「過去の日本文学」からの「根源的」な「断絶」を有した「廃墟の認識から出発した」文学であるとみなしており、[56] あるいはそうした「戦後文学」は「主体的な真実へ自己を賭けている」という点で「過去の日本文学とは違った新しい次元にある」[57] と記している。こうした椎名の「戦後文学」の定義が、これまで見てきたような『近代文学』同人らのそれと相同性を帯びていることは言うまでもないだろう。だが椎名が「戦後文学の代表」とみなされたのは、次のような椎名の自己言及にもよるのではないだろうか。

労働運動をしているとき、小説は労働運動の実際について無力であるだけでなく、労働者のあの根源的な気分、幾分ニヒリスチックな気分について毫も知っていないという固定観念があり、小説というものを全く軽蔑していたのだ。勿論、その小説は左翼の雑誌にのったものであったが。それからたまたま文学雑誌をのぞいたこともある。しかしその人生の知らなさに極度に軽蔑を感じていたのである。（「蜘蛛の精神」『文藝春秋』一九四八・九）

ここで椎名は、戦前の「左翼の雑誌」に掲載された小説は「労働者の根源的な気分」について「毫も知って」いなかったと批判するが、それは即ち、自身のテクストこそがそうした過去のプロレタリア文学が決して認識しなかった「労働者」を書き得ている、という自負に基づいたものであるだろう。こうした椎名の自覚はまた、「戦後文学」をマルクス主義文学運動の訂正とみなした平野の論考と相似するものであったと言える。だからこそ「戦後派のなかでも特に戦後派的な作家」であったという前提から始まった前掲座談会「戦後文学の批判と確認」の椎名麟三の回においても、「福田恆存だったか誰だったか、ほんとうのプロレタリア文学というのは、椎名麟三の出現によってはじめてできたと云った」（佐々木）、「椎名さんは、非常に庶民的なものを持っている、ルンペン・プロレタリアートの意識を持っている」（奥野）といった言説がなされているのである。

さらに椎名が、自身が小説家となった動機の最たるものとして転向体験を挙げていることもまた、看過すべきではあるまい。「私の小説体験」（『文藝首都』一九五三・二）において椎名は、転向によって「（この人生に決定的な答も救いもない）という答」を見出し、にもかかわらずドストエフスキーの『悪霊』を読むことで「自分にも「叫ぶ」ことくらいは出来る」と認識したことから小説を書き始めたとしている。加えて椎名が初期において転向者を語り手とした小説を多く記していること、そして一九四四年に召集令状が届いた際に「タバコを煎じてのむという芸当をやってのがれた」(「「交り」ということ」『指』一九五九・五〜六)と述べていることなどを想起するならば、椎名の小説家としての歩みは、吉本隆明による「転向者または戦争傍観者の文学」という「戦後文学」定義にも合致する。とすれば椎名文学とは、「昭和十年前後」の「反復」であると同時に「昭和十年代」からの「断絶」を可能とした文学であるという「戦後文学」の自己定義に最も適応したものだとひとまずは言えよう。(58)

そして小説家としてデビューして以来、このような転向者の自己意識に拘泥し続けた椎名は、やがてイエス・キリストの「復活」の肉体を「発見」することとなる。

このイエスを他の表現におきかえればこうなる。そのイエスは確実に死体としてのイエスである。しかしほんとうに死体であるかといえばそうではない。何故なら彼は確実に生きているからだ。では彼はほんとうに確実に生きているかというとそうではない。何故なら確実にその彼は死体であるからである。つまり彼は、死んでいて生きているのである。

この生と死が、たがいにおかすことなく同居しながら、たがいにあわれにも唯一絶対のほんとうのものとなることができないで、しかつめらしくも支えられているイエスの肉と骨とに、私はいままで見たことのない人間の真の自由を生々と見たのであった。

(「神のユーモア」『婦人公論』一九五六・八)

椎名のキリスト教入信の問題については今後本書においてより詳細に考察していくが、ここで注目すべきは椎名がイエスの「復活」の肉体について、「死んでいて生きている」もの、「生と死が、たがいにおかすことなく同居」している存在とみなしていることである。こうした概念の背後に、本章においてこれまで論じてきた「戦後文学」の「アウフヘーベン」の欲望を見出すことは容易であろう。事実、椎名はキリスト教入信の後、次のような「リアリズム」を提唱しているのである。

絶対客観は、生と死を超えている者にしてはじめて可能である。（略）僕たちが、世界にしばられ、歴史にしばられ、死にしばられながら、同時にそれらの必然性を超えた自由を、自己の主観のうちにもっているのである。そしてそうできるのは、この外的必然性と内的自由を絶対的にリアライズすることが出来るものが存するからなのである。言いかえればイエス・キリストの死と復活のなかに自己の根拠を置くことによって、イエス・キリストから絶対客観のレアリズムを与えられるのである。（「絶対客観のレアリズム」『指』一九五一・一二）

サルトルにならって「絶対客観」について考察する椎名は、それは「生と死」を越えて「外的必然性と内的自由を絶対的にリアライズする」ことによって可能となると記す。椎名のキリスト教信仰に裏打ちされたこのような弁証法的な小説観と、既に示した野間の「全体小説」論との間に近似性を見出すこともまた、さほど困難ではあるまい。他の場所でも椎名は、「われわれは、一個の真実なそれ故に具体的な存在であるならばわれわれの真実性や具体性は、われわれの全関係に於て明瞭でなければならない。しかしその関係の際限のなさ、しかも偶然や未知なるものもふくんでいる人間の全関係は、われわれの理解を超絶している。（略）しかしその絶対的なもの、われわれの全関係を措定しているが故に現在のわれわれから断絶している絶対的なもの、それがわれわれに自覚され発見されるならば、この人生は意味と価値を回復し、たとえ一つの小さな関係に於てもその全体性の故に虚妄は消え去り、真実なものとなるであろう」（「無意味よりの快癒」『芸苑』一九四八・一二）と記すなど、常に「人間の全関係」と「全体性」の獲得を追求している。さらに椎名は、そのような「絶対的なもの」への欲望が自身独自のものではなく、同時代の文学者に共有されるものであったことさえ認めているのだ。例えば「創造とユーモア」（岡本太郎編『現代芸術講座Ⅱ・芸術の歩み』河出書房、一九五五・一一所収）において椎名は、カミュの「拒絶と同意の同時性」、サルトルの「生のリアリズムと客観的リアリズムの統一としての絶対客観のリアリズム」、さらには「自我と社会」「個人と全体」「一と多」などの概念を提示した上で、そうした「統一」への志向が「第二次大戦以後」の「痛切な問題」であると記している。あるいは後に「この天の虹」（『芸術新潮』一九五九・二）の中で、「絶対客観のリアリズム」獲得の問題を「普遍化」すれば、「世界と人間の問題、つまり伊藤整さんの「組織か人間か」の問題となるだろうし、『近代文学』のテーマであった「政治か文学か」の問題となるだろう。また「全体か個か」の問題として実存主義哲学の課題となるだろう」とも述べるのである。こうした面から見ても、転向者の自己意識の問題を提示し続けた初期から、イエスの「復活」の肉体の「発見」、さらにその後に至るまで、椎名の文学者としての歩みは常に「戦後文学」の思考を如実に反映したものであったと言えよう。

にもかかわらず、椎名のキリスト教入信について次のような「戦後文学者」からの批判がなされていることもまた、事実なのである。

個人内部の解決にとつては科学ではなく宗教がはいり易いとして、嘗てコムミュニストたりしものがひとりのクリスチャンとなることは、私にとつて脱皮の過程とうつるよりいささか他の士気を沮喪せしめる退歩と思われた。われわれはわれわれをめぐる渦の中心のような生活の中に単独者として生きているけれども、遥かな地平の向うの目標を引き去つてそのまわりの生活に執すれば自己自身の革命性を失い勝ちである。ところで、私がこのように勇ましくも気負つて彼の戦線よりの後退を責めると、私の論拠は飛躍した錯誤に充ちみちていると、苦痛と憐憫をたたえた情けなさそうに眉を顰めた眼付で覗きこまれて逆に説得されるので、すでにそうした問題を検討済みの彼は手もとからとらえがたくするするとぬけてゆく一つの風船玉の境地にもはや達し、私自身は相も変らぬ暗黒大陸にいまなおへばりついて動きがとまつている観があつた。

（埴谷雄高「椎名麟三」『新潮』一九五六・一一）

あるいは椎名の死後に発表したテクストにおいても埴谷は、「椎名麟三に対しては、より顧慮することなく、ひとたびコミュニズムの核心に触れたものがいまクリスチャンとなることはとうてい容認しがたいと繰返し言つたのであった」「死にゆく個体として生きつづけざるを得ぬ私達が或る種の宗教的感情をもつ場合はあるだろう。然し、それは飽くまでキリスト個人と同じく「椎名的」宗教感情として終始すべきであつて、一つの迷妄の伽藍であるキリスト教団になどはいる必要は絶対にない。――そういうのが、冬の海の冷たい波濤にも似た、恐らくは苛酷であつた私の論点の主たる部分なのであつた」と、入信当時の椎名に対する「攻撃」を回想している[59]。埴谷にとって椎名のキリスト教入信とは、かつての「コムミュニスト」としての「革命性」から「後退」するという意味を有した出来事であり、それ故「とうてい容認しがたい」事実だったのである。

だが、埴谷に代表される「戦後文学者」のこのような椎名批判は、一神教に対する忌避や「キリスト教団」への懐疑といった問題に留まるものだろうか。椎名による「復活」のイエスの「発見」とそれに到達するまでの諸テクストが極めて――過剰なまでに――「戦後文学」的な思考に基づくものであったとするならば、椎名のキリスト教入信に対する「戦後文学者」の嫌悪はむしろ、「戦後文学」内部における自己否認を示唆したものであると言うことも可能なのだ。このとき留意すべきは、イエス・キリストの「復活」をめぐる椎名の弁証法的――「戦後文学」的――言説においては、常に「死」の超克の可能性／不可能性が問題とされている、という点である。とすれば、「死の恐怖」の表象から「死」の超克としての「復活」のイエスの「発見」へと至る椎名の文学者としての歩み、さらにはキリスト教入信以降も書かれ続ける椎名の諸テクストについて分析し、そこに見られる「死」をめぐる諸論理と「戦後文学」の理念との関係を考察することは、本章でこれまで論じてきた「戦後文学」の思考の臨界と新たな可能性を探る作業ともなるはずである。

では、「戦後文学」からの距離と逸脱の程度においてこれまで評価されがちであった大岡昇平についてはどうであろうか。一九六〇年三月から『文學界』で連載された平野謙「文学・昭和十年前後[60]」について、大岡昇平は様々な場で言及している。それらのテクストにおいて大岡は、平野の「昭和十年前後」を中心とした文学史観を高く評価する一方で、彼の主張に対しての決定的な批判も行った。例えばそれは次のような記述に示されている。

従って昭和十年代に固執する平野の問題は、プロレタリア文学の非文学性とアクチュアリティへの志向が、戦中戦後まで、現代文学の主軸と認められるかどうか、ということであろう。私の答えは「イエス」にして「ノー」である。ナップ解散から日支事変までの時期を、単にブルジョア文学復活と頽廃としてとらえる見方には同じ難いが、平野のように、そこに実現しなかった人民戦線の可能性を探ることによって、現代まで引き続いた、潜在的活力を証明するのは無理ではないかと思う。（略）私の答えは「イエス」でまた「ノー」であると前に書いたが「イエス」というのは、昭和十年ごろ小林秀雄や中村光夫の指摘したように、そこには科学主義と実証性があり、明治末の自然主義以来はじめて非文学的な破壊力を発揮した。以来ブルジョア文学はまだその手傷から完全に立ち直ったとは言えないので、その痕跡は現代の小説や批評の中に認められる。

「ノー」という理由は、ほぼ次の三つである。

第一、働く者の立場から組み立てた世界観が、妥協によって成立している民主社会の現実の、文学的表現にはなり得ないこと。

第二、近代日本には丸山真男が「前近代性と超現代性の結合」と呼ぶ特性があって、前世紀の中ごろ、ドイツに発生した原理に基づいた文学理念が、そのまま主軸になるには、夾雑物が多すぎること。
第三、一国社会主義の原則を取ったソ連、中国の文学理念、社会主義的リアリズムが、時代と共に風化していること。
(「現代文学の主軸はどこに」『東京新聞(夕刊)』一九六一・一二・三〜五)

ここにおいて大岡は、プロレタリア文学運動に代表される「昭和十年前後」の思考が「非文学的な破壊力」をもって日本近代文学に決定的な切断をもたらしたとする平野の論に賛同しつつも、その運動の崩壊後に「人民戦線」的文学の可能性が生じたこと、そこに「現代」に接続する「潜在的活力」を見ようとする平野の文学史観については留保をつける。即ち大岡は、「昭和十年前後」が日本近代文学において特権的な地位を占めている時代であることは認めながら、そこに「人民戦線」的文学の萌芽が見られ、その可能性を完遂したものが「戦後文学」であるとする平野の一連の「戦後文学」観は明確に否認するのである。

そして平野の文学史観に対する大岡のこのような視点はまた、大岡自身の「戦後文学」観を示唆したものであったことも確かであろう。

昭和二十一—二十三年に『俘虜記』を書きはじめた頃を振り返ってみると、書く心構えにおいて、かえって反戦後派であったのもたしかだ。(略)椎名麟三はどうやら転向者らしいと感じることはできたが、転向小説時代の制約がなくなっているのに、依然として同じような曖昧さを持っているのが不思議だった。
(「私の戦後史」『文藝』一九六五・八)

この他にも大岡は、「私自身時々戦後派作家に数えられることがあるので、こういう言い方は我田引水と取られるおそれがあるが、私は元来第一次戦後派を否定的媒体として出発したつもりである」（「戦後文学は復活した」『群像』一九六三・一）と述べるなど、自身を「戦後文学者」と明確に差異化しようとする。そして大岡が「戦後文学」を否定する最たる理由として挙げるのが、椎名に代表される「戦後文学者」が「戦後」になってなお転向者としての自己意識を有していること、即ち「戦後文学」が「昭和十年前後」の「反復」を未だ遂行しているその姿勢なのである[61]。

では大岡は「反戦後派」としていかに小説を記したのか。そのとき大岡は、自身のテクストに戦場体験――俘虜体験――を持ち込むのだ。

私の戦場での体験を書いた『俘虜記』が発表されたのは、一九四八年二月であるが、野間宏『暗い絵』、椎名麟三『深夜の酒宴』など、第一次戦後派の花ざかりを開いた作品は二年前の一九四六年に発表されている。戦場の極限状況を日常の次元に引き戻して書いた私の作品は、むしろその反措定と見られたはずである。（「戦後文学の二十九年」（『東京新聞（夕刊）』一九七四・八・一四）

大岡は「再会」（『新潮』一九五一・一二）というテクストの中で、「X先生（小林秀雄――引用者注）」に「従軍記を書いてくれ」と頼まれ、「戦場の出来事なんて、その場で過ぎてしまうもので、書き留める値打があるかどうかわかんないんだよ。ただ俘虜の生活なら書ける。人間が何処まで堕落出来るかってことが、そうだな、三百枚は書けそうだ」と返答したところ、「何でもいい、書きなせえ。書きなせえ。（略）他人の事なんか構わねえで、あんたの魂のことを書くんだよ。描写するんじゃねえぞ」と言われたことを、『俘虜記』をはじめとする戦後の初期小説の執筆動機として記している。「戦後文学」が「転向」を特権化することで「昭和十年前後」の「反復」と完遂をなさんとすることに対して批判的視座を有していた大岡は、「戦争」を小説の題材とすることで「戦前」と「戦後」を「転向」とは別の側面において関連づけようとするのである。

それと同時に大岡が、「戦後文学」の「不透明」さに反発し、「戦後社会に対して惑乱した心情を表現するよりは、事態を正しく見るべきだ」[62]という意識の下で『俘虜記』を発表したと述べ、さらにその『俘虜記』は「俘虜収容所の事実を藉りて、占領下の社会を諷刺する」[63]テクストであったと自認するとき、彼の「戦後文学」批判はある意味では極めて正当であったと言えよう。中村光夫の「占領下の文学」が「戦後文学」批判の代表的テクストであったことは既に記したが、そこで中村は、「これまで漠然と戦後文学と云はれて来たものは、むしろ米軍占領時代の文学と呼ぶべき」であり、「いはゆる戦後の文学は、アメリカの占領政策から生れたものであり、全体としては占領政策のひとつの現はれと見るのが、おそらく正しい」と述べている。とすれば、「戦後文学」に対して批判的視座を有するとともに『俘虜記』をはじめとして「占領下の社会」を「諷刺」する様々なテクストを発表した大岡は、「戦後文学」が「反復」と「断絶」の運動に拘泥するあまり見過ごしてきた、アメリカ軍占領という問題を絶えず問い続けてきた文学者、とひとまずは定義し得るのである[64]。

だが、仮に大岡昇平とそのテクストを「反戦後派」とみなしたとき、以下のような大岡と「戦後文学者」との対話をいかなるものとして捉えれば良いだろうか。

大岡　同時代にわからないものがあるってのは屈辱だから、この対談の間にらちを開けちまおう、ってのが、こっちの目標さ。きみがおれに声をかけてきたのは、おれが『レイテ戦記』で大勢が死んだ話を書いた時からだよ。あれ以来おれは戦後文学派のなかに入ったわけだから、やっぱり『死霊』のせいだ。(略)

埴谷　ああ、そうか。これは重大だぜ。鎌倉組の大岡昇平がなぜ戦後派のほうにきたかなんて、ずっと先に

また話に出ると思うけどまさか『死霊』の祟りとは思わなかった（笑）。（略）

大岡　ところで戦後きみと親しく付き合うきっかけになったのは、おれが『レイテ戦記』書いたら、きみがどこかのバーでおれに声をかけてきて、何か話しをしたというのが最初だったと思うんだが、それまではちょっとした距離があったね。

埴谷　そちらは鎌倉組だったからね。

大岡　きみとの付き合いは全然なかったけども、とにかく戦争の死者と、それから革命の死者ということをきみは言ってたね。

埴谷　そういうものが、現在のわれわれを支えているということなんだよ。

（大岡昇平・埴谷雄高「二つの同時代史」『世界』一九八二・一〜一九八三・一二）

埴谷との対談において大岡は、かつて「鎌倉組[65]」とみなされてきた自身が『レイテ戦記』執筆と『死霊』の「祟り」を契機として「戦後派」に数えられるようになったと認める。ところでここで注目すべきは、「鎌倉組」であった大岡と「戦後派」の埴谷、あるいは『レイテ戦記』と『死霊』という二つのテクストを接続させるものとして、埴谷が「死者」という概念を提示していることである。そして「死者」とはまた、大岡が諸テクストを執筆するにあたって常に拘泥し続けた存在ではなかったか。事実大岡は『レイテ戦記』を発表する直前に、「『朝の歌』『富永太郎の手紙』『花影』『レイテ戦記』を並べてみると、私がずっと死者と交信して暮していることがわかります」と語っているのだ[66]。ならば大岡のテクストにおける「死者」表象は、「戦後文学」の思考といかなる関係性を有するものであっただろうか。

さらに大岡が、前掲「再会」において自身の書記行為について次のように記していることも看過すべきではあるまい。

しかし経験とは、そもそも書くに価するだろうか。この身で経験したからといって、私がすべてを知っているとは限らない。（略）ただ私は「書く」ことによってでもなんでも、知らねばならぬ。知らねば、経験は悪夢のように、いつまでも私に憑いて廻る公算大である。そして私の現在の生活は、いつまでも夢中歩行の連続にすぎないであろう。

あの過去を、現在の私の因数として数え尽すためには、私はその過去を生んだ原因のすべてを、私個人の責任の範囲外のものまで、全部引っかぶらねばならぬ。

ここにおいて大岡は、「書く」こととは「なんでも」知ろうとすることであり、それによって「過去を生んだ原因のすべて」を自身の「責任の範囲外のものまで、全部引っかぶ」らんとする行為であると記している。とすればこのとき、大岡もまた野間宏の「全体小説」論と同様に、全てを書き記すという欲望を表明しているのであろうか。

このように、『俘虜記』発表以降自他ともに「戦後文学」に対する批判的な位置を占める文学者とみなされてきた大岡は、しかし自身が表明する書記行為に対する概念においても、あるいは諸テクストに散見する「死者」表象においても、「戦後文学」との関係性から完全に自由たり得てはいないように見受けられる。とすれば、大岡の「戦後文学」に対する様々な否定的言説を根拠として、大岡を端的に「反戦後派」の文学者と断じることは、大岡とそのテクストが提示した諸問題と可能性を遂に見落とすこととなるのではないだろうか。ならば問うべきは、大岡の諸テクストを貫く諸論理と「戦後文学」の思考との間には、そもそもいかなる差異と相同性が存在するのか、ということなのだ。その問題の論考を進めたとき、「戦後」の文学状況における大岡昇平という文学者の特異性が明らかになるとともに、改めて「戦後文学」が提示した「戦後」ならびに「文学」の意味を問い直すことが可能となるはずなのである。

注

(1) 『近代文学』は一九四六年一月に創刊され、一九六四年八月まで通巻一八五冊を世に出した文芸雑誌。創刊時の同人は荒正人、小田切秀雄、佐々木基一、埴谷雄高、平野謙、本多秋五、山室静の七名。「戦後派の文学運動の消長と、その命運をともにした」(『日本近代文学大事典』第五巻「新聞・雑誌」講談社、一九七七・一一より三好行雄執筆「近代文学」の項)、「戦後文学を方向づけた」(『日本現代文学大事典　人名・事項篇』明治書院、一九九四・六より近藤裕子執筆「近代文学」の項)と説明されるように、「戦後文学(者)」の牙城となった同人誌である。

(2) まず『近代文学』一九五九年七月号に伊藤整・野間宏・森宏一・鶴見俊輔・日野啓三・平野謙・埴谷雄高・佐々木基一・本多秋五座談会「戦後文学の批判と確認=第一回=荒正人――その仕事と人間」が掲載され、以後野間宏、平野謙、椎名麟三、埴谷雄高、武田泰淳、大岡昇平、堀田善衛、本多秋五、島尾敏雄、花田清輝、中村真一郎についての座談会が載せられた。なお前掲の「戦後文学が、今日まで十四年間ほど辿ってきた足どりを批評するとともに、そこでの達成をあらためて再確認する」とは座談会第一回冒頭における本多秋五の発言である。

(3) あるいは本多秋五「物語戦後文学史　第三〇回　〝怪物あらわる〟の感――椎名麟三と〝戦後〟」(『週刊読書人』一九五九・八・二四、『物語戦後文学史』新潮社、一九六〇・一二所収)においても、「椎名麟三は、もっとも戦後派らしい戦後派作家であったということができる。「戦後」という特殊な時期、そこに充満していた特殊な社会的気流をぬきにしては、椎名麟三のあのような登場仕方は考えられない」と記される。なお本書における本多秋五のテクストの引用は、原則として『本多秋五全集』（菁柿堂、一九九四・八～二〇〇四・八）に拠った。

（4）本書における中村光夫のテクストの引用は、原則として『中村光夫全集』（筑摩書房、一九七一・一一～一九七三・八）に拠った。

（5）秋山駿・磯田光一・柄谷行人・川村二郎・上田三四二座談会「戦後文学を再検討する」（『群像』一九七四・一）より柄谷の発言。なおこの座談会においては、上田三四二も「当時、戦後派文学の中で私が読んだのは、大岡昇平だけなんですね。あとの人は、椎名麟三はことに、どうも私とは肌が合わないところがあって、すこしは読んだりしましたけれども、心惹かれることがなかったのです」と柄谷と通ずる考えをあらわしている。

（6）本書における荒正人のテクストの引用は、原則として『荒正人著作集』（三一書房、一九八三・一二～一九八四・一〇）に拠り、未収録のものについては荒正人『第二の青春・負け犬――冨山房百科文書16――』（冨山房、一九七八・五）などを参照した。

（7）奥野健男「椎名麟三論――感傷性の文学――」（『文學界』一九五三・七）

（8）埴谷雄高『椎名麟三全集　1』（冬樹社、一九七〇・六）「解説」。なお本書における埴谷雄高のテクストの引用は、原則として『埴谷雄高全集』（講談社、一九九八・二～二〇〇一・五）に拠った。

（9）埴谷雄高「戦後文学の党派性」（『群像』一九七四・二）

（10）小田切秀雄「文学史の断絶と連続、とくに連続について　戦後派文学をめぐって」（『新日本文学』一九九三・四）

（11）このような概念は、その後の様々な「戦後文学」論においても共通認識として受け継がれていった。例えば「終末論の文学――歴史から存在への転換――」（『遡行と予見』審美社、一九七〇・九所収）で饗庭孝男は、「戦後世代」の「故郷」とは「茫漠たる廃墟」「焼跡」であったと述べており、あるいは『現代の文学　別巻　戦後日本文学史・年表』（講談社、一九七八・二）に収められた松原新一「戦後変革期の文学――敗戦から一九五〇年代へ」においても、「戦後文学」とは「それまでの日本の既存の文学のありかたとは確実に異質ななにか新しいものをそなえていた、という一点において共通している」と記される。

(12) 久野収・鶴見俊輔・藤田省三「戦後日本の思想の再検討――第一回「近代文学」の思想――」(『中央公論』一九五八・一二)より鶴見の発言。

(13) 三浦雅士「戦後批評ノート」(『季刊思潮』一九九〇・一、柄谷行人編『近代日本の批評・昭和篇(下)』福武書店、一九九一・三所収)

(14) 本書における平野謙のテクストの引用は、原則として『平野謙全集』(新潮社、一九七四・一一~一九七五・一二)に拠った。

(15) 「戦後文学」と「シェストフ的不安」とを接続させる言説は、「第二の青春」のみに留まらない。例えば「転向文学と〝文芸復興〟」(原題「「文芸復興」と転向文学」『昭和文学全集 36~39』角川書店、一九五四・五~六所収「月報」)において本多秋五は、「シェストフ的不安」を「理想と合理主義を否定する現実の「壁」に直面して、生命の救出をはかる」哲学とみなした上で、「一方ではドストエフスキー流行の新しい波につながり、他方では「転向」以後のプロレタリア文学の影響範囲に浸潤し、遠く戦争中の非文学的時代の底をくぐって、戦後にあらわれた実存主義的文学の素地をつくった」と記している。ところで「シェストフ的不安について」において三木は、シェストフが提示した問題とは「無からの創造」であり、「無が死であることは確かである。しかしただ死であるならば、それが自由であり、可能性であるとはいひ得ないであらう。無はまた生である。無は我々がそこに死に、またそこに生れるところである。我々は死ぬべくして生れ、生るべく死ぬる。シェストフが日常的な時間とは次元を異にすると考へた時間はそのやうなところである。無からの創造はかくの如き弁証法の上に立たねばならぬ」と記している。とすればこのとき、荒ら『近代文学』同人たちが提示した「虚無」からの「創造」という「戦後文学」の規定――それこそが「戦後文学」の「新しさ」の証左であったはずだ――さえも、「戦前」の「反復」であったとも考えられるのである。なお、三木清「シェストフ的不安について」の引用は『三木清全集　第一一巻』（岩波書店、一九六七・八）に拠った。

(16) 平野は、蔵原惟人を中心とした後期プロレタリア文学運動を「マルクス主義文学運動」と呼び、プロレタリア文学運動全般とは区別している。したがって本章では、平野謙の言説に関わる箇所に限りこの呼称を踏襲する。

(17) 『昭和文学史』は『現代日本文学全集　別巻Ⅰ』（筑摩書房、一九五九・四）を底本とし、一九六三年一二月に筑摩書房より刊行された。平野はそこにおいて、「昭和初年代を区切るひとつのエポック」として満州事変をとり上げ、「昭和九年、十年をひとつの頂きとして、満州事変から日中戦争勃発」までを「昭和十年前後」とみなしている。

(18) 小林秀雄・荒正人・小田切秀雄・佐々木基一・埴谷雄高・平野謙・本多秋五座談会「コメディ・リテレール――小林秀雄を囲んで――」（『近代文学』一九四六・二）

(19) 『私小説論』は『経済往来』一九三五年五月号から八月号まで連載され、同年一一月、作品社より刊行された。

(20) ヘーゲル弁証法の用語「アウフヘーベン」はプロレタリア文学の諸評論において散見するとともに「戦後文学者」が好んで用いた用語でもある。ここでは、対立する二項をより高次のものに統合する、といった意味で用いられていると考えて良いだろう。なお、「戦後文学」とヘーゲル弁証法――特に「主」と「奴」の弁証法――の関係性については、後に詳述する。

(21) 平野謙『日本の文学』（毎日新聞社、一九五一・一、『昭和文学覚え書』三一書房、一九七〇・五所収）

(22) このような、「戦後文学」を『私小説論』の「反復」あるいは完遂として捉える思考はまた、平野の自己規定の言説にも接続するものであろう。平野が様々な場において自らの「中途半端性」を「文学的宿命」として語っていたことはよく知られている（「わたくしごと」『東京新聞』一九四六・六・二三、「私は中途半端がすきだ」『文学時評』一九四六・九、などを参照）。こうした平野の言説が、自らが「文学報国会評論随筆部会の幹事の末席」に連なっていたという戦中の「閲歴」を踏まえたものであること、さらに平野が小林を評価するとき、「戦争を黙認」したことも含めて「二つの派のどっちにも嵌らない」という「中途半端性」においてであったこと（前掲座談会「文学者の責務」参照）を想起するならば、平野は自らの「中途半端性」を主張することで自身と小林との相同性を暗示していたとも言えるのである。なお平野が「中途半端性」を「独自の道」として積極的に肯定していくとき、ある意味でそれは戦中の自らの「閲歴」を不問に付すことでもあっただろう。それは後述するような「戦後文学」と「昭和十年代」とを切断する思考にも連なるものである。

(23) 荒正人「理想的人間像」（『大学』一九四七・六）
(24) 柄谷行人「近代日本の批評　昭和前期2」（『季刊思潮』一九八九・一〇、柄谷行人編『近代日本の批評　昭和篇（上）』福武書店、一九九〇・一二所収）
(25) 絓秀実「平野謙の背理」（『海燕』一九八二・三、「プティ・ブルジョア・インテリゲンツィアの背理」と改題の上、『複製の廃墟』福武書店、一九八六・五所収）
(26) 大原祐治「文学的記憶の紡ぎ方――「昭和文学史」への切断線」（『文学的記憶・一九四〇年前後――昭和期文学と戦争の記憶――』翰林書房、二〇〇六・一一所収）
(27) 本書における『精神現象学』の引用は、G・W・F・ヘーゲル『精神現象学』（長谷川宏訳、作品社、一九九八・三）に拠った。
(28) 引用は、『ヘーゲル読解入門――『精神現象学』を読む』（上妻精・今野雅方訳、国文社、一九八七・一〇）に拠った。
(29) 荒のこのような「三十代」の特権化においても、弁証法は強力に作用している。「不幸」であるが故に「幸福」を追求し得る、「失はれた世代」であるが故に全てを獲得し得る、という言説の基礎に、否定から止揚へと至る弁証法運動があることは言うまでもない。

(30) 近藤の批判を受けた平野はその後『昭和文学の可能性』で自らの誤りを認めるが、それでもなお「社会化した私」という語において『私小説論』に「昭和十年前後」の「人民戦線」的文学運動の可能性を見出し続けようとする。ところで「戦後文学者」を「近代的主体」として特権化することの欺瞞について、『近代文学』同人らが無自覚であったわけでは決してない。それ故に彼らの言説は、「戦後文学者」の主体化・世代的特権化の不可能性に常に付きまとわれることとなるのだ。そうした矛盾は特に「戦争責任」論などにおいて見出されることとなるが、それについては本書終章で確認したい。

(31) こうした平野の「昭和十年代」観を他の『近代文学』同人も共有していた。例えば本多秋五は戦中を、「文学全体の空白状態」(「転向文学論」『岩波講座『文学』第五巻』岩波書店、一九五四・二所収)あるいは「非文学時代」(「転向文学と〝文芸復興〟」)とみなしている。

(32) 橋川が同書で言及しているように、このような日本浪曼派の「黙殺」に対しての批判の嚆矢となったのが、竹内好「近代主義と民俗の問題」(『文学』一九五一・九)である。竹内はそこで、「戦後にあらわれた文学評論の類が、少数の例外を除いて、ほとんどすべて「日本ロマン派」を不問に付しているさま」を「奇妙」であるとした上で、そのような戦後の「近代主義者」たちは「血ぬられた民族主義」を避けることで「自分を被害者と規定し、ナショナリズムのウルトラ化を自己の責任外の出来事とした」と記している。なお『日本浪曼派批判序説』の引用は『橋川文三著作集 1』(筑摩書房、一九八五・八)に、竹内好のテクストの引用は『竹内好全集 第七巻』(筑摩書房、一九八一・二)に、それぞれ拠った。

(33) 前掲座談会「戦後日本の思想の再検討――第一回「近代文学」の思想――」より鶴見の発言。なおこのような鶴見の批判を受け継ぐものとして、例えば松本健一・鈴木貞美・竹田青嗣・笠井潔座談会「戦後思想と天皇制」(『文藝』

一九八六・二）における笠井の発言が挙げられるだろう。笠井はそこで、「戦後派の人々は戦争中も、あるいは戦前の革命運動の挫折みたいなところでもそれほど傷を受けなかった」「戦争とファシズムの生活の下であまり傷を受けなかった種子というものが、戦後になって芽ぶいたという感じがあります」と述べている。

(34) 本多秋五「少数者のために」（『読売新聞』一九四七・三・三）

(35) 吉本隆明「戦後文学は何処へ行ったか」（『群像』一九五七・八）。なお本書における吉本隆明のテクストの引用は、原則として『吉本隆明全著作集』（勁草書房、一九六八・一〇〜一九七五・一二）に拠った。

(36) 荒正人「晴れた時間」（『文化人』一九四六・九）

(37) 平野謙「戦後文学の一結論」（『法政』一九五五・一二）。なお「組織と人間」において伊藤は、「自由主義の文士もコンミュニズム系の文士」も、あるいは「革命思想、革命行為そのもの」さえもが「ジャーナリズムの組織」の「歯車の一つ」、「商品価値、宣伝価値」としてしか存在し得ないと断じ、「真に生命を持っているのは、人間でなく組織であり、我々はその奴隷ではないかという怖れを意識することから自由そのものを考えることを始めたい」と記している。「組織と人間」の引用は『伊藤整全集　第一七巻』（新潮社、一九七三・七）に拠った。

(38) 前掲『昭和文学史』「第四章　昭和二十年代」

(39) 平野謙「戦時下の伊藤整」（『群像』一九六六・一一）

(40) 亀井勝一郎『転形期の文学』（ナウカ社、一九三四・九）。なお本書における亀井勝一郎のテクストの引用は、原則として『亀井勝一郎全集』（講談社、一九七一・四〜一九七五・二）に拠った。

(41) 亀井勝一郎『人間教育　ゲエテへの一つの試み』（野田書房、一九三七・一二）

(42) 前掲『昭和文学史』「第二章　昭和十年前後」

(43) 亀井勝一郎『芸術の運命』（実業之日本社、一九四一・二）

（44）平野謙「亀井勝一郎の戦後」（『群像』一九六九・九）

（45）前掲「戦時下の伊藤整」

（46）平野は「文芸時評　時局と芸術」（『婦人朝日』一九四一・一二）においても、高村光太郎『美について』に触れた上で「この秀れた書物が真実の意味で時局的と呼ぶにふさわしい」「今日、いちばん芸術的なものこそ真に時局的であり、真に時局的とは芸術的なること以外にない」と記している。ところで平野は、戦前の評論をまとめた『知識人の文学』（近代文庫社、一九四八・一〇）を出版する際に「改竄」（江藤淳「改竄された経験――大東亜戦争と平野謙――」『文學界』一九八一・八）を行っている。さらに「大東亜戦争」勃発や文学報告会結成を賛美した「戦争と文学者」（『婦人朝日』一九四二・二）や「文学報告会の成立」（『婦人朝日』一九四二・八）など幾つかの評論は『知識人の文学』に収録されていない。こうした事実を踏まえた上で、杉野要吉は『ある批評家の肖像――平野謙の〈戦中・戦後〉――』（勉誠出版、二〇〇三・二）の「第一部第三章　論争への出発――平野謙の〈戦中から戦後へ〉の問題（その一）――」において、「平野謙の戦後社会にたいする作為、ある種の内面的な〝虚偽〟が重要な部分でかくされて」いると記している。

（47）『サルトル論』は『新日本文学』一九六七年一月号から一九六八年二月号まで連載され、同年同月河出書房新社より刊行された。なお本書における野間宏のテクストの引用は、原則として『野間宏全集』（筑摩書房、一九六九・一〇～一九七六・三）に拠った。

（48）本書における横光利一のテクストの引用は、原則として『定本横光利一全集』（河出書房新社、一九八一・六～一九九九・一〇）に拠った。

（49）事実、「『サルトル論』批判をめぐって」（『文学』一九六八・七～一〇）において野間は、『サルトル論』とは「ヘーゲルの、ことにその『精神現象学』を媒介にしてサルトルの考えるところの向うへと出て行こうとしたものである」と記している。

(50)「純粋小説論」に限らず、野間は例えば「感覚と欲望と物について」(『思想』一九五八・七)や「新感覚派文学の言葉」(『文学』一九五八・九)など、様々な場で横光について(あるいはそれを中心とした新感覚派について)言及している。こうした事実を踏まえて、「横光利一と後代――主として野間宏とのつながりで」(『国文学　解釈と鑑賞』二〇〇〇・六)において伴悦は、「野間が跨いだ横光の「純粋小説論」から、野間の「全体小説理論」ないし創作実践とのつながりを、どうみていくかが、これからの将来にわたる現代文学を考えるうえでも、本格的に問われてもいいのではないかと思われたことである」と記している。

(51)このように「四人称」が「虚無」や「場」といった概念に結びつけられることについて、位田将司は西田幾多郎「場所」(『哲学研究』一九二六・六)や九鬼周造『偶然性の問題』(岩波書店、一九三五・一二)などの言説を踏まえながら、「ヘーゲル以来、弁証法が歴史化の運動だとすれば、「四人称」はまさに歴史化された時間、「空間」を有している」と論じた上で、「四人称」の持つ京都学派的な「国家」の哲学、ひいては「天皇」に接続する潜在的可能性を指摘している(位田将司「「純粋小説論」と「近代の超克」――「四人称」という「戦争」」『「感覚」と「存在」――横光利一をめぐる「根拠」への問い――』明治書院、二〇一四・四所収)。これを踏まえるならば、後述するように野間が「全体小説」を可能にするものとして「虚無」や「場」にも節合可能な「四人称」といった概念ではなく、あくまで作家個人の「眼」を提示してみせたことは、アジア・太平洋戦争において「全体」への志向／欲望が容易に国家主義へと結びつくことを目の当たりにした野間の、妥当な措置とも言えよう。ただし、これも後述するが、にもかかわらず野間の「全体小説」論は「昭和十年代」の思想と不可分のものとしてあるのだ。

(52)例えば絓秀実「「純粋小説論」まで」(『探偵のクリティック――昭和文学の臨界』思潮社、一九八八・七所収)や中村三春「フィクションの実践――〝純粋文芸派〟の研究」(『フィクションの機構』ひつじ書房、一九九四・五所収）、山本亮介「横光利一「純粋小説論」をめぐる一考察――「偶然」の問題を手がかりとして――」（『文藝と批評』二〇〇一・五、『横光利一と小説の論理』笠間書院、二〇〇八・二所収）、位田前掲論などが挙げられる。

（53）およそ二五年もの年月をかけて完成された『青年の環』（河出書房新社、一九四九・四～一九七一・一）について、野間自身は「小説の全体とは何か――『青年の環』の完結まで」（『朝日新聞』一九七〇・一一・一六、二三）の中で、『サルトル論』で提示した「あわい目」に注ぐ「眼」の創造について言及した上で「『青年の環』にあっては、それを実行に移したのである」と記すが、こうした野間の言説を踏まえて例えば「同時代としての戦後1　野間宏・救済にいたる全体性」（『群像』一九七二・一）において大江健三郎が『青年の環』を「全体小説論議」が「はじめて実態を獲得した」小説と捉えるなど、『青年の環』は自他ともに「全体小説」として書かれたテクストとみなされている。だがその他にも、例えば「高橋和巳と全体小説――『悲の器』の意味――」（『國文學　解釈と教材の研究』一九七八・一）において岡庭昇は、高橋和巳『悲の器』（『文藝』一九六二・一〇～一一、同年一一月に河出書房新社より刊行）に「あたらしい全体小説の可能性」を見ようとし、あるいは『中村真一郎小説集成　第九巻』（新潮社、一九九二・一一）に所収された鈴木貞美によるインタビューの中で中村は、「僕は野間と同じに全体小説というのを考えていた」と述べた上で、自身の『四季』四部作（一九七五年二月から一九八四年一二月にかけて新潮社より『純文学書下ろし特別作品』として刊行）を自らの「全体小説」観を反映したテクストとしている。

（54）引用は『岩波全書19　人間の学としての倫理学　改版』（岩波書店、一九七一・一一）に拠った。

（55）野間文学における京都学派の影響については、尾末奎司「野間宏における「昭和十年代」――その主体確定の位相――」（『日本文学』一九七八・一）において詳細に論じられている。尾末はそこで、野間の師である竹内勝太郎の思想が西田幾多郎の哲学にいかに依拠しているかを指摘した上で、「暗い絵」に始まる戦後の野間の文学が、その影響力に対峙しそれを克服しようとしたものであったと論じる。さらに西田哲学の影響力に関して言うならば、野間のみならず他の「戦後文学者」にも及ぶものであったと考えられる。それについては本書においても今後様々な場で論述することとなるだろう。

ところで戦後におけるこのような人間性・主体性の擁護は、決して日本という場のみに留まる現象ではあるまい。野間が「全体小説」論を構築する上で依拠した一九四三年刊行の『存在と無』において、サルトルは「現代思想」の狙いを「哲学を悩ましているさまざまの二元論を克服し、これにかえるに現象の一元論をもってしよう」というものであるとした上で、「かくしてわれわれは、たとえばフッセルもしくはハイデッガーの《現象学》に見られるような現象 phénomène の観念に到達する」と記す。こうした言説に端的に示されるように、サルトルの思想がフッサールおよびハイデガーの哲学に基づくものであったことは言うまでもないが、そのサルトルが戦後に行った講演をもとにしたテクスト『実存主義とは何か』（原題『実存主義はヒューマニズムである』）においては、「人間を形成するものとしての超越――神は超越的であるという意味においてではなく、乗り越えの意味においての――と、人間は彼自身のなかにとざされているのではなく、人間世界のなかにつねに現存しているという意味での主体性と、この二つのものの結合こそ、われわれが実存主義的ヒューマニズムと呼ぶものなのである」と述べられているのである。このサルトルによる定義を踏まえ、同書を訳した伊吹武彦は「サルトルの哲学は少なくもその出発点においてハイデッガーに負うところが多いけれども（略）ハイデッガーの場合、実存とは「存在の光のなかに立ちいでる」こと、人間が主体性の枠を破って存在そのものの光のなかに帰りたつことであるのにたいし、サルトルの場合、実存とは、みずからの存在をみずからが選択する主体性の意味である」と記している（『サルトル全集　第13巻　実存主義とは何か』人文書院、一九五五・七「訳注」）。こうしたサルトルの実存主義が、やがてレヴィ＝ストロース『野生の思考』において「主体偏重」であると批判されるのは周知の通りだが、その他にも例えばヒューバート・L・ドレイファスは『世界内存在――『存在と時間』における日常性の解釈学――』の「第1章　『存在と時間』の序論――内容的部分」において、「現存在を意識を持った主体だと考えてはならない」とした上で「サルトルが『存在と時間』を、自らの『存在と無』の意識の理論へと書き直すやり方は、見事なものだが方向を間違えていて、今述べた過ちの最も有名な一例となっている」と批判している。このような、ハイデガーからサルトルへという第二次世界大戦後の西洋哲学の潮流と、日本の「戦後文学」における「文学者」という主体の特権化との間には明らかに相同性があると言うべきではないだろうか。なお、サルトルのテクストについては『サルトル全集』（人文書院、一九五〇・一二〜一九七七・六）を参照したほか、レヴィ＝ストロースのテクストは『野生の思考』（大橋保夫訳、みすず書房、一九七六・三）を、ヒューバート・L・ドレイファスのテクストは『世界内存在――『存在と時間』における日常性の解釈学――』（門脇俊介・榊原哲也・貫成人・森一郎・轟孝夫訳、産業図書、二〇〇〇・九）を、それぞれ参照した。

(56) 椎名麟三「過去との断絶」（『東京新聞』一九四八・一・一九）

(57) 椎名麟三「戦後文学の意味」（『人間』一九四八・三）

(58) 椎名文学における「昭和十年前後」の「反復」と「昭和十年代」からの「断絶」という問題は、この他にも様々な言説から示唆されるものであろう。例えば「私の文章について」（『言語生活』一九五五・一〇）において椎名は、戦前に自身が書き連ねていた「日常ノート」の中の「概念語の多い文章」について「ドストエフスキーのそれでなく、シェストフの、それも翻訳の文章の影響が顕著のようだ」とした上で、「文学の最初の師は、ドストエフスキーであるが、文章の最初の師は、シェストフの訳者、河上徹太郎さんである」と記し、自身の文章に「シェストフ的不安」の影響を認める。一方『椎名麟三全集 19』（冬樹社、一九七六・一〇）の「解説」を担当した桶谷秀昭は、その中で「椎名麟三のドストエフスキイ理解には、ロシヤと西欧、スラブ派と西欧派の対立の渦中に身をよこたえたドストエフスキイの姿が、完全に視野から脱落している」と批判し、そこに「戦後派作家や「近代文学」の批評家」が「日本ロマン派にたいして戦後もアレルギー的拒絶反応を強くもちつづけてきたこと」によって「みずからの視界を狭く」閉ざした一例を見ている。
(59) 埴谷雄高「宗教と政治と文学と――椎名麟三への追悼」(『世界』一九七三・六)
(60) 平野謙「文学・昭和十年前後」は『文學界』一九六〇年三月号から一九六三年三月号まで、二六回にわたって連載された。
(61) とは言え大岡もまた、「戦前」の思考が自身に大きな影響を与えたことは認めている。「作家に聴く」(『文学』一九五三・五)において大岡は、「僕の文学青年時代は左翼の全盛時代で、普通の教養としてブハーリンやカウツキーを走り読みをし、小林多喜二なども読んで感銘を受けたが、当時のプロレタリヤ作家の党派運動や不潔な文章に反感を持って近づけなかった。むしろスタンダールを読み出してから、左翼的な問題を考えるようになった。階級の観念なしにはスタンダールはつかめないからである」と述べ、自身が戦前に行ったスタンダール翻訳・研究が「左翼的な問題」と接続するものであったと記している。また「常識的文学論　第五回」(『群像』一九六一・五、『常識的文学論』講談社、一九六二・一所収)では、シェストフ『悲劇の哲学』の翻訳者であり成城高校時代の大岡のドイツ語教師であった阿部六郎について、「シェストフの流行は、転向問題と結びつけて論じられるのが常だが、阿部六郎はたしかに一種の転向者であった」とした上で、シェストフの『虚無よりの創造』も『悲劇の哲学』も「もっと前に読んで」おり、「当時、シェストフの毒はよく利いた」と述べるとともに、阿部が同じく成城高校教師であった村井康男とともに大岡の家にやって来て、『国家と革命』などを含む独訳の『レーニン全集』」を大岡に預け、隠させたという逸話を紹介している。さらに大岡は「大岡洋吉のこと――小林秀雄の世代」(『新潮』一九六二・六)においては、成城高校入学の際に従兄の大岡洋吉が西田幾多郎『善の研究』と津田左右吉『古事記及日本書紀の研究』を貸したことを述べた上で、その二冊とブハーリン『史的唯物論』は「みな私の人生観を根本から変えた本だった」とも記している。大岡とそのテクストにおける「戦前」との接続という問題については、本書第七章などで改めて論じる。

(62) 大岡昇平「狡猾になろう――私と「戦後」 戦後四十年目に」(『群像』一九八五・八)

(63) 大岡昇平『〈合本〉俘虜記』(創元社、一九五二・一二)「あとがき」

(64) 「戦後文学」がアメリカ軍占領という事実を看過しがちであったことについての批判は数多くあるが、例えば桶谷秀昭は「〈第三の新人〉の出発点」(『國文學 解釈と教材の研究』一九八〇・四)において、「軍国主義と天皇制の抑圧の記憶をもち、マルクス主義体験という思想の劇を戦後の廃墟に投影する第一次戦後派の作家たちが、いまからすれば不思議な気がするくらい書かなかったのは、アメリカ軍による占領というもう一つの抑圧の現実であった」と記している。あるいは、「アメリカ」という「他者」を導入することによって「第一次戦後派」批判と「第三の新人」定義を行った江藤淳『成熟と喪失――〝母〟の崩壊――』(河出書房新社、一九六七・六)においても、その背後には「戦後文学」における「アメリカ」の黙殺に対する批判的視座が存在すると言えよう。

(65) ここでの「鎌倉組」とは、大岡昇平と同時期に鎌倉に居を構えていた文学者たち(例えば川端康成や大佛次郎、小林秀雄など)を指す。

(66) 大岡昇平「わが文学に於ける意識と無意識」(『われらの文学4 大岡昇平』講談社、一九六六・一二所収「私の文学」)

第一部

「死」の文学

椎名麟三論

第一章　「死」と「庶民」——椎名麟三「深夜の酒宴」論——

1　「庶民」派・椎名麟三

幾多の「戦後文学」あるいは「戦後文学者」の中にあって、「深夜の酒宴」（『展望』一九四七・二）において実質的なデビューを飾った椎名麟三という小説家は、「庶民」とみなされることで同時代の他の文学者と差異化されてきた。例えば吉本隆明は「戦後文学は何処へ行ったか」（『群像』一九五七・八）において次のように記している。

（椎名の初期小説は——引用者注）転向心理のひだをカメラのひだに変えてしまったような内面的な弾力性で、リアルにヴィヴィッドに下層庶民社会のアナキイな人間関係や生活の実体をえぐり出したところに価値があった。椎名の存在理由は、かれが戦後作家のなかでは、日本の下層社会を内部的にえがきうる唯一の作家であるところにあったのである。

この他にも、例えば連載座談会「戦後文学の批判と確認＝第四回＝椎名麟三——その仕事と人間（上）・（下）」（『近代文学』一九六〇・三〜四）の中で奥野健男は、「椎名さんのいちばんの特質は庶民意識にある。日本の下層庶民を描いたはじめての作家だと思う。いままで下層庶民の生活を書いた作家はいるが、あの人のは発想形態そのものが、下層庶民の心理のメカニズムをそのまま使っているという意味では、日本における最初の作家ではないかというふうに思っている」と発言しており、あるいは佐々木基一は「椎名麟三の独断的実験」(『文學界』一九五五・二)において、「椎名における庶民的なもの、それはわたしの考えによれば、もはや善悪の批評を絶した、いわば生得的なものである」と記した。[1] こうした評価は、小説家としてデビューする以前の椎名の経歴に由来していることは言うまでもあるまい。一五歳で家出をした椎名は、飲食店の出前持ち、見習いコック、電鉄の車掌、さらに転向・出獄後はマッチ工場の雑役夫などの職を転々としており、そのような経歴は、ほとんどが帝国大学出身の同時代の文学者たちと比較しても、「学校教育もろくろく受けなかった無産勤労者出身の作家」[2] として差異化されることとなっただろう。

こうした作家イメージはまた、椎名自身が意識的に用いたものでもあった。埴谷雄高・武田泰淳・中村真一郎座談会「椎名麟三　人と文学」(『群像』一九七三・六)[3] において武田泰淳は、椎名と初めて出会った際、椎名がレーニン帽をかぶり「ぼくは生っ粋のプロレタリアートだから」と語ったと回想している。その他にも、例えば「蜘蛛の精神」(『文藝春秋』一九四八・九)において、戦前の「左翼の雑誌」に掲載された小説は「労働者」の「根源的な気分」ひいては「人生」について「毫も知っていな」かったと記すなど、椎名はプロレタリア文学に対する批判を様々な場で表明していた。そして同時代の批評において、プロレタリア文学運動がナップ、コップ主導のものへと移り変わっていったこと――即ち共産党母体化を顕著にしていくこと――は現実のプロレタリアートを無視した運動であったとして批判されることが一般的であり、その中でかつてのプロレタリア文学もまた非難の対象となったことを想起するならば、椎名が「生っ粋のプロレタリアート」であり「下層庶民社会」を「内部的」に描き得る唯一の作家であるといった評価は、戦前のプロレタリア文学者に対する反措定であり、即ち椎名の諸テクストについてプロレタリア文学と比較することによってその価値を認めていたことを示唆しているのである。

一方で前掲座談会「椎名麟三　人と文学」において既に、こうした椎名像を否定的に捉える言説も見られる。例えば埴谷はそこで、椎名を「生まれながらの労働者階級出身というのとは違いますね」と語っている。ならば、椎名を「庶民」派とすることは誤りなのだろうか。だがここで、椎名が「生得的」に「庶民」であったか否かは問題ではない。「庶民」とは何らかの集合体を指す概念でしかあり得ない以上、そもそも「生得的」な「庶民」などと言うものは存在しないであろうし、それ故に吉本が語ったようにそれを「内部的」に描くことなど不可能なはずなのである。

しかしそれを踏まえた上で、なおも椎名が同時代において——あるいは現在でも——「庶民」的な文学者として捉えられていることを考慮するならば、確かに椎名の諸テクストには「庶民」が遍在していると言えるだろう。そのとき、そこで書かれている「庶民」とはまた、決して「内部的」に表象し得るものではないにもかかわらず、書かれてしまう——書くことを強制されてしまう——何らかの対象なのである。

2　「異質」な「庶民」

椎名を戦後の新たな文学の旗手として評価するものが一般的であった同時代評の中で、椎名の諸テクストに対して——と言うよりむしろ「戦後文学」と呼ばれたもののほとんど全てに対して——批判的であり続けた評論家として、中村光夫を挙げることができよう。中村は「独白の壁——椎名麟三氏について——」(『知識人』一九四八・一二)において、椎名の初期小説について以下のような言説を残している。

僕が氏の極端に観念的な独白めいた小説手法の底に感じるのは、平凡で才気の乏しい自然主義伝来の庶民の心に通ふ、善良な青年の心であり、それが虚無だとか永遠だとか生活の愚劣などといふ哲学青年めいた囈言に飾られた氏の文体の技巧といたましく乖離して行くのは見るにたへぬ陰惨な喜劇と思はれるのです。

こうした批判に対して椎名は、自身の「なか」には「日本の貧民窟や下層階級の人々」といった「社会から落ちた無数の人間が住んでいる」ことを一旦認めた上で、「人々は、乞食を見ても街で見る乞食しか知らない。だが僕の知っていた乞食たちは、哲学(?)を語るのである。しかも非常なむずかしい個性的な言葉で」と反論している。(4) しかし既に述べたように、「庶民」というものは決して「内部的」に表象し得るものではない以上、椎名だけが知っている「乞食」や「庶民」などというものは存在しない。その上でなおも中村の論が示唆的なのは、初期の小説から連想される「作者椎名麟三」に、「自然主義伝来の庶民の心」と「極端に観念的な独白」との「乖離」を見出している点にある。そしてこのような「乖離」こそ、椎名の諸テクストにおける「庶民」が抱え込んだものなのだ。

例えば「深夜の酒宴」において、空襲で焼け残った倉庫であるアパートに住み、ろくに食事にもありつけない貧しい生活を送りながら、語り手である「僕」は「観念的な独白」をくり返す。

幽霊という言葉が僕を打った。僕は自分の本質に対する的確な批評に敬意を表しながら、厚誼をこめた一礼をすると、再び雨のなかへ大儀な足を運んで行った。幽霊、たしかに僕は実体のない存在なのである。僕は憂愁という観念なのである。(3)

井口時男は「悪文の初志　椎名麟三論」(『批評空間』一九九一・四、「貧しさの臨界——椎名麟三論」と改題の上、『悪文の初志』講談社、一九九三・一一所収）の中で、「深夜の酒宴」におけるこのような「庶民」とその「観念的な独白」の同居という「不自然さ」を指摘し、それを「骨がらみのパロディ」と名づけている。井口はさらに、「僕」がアパートの他の住民たちについて「平凡で古くさくて退屈」で、「その人々の生活を考えただけで陶酔的ないい気分になることが出来る」、「自然主義リアリズム」の小説に登場するかのような人々であると批評している場面を踏まえた上で、「深夜の酒宴」を「作者自身が意図的に露出させたキーワードを用いて言えば、「観念」が「自然主義リアリズム」の「重さ」に「堪えている」」小説であるとし、それは、椎名が両者を「無防備に同居させながら、そこに生じる葛藤や軋轢によって、互いに互いを異質化させようとする」ものであるとした。だが「深夜の酒宴」をはじめとする椎名の初期テクストにおいて問題とすべきは、単にそこに描かれる「庶民」が「異質化」されている――即ち「不自然さ」を読み手に与える――ということだけではなく、そのような方法によってしか「庶民」を表象することはできない、という点にあるのではないだろうか。中村光夫が「自然主義伝来の庶民」と述べたとき、それは「平凡で古くさくて退屈」な「庶民」といった存在を示唆していたのであろう。しかしそのような「陶酔的ないい気分」に読み手を誘う「庶民」は、果たして存在するのか。くり返すが、「庶民」とは何らかの集合体を指し示す一つの概念である以上、その「庶民」を「平凡で古くさくて退屈」な存在とみなすこと自体、一つの恣意的な把握に他ならない。即ち、「平凡で古くさくて退屈」な「庶民」によって読み手が「陶酔的ないい気分」になる、という方向性そのものが一つの転倒なのであり、実のところは、「陶酔的ないい気分」へと読み手を誘うために、「平凡で古くさくて退屈」な「庶民」表象が要請されるに過ぎないのである。とすれば、椎名の初期テクストにおいて「異質化」された「庶民」が登場するとき、それは椎名が「庶民」を「内部的」に表象し得たからでは、決してない。むしろ椎名の初期テクストから読み取るべきは、「自然」な――「内部的」に表象可能な――「庶民」とは常に既に存在しないにもかかわらず、テクストに「庶民」が書かれてしまうとき、それは読み手に「乖離」あるいは

「不自然さ」を意識させるような方法においてしか示し得ないということなのである。換言すれば「庶民」とは、「自然主義リアリズム」――あるいはあらゆる「文学」の手段かもしれないが――における表象の限界として存在しており、だからこそそれがテクストに書かれることそれ自体が「不自然」なのだ。

しかし「僕」という存在、そしてその言語形式は極めて「異質」であるにもかかわらず、「深夜の酒宴」の世界はある種の安定性・一元性を保持していることもまた確かなのである。それは語り手の「僕」が「庶民」という表象の限界でありながら、そのような「僕」自身の意識と語りによって、「深夜の酒宴」の物語世界においてはある一つの表象不可能性が絶えず外部へと放逐されていくことと無関係ではあるまい。

3 「死」と「絶望」

「深夜の酒宴」は極めて閉鎖的な小説である。それは、物語の舞台が「僕」が住むアパートの周辺に限られ、登場人物もほとんど全てアパートの住人であるという空間的な狭さによってもたらされるのみではない。その閉塞感は、「深夜の酒宴」の世界とそれを書き記す「僕」の意識との極端なまでの同一化に由来するのである。例えばそれは、次のような記述からも明らかであろう。

朝、僕は雨でも降っているような音で眼が覚めるのだ。雨はたしかに大降りなのである。それはスレートの屋根から、朝の鈍い光線を含みながら素早く樋へすべり落ち、そして樋の破れた端から滝となって大地の石の上に音高く跳ねかえって沫をあげているように感じられる。しかもその水の単調な連続音はいつ果てるともなく続いているのだ。ただこの雨だれの音にはどこか空虚なところがある。僕が三十年間経験し親しんで来た雨だれの音には、微妙な軽やかな限りない変化があり、それがかえって何か重い実質的なものを感じさせるのだが、この雨だれの音はただ単調で暗いのだ。それはそれが当然なのであって、この雨だれの音は、このアパートの炊事場から流れ出した下水が、運河の石崖へ跳ねかえりながら落ちて行く音なのだ。

だが僕は、このアパートへ来て半年余りになるが、朝眼を覚すと、それが下水の音であると知っていながら、どうしても雨が降っているような気分から脱することが出来ないのだ。 (1)

「深夜の酒宴」冒頭において「僕」は下水の音を雨音と聞き違えるが、これは単なる勘違いには終わらない。やがて「3」の冒頭に「今日も一日中雨が降っている」と記され、さらには「5」の冒頭にも「昨日から降り出した雨は、今日になってもまだ降りやまない」とあるように、「深夜の酒宴」ではいつの間にか現実に雨が降り注いでいる。つまりこのとき、「深夜の酒宴」の世界において「僕」の意識は外在の現実世界と奇妙なまでに一致しているのである。

さらに「僕」が耳にするこの「単調」な音は、「深夜の酒宴」全体の基調音でもある。例えばアパートの住人である「那珂の妻」が発する鋭い連続的な咳の音や、「僕」が耳にする坊主の読経、あるいはアパートに響く子供の泣き声。「深夜の酒宴」はこれらの「単調」な音が執拗なほど反復されるテクストなのである。そしてこのような「単調」に支配された空間を、やがて「僕」は自らの意識で覆い尽くすこととなるだろう。「絶望と死、これが僕の運命なのだ」(4)という言表に示されているように、「僕」はあらゆる事象を「絶望」的なものへと還元していくのだ。例えば「僕」は、桶屋の老人の「とんとんたがをはめる音」を聞くと「涙さえ出てくる」と感傷的に語るアパートの住民戸田に対して、次のように答える。

「僕がその桶屋のお爺さんを見たのなら、戸田さんと違って、きっとこう、そのお爺さんの苦しみを見つけ出すでしょうね。そしてとんとんという槌の音を聞いたら、きっとお爺さんのどうにもならない絶望の響に感じられて、僕はきっと急に生きるのが辛くなって来るでしょうよ。それでなくても働くということは辛い。しかし、それだからと言って怠けているということも辛い……」（3）

「僕」は、戸田が「元気づけられる」と語る桶屋の老人の槌の音を、「絶望の響」と言い換える。そして「僕」と別れた戸田は、その夜「呻くような泣くような溜息」をつくこととなるのだ。このようにして「僕」は、「深夜の酒宴」で出会う他者の意識を自身の意識で覆い、彼らをことごとく「絶望」を抱えた人物へと変貌させていくのである。

しかし、ならば「僕」が抱えるそのような「絶望」の意識は何によってもたらされているのだろうか。このとき、前掲の「絶望と死、これが僕の運命なのだ」といった「僕」の言葉をはじめとして、「深夜の酒宴」においては幾度となく「死」が語られていることに留意する必要があるだろう。

「深夜の酒宴」の世界において、「僕」は絶えず「死」を意識させるアパートの住民たちの姿に圧迫される。例えばそれは、左目の周囲が腫れており、そのためにふとした拍子に歪んで見えるおぎんの顔であり、病気のために痩せ衰え、手足は膨れ上がり腹は「臨月の女のように」丸くなっている「那珂の妻」の姿であり、また、顔は青白く唇は暗紫色をした仙三であり、あるいは栄養失調のために手足は骨ばかりで腹だけが異様なまでに膨らんでいる一人の少年の姿である。このように「僕」のアパートには、常に「死」が影のように——それは「僕」によって「腐敗した糠味噌のような臭い」と形容される——付きまとっているのである。そしてその「死」はやがて、「僕」に対しても侵食していくのだ。

そのときぴかりと僕の眼を射たものがあった。思わずその方を見ると、暗い部屋の隅に枯草色のされこうべがぼんやり見えるのである。たしかにされこうべは僕を見つめていた。僕も動かずにじっとそのされこうべを確めた。咄嗟に罹災者のそれかも知れないと思ったのである。だがそのされこうべには、どこかでお目にかかったことのあるような特徴を感じた。だが僕はすぐそれが自分の顔であることを知った。隅に破れたガラスが立てかけてあったのである。（略）ただでさえ窪んでいる僕の眼は一層窪んだのであろう。そして頬は思い切り落ち込んでいるのだ。僕はなるほどと思った。額から顎にかけての線はすっかりされこうべの相好を現わしているのである。そして眼が空洞なのだ。（3）

ここに記されているような、鏡を見る自己と鏡に映る自己との関係性については、ジャック・ラカンの一連の「鏡像段階」論がよく知られているだろう。R・シェママ、B・ヴァンデルメルシュ編『精神分析事典』[5]に拠れば、「鏡像段階」とは、「幼児が鏡の中の自分を観察」することで「鏡に映った身体像をわがものとして引き受ける」段階であり、人が必ず通過する「同一化の過程」である。即ち人は鏡に映る自分を見ることで、「それは私である」という自己の同一性を確認するのだ。だが「深夜の酒宴」の「僕」がガラスの中に見るのは、目のあたりが空洞に見えるほどに窪み、頬はげっそりとしている「されこうべ」のごとき顔なのである。ならばこのとき、「僕」は鏡を見るという行為によって、自身を現実には不在であるはずの「死者」と同一化していると言えよう。事実、やがてガラスがあった小屋を出て一人歩く「僕」は道端で出会った浮浪者から「ほんとにお前は幽霊みたいだぞ！」と声をかけられるが、その発言を「僕」は「自分の本質に対する的確な批評」と認めるのである。さらにその直後「僕」は道端に幾度となく嘔吐するのだが、その「必死の分泌物」は出されるや降りしきる雨によって流されてしまう。とすればそれはまさに、「単調」

な連続音による「僕」自身の生のしるしの消去と言えるだろう。
だがここで問題とすべきは、「僕」が自身を「されこうべ」として定義する——即ち「僕」が自身を比喩的な死者として書き記す——として、ならば「僕」にとって「死」とはいかなるものとして意識されているのか、ということではないだろうか。それを問うとき、「深夜の酒宴」において実際に死者となる少年に対しての「僕」の言説は示唆的であろう。少年の葬式において、「僕」はアパートにあるリアカーに乗せられて火葬場へと運ばれていく彼の姿を空想する。

ごとんごとんと単調な音を立ててリアカーが揺れるたびに、棺のなかの少年は考えるのだ。なんて死とは大儀で厄介なものであろうと。僕はいつの間にか読経のゆるやかなリズムに調子を合せながら、ごとんごとんと憂鬱に口の中で呟いていた。（2）

ここで「僕」は、既に死者であるはずの少年の意識をなぜか語り得ている——あるいは語り得ると思っている——。その言説は、鏡を見るという行為において自らを「されこうべ」と定義したことと同様に、死者と自身とを想像的に同一化させることで擬似的に「死」を体験しようとする所作と言えよう。だからこそ「僕」は、「ごとんごとん」という「単調」なリズムとともにそのような仮死状態へと身を処すことが可能となるのである。
もちろん「僕」は一方で、そのような「単調」を脱却するための行動をとらないわけではない。それは擬似的・比喩的な「死」ではなくまさに現実に「死」それ自体へと至ること、即ち自死という手段としてあらわれる。その機会はやがて、仙三に「よし、お前死ね！　死ぬのが本当なのだ」と宣告され、首をくくるための綱を渡されるときに訪れることとなる。しかし「僕」はその綱を見たとき、「紅白の綱を首に捲いて何かの動物のように吊り下っている自分の姿」を思い浮かべ、「たまらない気持」になってしまうのだ。自死後の自らの姿を第三者的に見てしまうその想像力は、棺おけの中の死者である少年の意識を語った際の想像力と同じものであるだろう。「僕」はその綱を「ネクタイでも締めるように」緩く締めてから二、三度首を振るが、遂に自死が行われることはない。結局のところ「僕」が実際に死者となることは、「深夜の酒宴」においては巧妙に避けられてしまうのである。

このようにして「僕」は、擬似的・比喩的に「死」を反復しつつも常に未だ死んではいない者として、「死」に至り続けるものとして存在する。それはまさに、「死」を「運命」づけられた人間として「単調」を保持し続けることでもあるだろう。つまりここで「運命」としてある「死」とは、「僕」がそこに到達することは不可能な外在／超越として常に先送りされるものなのである。とすれば「深夜の酒宴」における「僕」は、「死」が「腐敗した糠味噌のように」まとわりついているために「絶望」するのではあるまい。むしろ他者の「死」を比喩的・想像的に反復しつつも、実のところは自身の「死」それ自体を先送りし続けることで、「僕」は自ら「絶望」的な状況を構築しているのである。ならばこのとき、「深夜の酒宴」における「僕」の「絶望」の意識とは、かつてセーレン・キルケゴールが「死に至る病」として提示した「絶望」の概念と極めて相同性を帯びたものと言えるのではないだろうか。

椎名が戦前から戦後にかけてキルケゴールの著作、特に『死に至る病』を耽読していたことはよく知られており、様々な椎名麟三論においても既に指摘されているが、その『死に至る病』においてキルケゴールは次のように記している(6)。

だが絶望はまた別の意味で一層明確に死に至る病である。この病では人は断じて死ぬことはない（人が普通に死ぬと呼んでいる意味では）、――換言すればこの病は肉体的な死をもっては終らないのである。反対に、絶望の苦悩は死ぬことができないというまさにその点に存するのである。絶望は死病にとりつかれている者に似ている、――この者はそこに横たわりつつ死に瀕しているのではあるが、死ぬことができないのである。（略）死という最後の希望さえも遂げられないほど希望がすべて失われているのである。（略）絶望とは死にうるという希望さえも失われているそのことである。

キルケゴールによれば、「絶望」とは「死ぬこと」が不可能であること、「死にうるという希望さえも失われている」ところの「苦悩」を指すものであり、「肉体的な死をもっては終らない」という意味において「死に至る病」と呼ばれるものである。ところで「深夜の酒宴」における「僕」もまた、決して死なないことによって「絶望」し続けていたのであり、そのように自身の「死」を先送りすることで「深夜の酒宴」の世界全体を「単調」なものと化していたのではなかったか。とすれば「深夜の酒宴」における「絶望」とは、「死」という「肉体的」な終焉を回避しようとする「僕」の意識の運動によってもたらされていたのであり、即ちキルケゴールが提示したところの「死に至る病」にとりつかれた人間の自己意識と極めて相似するものなのである。そしてその限りにおいて、「単調」と「絶望」に覆われた「深夜の酒宴」という小説は、あえて言うならば「僕」が決して死ぬことのないテクストであるのだ。

4　加代という「謎」

これまで見てきたように、「深夜の酒宴」とは「単調」な音と擬似的な「死」の反復によって「絶望」的な状況が蔓延し、あるいは「僕」のそうした「絶望」の意識によって物語の包括がなされるテクストであった。しかしその世界に一人の登場人物、即ち加代という女を位置づけようとするとき、その作業はいささか困難であると言わざるを得ない。常に「気になる謎のような微笑」を浮かべる加代の不可解な言動は、それ自体「僕」にとっても読み手にとっても「謎」なのである。そのことに関連して、例えば斎藤末弘は「僕」と加代との関係を「「精神」と「肉体」の関係」と形容し、(7)高堂要は加代は「「豚」のように、「精神性」など全く微塵も無い無意識的ニヒリスト」であるとして、「意識的ニヒリスト」である「僕」と対比してみせた。(8)加代を「僕」の類型、相補として捉えるこれらの論は、加代が「僕」に語ってみせた言葉――「あなたとわたしがどこかよく似ている」――によるものと言えるだろうし、深尾加代という名前から、後の「深尾正治の手記」(『個性』一九四八・一)に描かれている「僕」に似た主人公を連想することは容易であろう。しかし、ならば「僕」自身は加代という女をどのように捉えているのだろうか。

例えば「僕」は、加代の「白い皮膚がはち切れそうに太っていて、足の指先まで輝かしいほど丸味を帯び」た肉体を「人間の夢があふれて」いると形容しており、また彼女を「どんな不幸」でさえも「印をつけること」ができない存在とみなしている。やがて「牛肉を煮る匂い」が加代に絶えず付随するものとして語られるとき、それはアパートを覆う「腐敗した糠味噌のような臭い」とは明らかに異質のものであると言えよう。だが――あるいはだからこそ――「僕」は、そのような加代さえも「絶望」的な意識へと還元することに拘泥するのだ。

> 加代にはいつも未来への漠然とした不安があった。彼女はその不安をただ漠然と堪えているだけなのだ。それは彼女の眼を見ればよく判るのだ。彼女の一重瞼は何かひどく重い感じだった。 (1)

ここにおいて「僕」の語りは、「加代にはいつも未来への漠然とした不安があった」などそのまま加代の内面にまで侵食している。そしてその断定的な口調は、例えば仙三の姿に対して「不安そう」あるいは「不機嫌そう」と表現する姿勢とはあまりにもかけ離れてはいないだろうか。それはむしろ、「なんて死とは大儀で厄介なものだろう」と棺おけの中で死んでいる少年に語らせ、その少年と自身とを同化させていくことで擬似的な死者となる「僕」の呟きに似ている。「僕」は死者の内面を語ることで自身の「死」自体を先送りし、「死に至る病」としての「絶望」を保持し続けたが、加代の内面へと向かう言表行為は彼女を自らと同じ「絶望」的な存在に陥れる意図的なものであるとひとまずは言えよう。

しかし、やがて加代は「深夜の酒宴」における「単調」の反復を切断し始める。例えばアパートの幼い子供たちが「おいしいお団子ですよ。いかがですか。おいしいお団子ですよ。いかがですか。安いですよ。十円ですよ。いかがですか」と「闇ごっこ」をしてみせる場面において、加代は「これを売りなさいよ」と返答をし、当時としては珍しい一口もなかを与える。子供たちの売り声は、買い手がいないが故にいつ果てるともなくくり返される「単調」な声であり、「僕」には「憂鬱な調子」として聞こえるものであった。だがその売り声は加代の一声によって「一時にやんで」しまうのである。

あるいはまた、仙三に言われるがまま首をくくって見せようとする「僕」の姿を見て加代は「身を揉むようにして激しく笑うが、その笑い声は「法廷の尊厳を犯」すものとされる。そして加代が、「栗原さん（仙三——引用者注）は、あなたでなくわたしをこの綱で殺したかったのですね」と「僕」に語るとき、加代の笑いは、仙三による加代の殺害によって「単調」な現実が保持されようとする「深夜の酒宴」の「法廷」秩序そのものに向けられていると言えるだろう。またそれが、加代が負うべき「死」を「僕」が代行してみせたことに対しての笑いであるならば、常に擬似的な「死」を反復することで「死」を到達不可能な外在／超越とみなし、「絶望」的な意識を維持し続けてきた「僕」の存在さえも笑われたこととなる。

加代が笑うものは「単調」であり、その笑いは「僕」の「絶望」を危ういものとする。それ故に、「深夜の酒宴」が「絶望」の物語として閉じられるためには、加代の存在を物語世界から排除しなければならない。


「須巻さんは明日、ここを出られますの?」

「あなたは?」と僕は反問した。

「仕方がありませんもの。出ますわ」

「どこへ?」

「判りませんわ」

「僕は出ませんよ。ここにいますよ。ずっと恐らく死ぬまで……」

「あなたはほんとうにたまらない方ね!」

と加代はまた謎のような微笑をうかべながら、あの重い一重瞼の眼で僕を見つめたのだった。それからふいに立ち上りながら僕へいうのだった。

「お別れにお酒を飲みません?」

「それもいいですね
え」

と僕は大儀な気持で立ち上った。(略)

だが僕は間もなく加代の部屋で酔いつぶれてしまったのだった。飢えのために身体が弱っているからだ。だが酔いつぶれながら、僕はただ一つのことをぼんやり覚えていた。それは加代が酔いつぶれている僕の頭を子供のように撫でながら、脱けて来る髪を指に巻いては畳の上へ落していたことだった。(5)

「僕」が決してアパートから出て行かずそこに残り続けること。それはかつて下水の流れる音を雨音へと転化させたように、「単調」を普遍的／不変的なものへと拡張する「僕」の「絶望」的意識からすれば当然の選択だろう。それは恐らく、「僕」にとってアパートは現実の縮図そのものであり、そこから去ることはいかなる解決にもならないという理由のみに留まらない。「僕」は「単調」に覆われたアパートに留まるという選択によって、決して自らを「死」それ自体に至らしめることのないままに「絶望」を保持し続けようと欲するのである。そして一方で「僕」は、「単調」に支配されたアパートの住民としてそこから立ち去る加代を見送ることとなる。加代は「僕」のアパートから隔たった場へと外在化される――即ち「深夜の酒宴」のテクストから放逐される――のであり、またそれによって「僕」およびアパートという場には再び「単調」な日常が戻ることであろう。

しかしここで問題とすべきは、そもそも加代という女はなぜ「深夜の酒宴」に登場してしまったのか、そして彼女はなぜ「僕」の構築する「絶望」と「単調」に覆われた「深夜の酒宴」の世界を切断しようとしたのか、ということである。このとき、加代が「僕」に向かって「あなたとわたしがどこかよく似ている」と語りかけていたことを想起しなければならない。即ちもし加代が「僕」と「よく似ている」存在であるならば、彼女は「僕」が有するはずの何らかの機能を代行しているのではないか、と考えられるのだ。ならば再び、「深夜の酒宴」において果たして「僕」はいかなるものとして存在していたか、考察する必要があるだろう。

5　転向者としての「庶民」

そもそも「僕」はなぜ、前述したような「異質」な「庶民」として存在してしまうのか。あるいは「僕」はなぜ、「絶望」に拘泥し「死」の外在化／超越化を欲望し続けるのか。これを問うときに想起すべきは、椎名の初期テクストにおける数多の登場人物と同様に、「僕」もまた転向者として設定されているということである。だが椎名麟三という文学者において「転向」とはいかなる現象なのだろうか。それを論じる上で、椎名の次のような言説は看過すべきではないだろう。

独房の日々、私はモップルから差入られてくる本を読んで暮したのであるが、その時、「自分の仲間が、もし死刑を宣告されたら、自分は代って死んでやることが出来るだろうか？」ということを（その時は）一心になって考えた。その頃の私は、自己に対する問い一般は結局において「否定的な答」しか出てこないという精神のカラクリを解していなかったのである。
故に、答は「否！」であった。多くの自己弁解をつけても、「自分は誰かのために死ぬことは出来ない」という事実を否むことは出来なかった。私は自分が配膳夫（既決囚たち）とすこしも異っていないことを感じた。（略）それから、私は転向上申書を書いた。

（「私の小説体験」『文藝首都』一九五三・二）

椎名はこの他にも、「だが私にとっては、あの拷問のときの一瞬が忘れられないだけだったのだ。あの死の恐怖におそわれたとき、自分の信ずる正義や自分の愛する仲間や労働者としての誇なんかふいにどうでもよくなって、死ぬより白状した方がいいと思った一瞬をだ」[9]、あるいは「あるとき今度このままでは殺されるかも知れないという、死への恐怖を恐れたわけであります。そのとき、自分の信じていた一切のものが空虚になってしまった。革命の思想も、労働者としての誇りも、同士への配慮も消え失せてしまった、そんなことは自分の死にあたいしない、ひどくくだらないものとなってしまった」[10]と語るなど、様々な場で自身の転向体験を特権的なものとして提示し続ける。だがここで問題とすべきは、単に椎名が「転向」を自身にとっての決定的な出来事と捉えているという事実のみならず、「転向」の背後に「死の恐怖」という概念を見出していることである。そして「転向」という現象を「死の恐怖」の経験として捉える文学者は、戦前戦後を通して決して椎名一人に留まらないはずではなかったか。

「裏切」には三つの方法がある。その一は急速で大胆な、或る意味で悪魔的な方法である。（略）その二は智的な方法である。共産主義の場合などには、理論的誤謬を指摘し、新体系を提示し、政策の変更を求める。合法的に存在してゐるときは事情がや、異つてくると思ふが、秘密結社として投獄されてゐる故に、当然それは検察当局の意に合したものとならざるをえない。だが合したものでないことを証明する智的苦心が必要である。理論的誤謬を痛感したのが先か、獄中における死の恐怖が先か、後者はつねに隠蔽されるが、僕は死の恐怖以外の理由を根本としてみとめ難い。

（亀井勝一郎『我が精神の遍歴』創元社、一九五一・九）[11]

絓秀実はこうした亀井の論考について「戦後に書かれた多くの転向論よりはるかに、「自己意識」の成立＝「転向」という事態を捉えている」とした上で、「亀井がここで言っているのは、「転向」とはヘーゲルの言う「承認のための生死を賭する戦い」における敗北だということにほかならない」と記している。[12] なるほど、絓が依拠したアレクサンドル・コジェーヴの『ヘーゲル読解入門――『精神現象学』を読む』では、ヘーゲル弁証法について、「承認のための生死を賭する戦い」において「死の恐怖」のために「敗北」した「奴」が、勝者である「主」の意向を「労働」によって「代行」しつつ遂に「絶対的な主」として君臨する自己意識の運動であると解説されているのである。[13] さて、「奴」による「主」の弁証法的止揚が同時に「死」の超克であるならば、「深夜の酒宴」における「僕」の意識の根底にあるものもまた、こうした弁証法運動であったと言うべきではないだろうか。前述したように、「僕」の「絶望」的な意識とは「死」それ自体に至ることが不可能であるというキルケゴール的な「絶望」であった。それ故「僕」は「死」を絶えず外在化し先送りすることで、その超克・包括――それはまた主体の自己実現でもあっただろう――の可能性を常に保持し、弁証法的な自己意識の運動を加速し続けたのである。そしてこうした概念は、「深夜の酒宴」というテクストのみならず椎名麟三という文学者自身をも貫く問題であったと言えよう。だからこそやがてキリスト教に入信したとき、椎名はイエスの「復活」の肉体に「絶対的な生と死をともにキチンと共存させている本当の生命」[14]を見んとするのだ。それは言うならば、常に既に絶対的な外在としてあることによって「絶望」をもたらしていた「死」を親和的に内在化し得る可能性なのであり、その可能性を見出すことによって椎名の「転向」は完成に至る（とみなされる）のである。

しかし、転向者が「死の恐怖」に遭遇したとき、その「死」は果たしてこのような超越的／外在的な場にあるものだったのか。もし「死」が転向者の自己疎外・自己意識の分裂をもたらすものであるならば、例えば国家権力や当局からの圧力、治安維持法における死刑制定など、確かに「死」は転向者という主体の外部から個の自己充足を否定するものであったにもかかわらず、実は彼自身の内部における切断線ではないのだろうか。

スラヴォイ・ジジェクはその著書において、ジャック・ラカンが言うところの「象徴界」と「現実界」の関係――この現実の世界である「象徴界」の秩序には常に既に「現実界」という穴が開いているが、その「現実界」こそがまさに「象徴界」秩序の後ろ盾である――を引き合いに出しつつ、それをヘーゲル弁証法の「主」と「奴」の運動へと当てはめている。[15]ジジェクによれば、ヘーゲル弁証法の「主」は「象徴界」秩序そのものであるが、それは「現実界」という空虚な（あるいは余剰な）「無」によって支えられているものであり、即ち「主」とは空虚な「死」の別名なのである。そして「奴」たる主体はそのような「主」（＝「死」）の空虚を欲望し続けるが、その過程で「奴」が発見する「主」（＝「死」）の真実は、その空虚こそが実は「奴」自身であるという倒錯した関係であるのだ。

さて、このようなジジェクの論考は、「深夜の酒宴」というテクストにも通底するものではないだろうか。「死」

それ自体を絶対的な外在とし続けた「僕」において、しかし「死の恐怖」それ自体は実は「僕」の内在的な切断線なのである。だからこそ、「深夜の酒宴」において「僕」は転向者であると同時に、表象の限界として読み手に「乖離」を意識させる「不自然」な「庶民」であらねばならなかったのだ。即ち内部的に表象し得ない「異質」な「庶民」とは、「死」という切断線を内に抱え込んだ、決して自己充足することなき転向者としての主体の謂なのである。

そして、にもかかわらず「僕」が「死」を徹底的に外在化しようとする自己意識の運動をくり広げるとき、それを嘲笑うかのように「深夜の酒宴」における「単調」の反復を切断していく加代は、確かに「僕」と「どこかよく似ている」と存在であると言えよう。加代という女は、「単調」に支配された「深夜の酒宴」というテクストにおいて常に「異質」な存在であり続けることで、「僕」が本来有する「庶民」——あるいは「死の恐怖」を内に抱え込んだ転向者——としての機能を、物語内容レベルで代行しているのだ。さらに「僕」が加代を徹底的に外部へと放逐することを欲し続けるとき、それは「死」を先送りし続け、「絶望」を保持する「僕」の意識の運動と相同性を帯びてもいるのである。この意味においても、表象の限界として存在する「庶民」としての加代は「死」の表象不可能性の代行者でもあり、それが「深夜の酒宴」のテクストに内在しているが故に、彼女は「僕」の「絶望」的な自己意識には還元し得ない存在なのだ。それ故、「深夜の酒宴」結末部においてもなお加代の微笑が、それが何であるか語られないまま「謎」として残されるとき、その「謎」は「死」あるいは「庶民」の表象不可能性の残滓であるだろうし、あるいは「謎」という一言で済ますことで、「僕」は辛うじてそれについて語ることを放棄している——即ち表象を回避している——とも言えるのである。

表象不可能性の内在と外在——。「深夜の酒宴」に見られるこのような問題を、その後の椎名の諸テクストは常に抱え込むこととなる。前述したように、椎名において外在に置かれた「死」についてはその超克が欲され、その欲望はやがてイエスの「復活」の肉体の「発見」をもたらすこととなるだろう。その欲望はまた、「転向」体験の特権化とその克服という意味において、極めて「戦後文学」的なものであったとも言える。だがそうした欲望の運動を経てもなお椎名のテクストに残されてしまう問題こそが、主体に内在する表象不可能性としての「死」、そして「庶民」なのである。

注

（1）引用は佐々木基一『戦後の作家と作品』（未来社、一九六七・六）に拠った。
（2）本多秋五「椎名麟三の転機」（『近代文学』一九四九・四）
（3）『群像』同号は、同年三月に椎名が死去したことを受けて「特集　椎名麟三」を組んでおり、座談会はその一部である。
（4）椎名麟三「作中人物其他について」（『世界日報』一九四八・六・三〜四）
（5）引用は『精神分析事典』（小出浩之・加藤敏・新宮一成・鈴木國文・小川豊昭ほか訳、弘文堂、二〇〇二・三）に拠った。
（6）引用は『死に至る病』（斉藤信治訳、岩波文庫、一九五七・六）に拠った。
（7）斎藤末弘「『深夜の酒宴』論――その成立と主題について」（『西南学院大学文学部国際文化学科　文理論集』一九七九・二、『椎名麟三の文学』桜楓社、一九八〇・二所収）
（8）高堂要「「状況の文学」の誕生――『深夜の酒宴』について」（『椎名麟三論　その作品にみる』新教出版社、一九八九・二所収）

(9)椎名麟三「ゴルゴダの丘」(『婦人公論』一九五六・六、『私の聖書物語』所収)。『私の聖書物語』は『婦人公論』一九五六年一月号から同年一二月号まで「私の聖書物語」として連載された「処女受胎」「愛と律法」「まぼろしの門」「人間に原罪はあるか」「海の上を歩くキリスト」「ゴルゴダの丘」「キリストの手と足」「神のユーモア」「人間性の回復」「愛の不条理」「生きるということ」「神と人」に、「イエスの誕生」「クリスチャンであること」「モラルについて」が加えられる形で、一九五七年二月に中央公論社より刊行された。

(10)椎名麟三「「死に至る病」の立場」(務台理作編『セーレン・キルケゴール　その人と理想』理想社、一九五六・一二所収)

(11)『我が精神の遍歴』は、養徳社より刊行された『現代人の遍歴』(一九四八・六)をもとに、本文の字句を一部改めた上で発刊されたものである。

(12)絓秀実「戦後「自己意識」の覚醒――昭和と戦後の交点」(『文藝』一九八八年春季号、「自己意識の覚醒」と改題の上、『探偵のクリティック――昭和文学の臨界』思潮社、一九八八・七所収)。なお同論においてはヘーゲル弁証法における二つの「自己意識」を「主」と「僕」と記しているが、本書ではアレクサンドル・コジェーヴ『ヘーゲル読解入門――『精神現象学』を読む』(上妻精・今野雅方訳、国文社、一九八七・一〇)にならって「主」と「奴」と示す。

(13)本書序章第三節も参照されたい。ところで絓は前掲論において、「転向」以前のプロレタリア文学運動そのものに既にそのような自己意識の弁証法運動が働いていたと指摘しているが、では戦前のプロレタリア文学運動における文学者・マルクス主義者の自己意識とはいかなるものであったか。

関東震災後においてプロレタリア文学がマルクス主義者のそれであることを決定づけたのは、青野季吉の「自然生長と目的意識」(『文藝戦線』一九二六・九)であると一般的には言われているが、その青野は「正宗氏の批評に答へ所懐を述ぶ」(『中央公論』一九二六・一一)において、正宗白鳥の「ニヒリズム」を「日本の知識階級の意識の一つの反映」と断じている。青野はそこで、文学者における全ての個性や思想は階級意識のあらわれであるとするが、それはまた、文学者あるいはそのテクストの自律性の否定でもあったと言えよう。即ち全ての文学者およびテクストが「階級」というものから決して無関係たり得ないとみなすことによって、個々の文学──それは当然プロレタリア文学も含まれる──の自律(自己充足)不可能性をも表明したのである。だからこそプロレタリア文学運動は、その後「芸術的価値論争」などにおいて「政治」に従属することなき「芸術」(「文学」)の可能性を論じつつも、その論争は決して解決を見ぬままその後も──「戦後文学者」を中心になされた戦後の「政治と文学」論争に至ってもなお──引き継がれていったのだ。

ところでこうした「文学(者)」の自律不可能性の議論を踏まえた上で、プロレタリア文学運動がマルクス、エンゲルスあるいはジョルジ・ルカーチ経由の「唯物弁証法」を思想の基盤としていることを考えるとき、マルクス主義導入において非自己充足的な存在へと至ったプロレタリア文学者という主体(「奴」)は、果たしていかなる「主」の欲望を代行したのか、という問題を見る必要があるだろう。「戦闘的プロレタリアートが大衆闘争の先頭に立ってする党の拡大・強化を中心的課題としている現代の日本においては、プロレタリア作家・芸術家の全関心もまたこの線に沿うて進んでゆかなければならない」(蔵原惟人「「ナップ」芸術家の新しい任務──共産主義芸術の確立へ──」『戦旗』一九三〇・四)、あるいは「最も革命的な「政治家」=党員であるということは、何等最も革命的な「作家」=党員であることと矛盾するものではなく、党的実践に於いては不可分離に統一されるものである。「党の作家」とは、プロレタリア作家としての最高の段階を示すものである」(小林多喜二「右翼的偏向の諸問題」『プロレタリア文学』一九三二・一二)といった発言からも明らかなように、端的に言えばその「主」は「党」ということになるだろう。こうしたプロレタリア文学運動の「党」主導化について平野謙ら「戦後文学者」が批判的視座を有していたことは、既に序章で確認した。だが、プロレタリア文学運動が階級闘争とプロレタリアートの解放というマルクス主義の「真理」を実現するための運動であるならば、その実現を果たす唯一の政治組織としての「党」に主体が自己を賭ける行為は、ある意味では必然なのである。即ちプロレタリア文学者たちは、「党」の理念を十全に代弁したプロレタリア文学作品を作り上げることによって「主」の欲望を代行する一方で、そのような行為そのものによって、「党」を益々自己を賭け得るべき「主」とみなしていくのだ。

プロレタリア文学運動におけるこのような「党」をめぐる弁証法的問題は、やがて「転向」という事態における様々な文学者の言説にも見出せるだろう。中野重治は「「文学者に就て」について——貴司山治へ——」(『行動』一九三五・二)において「党を裏切りそれに対する人民の信頼を裏切つた」と記しているが、それは取りも直さず、自己が「党」という「主」の欲望を十全に代行することなく裏切ったやましき「奴」であるという自己意識の表明に他ならない。あるいは最も早い時期の転向論の一つである「文学の新動向」(『行動』一九三四・九)において板垣直子は、「信念をまげることなく」死に至ったドイツ文学者ルードウィヒ・レンを挙げつつ、「今日の転向派は、その思想的人格的確信が、たとへばレンの如く最初から徹底してゐなかつた」「プロレタリア作家は、思想的に生きる限り転向することはありえない筈だ」と転向文学者を厳しく断じている。「某々の如く死ぬべき」であった(貴司山治「文学者に就て」『東京朝日新聞』一九三四・一二・一二〜一五)という極論にさえ見えるこの板垣の論は、しかしプロレタリア文学運動の帰着点としての「転向」を考えるならば、実は最も正統的なものであるとさえ言えるのだ。即ち、プロレタリア文学運動が「党」を「主」とする弁証法運動であるならば、「奴」としてのプロレタリア文学者はたとえ「死」に至ったとしても「党」を十全に代行しなければならないからである。

なお青野季吉、蔵原惟人および小林多喜二のテクストについては、『日本プロレタリア文学評論集3 平林初之輔・青野季吉集』(新日本出版社、一九九〇・八)、『蔵原惟人評論集』(新日本出版社、一九六六・一〇〜一九七九・

一二）、『小林多喜二全集』（新日本出版社、一九八二・六〜一九八三・一）にそれぞれ拠り、その他のテクストは初出を参照した。

（14）椎名麟三「神のユーモア」（『婦人公論』一九五六・八、『私の聖書物語』所収）

（15）ジジェクのテクストについては、『為すところを知らざればなり』（鈴木一策訳、みすず書房、一九九六・一一）、『イデオロギーの崇高な対象』（鈴木晶訳、河出書房新社、二〇〇〇・一二）、『偶発性・ヘゲモニー・普遍性　新しい対抗政治への対話』（ジュディス・バトラー、エルネスト・ラクラウとの共著、竹村和子・村山敏勝訳、青土社、二〇〇二・四）などを参照した。

第二章 「死」と「危急」——椎名麟三『赤い孤独者』論——

1 『赤い孤独者』の評価をめぐって

「深夜の酒宴」（『展望』一九四七・二）で実質的なデビューを飾り、「絶望の作家」「戦後文学の代表者」とみなされてきた椎名麟三は、一九五〇年一二月、日本基督教団上原教会において洗礼を受けた。椎名にとって「コペルニクス的転回」とも評されるこのキリスト教入信と時を同じくして発表された小説こそ、『赤い孤独者』である。[1][2]

だが、発表当時より現在に至るまで、『赤い孤独者』は「失敗作」とみなされることがほとんどである。例えば亀井勝一郎は、「神、コミュニズム、愛、死、罪、罰、虚無、その他たくさん」の「トランプの札」が一挙にばら撒かれており、「強ひて組み合せるとチンプンカンプンとなる」作品であると評している。[3]亀井は他の場所でもこの小説を「知的酩酊状態の好見本」と語るが、[4]その他にも例えば吉本隆明は、登場人物の「観念的な問答」について、「諷刺的なパロディとしかよめないていの無惨なしろもの」と断じている。[5]こうした評価は後年になっても変わらず、小林孝吉は「完全な自己破産と分裂の記録」「偉大なる失敗作」とみなし、[6]高堂要は「作者のピンぼけが、ひどく空しい」作品であると記すのである。[7]

とは言え、『赤い孤独者』を「失敗作」とみなしたのはむしろ椎名自身でもあった。刊行前には「僕の魂の記録」「僕にとっては、一つの事件」（「『赤い孤独者』について」『文藝』一九五〇・一二）と述べていた『赤い孤独者』について、やがて椎名は次のように語ることとなる。

そこで、どうしても二つの、質と量とのリアリズムを同時に並立させ得なければ、ほんとうのリアリズムに到達することは出来ない。(略)「赤い孤独者」を二つの同時性の一致点として書いた私は失敗した。私は「無」という場所で、二つを統一出来ると思ったのである(ドストエフスキーのいう「問題の消失性」)。(略)しかし、結果は(亀井勝一郎氏に指摘されたように)バラバラなものとなってしまった。そこに自分が生きられないことが証明されたのである。

人間が客観的危機に置かれたときは、自分の自由を、孤独を、かくすものだ。主観と客観との分裂は、危機において、分裂する。人間が成り立っている、この二つを同時に成り立たせる場所が失われるのである。私は「邂逅」において、この二つの同時性を成立させようと試みた。これが成立しなければ、人間は分裂から自己を回復することは出来ない。

批評が如何であろうが、私は「成立した」と信じているのである。 (「私の小説体験」『文藝首都』一九五三・一)

ここで椎名は、「質と量とのリアリズム」、「主観と客観」の同時成立を『赤い孤独者』で目論んだものの失敗に終わり、それをなし得たのは『邂逅』(講談社、一九五二・一二)であったと記す。椎名は様々な場で二元論克服への志向を語っているが、やがて彼はその可能性を「死んでいて生きている」[8]存在、「〈生と死〉の統一点」[9]であるイエス・キリストの復活の肉体に見出すこととなった。[10]とするならば、ここで一つの整然とした「椎名文学史」が作られることとなるだろう。即ち、『赤い孤独者』において分裂する自己意識の統一、「質と量」「生と死」などの二元論の克服に失敗した椎名は、キリスト教への回心を経た後『邂逅』においてそれを達成した、という文学史=物語である。だが『赤い孤独者』というテクストは、そうした言説には回収し得ぬ問題をはらんではいないだろうか。

本章では『赤い孤独者』について、登場人物の言動に見られる様々な矛盾と、その解消点の不在をまず確認したい。それらは『赤い孤独者』が失敗作とみなされる最大の要因であるが、受洗前後というこの時期の椎名の思想背景を踏まえるならば、むしろそれらの特徴こそ椎名文学において重要な意味を有するものと考えられるのである。

2 「死」と「神」

「これは一殺人事件の被害者である長島重夫の遺した、手記や感想や覚書の類をあつめたものである。現代の不可避的な被害者とも考えられる彼の、苦しみや喜びが、少しでも諸君に通ずるものがあるとすれば幸いである」という「序」の言葉で始まる『赤い孤独者』は、一九四九年の東京を舞台にした小説である。筆耕屋として働く重夫（「僕」）には英子という恋人がいるが、彼女からの結婚や同棲の申し出を彼は断り続けている。ある日、公務執行妨害で検挙されていた革命党員の兄伝一の身柄を重夫が引き取り、自身が勤める会社に入れたことから物語は展開されていく。

さて、この小説を読み進める中でまず目を引くのは、登場人物の言動に露骨なまでに含まれる矛盾である。例えば重夫の仕事相手である筆耕屋の榎本老人は、日曜日には必ず教会に赴くクリスチャンでありながら、神を信じていないことを周囲に明言している。兄の伝一は筆耕屋を集めて「資本主義社会に対する戦線」を作るが、それはプロレタリア革命を信じながらも革命党の歴史的な目的を超えた目的を持つとされる、「革命党でない革命党」と名づけられた組織である。では、このような矛盾に満ちた言動をくり広げる登場人物の中で、重夫はどのように振舞うのか。「革命党でない革命党」結成後、重夫は資金調達のためにかつて母を過労死に追い込んだ工場主の娘高梨豊子と結婚するなど、兄に命じられるまま組織に協力していくが、一方で彼は組織の一員となることは徹底的に拒否し続ける。

僕は、思わず叫んだ。

「僕は、こういう団体に加入することは出来ない！」（略）僕は、代田橋の方へ歩きながら自分が同盟を脱退したことについて、それでよかったと考えていた。僕は、自分が一つの目的であることを拒否したいのだ。僕がこの地上の目的になんらかの期待をもつということが、自分に許せないのだ。若し僕がどうしても地上的な目的に協力しなければならないのならば、（そして歴史がそれを命じていることは事実である）、その目的が自分の期待となることなしに、いわばその目的とはまったくの関係なしに協力しなければならないのだ。それは僕に死があるかぎりにおいて、この地上的な目的は、すべて自分にとって虚無であるからだ。（第二章　7）

重夫は「革命党でない革命党」が「地上的な目的」を達成するための組織であるという一点において、それへの参加を拒む。なぜなら人間に「死」がある以上、地上で果たすべき目的は全て「虚無」であると重夫は考えるからである。

「死」の必然性という概念に支配され、自身が生きる世界での行動に意味を見出すことができない重夫は、椎名の初期小説における登場人物の典型であるだろう。第一章で考察したように「深夜の酒宴」の「僕」は「絶望と死、これが僕の運命なのだ」と認識しているが、その他にも例えば「三つの訴訟状」（『展望』一九四八・二）の語り手は、「全く死ぬということは、人間の運命なのであり、避けることの出来ない必然性なのである」と断じている。重夫もまた、「死は、どんな死にしろ理不尽なものだ」（第一章　思い出）と記し、母の死に際して「死んだ人間がその肉体をもっていながら、生きかえることが出来ない」ことを「非常な不合理」（同前）と感じながらも、人間のあらゆる言動は「死にその根拠を持っている」（第四章　3）とし、「僕は結局、無理矢理に殺されるにちがいない」（第三章　4）と考える人物なのである。

だが、他の初期小説の語り手と比較したときに特筆すべき重夫の言動は、一方で彼が「死」に運命づけられた自身の生を積極的に認めようとしていることである。そして、彼のそうした言説において常に付随して語られる存在こそ、「神」なのである。

僕は、この時代の自分の運命を、みじんの容赦もなく生きたいのだ。新しい世界を味うことの出来なかった最後の時代の人間としての運命を生きたいのだ。（略）自分のすべての行動が少くとも自分にとっては無意味であり、その無意味であるという点にだけ、わずかに自分だけの自由と解放とを喜び得るに過ぎない人間の運命を生きたいのだ。（略）新しい未来の世界からは、過ぎ去られたものであり、捨てられ忘れられたものであり、またその未来の新しい世界からは、矛盾であり醜悪であるにちがいないこの時代の人間の運命を生きたいのだ。そして最後には、これらの運命に最後まで抵抗した故に、かえってこれらの運命を、みじんも狂いなく生きなければならなかったこの時代の人間の運命を生きたいのだ。

勿論、この避けがたい運命は、僕にとっておそろしい。しかし僕が真実にそのおそろしさにうたれたとき、この無神論者の僕が神を見たような気がするのだ。なにか容赦のない怒りというものを。だが、そのときほど自分は、これらの事実である自分自身を愛するよろこびに打たれるときはない。そのときほど容赦なく生き得る希望を感ずるときはないのだ。（第二章　5）

僕は、英子に対すると同様に、高梨に対しても愛に於て罪人であることを感ぜずには居られない。しかし実践というものが、多かれ少かれ、愛に於て罪人であることは、免かれることの出来ない事実であると思われるのである。愛に於て罪人となることの出来ないものにとっては、恐らく実践というものは不可能であるにちがいない。（略）僕には判らないが、しかしそれが逃れがたい人間の事実なのであろう。だが事実とすれば、むしろすすんで、その事実へ自分を根拠づけながら生きて行くより仕方がないのだ。そしてそのように生きることを、僕の心のなかのなにかが僕に命ずる。しかしその命令には、僕を感動させるものがあるのは、何故なのだろう？（第三章　9）

重夫がここで語るのは、「死」の必然性に支配された世界においては自らの行動のことごとくが「無意味」であり「罪」であるが、その「運命」を「みじんも狂いなく」生きよという「命令」に従うとき、「生きる希望」や「感動」がもたらされるという逆説である。そしてそのとき、「無神論者」であるはずの重夫はそうした「命令」を下すものとしての「神」を意識するのだ。

とは言え、『赤い孤独者』において重夫は素朴に「神」を信じる存在ではない。もしそうであるならば、椎名の「回心」を特権的な出来事とする椎名文学史において『赤い孤独者』が「失敗作」とみなされることはなかったはずだからである。「第二章　2」において彼は、「僕の身体のなかには、若し僕が罪であるならば、その罪をあますところなく生きよと要求している強い緊張があった」と語りつつも、「だがこの世は神によって裁かれるのではないというだけでなく、僕には、神が信じられないのだ！」と断じ、「第四章　1」でも「人間の不幸は、神から裁かれないというところにあるのではないか。神から裁かれるのなら、たとえ罪ありとして地獄へ投げ込まれるとしても、少くとも僕は希望を感ずることが出来るのだ。どのように裁かれようとも、神から裁かれるのならば、そのことがすでに人間の救いではないか。だが、神はない」と記す。だが一方で彼は、「心のうち」に感じる「大きな沈黙」や「期待そのもの」を「神への憧憬」ではないかと考えもするのである。[11]

このように、『赤い孤独者』における重夫の言説は、「死」という必然性に支配された自身の「運命」やそれをもたらす存在としての「神」について、常に揺れ動く。そんなとき彼は、一枚の絵を目撃する。

遅い朝食をすませて、高梨豊子の病院へ出かけた。（略）僕は、手続がすんだのだから、と呟きながら、ドアをひらいて入ろうとすると、うすぐらい控室の足もとの何かに躓いた。僕は足をもつらせながら、やっと立止った。縄やこもがいっぱいにちらかっていて、大きな油絵が壁にたてかけてあった。絵は、ひとりの男の死体だった。裸体で、腰のあたりにわずかな白い布がかかっているにすぎなかった。その淡褐色の身体は、死後の硬直を起していて、胴も腕も脚も、切り倒されたまま乾ききった枯木のような感じのするのが、僕の胸を強くうった。しかもその枯木は、全く一点の生々しいものさえないのだ。蛆の湧く余地もないほど、彼の肉体の全細胞が死に切って石のようになってしまったという感じなのだ。僕は、その死体に嫉妬さえ感じた。僕は、このような完璧な死を、いままで一度も見たことがない！

（第三章　2）

兄伝一の命に従い、高梨豊子との結婚を果たすために彼女が入院している病院に赴いた重夫は、「ひとりの男の死体」が描かれた絵を目撃する。それは死んで十字架から下ろされたイエス・キリストの絵（ピエタ）であるが、[12]彼はそれを見て「僕は、このような完璧な死を、いままで一度も見たことがない！」と衝撃を受けることとなるのだ。以後、彼はこのピエタに描かれたイエス・キリストとその死に拘泥することとなる。それは彼にとって「まったく完璧に死んで」いる存在、「それ自体は意味を超えているあまりにも自然法則的な死」を示唆するものであり（第三章　2）、彼はその「完璧な死」に嫉妬心を抱くとともに「その完璧のなかに期待のようなものがただよっている」のを感じるのである（第四章　1）。

イエス・キリストの死に対する重夫のこうした言説の背後に、椎名自身のイエス・キリスト観を見ることはそれほど困難ではあるまい。例えば前掲のエッセイ「復活」の中で椎名は、十字架で死んだイエスは「無時間そのもの」「非存在そのもの」であり、だからこそ「無からの有を創造し得る唯一のあの方」の存在を示唆するものであるとみなしており、『私の聖書物語』所収「神のユーモア」においては、復活したイエスについて「確実に死んでいるイエスであり、同時にまた、信じられないことだが、確実に生きているイエスでもあった」と記している。このような、十字架における絶対的な「死」と復活後の絶対的な「生」を同居させたイエスの復活の肉体に椎名は全ての矛盾を克服する可能性を見出していくが、とすれば確かに『赤い孤独者』とは椎名の「回心」の前兆としてのテクストである、とひとまずは言えるだろう。「第四章　4」において重夫は、英子のかつての恋人であり後に重夫を死に至らしめる佐藤と言葉を交わすが、そこで佐藤が提示する「赤い孤独者」――「自分に死を宣告する一切の力、飢えや苦しみや権力などとたたかいながら、また他の一方では、それらのたたかいそのものが、究極的な意味に於ては自分にとって無意味ではないかという不安ともたたかわなければならない」存在――という観念に対して、次のように考えるのである。

僕はだまっていた。僕にこの歴史的な時代の現実的な目標に向って行進している群衆の列が見えていた。しかし人々は、その目標に住むことは出来ないのだ。人々はその目標に達したときは、自分たちの欲していたものはこんなものではなかった、と歎くであろう。そのとき歎かないで、朗らかに笑い得るものは、一体誰だろう。それは恐らくその行進の最初に歎いてしまった人間にちがいない。そして最初に歎いてしまった人間が、その行進に加わり得るのは、人々とは全くちがった未来、つまり歴史とは全くちがった未来を、恐らく信仰として心のなかにもっている人間であるにちがいない。彼が、現実的な歴史的な目標に関係出来るのは、その未来に関してであり、その未来を信じ得る人間であるからこそ、その行進の列の他の人々よりも、その歩みはしっかりと大地をふんで進んで行けるだろう。もし佐藤のいうように赤い孤独者が人間の事実であるならば、佐藤のいう消極的なものでなく、このような積極的なものでなければならないであろう。（第四章　4）

重夫はここで、人間は自身が生きる世界において「現実的な目標」を達成することは遂にないという考えを反復しつつ、「歴史とは全くちがった未来」を信仰する人間こそ「赤い孤独者」という現実を「積極的」に生きることができる、と記す。即ち重夫がここで待望しているのは、「死」に支配された人間の「歴史」を超えた「未来」への期待、言うならば「復活」後のイエスへの信仰と近しきものなのである。

だが、『赤い孤独者』において、そういった「未来」への――あるいはイエス・キリストへの――信仰が積極的なものとして見出されることは遂にない。「第四章　4」で伝一が革命党を除名されていたことを知った榎本老人は、彼をリンチした後に「一切の人間の罪はもう許されているんだ。キリストが十字架にかかられたから、一切の人間の罪は許されているんだ」「おれたちのしたことは、みんないいんだよ。キリストは、そのために死なれたのだ」と叫ぶが、直後に脳溢血で倒れる。そしてその老人の姿を見た重夫は、「僕は人間の肉体そのものが、老人のいう自由に耐えられる筈はないという気がしていた。（略）そして恐らく新らしい人間は僕たちのこんな肉体とは全くことなった肉体をもって生れて来るにちがいないと思われた」と考える。即ちここでは、「死」の必然性に支配された「歴史」に生きる人間と全的な「自由」に耐え得る存在としての「新らしい人間」とは、決定的に断絶したものであることが示唆されているのである。やがて『赤い孤独者』結末部では、佐藤によって殺された重夫について次のような記述がなされることとなる。

長島重夫に関する殺人事件が、榎本孔版社で起ったのは、まだ夜の明けきらない五時すぎであった。（略）何かいうことはないかと聞くと、彼は、わずかに唇を動かし、「（何か）を信じていたのに……」といったように思われた。だがその何かが、何であるか、遂に聞きだすことは出来なかったらしい。

椎名自身の言説によれば、重夫にはモデルが存在する。一九四四年に椎名が世田谷に移転した際、彼の家の前に住んでいた荒本守也（本名：清水義勇）という人物である。荒本は熱心なクリスチャンであったが敗戦の直前頃からキリスト教や教会を攻撃しはじめ、マルクス主義に傾倒した後、腸閉塞のために他界する。彼は死の直前、椎名に向かって「おれは、神を信じていたのに……」と語ったという。[13]『赤い孤独者』で重夫が漏らした一語がなぜ「神」ではなく「（何か）」と記されたのかについては後に考察するが、ともあれこうした結末部を踏まえ、『赤い孤独者』を「椎名自身の洗礼直前の闇の中からの「待ち望み」を象徴[14]」したテクストとみなすのは、確かに妥当であるだろう。重夫は「死」の必然性に絶望しながらもその「運命」を積極的に生きることを希求し、その根拠としてイエスの肉体ひいては「神」に憧憬する。だが重夫らが生きる現実と「新らしい人間」が生きる「未来」とは最後まで断絶したままであり、彼は死の際に「（何か）を信じていたのに……」と語るのみなのである。

ならば、『赤い孤独者』において遂に重夫の絶望と「死」の絶対性が克服されなかったことによって、この小説はやはり「失敗作」とみなされるべきなのだろうか。ここで、椎名がこの時期に――さらにはキリスト教入信後も――傾倒していたある思想について考えてみたい。その思想と『赤い孤独者』との関連を探るとき、この小説が包含する諸問題と可能性が新たに見出されるはずであろう。

3 存在と「危急」

前述の通り、椎名は一九五〇年に日本基督教団上原教会にて洗礼を受けたが、その際に上原教会の牧師であったのが「赤い牧師」と呼ばれた赤岩栄である。一九三二年に上原教会を設立した赤岩は、戦中のキリスト教会のあり方に疑問を抱き、戦後共産主義に傾倒する。一九四九年には日本基督教団の牧師を続けながらの共産党入党を宣言、結果的に入党は断念したものの、その言動は教団内外に論議を巻き起こすこととなる。キリスト教信仰を否定し、共産主義の実践にますます拘泥していく赤岩と椎名は後に袂を分かつこととなるが、『赤い孤独者』出版記念の講演を椎名が上原教会で開き、その前後に教会発刊の雑誌『指』に連載を担当するなど、当時椎名と赤岩が「二人三脚の歩み」[15]をなしていたことは確かだろう。その赤岩が戦前より傾倒し、椎名も多大な影響を受けた思想家こそ、カール・バルトである。

二〇世紀のプロテスタント神学を代表する思想家であるカール・バルトは、一八八六年にスイスのバーゼルに牧師の子として生まれた後、ドイツで自由主義神学を学ぶ。やがて牧師となった彼は第一次世界大戦後のヨーロッパの精神的混乱の中で新たな神学を模索し、新カント派やキルケゴール、ニーチェの思想などを踏まえてパウロの「ローマ人への手紙」を講じた『ローマ書講解』を発表（第一版は一九一九年刊行、第二版は一九二二年刊行）、一躍ヨーロッパ内外にその名を知られるところとなり、ドイツの各大学に招待される。ナチスが台頭する一九三〇年代には反ヒトラー闘争に参加したためにドイツから国外追放処分を受けるが、故郷バーゼルでレジスタンス運動を引き続き展開、戦後も平和運動や原爆反対運動に携わるなど、一九六八年に亡くなるまで活発な言動をくり広げた。[16]日本においてもバルト神学は戦前戦後を通して広く紹介され、赤岩も『指』創刊当初よりバルトをめぐる最新の動向を紹介するなど、その一端を担っていた。赤岩はまた、『イエス伝』（月曜出版、一九五〇・五）などバルト神学に基づく著作を幾つか出版しているが、椎名はこれらの著作を通してバルト神学に接近したと考えられる。[17]

では、一九五〇年前後に椎名が赤岩を経由してバルト神学を受容したという事実を踏まえた上で、『赤い孤独者』にバルト神学のいかなる影響を見出すことができるだろうか。赤岩はこの小説にバルト神学の特徴でもある「終末論的方法」を見ており、[18]椎名もその評価に呼応するように『赤い孤独者』出版記念会の講演タイトルを「バルトの芸術論」とした上で、「現代の文学が遂に終末論の上に立たされているということがいえる」「「神なし」という大声のなかに、逆説的な仕方で、神の声をきかなければならない極限に立たされている」と述べているが、[19]まずは『赤い孤独者』の登場人物の思想や言動、ひいては小説の構造そのものにも関わるバルト神学の核心について探る必要があるだろう。尾西康充は『ローマ書講解』の前提は「神と人間との永遠の質的差異」にあると指摘しているが、[20]確かに『ローマ書講解』にはそうした記述が散見する。

> 人間が付け加えるものは、重要なものとなりえない。それは神の前には、常に無に等しいようなものである。神の前にあって人間の驚きとなり、目覚めとなるものは、それ自身としては人間に属するのではない。（略）神に対する畏敬と謙遜がある人間の中に場所を持つという事実、すなわち、信仰の可能性は、ただ不可能性としてのみ理解されるべきである。
>
> （第二章　人間の義）

神の存在と行為と、人間の存在と行為とはあくまでも別のものでありまたあり続ける。前者と後者との間には死の一線が越えがたく引かれている――もちろんそれは生の一線である死の一線、出発点である終極、然りである否である。神が宣告し、神が語り、神が支払いをし、神の御心に適うことが選び、評価する。然り、この宣告が創造者の言葉であり、現実は神の言葉によって措定され、神が価値を見いだすところに価値は存在する。（略）神が支払いをするものは、神のものであって、もはや人間のものではない。神が評価するものは、神の前に価値があり、そしてまさにそれゆえにこの世においては価値がない。

（第三章　神の義）

死と生とが全く同時的に、並列的に、あるいは一つの系列の各項として前後して存在しえないように、罪と恵みもそのようには存在しえない。ここに口を開く深淵を越えてはどのような橋もかけられない。ここで造り出される明確さは、どのような混同もゆるさない。恵みを受けない人間の薄明りの世界の中では――どのような明確さも、どのような区別も造ることのできない「善」と「悪」、「価値」と「無価値」、「聖」と「非聖」の裂け目をよぎり貫いて、この深淵は新しい秩序の方向づけとして、はっきりした基準そのものとして走っている。

（第六章　恵み）

神の真実と福音の絶対性を説く『ローマ書講解』においてくり返し示唆されているのは、神と人間との間には超克不可能な「死の一線」が引かれているということである。神は人間の尺度を超越した存在に他ならず、神の「恵み」もイエスの復活もことごとく歴史的可視性と人間の解釈を超え出ている。だからこそ神の言葉は人間を通すや「もはや真ではなくなる」（第九章　教会の危急）のであり、神は「徹底的にただ隠された神《デウス・アブスコンディトゥス》」（第十二―十五章　大きな阻害）であり続ける。だが、そのように神という一者と決定的に差異づけられた人間は、にもかかわらずその「危急」を徹底的に生き、全きの他者としての神の「真実」を信仰しなければならない――「真実」が人間ではなく神の属性である以上、信仰の「真実」もまた人間にとっては不可能であり続けるが、にもかかわらずその不可能性としての信仰の可能性を理解しなければならない――ということこそ、バルトが『ローマ書講解』で主張することなのである。

そしてこうしたバルト神学の主題を踏まえたとき、「回心」直前の椎名の分裂する自己意識が現出した「失敗作」といった評価に留まることなき、『赤い孤独者』というテクストが有する問題と可能性を見出すことができるのである。なるほど、確かに『赤い孤独者』において重夫は、「死」の必然性に支配された「運命」を生きぬくための根拠を求め、イエスの「完璧な死」にわずかな期待を抱きながらも、結局は生きる根拠を見出すこともイエスへの期待を抱き続けることもないまま死んでいく。その限りにおいて、『赤い孤独者』を記した当時の椎名自身には「復活のキリストとの邂逅は起こらなかった」[21]とみなすことは可能だろう。だがくり返すならば、バルトが『ローマ書講解』で主張したのは神と人間との間には超克不可能な「死の一線」があり、神の「真実」は歴史外のものであること、その「危急」を人間は生きなければならないという終末論ではなかったか。とするならば、「死」に運命づけられた人間の現実と「死」を克服した「新らしい人間」の「未来」とを最後まで断絶させたままの『赤い孤独者』は、むしろバルト神学を徹底的に受け入れたテクストと言うべきなのである。[22]

さらに、『赤い孤独者』におけるバルト神学受容のあり方は、重夫ら登場人物の言動のみならず小説の構造そのものにも見ることができる。既に示したように、『赤い孤独者』は重夫の語りによって展開されるものの、実際は重夫が遺した手記・覚書であることが「序」で明らかにされており、さらに結末部では「長島重夫に関する殺人事件が、榎本孔版社で起ったのは、まだ夜の明けきらない五時すぎであった」という文とともに、重夫の死の様子と各人物のその後の動向が記述される。即ち、『赤い孤独者』において重夫の「死」という事件を語るのは重夫自身ではなく、「序」と結末部のみに招聘される第三者的語り手なのである。このとき、重夫と第三者的語り手との間には重夫の「死」という決定的な切断線が引かれているのであり、『赤い孤独者』はそうした小説構造によって、人間がついに超克不可能である「死の一線」を改めて示唆しているのである。[23]

そしてこれまでの議論を踏まえたとき、『赤い孤独者』結末部における重夫の呟きがなぜ「(何か)を信じていたのに……」であったのか――重夫のモデルである荒本の言葉のように「神を信じていたのに……」ではなかったのか――という問題を考察することも可能となるだろう。『赤い孤独者』において重夫は、現代の人間には希望の根拠が不在であると語る際も、「未来」にいささかの期待を抱く際も、たびたび「神」という一語を口にし続けていた。だが、結末部において「(何か)を信じていたのに……」と記されるとき、重夫の言葉からは「神」という一語は差し引かれることとなる。これを踏まえて、『赤い孤独者』における「神」の不在を――そこから重夫、ひいては椎名の信仰に達し得ない状況を――見ることもできよう。しかしむしろ『赤い孤独者』は、その結末部で「神」という表象を差し引くことによって、それを名指し得ない人間と神との絶対的な隔たりを示唆しているのだ。バルト神学を受容し、「死の一線」の超克不可能性、人間が生きる現実と「新らしい人間」が生きる「未来」との断絶を描いてきた『赤い孤独者』は、結末部において人間と「神」との根源的な差異を刻み込む。そしてそのとき、『赤い孤独者』は人間の「危急」を徹底して記述し続けるという意味において、極めて急進的なテクストと化すのである。

4 椎名文学史における「危急」

本章では、椎名文学史において「失敗作」とされる『赤い孤独者』について、そこではバルト神学を背景とした人間と「神」との絶対的な隔たり、それによってもたらされる人間存在の「危急」のありようが示唆されていることを明らかにしてきた。では、『赤い孤独者』のそうした主題について、キリスト教入信による「回心」という椎名個人の出来事を越え、「戦後文学」の思考/志向と関連づけてみたとき、このテクストが書かれた意味とはいかなるものだろうか。

本書序章で確認したように、平野謙による「人民戦線」的文学の可能性にせよ野間宏の「全体小説」論にせよ、「戦後文学」が提示したのは弁証法的な運動の果てに到達するはずの理想の「文学」あるいは「文学者」であった。とすれば、そうした「戦後文学」の運動の最中にあって椎名が人間と「神」との間の解消不可能な隔たりを示した『赤い孤独者』を記すとき、それは「文学」や「作家」といった存在を特権化しようとする「戦後文学」の思考／志向に対する一つの異議申し立てであった、とまずは言えるだろう。

しかし、「戦後文学」による「文学」や「作者」の特権化が、かつてのプロレタリア文学運動における「党」の絶対化、あるいは「昭和十年代」の国家主義・全体主義に対する切断を目論むものであったならば、『赤い孤独者』という小説はそうした「戦後文学」的な言説に対して「神」という別の絶対者を提示しただけのことである——即ち、「文学」や「作者」に代わるものとして「宗教」や「神」を置いている——、という批判もあり得るだろう。また、ヘーゲル弁証法においても、それを踏まえた上で展開されるマルクスの理論においても、「宗教」や「神」を絶対視する思想は何よりもまず退けられるものであったことを想起するならば、[24]『赤い孤独者』やその後の椎名の諸テクストにおける「神」の表象のありようは、単に反動的なものに過ぎない、と言うことも可能かもしれない。

だがここで、「神」と人間との解消不可能な隔たりを提示した『赤い孤独者』においては、「死」の超克不可能性という問題も示唆されている、ということに留意しなければならない。ところで、人間における「死」の超克不可能性という問題は、「戦後文学」がその思想の基盤に置いた弁証法の根本にあるものではなかっただろうか。本書第一章で確認したように、ヘーゲル弁証法とは「承認のための生死を賭する戦い」に敗北した「奴」が、勝者である「主」の意向を「代行」しつつ遂に「主」を止揚するという自己意識の運動であり、即ち「奴」による「死（の恐怖）」の超克こそが弁証法運動を支えるものである。とすれば、徹底的にバルト神学の影響下にある書物とも言うべき『赤い孤独者』において「死」の超克不可能性という問題が提示されたとき、それは椎名のイエス・キリスト観に深く関わるもの、椎名文学全体をも貫く問題であるのみならず、「戦後文学」の思考／志向の根源にある弁証法的な自己意識の運動の問い直しでもあった、と考えなければならないのである。

注

（1）小林孝吉「自由と転向」（『椎名麟三論　回心の瞬間』菁柿堂、一九九二・三所収）
（2）『赤い孤独者』は一九五一年四月、河出書房より書き下ろし長篇小説として刊行された。受洗後に刊行された小説ではあるが、受洗前には既に脱稿されている。
（3）亀井勝一郎「椎名麟三論」（『群像』一九五二・二）
（4）亀井勝一郎・臼井吉見対談「現代作家論――椎名麟三」（『文學界』一九五二・八）より亀井の発言。
（5）吉本隆明「戦後文学は何処へ行ったか」（『群像』一九五七・八）
（6）小林孝吉「自由と矛盾」（小林前掲書所収）
（7）高堂要「「完璧な死」への期待――『赤い孤独者』」（『椎名麟三論　その作品にみる』新教出版社、一九八九・二所収）
（8）椎名麟三「神のユーモア」（『婦人公論』一九五六・八、『私の聖書物語』所収）
（9）椎名麟三「復活　5」（『指』一九五二・三）。「復活」は『指』一九五一年一二月号から翌年四月号まで連載された。
（10）例えば「絶対客観のレアリズム」（『指』一九五一・一二）において椎名は、「外的必然性と内的自由を絶対的にリアライズする」ところの「絶対客観」は「生と死を超えている者にしてはじめて可能」であり、「イエス・キリストの死と復活のなかに自己の根拠を置くことによって、イエス・キリストから絶対客観のリアリズムを与えられる」と記している。なお、『邂逅』については本書第三章で、椎名の文学観とキリスト教信仰との関係については本書第五章で詳しく論じる。

(11)「僕は、心のうちに大きな沈黙を感じる。そしてこの沈黙が、何ものにも期待出来ないし期待し得ない僕に、期待そのもののようにさえ思われる。いわば、僕は、僕の心のなかに起っている沈黙に於てだけ、期待出来るもののようだ。僕が、しばしば感ずる神への憧憬なのだろうか。一体、神はあるのだろうか。」(第四章 1)

(12) 宮野光男は『語りえぬものへのつぶやき――椎名麟三の文学――』(ヨルダン社、一九八九・五)の「はじめに」において、赤岩栄「「赤い孤独者」を読む」(『指』一九五一・六)を参照しつつ、このピエタは「アビニヨンのピエタ」であると考察している。

(13) 椎名麟三「神と人」(『婦人公論』一九五六・一二、『私の聖書物語』所収)、および『椎名麟三全集 3』(冬樹社、一九七〇・一二)所収「解題」(斎藤末弘執筆)を参照した。

(14) 饗庭孝男『椎名麟三全集 3』所収「解説」

(15) 斎藤末弘作成「椎名麟三年譜」(『椎名麟三全集 別巻「研究篇」』冬樹社、一九七九・一〇所収)

(16) 本章における『ローマ書講解』の引用は、『ローマ書講解』上・下巻(小川圭治・岩波哲男訳、平凡社、二〇〇一・六〜七)に拠った。また、カール・バルトの生涯については同書下巻所収の小川圭治「解題――神学における近代主義の突破」などを参照した。

(17) 尾西康充「椎名麟三・赤岩栄・菅円吉――カール・バルト倫理学講義からの影響――」(『近代文学試論』二〇一〇・一二)および「椎名麟三における〈イエスの復活〉とユーモア論――カール・バルト『倫理学講義』からの影響――」(『人文論叢』二〇一一・三)を参照した。

(18) 赤岩栄「「赤い孤独者」を読む」(『指』一九五一・六)。『ローマ書講解』第八章「霊」においてバルトは、「完全に徹底的に終末論でないようなキリスト教は、完全に徹底的なキリストと関係がない」と記している。

（19）椎名麟三「バルトの芸術論」（『指』一九五一・七）

（20）尾西康充前掲論「椎名麟三・赤岩栄・菅円吉――カール・バルト倫理学講義からの影響――」

（21）小林孝吉前掲論「自由と矛盾」

（22）『ローマ書講解』の「第五章　夜明け」においてバルトは、「ある人間が「キリストにおいて」あるならば、かれは、新しい、和解させられた、贖われた被造物である」と記すとともに、イエス・キリストの復活自体は「非歴史的なもの」と断じている。

（23）「いまよりしてもはや時なかるべし」（『指』一九五一・四）で椎名は、ドストエフスキー『悪霊』の登場人物キリーロフが語る「死というものはまるでありやしない」という言葉を引用した後、「たしかに非常に的確な思想だ。もし死というものが僕にあるなら、僕は僕の死体を現実的に見ることが出来るはずだから」と記している。即ちここでは、人間が自身の「死」を見ることも経験することもできない――だからこそ人間は「死」を超克し得ない――ことが示唆されているのである。既に多くの椎名論で指摘されているが、こうした椎名の言説の背後にバルトも影響を受けたキルケゴール『死に至る病』の思想を見出すことは容易であろう。

（24）アレクサンドル・コジェーヴは『ヘーゲル読解入門――『精神現象学』を読む』（上妻精・今野雅方訳、国文社、一九八七・一〇）の「第二章　『精神現象学』の最初の文章の要約」において、「ヘーゲルによれば――マルクス主義風に語るならば――宗教は実在的な下部構造に基づかなければ生まれることも現存することもないイデオロギー的上部構造にすぎない」と記している。

第三章　回帰する「恐怖」——椎名麟三『邂逅』論——

1　キリスト教入信と「転向」

一九五〇年一二月の椎名麟三のキリスト教入信、そしてその後の椎名の諸テクストについては、これまで「絶望の克服」「死からの自由」として論じられることがほとんどであった。[1]既に第一章で確認したように、自身の転向体験に関して「自分は誰かのために死ぬことは出来ない」（「私の小説体験」『文藝首都』一九五三・一）といった言説を残し、あるいは「死」がもたらす「絶望」的な意識を初期テクストにおいて執拗なまでに反復し続けた椎名において、受洗がそのような意味を持っていたことは確かに否定できまい。それは例えば、椎名が自身のイエス・キリスト観を綴ったエッセイ『私の聖書物語』（中央公論社、一九五七・二）において、イエスの「復活」の肉体を「死んでいて生きている」とし、その「発見」によって「自分の足元がグラグラ揺れる」ほどの「強いショック」を受け、信仰に至ったと記していることからもうかがえよう。さらに別のテクストでも椎名は、イエスの「復活」の肉体について次のように述べている。

復活のイエスは、自分の肉体を指し示される。イエスが示されたイエスの肉と骨は何か。それは無時間のものであり、死者の神の完全な所有でありながら、その完全な所有が、もはやイエスに対して何の意味ももっていないということ、もはや何の関係ももっていないということの告知である。（略）復活のイエスは死であり、世界でありながら、同時に死と世界に関して自由であるのである。（略）さらに誤解を恐れないでいうならば、僕たちが現実へ、この時間とこの場所へ容赦のない力で立たされるのは、キリストの自由が、死や世界のような僕たちの生の一方的な解消点ではなく、僕たちの〈生と死〉の統一点であられるからである。（略）僕たちの自由は、復活のキリストの肉と骨について見たときのように、死と世界で〈ある〉キリストの自由であるからだ。死と世界で〈ある〉ということは、死んで居り、物となっていながら、しかも生命ある存在で〈ある〉ということであり、僕たちはそれをキリストの肉と骨とについて見たのではなかったか。

（「復活　3～5」『指』一九五二・一～三）

ここにおいて椎名は、イエスの「復活」の肉体について「〈生と死〉の統一点」とみなす。即ちそれは、人間にとって絶対的な限界でありそれ故に「絶望」をもたらすとかつて椎名が考えていたところの「死」を、イエスの肉体は「生」との「統一点」として包括――「アウフヘーベン」――しているということであり、だからこそ椎名においてイエスの「復活」は「死」の超克可能性なのである。

ところで、対立する二項を提示した上で両者を「アウフヘーベン」させていくこのような概念は、決して椎名独自のものというわけではなく、いわゆる「戦後文学者」、つまり『近代文学』同人および近傍の文学者たちがたびたび用いたものであったことは、既に本書序章で確認した通りである。そして、それら「戦後文学者」たちが自らを転向者として位置づけてきたことを想起するならば、「戦後文学」の言説にたびたび登場する「アウフヘーベン」と「転向」という現象との関係性は決して無視し得ないものだろう。「転向」という体験は、望ましい自己（「非転向」の自己）と現実の自己（「転向」した自己）との分裂という、疎外された自己意識を発生させるものである。それ故転向者としての主体は、充足したあり得べき自己への欲望――即ち主体化への欲望――を抱くであろうし、そのような自己意識の運動として弁証法は存在するのだ。だからこそ「戦後文学」は、そして椎名麟三は「アウフヘーベン」という概念に拘泥しなければならなかったのである。対立する二項の「統一」といった概念はそれを包括する超越的な真理への欲望を必然的に付随させ、主体はそれに自己を賭けることとなるだろうし、(2)椎名にとってそれがイエスの「復活」の肉体だったと言えよう。

さらにこのような自己意識の運動は、サルトルを参照しつつキリスト教入信前後に椎名が掲げた「絶対客観のリアリズム(3)」といった概念に如実に示されることとなる。「絶対客観のレアリズム」(『指』一九五一・一二)と題された評論において、椎名は次のように記す。

> 絶対客観は、生と死を超えている者にしてはじめて可能である。(略)僕たちが、世界にしばられ、歴史にしばられ、死にしばられながら、同時にそれらの必然性を越えた自由を、自己の主観のうちにもっているのである。そしてそうできるのは、この外的必然性と内的自由を絶対的にリアライズすることが出来るものが存するからなのである。言いかえればイエス・キリストの死と復活のなかに自己の根拠を置くことによって、イエス・キリストから絶対客観のレアリズムを与えられるのである。

椎名はイエスの「復活」の肉体を、人間の理解を超えた「絶対客観」であるとしている。前述したように椎名にとってキリスト教入信は、「外的必然性」と「内的自由」とを両立させた、「死」の限界(表象不可能性)を超え得るものとしてのイエスの肉体の「発見」であった。そしてその「復活」の肉体を文学者という主体が「自己の根拠」とし、さらに「自己の主観のうち」に持ち得るとされたときに、全てを「絶対客観」的に表象する「絶対客観のリアリズム」は可能になるというわけである。ここに見られるのもまた、弁証法的な自己意識の運動と言えよう。即ち「絶対客観のリアリズム」とは、「死」の超克可能性を見出した文学者が全ての事象を余すところなく記すという充足した視点――それは「絶対知」とも言うべき自己実現を志向する主体の位相ではないだろうか――に立つことへの欲望のあらわれに他ならないのである。しかし果たして、椎名およびそのテクストにおいて分裂した自己意識の回復、主体の充足はなし得ているのだろうか。

本章でとり上げる『邂逅』[4]は、まさにそのような問題を抱えた小説である。椎名自身が『邂逅』について、「水に溺れている僕が、もがきながらやっと一つの岩にひっかかって、救われたときの吐息のようなもの」とした上で、その「岩」を「イエス・キリスト」であると断言していること[5]からも明らかなように、『邂逅』とはキリスト教入信後の椎名文学の問題があらわされたテクストである。さらには『邂逅』において「主観」と「客観」との「同時性」を目論んだとする椎名の言説[6]からもうかがえるように、『邂逅』は「絶対客観のリアリズム」の概念の下で書かれたものだろうし、その限りにおいて極めて「戦後文学」的――その背後に容易に弁証法を見出し得るという意味において――であるとも言えよう。しかし、「転向」体験そのものが小説を書く必要条件であった椎名において、『邂逅』が「転向」による自己分裂からの回復に成功した小説であるならば、なぜ彼はその後も小説を書き続け、最後の長編小説『懲役人の告発』（新潮社、一九六九・八）発表の後もなお「絶対矛盾の同時性」に拘泥しなければならなかったのだろうか[7]。このような問いを踏まえたとき、『邂逅』という小説に「〈生と死〉の統一点」といった弁証法的な思考／志向を切断する、もう一つの「死」の表象を見ることができるのである。そしてこの「死」こそ、「転向」における主体の自己分裂からの回復、「絶望」の克服をテクストにおいて実現しようとした「戦後文学者」椎名麟三が、必然的に直面せざるを得ないものなのだ。

2　「父」としての安志

さて『邂逅』というテクストを、「〈生と死〉の統一」を目論むキリスト教入信後の椎名文学の典型として捉えようとするならば、「死でさえもおれに対して絶対的なものであることは出来なくなっているんだ」といった言葉をくり返し、自身の「自由」を「客観的真理」であると語り、さらにはクリスチャンとして設定されている古里安志という存在に着目せざるを得ないだろう。そしてまた、イエスの肉体の「真の自由」こそが人間が信奉する全ての絶対を相対化する、という『私の聖書物語』における椎名の言説を想起するならば、既に多くの『邂逅』論で示されているように、登場人物たちは各々何らかの思想を絶対視しており、それをイエスの「真の自由」によって相対化していくのが安志である、といった見方はもっともである。例えばかつて安志とともに労働組合を結成し、今は共産党員である確次は自身の共産党支持について次のように語る。

おれが復員して、窮屈な義兄の家で虚脱したようにぶらぶらしていたとき、好奇心から読んだ党のパンフレット。あのとき、眼からうすい膜が落ちたような喜びを感じた。あのときおれはかわったのだ。おれは未来の社会を知り、それへの必然性を自分の認識の根底に与えられたのだ。誰がどのような言葉で誘惑しようと、人は知らず、ほんとうのおれは、あの階級のない社会、おれたちプロレタリアの未来の社会に於てだけ実現させることが出来るのだ、ということを学んだのだ。おれは歓喜をもって党へ参加した。そして参加して、どんなに大勢の同志がいるかを知って、おれはどんなに力強く思っただろう。全くおれ自身の苦痛は問題じゃないのだ。プロレタリア全体の苦痛が問題なのだ。

（第三章）

この他にも、安志の妹であるけい子は「みんな勝手に苦しみ、勝手に死ぬんじゃないの。そして人間てただそれだけなのだわ」と語り、けい子の友人である「ブルジョワ娘」の実子は、理想的な生活とは「つねに危険とたたかって、しかもそのなかへ自分を失うことのない生活」であり、そのような生活こそが「生々とした喜び」をもたらすとする。こうした言葉から、登場人物は各々が絶対視する思想――例えばそれは共産主義であり、ニヒリズムであり、実存主義である――が具現化されたものとして描かれていると言えるだろうし、そのことはあまりにも象徴的な幾つかの名前――実子の「実」は実存主義の「実」であることは椎名も認めている――にも示唆されている。それらの人物とその思想を、安志がイエスの肉体の「真の自由」を下に相対化を試みる、といった『邂逅』の構造は、自殺を考えるけい子に対して「人間には、決定的に駄目だ、ということはありっこないんだよ」と語る安志の姿にも見受けられよう[8]。

このように『邂逅』を見た場合、小説の冒頭から、安志の父親の平造が工事現場の事故で片足を失って病院に搬送されており、さらに安志が「おやじは死ぬかも知れない」と語っていることは象徴的である。平造はその大きないびきの音や拳固で「一家を支配」した父親であり、その肉体は安志にとって「何か人間の超えることの出来ない、いらだたしい不可能」のように感じられていた。その父親が死に瀕している今、安志は彼に親愛の情を抱きつつある。安志は「父らしい微笑」を浮かべながら家族に接し、そのような彼の姿を母親のたけは「亭主の拳固そっくり」と畏怖するのである。こうした構造を捉えて、長濱拓磨は『邂逅』を家父長継承の物語としている[9]。小説の終盤で平造が危篤であると知った安志が、一家を自身の手で「生き返らせなければならない」と考える場面からもそれはうかがえるだろう。『邂逅』において安志はまさに、象徴的な「父」――全てを包括する「絶対客観」の代行者――として、物語を形成しようと試みるのである。

しかし問題は、椎名のイエス観を露骨なまでに提示しているとも言える安志のこのような姿に対して、『邂逅』

発表当時から既に幾らかの非難が見られるところにある。例えば、「深夜の酒宴」から『自由の彼方で』に至る椎名の諸テクストを「意識せざる一歩々々の後退である」と述べた奥野健男は、安志の言動を「観念内のデカダンスに過ぎない」と批判しており[10]、また内田照子は、安志に「楽天的で独善のにおい」を感じている[11]。だがこれらの論者たちは、なぜ安志をこのように否定的に捉えざるを得ないのだろうか。それは恐らく、安志自身の意向とは裏腹に彼の存在が『邂逅』において別の機能を担ってしまうからである。

3 強いられる関係性

『邂逅』を読み進めたとき、そこにおいて様々にくり広げられる人間関係の中に、あるときは自身の意思をもって、またあるときは偶然に割り込んでいく安志の姿を認めることができる。それは例えば、会社に解雇を宣告されたけい子のために実子の兄の知也にかけ合って解雇取り消しの尽力を請う姿であり、あるいはまた、実子に好意を抱いて付きまとっている直太郎と偶然にも出会って酒を飲み交わし、さらにそのことを逐一実子に告げる姿である。安志は登場人物たち各々の間を縫うように『邂逅』の世界を動き回るわけだが、それは誰からも拒否される態度である。各々は安志と自身とは無関係であることを強調し、彼を遠ざけようとする。それ故彼が常に浮かべる「微笑」は嫌悪の対象となるのだ。

安志は微笑した。実子はつよい緊張を感じた。非人間的な微笑。笑いだけが、独立しているような笑い方だわ。彼女は、屈辱を感じた。こんな男に支配されてたまるものか。あの微笑が自由に見えるのは、きっと曖昧さなのだ。庶民の一種の保身術であるあの曖昧さなのだわ。それだのに、それはわたしを、ここへこうしてひ

きつけ、そしてわたしを脅かす。　　（第二章）

安志の「微笑」に実子は「強い緊張」を感じる。その「微笑」はたいしたものではないと自身を納得させようとするのだが、それにひきつけられ、恐怖を抱き続ける。それは実子だけではなく、例えば弟の岩男はその「微笑」に「鋭ぎすましたナイフの残酷さ」を感じて思わず後ずさりし、同様に安志の体臭を「喧嘩して何人も人を殺して来たようなにおい」だと語るのであり、けい子は彼の「微笑」には「だまされない」と言って遠ざかる。だがそうした周囲の反応をよそに、安志は「微笑」を絶やすことなく近づき続けるのだ。このような彼の姿を確次は「蠅取紙」と形容している。『邂逅』において安志は登場人物各々に「とりもちのように」べとつき、自身との関係性を強いるのである。

ところで安志のそのような姿、あるいはその「微笑」が「何人も人を殺して来たような」もの、「骸骨の笑い」といったように常に「死」が付随した形で語られることを踏まえるならば、『邂逅』における安志自身の「死」に対する関わり方にもまた、注目しなければなるまい。

第六章において、安志はけい子の解雇取り消しの手助けを願おうと、実子とともに知也の家を訪ねる。ウイスキーに塩酸コカインを垂らして飲んだ知也は、二人が家に着いたとき既に自身の部屋で死んでいる（とされる）。実子は知也を呼ぼうとするが、部屋には鍵がかかっている。何度呼びかけても応答することなく部屋の中に閉じこもっている知也に腹を立てる実子に対して、安志は「鍵は、こわせますよ」と語り、実子は安志に言われるがままハンマーで鍵を壊す。ドアは音もなく開くわけだが、それは生者と死者とを隔てていた境界が破られることを意味するだろう。部屋の中に入った実子は知也の死体を発見するが、「兄は兄の道を選んだだけなのだわ」と語り、安志と知也の妻の沢子にはその死を伝えない。実子は「逃げ出すように」安志とともに家を出て、知也の死体がある

「墓場の二階」から遠ざかろうとする。それはドアが壊された今、自身の生の領域へと絶えず侵食していく「死」とは「何の関係もない」とすることで、破壊された生者と死者の境界を再び形成しようとする行為と言えようか。ところがその後、知也の死を実子から伝えられた安志は「ひょっとしたらまだ生きて居られるかも知れない」と語り、実子を連れて知也の家へと戻る。そして家に辿り着いたところ、知也は安志の言葉通り生きているのである。

仮に知也の死がこのように描かれるだけならば、それはある種の復活物語として見ることができるだろう。そして知也が死んではいなかったという事実を読み手が初めて知るのは、安志が実子を引き連れて知也の家に戻ったときである以上、安志は読み手に対してもイエスの「真の自由」――「復活」の肉体――を具現化してみせたとも言える。だが問題とすべきは、その翌日に安志と実子がともに発見するのは、再び塩酸コカインを服用して死に至った――そしてもはや「復活」することはない――知也の姿だということである。にもかかわらず安志は、そのような死者に対して相変わらず「生きかえるかも知れない」という言葉をくり返すのだ。

「医者の電話、何番か判りませんか」

「医者の電話？　……電話番号なら電話のところに控えてありますけど。……わたし、頭が変になってしまったようだわ。いま、あなたは、何とおっしゃったのです？」

安志は、笑いながら、実子へ二階へ上るように眼で合図した。実子は、階段を上って行った。安志の笑いが、くっきり胸に残っていた。それはひどく不謹慎な気がした。部屋には、知也が父の死んだベッドに横たわっていた。見ただけで、それは死体だということがわかった。彼女は、ガスストーブの傍へ近寄り、椅子へ腰を下した。階下で、電話をかけている安志の声がしていた。

安志はいった。

「そうです。死んでいるんです。……でも、生きかえるかも知れないじゃありませんか」
平松医院の看護婦の声が、受話器のなかで鳴った。
「死んでいるとおっしゃったんでしょ」
「ええ、でも生きかえるかも知れないといっているんですよ。だからすぐ先生においで願いたいんです」

（第八章）

安志は「微笑」を浮かべながら、もはや蘇ることもない死者の復活を反復しようと試みる。それはまさに「不謹慎」な行為であろう。スラヴォイ・ジジェクはフロイトの「喪の作業」という概念を踏まえた上で、「葬式」という儀礼の意味について次のように論じている。

葬式を通して、死者は象徴的伝統のテクストの中に登録され、その死にもかかわらず共同体の記憶の中に「生き続ける」だろうということを保証される。一方、「生ける死者の帰還」は正しい葬式の裏返しである。正しい葬式にはある種の諦め、すなわち喪失を受け入れることが含まれているが、死者の帰還は、伝統のテクストの中にはその死者の場所がないということを意味している。[12]

あるいはここで、「喪」とは「亡骸を同定」し「死者たちの居場所を特定」する作業であるというジャック・デリダの言説[13]を想起しても良いだろう。フロイトやジジェク、デリダの論考が示唆しているのは、人は本来、死者を再度象徴的に殺さねばならないということなのである。なぜならば、生者には経験不可能な「死」を引き受け我がものとした死者がそのまま生者の世界に居座り続けることは、根本的に不自然であるからだ。だからこそ人は、死者を丁重に葬ることによって「死」を彼岸へと押しやり、またそれを聖なるものとしてまつりあげることで自身と「死」との境界を形成し、安定した生者の世界を維持するのである。このような葬送の儀礼によって再度象徴的に殺される死者は、その後は例えば記憶の一部として語られることで、親和的なものとなるであろう。実子が見る知也の死体が、「父の死んだベット」に横たわっていることは示唆的である。このとき知也は既に、死んだ「父」と象徴的に同一化しているのだ。それ故に、安志の言動に対して実子が「あなたは、気ちがいだわ!……帰って頂戴!」と叫ぶのはもっともである。死者を蘇らせようとする行為――しかもその死者は、二度と復活することはない――は、「死」を聖なるものとすることで自己とは無関係なものとする――関係し得ないことで聖化する――葬送の儀式を否定することに他ならない。それは「死」が生者の世界に存在するという不自然さを強いる行為であり、まさに「気ちがい」沙汰なのである。

しかし同時に、『邂逅』において知也は一度蘇ってしまっているという事実を無視することもできないだろう。ところでこの知也の死と『私の聖書物語』においてわずかに触れられる「ラザロの死」との間に、相同性を見ることはできないだろうか。「ラザロの死」とは、イエスによって一度「復活」するにもかかわらず、その後再び死ぬこととなるラザロの姿を指している。これを椎名は「ユーモア」であるとして、イエスの「復活」の「ユーモア」と同じものとした[14]。だがラザロの死とイエスの死との間には明確な相違がある。「復活」の失敗に示されるように、ラザロ――あるいは知也――において「死」はいささかも克服されていない。しかし一度は蘇った以上、それはまた超越的な「死」でもない。つまりここで語られる「死」は、もはや超越的/絶対的な「死」ではないという限りにおいては椎名のイエス・キリスト観と合致するものであるにもかかわらず、一方でいささかも克服されることはないという意味においては、「〈生と死〉の統一点」としてのイエスの肉体に包括されるような「死」とは差異を有するのだ。そして超克不可能であるとともに決して超越的存在たり得ないからこそ、この「死」は各々に対してそれと無関係であることを許さないのである。

ここでそのような「死」はまた、『邂逅』における安志という存在とその「微笑」とも相同性を帯びている、と言わねばならない。既に記したように、安志もこの「死」と同様に「蠅取紙」のように周囲にべとつき絶えず自身への関係性を強いる存在であり、各々はそれとの隔たりを保ち得ないのである。それ故に安志の「微笑」は、本来生者の世界には存在し得ないはずの「死」を付随させた、「骸骨の笑い」として語られるのだ。さらにこのとき、安志の存在が他者にとって「恐怖」を抱かせるものであったことにも留意すべきだろう。前述したように、椎名の初期テクストにおいて「死」は到達不可能なものとして超越化／外在化されており――故に「死」それ自体はほとんど書かれることはない――、その「死」の位相によって「絶望」がもたらされていた。しかし『邂逅』において、各々がそれと無関係であることを認めない「死」――知也の死――、そしてそれと相同的な機能を果たす安志という存在は、決して外在化されることはなくテクストに書き込まれてしまう。即ちそれは各々にとって「近すぎる」のであり、この回避不可能な「近さ」故に安志は「絶望」ではなく「恐怖」をもたらすのだ[15]。だからこそ『邂逅』において登場人物の各々は、安志という存在から遠ざかること――隔たりを保つこと――を欲し続けなければならなかったのである。

4　刻み込まれる「溝」

さてこれまで、『邂逅』における安志の存在とその「微笑」をイエスの「真の自由」を内在化した象徴的な「父」として捉えると同時に、超克し得ない非外在的な「死」と相同的な機能を有するもの、あるいは自身への関係性を強制し「恐怖」をもたらすものとして論じてきた。しかし、安志におけるこのような二つの機能の間には果たしてどれほどの差異があるのだろうか。そこではやはり安志という一点に各々が関係づけられる以上、彼の存在が『邂逅』においてある種の特権性を持っていることは疑い得ない。そして、仮に安志が『邂逅』の世界を調和的に覆い、彼によって他の登場人物たち各々の関係が親和的なものとなるならば、『邂逅』はやはり一つの救済物語として読めるであろう。例えば以下の場面に、そのような親和化を見ることはできる。

実子は新宿で降りて警察の方へ歩いて行った。(略)彼女は、自分はいまや全くひとりぼっちなのだ、と感じた。すると昨夜自分の心をうった不思議な感情が、新しくよみがえって来た。何の曖昧もなく正確にあの男(安志——引用者注)を拒否しなければならないという理性と、はっきりあの男によって生かされているという愛との、理屈にあわない調和。しかしその調和のなかには、わたしの知らなかった、新鮮な、ひどく現実的な力が感じられた。あれは一体何なんだろう! 一瞬、新しい世界を見たような気がしたあのわたしの感動は、何だったのだろう。(第八章)

実子にとって、かつて嫌悪と恐怖の対象であり、それ故に無関係な者として遠ざけようとした安志が、ここでは説明不可能な「感動」と「愛」をもたらす者として語られる。ここに安志——イエスの「真の自由」の代行者——による各々の関係の調和を見出すことはもちろん可能であろう。[16] しかしなおも問題となるのは、安志自身がむしろ一方では、そうした親和的な関係の形成を拒んでいるということである。

例えばそれは、『邂逅』において唯一安志への親しみを感じている弟の岩男と安志との関係に見ることができる。岩男は安志の肉体から感じられる「殺伐な空気」に惹かれ、「おれは共産党だ。あんちゃんと同じ共産党だ」などと語って自身との相似性を見出そうとする。前述したように安志の「微笑」を「鋭ぎすましたナイフ」と形容し、その体臭を「喧嘩して何人も人を殺して来たような」ものと感じていた岩男は、自らナイフを削りパチンコ屋の店員の手を切ることで、安志の残酷さを体現しようとする。それに対して安志は、ならば全ての人間を殺してみろと挑発し、明大前の駅の裏口へと岩男を強引に連れ出し、そのまま彼の元を立ち去るのだ。岩男はナイフを持った「右手をもじもじさせながら」、改札の近くに立ちすくむのみである。そのとき彼は、「いままで味ったことのない屈辱」を抱き、初めて安志を憎むのである。ここではもはや、安志と岩男との間に親和的な関係は消失してしまっている。岩男は安志が持つ残酷さは決して共有し得ないのであり、安志は自身に対する岩男の親しみを拒否するのだ。

確かに安志は、『邂逅』において様々な事象を調和／親和化することを試みるが――そして実子の「感動」に見られるように、それはある程度成功している――、一方では自身への親しみを拒むが故に各々との親和的な関係を切断してしまう存在でもある。『邂逅』は安志が実子たちを引き連れて、けい子の解雇取り下げを請うために彼女の会社へと向かう場面で閉じられる。

安志は、みんなの後れているのに気がついて立止った。確次、実子、けい子、岩男の四人は、往来の人々にいりまじりながら、めいめい遠くはなればなれになって、おたがいにひとりでいるように歩いていた。安志は、強い愛の衝撃を感じながらひとりひとりの顔を見た。みんなそれぞれ妙な顔をしていた。そして妙な一行だった。安志は、真剣な真面目な気持で、笑いながら大きな声でよびかけた。

「どうしたんだ。みんな神妙な顔をしているじゃないか。……さあ、愉快に、一緒にたたかおうぜ。愉快にさ！」

誰も、その安志の声に答えなかった。安志は、その四人の仲間を見ながら、このおれと彼等との溝は、絶対的なものではないと思った。それは、かえることが出来るのだ。彼は、微笑しながらだまって近付いて来る四人を待っていた……。

雨が、ぽつりぽつりと落ちて来た。

（第八章）

安志は互いの間に「溝」を認めつつ、それを「絶対的なもの」ではないとする。もちろんこれが、イエスの「真の自由」の代行者としての安志の言葉であることは無視し得ないだろう。そのように捉えるならば、既に多くの『邂逅』論において述べられているように、ここで語られていることは世界に絶対的なものはなく全て相対であり、それを成立させるイエスの「復活」の肉体こそ唯一の絶対であるという論理――言うまでもなくこれは椎名のイエス観でもある――を示唆していると言える。だが一方で山城むつみは、各々がめいめい歩いていくこの場面にキルケゴールが言うところの「単独者」の姿を認めている。(17) 山城は「溝」の存在に着目し、それがある故に各々の分裂は避けられないが、にもかかわらず「一緒にたたかおう」と語られる以上、そこでは他者に対して無関心でいられる「孤独」は否定され各々が「単独者」としての関係を結ばざるを得ないこと、それ故ここに見られるのは「コムニスト」の論理である、とした。しかし、この結末部が果たしてイエスの「真理」が普遍化されていく場面、即ち安志による各々の関係の調和として捉えるか、あるいは山城の言うようなコミュニズムの発露とするのか、といったことを問いたいわけではない。この一見相反するかのような二つの論は、『邂逅』結末部における「溝」の機能の二面性を示唆しているという意味で、実は相補的なのである。即ち、仮に「溝」が「絶対的なもの」であるならば『邂逅』の登場人物各々は分離したままでいられるが、この「溝」の絶対性／不変性が否定されているが故に、各々は「孤独」であることを許されず「溝」を中心とした関係性――もちろんそれは、安志以外の登場人物にとってはむしろ強制的なものである――を結ばざるを得ないのだ。

さらにこの「溝」が登場人物各々の分裂とその上での関係性を強いるものとしてテクストに刻み込まれている以上、それは知也の死によって示された、「〈生と死〉の統一」という弁証法的な概念によっては決して超克され得ぬ「死」、あるいはそのような「死」と相同性を有する「恐怖」をもたらす存在である安志とも、接続するだろう。既に確認したように、『邂逅』における「死」――あるいは安志――は決して超越的な外在たり得ぬその「近さ」故に、登場人物各々を親和化させぬまま、それと無関係であることも許さぬものであったからだ。換言すれば『邂逅』結末部において唐突に触れられるこの「溝」は、まさに書かれてしまった「死」――近すぎる「死」――として、あるいは「恐怖」をもたらす安志の機能を代行するものとして存在するのである。

5　「転向」の反復

本章では『邂逅』における語り手安志の果たす機能について、それが書かれてしまった「死」と相同的なものとして存在すること、そしてその「死」は『邂逅』結末部において「溝」として表象されていることを明らかにしてきた。では改めて、なぜ『邂逅』にはこのような「溝」が書き込まれ、また安志は二つの機能を有してしまうのだろうか。

この問題は、椎名の諸テクストにおける「死」をめぐる書法の錯綜として考えるべきである。前述したように椎名は、イエスの「復活」の肉体を「発見」することによって「死」は超克され得たとし、それ故に「〈生と死〉の統一」、「絶対客観のリアリズム」が可能となると考えた。それは、「転向」における分裂した自己意識が求めた自己充足の可能性でもあっただろう。しかしイエスの「復活」の肉体において「死」を我がものにしようとすることは、「絶望」をもたらすものとして超越化／外在化されていた「死」を包括し、それとの隔たりを無化することでもある。このとき、本来的には表象不可能／不在であるはずの「死」が、非外在的な、「近すぎる」ものとしてテクストに書かれてしまうのだ。とすれば『邂逅』における安志の二つの機能は、このような「死」を超克しようとする弁証法的な運動の矛盾を体現していると言えないだろうか。安志は確かに、イエスの「復活」の肉体の代行者として、あるいは「父」として、物語を統制しようとしていた。「死でさえもおれに対して絶対的なものであることは出来なくなっているんだ」という言葉に示されるように、彼は「死」の絶対性をことごとく否定し「絶望」の克服に努める。しかし「死」を限界として認めず包括しようとする安志の試みそれ自体によって、彼は「死」を内在化したもの――近すぎる「死」――として登場人物たちに「恐怖」をもたらしてしまうのであり、そしてそのような安志の姿を象徴するかのように、『邂逅』には各々に関係を強制する「溝」が書き込まれてしまうのだ。[18]

「絶望」の克服とともにもたらされる「恐怖」。それはまた、「転向」における主体の自己分裂からの回復、あるいは「死」からの自由を求めたときに直面する、再度の「転向」の発生ではないだろうか。前述したように、自身の「転向」を「自分は誰かのために死ぬことは出来ない」という意識故のものとしている椎名において、「死の恐怖」とは転向者の分裂した自己意識をもたらすものに他ならなかった。とすれば、「恐怖」の回帰とは「転向」の回帰でもあるのだ。即ち、外在的な「死」を超克しあらゆる事象を親和的に包括しようという自己意識の運動そのものが、再びの自己分裂、「死の恐怖」を回帰させてしまうのである。[19] 超克不可能な「死」と「恐怖」の回帰が記された『邂逅』――。それは転向者の自己充足回復の欲望とそれを果たすための弁証法的な自己意識の運動が、遂に陥ってしまう機能失調を示唆したテクストであったのだ。

注

（1）例えば小林孝吉は「回心の瞬間」（『椎名麟三論　回心の瞬間』菁柿堂、一九九二・三所収）において、「回心の瞬間は、それまで彼を呪縛していた死の絶対性…必然性の壁を、ものの見事に跡形もなく消滅させたのだ。「復活のイエス」の前では、あらゆるニヒリズムの根もとに巣喰う死は存在しえない以上、いっさいの虚無はたんなる威力なき無にすぎない。その原事実に気づかないことが、人間の絶望であり、罪であり、荒涼であり、そして悲惨なる滑稽の真相だったのである」と記している。

（2）こうした自己意識の問題が、ここで述べるところのマルクス主義からの「転向」だけではなく、本来的な「転向」――マルクス主義への「転向」――においても生じることについては第一章注（13）を参照されたい。疎外された主体は「党」という「主」へと自己を賭けようとするのであり、だからこそマルクス主義からの「転向」はそのような絶対的な「党」を裏切ったという意識を発生させるのである。

（3）以後、本書では椎名が提示した概念については「絶対客観のリアリズム」と表記し、後述する椎名による評論「絶対客観のレアリズム」と区別する。

（4）『邂逅』は一九五二年四月から一〇月まで『群像』に連載され、同年一二月に講談社より単行本として刊行された。なお刊行にあたっては幾つかの改稿が見られるが、本章では基本的に単行本の本文を採用することとする。

（5）椎名麟三「昨日から明日へ」（『毎日新聞』一九五三・八・一二）

（6）前掲「私の小説体験」において椎名は次のように記している。

人間が客観的危機に置かれたときは、自分の自由を、孤独を、かくすものだ。主観と客観との分裂は、危機において、分裂する。人間が成り立っている、この二つを同時に成り立たせる場所が失われるのである。

私は「邂逅」において、この二つの同時性を成立させようと試みた。これが成立しなければ、人間は分裂から自己を回復することは出来ない。

批評が如何であろうが、私は「成立した」と信じているのである。

（7）『展望』一九七三年六月号に掲載された「創作ノート（1971より）」には、「絶対矛盾の同時性がほんとうの自由を根拠にしているとすれば、「懲役人の告発」のように矛盾する二つのものを分裂させて、人物として具体化するのは誤りである。同時性こそが問題だ」という記述が見られる。なお、この問題については本書第六章でも考察する。

（8）「愛の不条理」（『婦人公論』一九五六・一〇、『私の聖書物語』所収）において椎名は次のようなイエス・キリスト観を提示している。

人間的な一切の事柄というものは、相対的なものであって、唯一絶対的な「ほんとうのもの」となることができないというのが、イエスの復活の証言である。そこでは、何が嘘であっても、自分の死ぬということだけはほんとうだとしていた死さえもが、絶対的な人間の事実となってはいないのだ。

（9）長濱拓磨「『邂逅』論――〈家族〉との関係を中心として――」（椎名麟三研究会編『論集　椎名麟三』おうふう、二〇〇二・三所収）

（10）奥野健男「椎名麟三論――感傷性の文学――」（『文學界』一九五三・七）

（11）内田照子『荒野の殉死　椎名麟三の文学と時代』（蒼洋社、一九八四・六）「第七章　『邂逅』論」

（12）スラヴォイ・ジジェク『斜めから見る　大衆文化を通してラカン理論へ』（鈴木晶訳、青土社、一九九五・六）「第2章　〈現実界〉とその運命」。フロイトは「喪とメランコリー」において、「喪とは通例、愛された人物や、そうした人物の位置へと置き移された祖国、自由、理念などの抽象物を喪失したことに対する反応」であり、「喪は、対象の死を宣告し、生き残るという報奨を自我に差し出すことによって、自我をして対象を断念する気にならしめる」と説明している。なおフロイトのテクストについては、『フロイト全集14』（伊藤正博訳、岩波書店、二〇一〇・九）に拠った。

(13) ジャック・デリダ『マルクスの亡霊たち――負債状況＝国家、喪の作業、新しいインターナショナル』(増田一夫訳、藤原書店、二〇〇七・九)「I　マルクスの厳命」

(14)「生きるということ」(『婦人公論』一九五六・一一、『私の聖書物語』所収)において椎名は、「死んだラザロを生き返らせるキリスト。それは全く愛の素晴らしい感動的な物語だ。ただしほんとうに生き返らせたならばだ。なぜなら何年か後にラザロは、また情なくも死んでしまうからだ。これじゃ二度も死を味わわせるのだから、たとえその何年かの生涯が幸福であったとしても、考え方によれば残酷なものだ」と記した上で、だがそれこそが「死んだことは死んだのだが、ほんとうには死んだのではない」というイエスのユーモアを示唆するものであったとしている。

(15) 椎名は『邂逅』発表の前年、「ものについて」(『指』一九五一・一)において次のように記している。

ものとは何なのであろう? その本質は、僕たちに判っている。それは死であり、それの僕たちへの関係は、恐怖であるところのものである。だから本当の意味の芸術家は、ものに恐怖を感ずる。ものがそれぞれ彼の絶対性をもって彼に迫り、彼は否応なく、いわばそれらのものを絶対的に受取らざるを得ないのだ。

ところで椎名は後に「表現における形而上学的意味」(『たね』一九六六・二)において、「不安の気分は(それはあくまで気分である。というのは不安は、その対象をもつことができないからだ。ハイデッガーがいっているように、もし対象をもつことができれば、不安は変じて恐怖となるだろう)、人間の存在の根拠である「無」をひらいて見せる」と「不安」と「恐怖」との差異について説明している。確かにハイデガーは『存在と時間』において、「恐れ《フルヒト》」の対象である「恐ろしいもの《ダス・フルヒトバーレ》」は「そのつど、手もとのもの、目のまえのもの、あるいは共同現存在《ミットダーザイン》という在り方をもつ〈内世界的に出会うもの〉」(第一編第五章　内・存在そのもの)であるのに対して、「不安は、自分が不安がるその相手が何なのか、「知らない」のです」(第一編第六章　現存在の存在としての関心)と記している。これを踏まえるならば、椎名文学におけるヘーゲル弁証法およびキルケゴールの思想に基づいた「死の恐怖」概念はまた、初期ハイデガーの実存主義が提示した「不安」概念とも相似したものと言えるだろう。なおハイデガーのテクストについては、『存在と時間』(桑木務訳、岩波文庫、一九六〇・一一〜一九六三・二)に拠った。

(16) 例えば斎藤末弘「『邂逅』論(下)――作品分析・同時代評――」(『椎名麟三研究』一九八八・三、『作品論 椎名麟三』桜楓社、一九八九・三所収)などがその代表的な論として挙げられるだろう。

(17) 山城むつみ「ユーモアの位置――ペシミストとコミュニスト」(『群像』一九九八・一一、『転形期と思考』講談社、一九九九・八所収)

(18) ところでこの「溝」が、イエスの絶対性の代行者である安志によってもたらされていることを踏まえるとき、『邂逅』というテクストに「溝」が刻み込まれていることの、別の意味を見出すこともできるだろう。くり返すが、イエスの「復活」の肉体を唯一絶対であるとみなす安志にとっては、人間の「死」それ自体もまた、絶対的なものではない。だが、安志のそうした思考は、登場人物の「死」の固有性を否認/剝奪し、あるいは各々の差異を抹消するという意味において、端的に「暴力」ではないだろうか。その「暴力」とはまた、「戦後文学」を「人民戦線」的文学の達成、「全体小説」の実現として称揚する際に、「戦後文学者」が無意識のうちに発動させてしまう「暴力」、即ち、そうした「戦後文学」史観に不都合なものを抹消する――例えば「昭和十年代」の「全体主義」や「日本浪曼派」と「戦後文学」との関係を黙殺するような――「暴力」とも、相同的なものであろう。その上で『邂逅』結末部に「溝」が表象されてしまっているという事実を捉えるとき、その「溝」とはまさに、「戦後文学」的な思考の暴力性、あるいはそれへの抵抗のあらわれとも考えられるのである。

(19) 椎名自身もまた、このような「死の恐怖」の残存・回帰を常に問題としていた。例えば「人間の魂における諸問題死について」(『婦人画報』一九六一・一〇)において椎名は次のように記している。

（略）私は、よく人にこう質問される。

「あなたはクリスチャンですっかり救われているわけだから、死ぬことなんか平気でしょうねえ」

しかしそのときほど私のがっかりするときはないのだ。私は、現在は、人々からは現代人としてはおかしなやつだと見られるだろうということを知っていながら、神を信じ、復活を信じているものなのである。それにもかかわらず死の恐怖は、否定しようもなく歴然と私の心の中にあるのだ。全く誰かが私を殺そうとしてピストルを向けでもしたら、私は真青になってふるえ上るにちがいないのだ。

第四章　「庶民」と「大衆」——椎名麟三と映画——

1　映画制作への参与

一九五〇年一二月のキリスト教入信後の椎名麟三の文学活動を論じるとき、彼がこの時期に映画制作に関わっているという事実を看過することはできないだろう。一九五三年五月、既に発表されていた小説「無邪気な人々」（『文學界』一九五二・七）を脚色した『煙突の見える場所』が新東宝系で封切られたのを皮切りに、翌年九月に日活系にて『愛と死の谷間』、さらに一一月に新東宝系で『鶏はふたたび鳴く』が公開される。いずれも監督は五所平之助、スタジオ・8・プロ製作であり、脚本は、『煙突の見える場所』に関しては小国英雄のものであるが椎名が随所に手を加えており、残りの二作はいずれも椎名のオリジナルシナリオであった。「積極的に、文学によって確立した自己の表現を、映画においてもなすべきだ[1]」という自身の言説を裏づけるかのように、この時期の椎名はすすんで映画制作に携わることを試みていた、と言えよう。

もっとも同時代的に見た場合、文学と映画との関わりはそれほど珍しいことではない。一九五〇年代前半は多数の文学作品が映画化された時期であり、黒澤明監督の『羅生門』（一九五〇・八）をはじめとして、『蟹工船』（山村聰監督、一九五三・九）、『夜明け前』（吉村公三郎監督、一九五三・一〇）、『にごりえ』（今井正監督、一九五三・一一）、『二十四の瞳』（木下惠介監督、一九五四・九）などが相次いで公開されている。また、いわゆる「戦後文学」もその例外ではなく、例えば一九五二年一二月には山本薩夫監督の『真空地帯』が封切られた。一九五〇年代とは言うならばまさに「文芸映画」大流行の時代だったのであり、その限りにおいて椎名がこの頃に映画制作に携わったという事実自体は、特に強調するものではない。(2) むしろここで問題とすべきは、椎名が映画というジャンルを明確に「大衆芸術」として意識していたという点である。

映画は大衆芸術だといわれる。一本の作品の観客の数が、一冊の文学作品の読者の数とは比較を絶しているという点から考えれば、まことに大衆的である。映画会社も、だれのためにつくるのかとたずねられれば、大衆のためと答えることは自明であるだろう。

(「映画監督論」『読売新聞』一九五三・八・三)

後述するように、映画を「大衆芸術」とみなす論調はこの時期極めて一般的なものであり、椎名の言説もまたその影響下にあることは否定できまい。だがそれでもなお、椎名がここで映画を「大衆」と結びつけて論じていることは注目に値する。そもそも同時代において椎名は、自他ともに「庶民」派の文学者とみなされる存在ではなかったか。本書でこれまで確認してきたように、同時代の論者たちは椎名のテクストに「生得的」(佐々木基一)あるいは「内部的」(吉本隆明)な「庶民」意識を見出すことによって、他の文学者から椎名を差異化・特権化していたのである。とすれば問うべきは、そのような「庶民」的な文学者としてあった椎名が、なぜこの時代に映画制作への参加を通じて「大衆」という存在を意識せざるを得なかったのか、あるいはそもそも椎名文学において「大衆」とはいかなるものとしてあり、それは「庶民」といかなる差異を有しているのかということではないだろうか。それを考察するためには、まずは椎名を含めた同時代の「大衆」をめぐる言説を分析する必要があるだろう。

2　「大衆」をめぐって

今日「大衆」という存在について論じるにあたって、第一次世界大戦後から関東大震災後にかけての「大衆文化」の発生について触れないわけにはいかないだろう。池田浩士は、一九二〇年代中盤から三〇年代前半に「大正デモクラシーの所産」としてあった「民衆」が「大衆」の名で起ち上がり、「日本の文学は、「大衆」という名の読者との対峙」を余儀なくされたと記しており[3]、あるいは佐藤卓己は「第一次大戦後の巨大な社会変化」として「大衆」の「登場」を挙げている[4]。ここで言われる「大衆」とは、例えば震災時に流言に踊らされて朝鮮人を大量虐殺した残酷な人々であり、資本主義の導入以来常に階級的抑圧を受けていたプロレタリアートであり、あるいは震災からの復興において生まれた、常に新しいものに目を向け欲望を加速していく人々であるかも知れない。いずれにせよこの時代、ある不可解な対象として「大衆」は誕生した――発見／発明された――ことは間違いあるまい[5]。だからこそ同時代の文学（者）は、この不可解な「大衆」をいかに把持するかという問題に拘泥することになるのである。その一つとして『キング』などに代表される「大衆雑誌」の出現が挙げられることは言うまでもないが、例えば、「大衆党」としての共産党が「理論」と「大衆」とを「結合」させることこそ「歴史的任務」であるとする「日本問題に関する決議」（いわゆる二七年テーゼ）を踏まえた芸術大衆化論争において、プロレタリア文学者たちが「大衆」の獲得こそをまず果たすべき目標として掲げたこと、あるいは「純粋小説論」（『改造』一九三五・四）において横光利一が、「大衆文学通俗文学の撲滅を叫んだとて、何事にもなり得ない」とした上で、「純文学にして通俗小説」である「純粋小説」という概念を提示したことなどもまた、同時代における文学者の「大衆」表象の欲望をあらわす現象と見ることができよう。

そしてこの「大衆」をめぐる問題は、椎名が映画制作に携わる一九五〇年前後に回帰することとなるのである。それは、例えば「大衆と知識層との文化的隔絶、背反を除去するためには、一方では大衆の文化的水準を高め、他方では知識層の文化を人民大衆の現実的必要にこたえるものたらしめることによって単一な人民文化を建設すること——これこそが日本の知識層のなすべき自己批判の実践的目標でなければならない[6]」という言説に代表されるような、かつての共産党ならびにそれが主導したプロレタリア文学運動の大衆化路線を反復するものとしてあらわれ、やがていわゆる「知識人論争」などにおける文学者各々の発言にも接続していくものであった。このような一九五〇年代の「大衆」言説については、例えば蓮實重彦が「昭和初年から文化の上で」起こっていた現象が「敗戦」によって「現実」となったものに過ぎないと断じたように[7]、一九二〇年代から三〇年代のそれと連続したものと捉えることができよう。だが注目すべきは、この時代の「大衆」言説が単に戦前の反復であるということのみならず、鶴見俊輔や南博などいわゆる社会思想・社会心理学の側から積極的に「大衆」論が提示されているという事実である。一九五一年に京大人文科学研究所の桑原武夫研究室において多田道太郎、樋口謹一らとともに「大衆文化研究会」を立ち上げた鶴見俊輔は、日本の伝統的な遊びなどを調査・記述することで「大衆文化」を捉えようとし、あるいは南博は様々な「大衆芸術」「大衆文化」の参加者の実態を探り、その職業・収入などの詳細な分布図作成を試みた。彼らはいずれも、社会学的・プラグマティズム的なアプローチにおいて「大衆」という存在を数値化・分類化することを目論んだのであり、そのような「大衆」のデータベース化とも言うべき作業によって、戦前の文学者たちが遂に表象／代表し得なかった「大衆」という不可解な対象を、具体的かつ把持可能なものへと変換しようとしたのである。

そしてこれらの文学者・社会学者たちが「大衆」について考察する上で何よりもまず目を向けたものこそ、映画というメディアであったのだ。例えば荒正人が「映画というものは、文学などに較べて初めから大衆性を強くもつているように思われる」と述べ[8]、佐々木基一が「映画はいわば大量生産によって、大衆的なものとなった。芸術が一部の選ばれた人々の特権的専有物であった時代は、映画とともに終った」とするなど[9]、この時代において映画とは常に「大衆芸術」であることを前提として論じられた。さらに、鶴見俊輔が「現代の思想家わ、現代の大衆の思想問題ととりくむために必要な訓練お、欠いているのでわないか」と述べた上で、「なぜ、そんなことお　言うのかといえば、僕わ、映画とラジオと漫画のことお　考えているのだ」と記し[10]、あるいは「特集　大衆娯楽——実態と分析——」と銘打たれた『思想』一九五一年八月号に、南博、加藤秀俊、高野悦子ら「社会調査研究所」によって映画観客の職業・収入・年齢・学歴の分布が表にまとめられた「戦後日本における映画コミュニケイシォンの実態」が掲載されるなど、社会学者が「大衆」を分析する上でまず参照したのも映画という芸術ジャンルだったのである[11]。

このとき彼らが「大衆芸術」としての映画に向けた視線は、かつての芸術大衆化論争や「純粋小説論」に見られるような文学者の欲望と相似性を帯びていると言える。それは例えば、「映画が大衆に教えた行動（活動）と社会生活の面白さは、もともと大衆文学の面白さでもあったのである[12]」という同時代の言説以上に、次のような映画についての記述からうかがい知ることができるのだ。

映画は総合芸術であると言われています。（略）総合芸術という言葉の、この総合という意味も新しく考え直さなければならない時期になっています。私はこれを、これまでの特権的な知的な芸術と、民衆芸能との弁証法的な総合であると解釈します。

（佐藤忠男『日本の映画』三一書房、一九五六・一一）

わたしは、総合芸術としてのこれからの映画を、アヴァンギャルド芸術と大衆芸術との弁証法的な総合としてとらえたいとおもうのだ。

（花田清輝「映画と大衆」『キネマ旬報』一九五七年一一月上旬号）

佐藤と花田はそれぞれ、映画を「特権的な知的な芸術と、民衆芸能」との、あるいは「アヴァンギャルド芸術と大衆芸術」との「弁証法的な総合」として考える。このとき両者は映画を単に「大衆」のための低俗な芸術に過ぎないと捉えるのではなく、「大衆」という不可解な対象を「弁証法的」に止揚した「総合芸術」とみなしているのだ。とすれば彼らにとって映画とは、「純文学にして通俗小説」である「純粋小説」や、「大衆」を全的に把持した真の「前衛」である共産党およびその代行としてのプロレタリア文学の反復、あるいは完遂なのである[13]。

そしてこの時代においてたびたび映画について言及する椎名もまた、そのような文学者や社会学者の欲望と無縁たり得てはいない。

主体性の欠如、それが現在の映画にとっても決定的である。そしてまた現在、映画と文学を断絶するものは、まさにこの主体性に関してなのである。全く映画にとって主体性を持つということは不可能であるかも知れない。しかし不可能への情熱を持つということこそ、現在の映画を革命するものではないであろうか。（略）あるものが、自己に於て主体性をもつのは、それが自己にとって苦悩であるからであるが、本当はあるものが自己にとって苦悩であるのではなくて、あるものを媒介として自己が自己にとって苦悩なのである。この苦悩としての自己を表現出来たときにその映画は、はじめて主体性をもつ。（「映画についての随想」『光』一九四八・三）

ここで一見椎名は、映画とは「主体性」の欠けた、文学から見て劣位な芸術ジャンルとみなしているかのようである。しかし「主体性」とは「自己にとっての苦悩」としてあるものであり、さらに「本当はあるものが自己にとって苦悩であるのではなくて、あるものを媒介として自己が自己にとって苦悩なのである」と記すとき、椎名が「苦悩」というものを自己意識の分裂と密接に関わるものとして論じていることは明らかであろう。そしてそれを

「表現」することこそが「現在の映画」の「革命」であるならば、椎名はそのような弁証法的な運動の果てにある「革命」的な「映画」の誕生への参与を欲しているのだ。だからこそ映画を「大衆芸術」とみなした前掲「映画監督論」の中で椎名は、同時代の映画作品には「全くだれのために映画をつくるのか」という「明確な人間像」がないと批判した上で、「現在の大衆のおかれている条件」が「根本的にとらえられて」いるような映画の出現を――それこそが「現在の映画を革命するもの」であるだろう――強く訴えているのである。

では、そのような「大衆」の把持――あるいは弁証法的な「総合芸術」としての映画への参与――によって回復されるべき「主体性」とは、そもそもいかなるものであろうか。ところで同時代の椎名のテクストにおいては、実は「大衆」という語は幾つかの例外を除いてほとんど用いられていない、という事実は看過すべきではない。言うまでもなく、その例外の一つはこれまで示してきたような映画に関する記述に見られるものであるが、では他の例外とはいかなる言説においてであっただろうか。

3 「庶民」から「大衆」へ

そのころ僕は、一審で転向しなかったために三年の体刑を課せられ、それを控訴して未決にいた。だがそのある日、全く偶然に自分は一体、大衆を愛しているのかどうかという問いに襲われたのである。それは、自分の思っても見なかった問いであった。(それ以来僕は、自分に問うということを覚えた)そして僕はこの問いに打ちたおされてしまったのである。それまで僕にとっては、大衆への愛は自明であった。しかも自分もみじめな大衆のひとりではなかったか。しかし僕はやはり、その反省において大衆を愛してはいなかったのである。

(「蜘蛛の精神」『文藝春秋』一九四八・九)

椎名麟三という文学者にとって転向体験がある特権的な地位を占めていることは、本書においてこれまで確認してきた通りである。ところで椎名はここで、控訴審の最中「大衆を愛しているのかどうか」という問いを自ら立てた結果「大衆を愛してはいなかった」という事実に至り、その意識が「転向」をもたらしたとしている。とすれば「大衆」とは、「転向」という現象において極めてアンビヴァレントなものとして考えられていると言えよう。即ち「大衆を愛しているのかどうか」という疑問が「自分に問う」ことの最初であったとされるとき、「大衆」とは問う自分と問われる自分という主体の分裂を生じさせるものなのであり、だからこそ「僕」に「転向」という自己意識の切断をもたらすものとみなされる。一方で「大衆を愛してはいなかった」という意識が「転向」を決定づけるのであるならば、それ以後、転向者にとっては「大衆」を十全に「愛する」ことこそが自己充足の回復とみなされるであろう。換言すれば「大衆」とは、「転向」という切断――「僕」はかつての「僕」ではないという裏切り者としての自己意識――をもたらすとともに、そうした自己意識の分裂を経た上での自己充足へと至るための欠くことのできない対象なのであり、それ故「大衆」の把持によって回復されるべき「主体性」とは、転向者のそれであったことがここで改めて明らかにされているのである。[14]

椎名のテクストにおけるこうした「転向」と「大衆」との関連はまた、同時代の様々な転向論とも相同性を帯びている。本多秋五は「転向文学論」（猪野謙二編『岩波講座　文学　第五巻　国民の文学（2）近代篇（2）』岩波書店、一九五四・二所収）の中で、「転向の生じた原因は、簡単にいつて、指導者たちの信奉した理論が彼らに血肉化していなかつたことにあり、その背後には、彼らの理論が充分に国民大衆の生活の実態をつかんでいず、また国民大衆を納得させてもいない観念的理論であつたという事実がある」と記している。あるいは吉本隆明が「転向論」（『現代批評』一九五八・一二）において、「転向」の最大の要因を「大衆からの孤立（感）」としたことはあまりに有名であろう。[15]本多、吉本もまた椎名と同様に、「転向」という現象が生じる背後に主体が「大衆」を把持し得なかったという意識を見るのである。

では、このような「転向」と「大衆」との接続は何を意味するのだろうか。このとき想起すべきは、一九五〇年代の「大衆」論においてプラグマティズムの導入と「大衆」の数値化が行われたとき、その論述は「大衆」の不可解さ／表象不可能性を解消する試みであった、ということである。そしてそのような「大衆」論に最も積極的だった鶴見俊輔らはまた、『共同研究　転向』という同時代を代表する「転向」研究を行ってはいなかったか[16]。

私たちは、まず第一に、一般的なカテゴリーとしての転向そのものが悪であるとは考えない。（略）転向の事実を明らかに認め、その道すじも明らかに認めるとき、転向は私たちにとってあるていどまで操作可能になり、転向体験を今までよりも自由に設計し操作する道が今後ひらかれるようになるだろうということ、そのとき、転向体験はわれわれにとっての生きた遺産となるということである。

（鶴見俊輔「転向の共同研究について」『共同研究　転向』上巻所収）

鶴見はここで、『共同研究　転向』とは「転向そのものが悪」とは考えずに研究を進めることによって、「転向」を「あるていどまで操作可能」にするためのものであった、と記す。とすれば鶴見らが行った「転向」研究の目論見とは、彼らの「大衆」論とも接続していると言えるだろう。鶴見らはプラグマティックな「大衆」研究によってその存在を把持可能なものへと変換しようとしたように、「転向」という現象を例えば「回数」や「過程」、転向者の「職業」「学歴」などに分布する作業によって、それを「操作可能」な「遺産」と化そうとしているのである。

『共同研究　転向』のこのような側面については、同時代において既に多くの批判が見られる。例えば本多秋五はそれを「倫理の脱色」「革命の脱色」という「二重の脱色作業」であるとみなし、それによって「この言葉（転向――引用者注）が発生当初にもつていた特殊な痛みがうすめられ、特殊な深みが消された」と批判した。[17]しかしその本多自身も前掲「転向文学論」の中で、「戦後文学」について「思想は正しい、挫折した私に非はすべてある、とばかりにしないものがある」という点で評価しているのであり、さらに同論で「転向」と「維新後」の「切支丹信者の三分の一が棄教した」という現象とを同列に並べてはいなかったか。とすれば「思想の科学研究会」の批判者もまた、「転向」の普遍化あるいは脱倫理化という姿勢においては彼らの「転向」論の方向と相同性を帯びているのである。

絓秀実はこうした一九五〇年前後の「転向」論の中で特に吉本隆明のそれをとり上げ、「大衆からの孤立（感）」とは結局のところ亀井勝一郎がかつて「転向」の主因とした「死の恐怖」の隠蔽であった、と論じている。[18]ところで前述のように「転向」の要因を吉本的な「大衆」観に見出していた椎名は、同時に「転向」をもたらすものとして「死の恐怖」も特異化してはいなかったか。ならば椎名は、絓が吉本の「転向論」に対して批判的に論じたように、「転向」と「大衆」とを接続することでそのような「死の恐怖」の隠蔽を行ったのであろうか。

ここで想起すべきは、「転向」における「死の恐怖」の体験とそれによる主体の自己充足の切断という問題を考えるとき、椎名のテクストにおいてそれは「庶民」という表象をもって示されるものでもあったということである。本書第一章で論じたように、椎名のテクストにおける「庶民」とは読み手に「乖離」や「不自然さ」を意識させる存在であった。さらに椎名の初期テクストにおけるこのような「不自然」な「庶民」が常に「死の恐怖」に脅かされる転向者としても設定されていることを踏まえるならば、しばしば「生得的」とみなされるほどに椎名（あるいはそのテクスト）に内面化された「庶民」とはまた、転向者に根源的な自己意識の切断をもたらす「死（の恐怖）」そのものであった、とさえ言えるのである。

では、椎名のテクストにおいて「庶民」と「大衆」とはいかなる関係にあるのだろうか。ここで改めて、「転向」

という現象と「大衆」とを結びつける椎名の言説を想起してみよう。椎名はそこで、「大衆」を愛してはいないという意識が「転向」をもたらしたと記してはいなかったか。ならばこのとき、「大衆」とは本来愛すべき対象であったにもかかわらず愛し得ないものとして、即ち自己から隔たってしまった外在的なものとして語られているのである。とすればここで、椎名のテクストにおける「庶民」と「大衆」との差異は明らかだろう。くり返すならば「庶民」とは、「生得的」あるいは「内部的」と論じられるほどに転向者主体の内に抱え込まれた「不自然」な切断であった。もちろん前述したように、「大衆」もまた「庶民」と同様に主体に自己意識の切断を生じさせる対象ではある。だが、読み手に常に「不自然さ」を与えるものとして椎名とそのテクストの内部に付きまとい続ける「庶民」とは異なり、「大衆」とは書かれたときには既に愛すべき対象として転向者の外部に置かれているのである。

だからこそ椎名の言説における「庶民」から「大衆」への変換はまた、「庶民」という主体の内部的な切断、その「不自然さ」を親和化する作業であったとさえ言えるのだ。椎名は「大衆」を愛し得ないという記述によって、「転向」をもたらした不可解な対象としての「死」(「庶民」)を主体から外在化されたものとして置いた。それと同時にその言説は、「大衆」を愛し得るという来るべき可能性を常に保持するものでもある。そのような過程を経てやがて内面化される「大衆」とは、主体内部に留まり続けて「不自然さ」や「乖離」を強いる「庶民」とは異なり、転向者に自己充足をもたらすものとなるだろう。換言するならば、椎名が「大衆」と「転向」とを接続させ、さらには映画を「大衆芸術」とみなすとき、彼の映画制作への参加は転向者にとって根源的な自己意識の切断、それに伴う主体の非充足からの回復の過程だったのであり、それは「庶民」――あるいは「死(の恐怖)」――という本来的に治癒し得ぬはずの「不自然」な切断を、「愛する」ことが可能となった親和的な「大衆」によって埋める作業であったのだ。

しかしここで問うべきは、果たして「大衆」とはそれほどまでに「庶民」とは異質な対象――即ち、主体から隔絶したものであると同時に親和化し得るような外部——として存在し続けるものだろうかということである。あるいは仮に「大衆」が内面化されたとして、それは椎名のテクストに「自然」な充足の回復をもたらすものたり得るのだろうか。

4 「大衆」の把持不可能性

椎名が初めて携わった映画作品である『煙突の見える場所』が、「無邪気な人々」という小説を脚色したものであったことは既に示した。では「無邪気な人々」とはいかなる小説だろうか。

緒方隆吉は、うつつに、夜空のどこかで怪しい鳥が鳴いていると思った。鳥の長い嗄れた声だった。それから隆吉は、あわてて床の上に起き上った。その鳴き声は意外に大きく、意外に身近かに聞えたからである。隆吉は、襖の近くを見た。そこに夜なかに世間さわがせな大きな泣き声をたてている思いがけない物を見たのである。それは座蒲団の上に置かれていて、赤い色のさめた産衣に、晴れ着らしい白絹のちゃんちゃんこを着ていた。たしかに赤ん坊だった。しかし彼には、赤ん坊のような気がしなかった。それは許すことの出来ない何かだった。（1）

「無邪気な人々」の冒頭、緒方隆吉・弘子夫妻が暮らす家に突然一人の赤ん坊が置かれる。この赤ん坊はやがて、弘子の前夫で戦死したはずの塚原忠次郎と後妻の勝子との間に生まれた赤ん坊であり、戸籍上は忠次郎と弘子の子とされている重子であることが判明する。即ち重子とは弘子の重婚罪を示唆する存在であり、緒方家の安定した結婚生活を脅かすものなのだ。だからこそ隆吉は重子に対して「不愉快な生きもの」という「嫌悪」を感じ、弘子は「重子が病気で死んでくれればいい」とさえ願うこととなるのである。

だがこの赤ん坊は、テクストにおいて単なる「不愉快」な異物・雑音に留まることはない。

重子は、その弘子にも無関心に弱々しい泣き声を立てていた。しかし重子にとっては、それは単なる生理的変化にしかすぎなかった。彼女は、病気からも自由であるだけでなく、死への不安からも自由であった。(3)

ここで重子は「死への不安からも自由」な存在と記される。だが「死への不安」から自由な人間など、そもそも存在するのだろうか。これまで確認してきた「転向」ならびに自己意識の問題に端的に示されているように、椎名の初期テクストの登場人物は全て「死の恐怖」に切断された主体としてある。それ故椎名のテクストはそのような「死の恐怖」/「庶民」という傷を埋めるものとして「大衆」を要請したのではなかったか。とすれば重子という赤ん坊がそのような「死の恐怖」「死への不安」から自由であるとされるとき、それはもはや他の登場人物と同等の人間ではない。仮にそうした「恐怖」や「不安」から全的に自由な存在があるとするならば、それはもはや「死」そのものとさえ言えるのである。だからこそ弘子は重子について、次のように考えるのだ。

弘子は、顔をしかめながら、重子の口から、ガーゼでその吐瀉物をぬぐいとった。熱があった。弘子は、重病なのかも知れない、と思った。この子は、たださえわたしを苦しめているのに、この上、死をもってわたしを脅かすつもりなのだわ。(3)

緒方夫妻はこの後重子を病院へと連れて行く。だがもちろん重子が「死」に至ることなどない。「死への不安」そのものから自由な重子は、「無邪気な人々」というテクストにおいて決して死ぬことはないのであり、そのような対象が存在し続けることこそが弘子にとっては脅威なのだ。

夕方七時。緒方家の二階建は、電燈が消えていて、真暗だった。家のなかには誰もいなかった。弘子の着替えた普段着が、重子の枕もと近くに脱ぎすててあった。そのなかで、重子は、眼を覚した。彼女は、しばらく眼をあいていた。家中は、墓場のようにしんとしていた。しかし彼女の知ったことではなかった。彼女は、孤独からも自由であったからである。やがて重子は、闇のなかで、この家へ来てはじめて、にっと笑った。その笑いには、何の意味もないことは勿論である。それから重子は、手を動かしながら、「ああ」と低い声を出した。（5）

「無邪気な人々」結末部においても、重子は緒方家に留まり続ける。そして「孤独からも自由」な彼女がいる限り、緒方家はいつまでも「墓場」のごとき空間としてあらねばならないだろう。重子という赤ん坊とその「笑い」は「無意味」そのものとして緒方家を脅かし続け、彼らを「鞭のように」苦しめるのである。[19]

ではこの小説が「大衆芸術」として『煙突の見える場所』[20]に脚色されたとき、そこにいかなる変化がもたらされているだろうか。『煙突の見える場所』でもまた、重子という赤ん坊は当初は緒方家に突然来訪した「不愉快」な異物としてある。だが「無邪気な人々」とは異なり、物語後半で一度病気にかかり回復した重子について隆吉と弘子は次のように述べるのである。

弘子「あたし、愛するということが、どういうことかよく判った気がするわ」
隆吉「そうだねえ。この気持、父性愛というやつかな」
頷き合う。赤ん坊、泣きつづける。
隆吉「い丶泣き声だ」
弘子「ほんとに元気だわ（と抱き上げてやる）」

（122 緒方の家の階下・居間（午前））

ここにおいて重子はもはや、「無邪気な人々」のそれのように周囲に「不愉快」を撒き散らす異物としてではなく、隆吉に「父性愛」さえもたらす愛すべき対象となっているのである。

さらに「無邪気な人々」においては最後まで緒方家の内部に留まり続けた重子は、『煙突の見える場所』では実の夫妻の元に返されることとなる。自分たちから遠く隔たった重子について、隆吉と弘子は次のように思いやる。

隆吉「全く……重子は、不思議な子だつたんだなあ」
弘子「重子……さん、よ」
隆吉「いいじやないか、重子で。いわば、みんなの赤ん坊だつたようなものだからな（略）」

（131（F・I）緒方家の階下）

映画の結末部で物語の舞台から外在化された重子は、緒方家の内部に切断をもたらした異物としての存在から、晴れて「みんなの赤ん坊」へと変貌する。とすればここで、「庶民」から「大衆」への変換は見事に成功していると言わねばならないだろう。「無邪気な人々」が「大衆芸術」としての『煙突の見える場所』という映画作品に脚色されるにあたって、「庶民」的な「不自然さ」をもたらすものとしてテクスト内部に付きまとっていた重子という赤ん坊は、緒方家という物語舞台から遠く隔たることで「愛する」ことが可能な「みんなの赤ん坊」として親和化されているのである。だからこそこの映画については、例えば「インテリは、観念で生きるから陰惨なことをいうが、庶民は足に地をつけて生きているだけに、どんな悲惨な境遇にいても、呑気なことをいい、会話は明るい」[21]といった批評が可能となるのだ。椎名の初期テクストにおいて「自然主義伝来の庶民の心」と「極端に観念的な独白」との「乖離」そのものを内に抱えていた「庶民」は、『煙突の見える場所』ではそのような「観念」から分離した、いささかの「不自然さ」もないものとして存在するのである。

とすればここで、「大衆芸術」としての映画制作への参加によってもたらされる椎名文学の自己充足の回復は、ひとまずのところ成功したと言えるだろう。だがこの後、椎名と映画との親和的な関係にはある齟齬が発生することとなるのである。

椎名にとって二作目となる映画『愛と死の谷間』が完全な椎名のオリジナルシナリオであることは、既に示した通りである。だがこの作品は映画批評家・観客には極めて不評であった。

ところが残念なことに、この映画は私にはとんとわけのわからぬ〝大作〟であった。映画鑑賞上、類まれな〝不条理の〟二時間であった。私は、もしかしたら自分だけがわからないのではないかという〝不安〟からいろいろな人にも訊いてみたが、大多数の人々がやはりわからないという答だった。

（清水晶「日本映画批評　愛と死の谷間」『キネマ旬報』一九五四年一〇月下旬号）

「愛と死の谷間」は、椎名文学の愛読者ならばともかく、普通の観客にとつては、ただ思わせぶりとしかとれないような奇妙な場面やセリフに満ちていて、これは観客をとまどいさせる映画である。

（佐藤忠男「愛と死の谷間」『映画評論』一九五四・一二）

清水は『愛と死の谷間』の鑑賞を「不条理」と述べ、佐藤は「観客をとまどいさせる映画」であると記す。では彼らの「とまどい」はどこから生じたものであろうか。

『愛と死の谷間』において、女医竹内愛子は常に「黒い帽子の男」に付きまとわれ続ける。その男は、愛子と診療所の経営者大沢捨松との仲を疑った捨松の内縁の妻望月栄子が、愛子の素行調査のために雇った探偵風見潔であり、同時に潔の仕事ぶりに不信感を抱いた栄子が新たに潔を尾行させるために呼んだ牛窪直次でもある。物語終盤、潔が自らを苦しめた「黒い帽子の男」であることを知った愛子は、彼に次のように述べる。

愛子　あなたを責めているのじゃなくてよ。責めたいもの、ほかにあるのよ。
潔　ほかに？
愛子　ええ、わたし、ほんとうに責めたいのよ。
潔　……。
愛子　わたしにあんなおかしな不安を起させたものよ。

（155　長い土手）

愛子が「責めたいもの」とは、彼女を尾行し続けた「黒い帽子の男」である潔本人ではない。彼女はあくまで「おかしな不安を起させた」[22]何かに拘泥するのである。その「不安」とは愛子において例えば「戦争」を想起させるものなどであるわけだが、いずれにせよ彼女に「不安」をもたらすものとは決して潔や直次といった具体的な人物ではなく、特定不可能な何らかの対象であり続けるのだ。椎名自身、映画評論家や観客の不満に応答する形で『愛と死の谷間』について次のように解説する。

それから今度の「愛と死」で経験したことは、ぼくは日本の大衆に幾分失望したということです。それはどういう点で失望したかというと、ぼくは大衆性というような配慮なしに入って行けると思ったんです。もちろん現代の不安というような問題はじかに正確に感じられているだろう、それが大衆性であるとぼくは断定したわけです。現代に生きている人間のほとんどがもっているに違いないもの、そういうものが大衆性をなしているものであって、母物だから何万人動員できるとか涙を流せば何万人動員できるとかいうことでなくて、生活を通してそれができると思った。ところが見た人がわからぬというわけです。

（椎名麟三・野間宏対談「私の文学鑑定」『群像』一九五四・一二より、椎名の発言）

椎名はここで、映画において彼が伝えたかったものは「現代の不安」であったが、それを「わからぬ」とした「日本の大衆」に「失望」したと述べる。しかしそのような「不安」とはむしろ、「大衆」を親和的に内面化するという映画製作の過程においては捨象されるべきものではなかったか。前述の通り、「無邪気な人々」から『煙突の見える場所』への転換においてまず外在化されたのは、緒方家に「不愉快」な異物として留まり続け、彼らに「不安」を与える重子という赤ん坊であったはずだ。とすれば、テクスト内部の切断としてある「現代の不安」を「大衆芸術」である映画において描こうとすること自体、「死の恐怖」／「死への不安」としての「庶民」から親和化された「大衆」へ、という椎名の映画参与における転換の過程には明らかに矛盾する現象なのである。

さらに映画第三作『鶏はふたたび鳴く』を見てみよう。この映画は「絶望して、人間性を失っていた人々が、自由を知ることによって、人間性を恢復するという物語[23]」という椎名自身の解説からもうかがえるように、とある海岸町を舞台に自殺を企てる三人の娘（ふみ子・谷子・陽子）が五人の石油労働者との交流を通じて徐々に救われていく、という物語内容となっている。五人の労働者はどれほど悲惨な状況に陥ってもいつか石油が出るという希望を決して失わずに井戸を掘り続け、その結果やがてそこから温泉が湧き出る。そうした労働者と交流するうちに、毒入りロケットを常に身につけて谷子、陽子とともに自殺をしようとしていたふみ子は、「わたし（とロケットを見ながら）死ぬためじゃない、生きるためだったような気がするのよ、これもってるのは」と述べ、谷子、陽子もやがてそのロケットを手放すこととなるのだ。物語結末部、五人の労働者が海岸町を離れて秋田へと向かう場面で、彼らの一人バクさんの息子の久夫が飼っていた鶏が再び鳴き声を上げる。

久夫　（喜んで）鳴いたよ！　にわとりが……鳴いたよ、鳴かなかったにわとりが。
バクさん　きっといいことがあるかも知れないぞ、久夫！　向うの秋田に……。（略）
　世ン中たち、じゃ、という風に、トラックの方へかけ出して行く。
　彼等がのると、トラックすぐに走り出す。世ン中たち、ふみ子や、ヨーさんに向って手をふる。
　ふみ子、ヨーさんも手をふる。
ヨーさん　ほんとにいい人だったなあ、あの人たちは……。
ふみ子　（涙ぐんで）……。
ヨーさん　心配するな、働いているもの同志の約束だ……必ず送ってやるからな、あんたを、秋田へ！
　遠くでにわとりの声がする。

（110　町外れ）

未来の希望の象徴であるかのように鶏が鳴き、労働者同志の連帯がうたわれて物語は閉じられる。なるほどそこでは確かに「人間性の恢復」が強く訴えられているだろうし、その限りにおいて『鶏はふたたび鳴く』の物語内容は、前作『愛と死の谷間』とは異なり「死への不安」や「死の恐怖」から解放された、まさに「自由」をあらわす作品となっているだろう。

にもかかわらず、この作品もまた「大衆映画」としては十全に機能し得てはいない。『鶏はふたたび鳴く』には例えば「世ン中には情ないことに責任というもんがあるんだよ」、あるいは「わたし、だんだん純粋になって来たのね」など、椎名のテクストにおける「不自然」な「庶民」の特徴とされた「観念的な独白」が至るところに散見するのだ。だからこそこの映画は、「一般にアピール」する「面白さ」を欠いた「高級ファン」向けの作品と評価されてしまうのである。(24) 即ち『鶏はふたたび鳴く』もまた、評者からは「一般」から遠く隔たった――「大衆」性を欠いた――映画とみなされているのだ。

それ故椎名は、やがて自らの映画制作への参加について次のように記すこととなる。

映画に質的な革命を起そうと考えては駄目である。私がそんな思いちがいをして失敗しているからだ。

（「シナリオと映画精神」野間宏ほか著『文学的映画論』中央公論社、一九五七・一所収）

既に記したように、椎名にとって映画の「革命」とは「大衆」を弁証法的に把持することで真に「主体性」を有した芸術とすることであった。とすればここで語られる「失敗」とは、「大衆」を内在化し充足した「主体性」を回復することの「失敗」であったと言えるだろう。しかしここではむしろ、「大衆」を内在化することが「自然」な自己充足の回復である、とする概念そのものを問わねばならない。そもそも「大衆」とは、その登場当初より常に不可解かつ表象不可能な対象ではなかったか。だからこそ例えば「純粋小説論」において横光は「純粋小説」あるいは「四人称」といったそれ自体不可解な概念を必要とし、また戦前のプロレタリア文学者の「芸術大衆化論争」はついに解決せぬまま戦後へと引き継がれ、やがて一九五〇年代には「大衆」論においてプラグマティズムという新たな手法が要請されたのである。しかし「大衆」なるものはそのつど具体性を欠いた把持不可能なものとして留まり続けるのであり、[25]だからこそその不可能性こそが、あたかもその把持が自己充足の可能性であるかのごとく文学者たちの欲望を喚起するのだ。だがそのような「大衆」を弁証法的に内在化しようとしたとき、主体と「大衆」との隔たりは解消され「大衆」という本来的に表象不可能なものが主体内部に回帰してしまう。だからこそ椎名が「大衆芸術」としての映画へと参与することによって「大衆」の弁証法的な把持を試みたとき、その映画作品は決して親和的なものたり得ず常に「不安」や「観念的な独白」に付きまとわれるのであり、それ故に椎名の映画への参加は絶えず「失敗」に終わらざるを得ないのである。

5 回帰する「庶民」

本章で論じてきたように、椎名の映画制作への参与は、テクストに内在する「不自然」な「庶民」を自己から隔たった愛すべき「大衆」へと変換することで、「死の恐怖」という転向者に内在する切断を埋め自己の「主体性」を回復する作業であった。しかしその過程は同時に、常に「不安」や「観念」といった形でテクストの「不自然さ」――「庶民」――を回帰させる運動と化してしまう。

ならば、椎名において「死の恐怖」の克服、「自由」の実現は遂に不可能なのだろうか。それを明らかにするためにも、次章ではまさにタイトルに「自由」の文字が付された椎名の自伝的小説、『自由の彼方で』について考察していきたい。

注

（1）　椎名麟三「映画と文学の間」（『東京新聞』一九五四・九・五）

（2）　この時代の「文芸映画」流行について、一九五二年から一九五四年までに作られた劇映画の内、新聞小説、雑誌掲載、ベスト・セラーの原作によって作られたものは現代劇・時代劇あわせて実に六三％を超えているという調査結果が残されている（「特集　対決する映画と文学　移行する20世紀芸術の地位」『シナリオ』一九五七・一〇を参照）。

もっとも、こうした「文芸映画」流行の時代にあって椎名が映画のシナリオ制作にも積極的に協力していることは、他の文学者と差異化されるべき事実であろう。佐々木基一は『日本シナリオ文学全集10　椎名麟三・安部公房集』（理論社、一九五六・五）の「解説」において、椎名の映画シナリオ制作について「たくさんの文学作品が映画化されるが、小説の原作者が、シナリオに積極的に協力することは、これまで余りなかった」としているが、この言説を裏づけるように、例えば椎名麟三・梅崎春生・安部公房座談会「新しい日本文学　新しい日本映画」（『キネマ旬報』一九五三年九月下旬号）では、映画『黒い花』について脚本家（八住利雄）に「原作を渡し放し」であったと述べる梅崎と、『煙突の見える場所』で当初の小国英雄の脚本を「潤色」したと語る椎名の映画シナリオに対する態度の差異が対照的に示されており、また前掲『シナリオ』特集においては、映画への「文学者側からの積極的な協力」の例としてまず椎名のシナリオ制作が挙げられている。

（3）　池田浩士「〈大衆〉の登場」（池田浩士責任編集『文学史を読みかえる②　〈大衆〉の登場――ヒーローと読者の20～30年代』インパクト出版会、一九九八・一所収）

（4）佐藤卓己『『キング』の時代――国民大衆雑誌の公共性』（岩波書店、二〇〇二・九）

（5）今日的な意味での「大衆」という語の起源については、現在でも議論の対象となっている。かつては白井喬二の「「大衆」といふ言葉は可成り早くから私が使つてゐるが、私としては其の発言者だと思つてゐる」（「大衆文芸と現実暴露の歓喜」『中央公論』一九二六・七）という発言を踏まえ、白井が今日的な「大衆」という語の最初の使用者とみなされてきたが、鈴木貞美『日本の「文学」概念』（作品社、一九九八・一〇）や有馬学『日本の近代4――「国際化」の中の帝国日本　1905～1924』（中央公論新社、一九九九・五）などに代表される近年の研究においては、「大衆」とは『資本論』の翻訳者としても知られる国家社会主義者の高畠素之が用いていた訳語であり、それを白井が転用した、とされている。

（6）蔵原惟人「文化革命と知識層の任務」（『世界』一九四七・六）

（7）浅田彰・柄谷行人・蓮實重彦・三浦雅士「〈討議〉昭和批評の諸問題――一九四五―一九六五」（『季刊思潮』一九九〇・一、柄谷行人編『近代日本の批評・昭和篇（下）』福武書店、一九九一・三所収）より蓮實の発言。

（8）荒正人「大衆映画論」（『映画芸術』一九五七・九）

（9）佐々木基一「大衆芸術としての映画」（『映像論』勁草書房、一九七一・一所収）。確かにこの時期の映画観客動員数は驚異的な増加を見せており、一九五四年度には約八億六千万人を記録した。また『キネマ旬報』が一九五二、五三、五四年末に掲載したそれぞれの「業界展望」によれば、製作本数は二八六本、三一五本、三七一本、配給収入は百七億四千九百万円、百四十三億六千五百万円、百八十七億七千六百万円とそれぞれ急増している。

（10）鶴見俊輔「映画と現代思想」（『映画文化』一九五〇・五）

（11）その他にも、例えば『社会評論』一九四九年一月号で菊池章一、江森盛彌などが参加した座談会「大衆文化をめぐって」において、まず議題に上っているのは映画であることなども、この時代に映画が「大衆文化」の代表的なジャンルとみなされていたことの証左となるだろう。

(12) 福田定良「大衆は映画だけのものではない」(『群像』一九五六・六)

(13) とすれば「昭和十年前後」の反復と差異という「戦後文学(者)」の問題はまた、彼らのみに特異な意識ではなく同時代の他の文学者や社会学者らにも通底するものであったとは言えないだろうか。本書序章で示したように、「戦後文学」の思考/志向とはいかに「昭和十年前後」が提示した問題を反復・完遂するかというものであり、それがいった概念を生成していた。それを踏まえるならば、鶴見や南らが昭和初年代から十年前後にかけて問題としてあり続けた「大衆」をプラグマティックに把握しようとしたこと、さらに同時代の映画論が映画を「弁証法的」な「総合芸術」とみなしていることもまた、「戦後文学」的な自己意識と相同的なものと言うことができるのである。

(14) ところでこうした「大衆」のごときアンビヴァレントな存在を、ジャック・ラカンはかつて「対象a」と名づけたのではなかったか。ラカンによれば、「象徴界」秩序の行き詰まりには象徴化し得ない「現実界」の残滓(「象徴界」の欠如)として「対象a」というものが存在するが、この「対象a」は同時に、そうした欠如を塞ぐ幻想の対象(フェティッシュ)としても機能する。即ち「対象a」とは象徴化を拒む核としての欠如であると同時に、「象徴界」秩序を安定させる(かのように)働く剰余・享楽なのである。とすれば、転向者の自己意識を切断すると同時にそこからの充足を回復させる唯一のものとして欲望される「大衆」とは、椎名のテクストにおいて「対象a」のごときものとしてあると言えるだろう。なおラカンのテクストについては、『精神分析の四基本概念』(ジャック＝アラン・ミレール編、小出浩之・新宮一成・鈴木國文・小川豊昭訳、岩波書店、二〇〇〇・一二)に拠った。また、ラカン理論における「象徴界」と「現実界」の関係については、本書第一章第五節も参照されたい。

(15) 吉本隆明は「転向論」において、「弾圧と転向は区別しなければならないとおもうし、内発的な意志がなければ、どのような見解をもつくりあげることはできない」とした上で、「日本的転向の外的条件のうち、権力の強制、圧迫というものが、とびぬけて大きな要因であったとは、かんがえない。むしろ、大衆からの孤立（感）が最大の条件であったとするのが、わたしの転向論のアクシスである」と記している。

(16) 鶴見俊輔ら「思想の科学研究会」は、『共同研究　転向』上巻を一九五九年一月、中巻を一九六〇年二月、下巻を同年四月に平凡社より刊行した。

(17) 本多秋五「書評　思想の科学研究会編　共同研究『転向』上」（『思想』一九五九・七）

(18) 絓秀実「戦後「自己意識」の覚醒——昭和と戦後の交点」（『文藝』一九八八年春季号、「自己意識の覚醒」と改題の上、『探偵のクリティック——昭和文学の臨界』思潮社、一九八八・七所収）。亀井の「転向」をめぐっての論考における「死の恐怖」という問題については、本書第一章第五節も参照されたい。

(19) 赤ん坊のこのような異物性については、「運命」（『東京新聞』一九五八・一二・一〇）というエッセイにおいても語られている。椎名はそこで、生まれたばかりの赤ん坊がベッドの上に並んでいる保育室の光景について「異様な感じがして、強いショックを受けずにおられなかった」とした上で、次のように記している。

この異様な感じというのは、複雑で分析するのに困難だが、一口に言ってしまえば、こうなるかと思う。つまりそれらの赤ん坊諸君は私たちに向って、お前たち人間を残酷に批評してやるためにおれたちはここに厳然とやって来ているんだぞ、といっているように感じられたのである。

彼らが片言をいったり笑ったりするようになればしめたものである。というのは彼らは、私たちの愛すべき仲間に入ってきたという感じがするからだ。ところが生まれたばかりの赤ん坊というのはまるでちがう。彼らは、私たち人間とはちがった存在であるかのようである。実際彼らに対して優越感をもとうなんてとんでもないことだ。少くとも私は、生まれたばかりの赤ん坊の、あのうぶ湯をつかってまだぬれている頭の毛を見るとき、自分が人間であることがひどくイヤになって来ることさえあるのだ。
(20)『煙突の見える場所』のシナリオの引用は、『キネマ旬報』一九五三年二月上旬号に拠った。
(21)杉山平一「煙突の見える場所」(『映画評論』一九五三・四)
(22)「64　医員室(午後)」に次のようなやり取りがある。
「愛子　でも、ほんとにいやね、今度、戦争が起ったら。／松村　そりゃ、世界は全滅だろうな、だが……。／愛子　わたし、またそれが起るような気がするの……このごろ、とくによ。その男がうろうろしはじめてからよ、ほんとにそんな気がするわ……。」
(23)椎名麟三「「鶏はふたたび鳴く」について」(『指』一九五四・一〇)
(24)荻昌弘「日本映画批評　鶏はふたたび鳴く」(『キネマ旬報』一九五四年一二月下旬号)
(25)鈴木幸寿は「大衆――序説的考察――」(『社会学研究』一九五七・一)において、「大衆」という概念が「構造的な「曖昧さ」をついに免れないことを指摘している。あるいは椎名自身も前掲「映画監督論」において、「大衆」とは結局のところ「一個の抽象名詞」に過ぎないことを認めている。

第五章　「自由」と表象――椎名麟三『私の聖書物語』と『自由の彼方で』――

1　『自由の彼方で』とイエス・キリスト

一九五三年五月号から三回にわたって『新潮』に掲載された椎名麟三の「自伝的小説」は、『自由の彼方で』と題されている。(1)しかし、このタイトルは何を意味するのか。「自由の彼方」とはいかなる場なのか。そもそも椎名において「自由」とは何なのか。

例えば、講談社より刊行された創作集『自由の彼方で』の「あとがき」には、次のように記されている。

二年ほど前、『文学界』の座談会で、亀井勝一郎氏の、僕の作品にふれた言葉のなかに、ほんの一言だったが、僕の歴史を書け、という意味の発言があった。それを読んだとき、ふいに僕の全過去が書かれるべきものとして、僕の心のなかにうかび上ったのである。だからいわばこの作品は、僕に対する批評からはじまったものなのだ。

だが、その当時は書くに至らなかった。というより書くことが出来なかった。それは自分の過去に対するとき、僕は愛憎に分裂し、決定的な態度が持ち得なかったからである。大袈裟に言えば、僕の全生涯に対して、いささかの興奮も痙攣もなく、よし、といい得る精神的な場所を持っていなかったからである。だからこの作品を書き得たのは、その場所を持ち得たからであるが、その場所は、キリストから与えられたものである、といっておこう。

この記述から推察されるのは、椎名にとって「僕の全生涯に対して、いささかの興奮も痙攣もなく、よし、といい得る精神的な場所」を有することが「自由」であり、それは「キリストから与えられたもの」である、ということである。とすれば、『自由の彼方で』というタイトルの意味、ひいては椎名文学における「自由」を考察するためには、本書でもこれまで触れてきた椎名のイエス・キリスト観について、改めて詳細に検討していく必要があるだろう。本章では、『自由の彼方で』における「自由」の表象のありようを明らかにするために、まずは椎名においてイエス・キリストはいかなる可能性を有するものであったのか、確かめていきたい。

2 「復活」と「自由」

例えば「キリストは、人間の自由に対する福音である。それがいまの僕の信仰だ」(「信仰と文学」『福音と世界』一九五二・四)、あるいは「私にとってキリストが問題となるときは、聖書におけるキリストだけ」(「処女受胎」『婦人公論』一九五六・一、『私の聖書物語』所収)といった記述からも明らかなように、椎名のキリスト教入信は何よりもまず聖書におけるイエス・キリストに対する信仰、さらに言えばイエスの「復活」に対する信仰とすることができるだろう。椎名はイエスの「復活」について次のように記す。

先ずイエスの示している手や足を素直に見ようとした。たしかにそのイエスは生きているというより仕方のない存在であった。焼いた魚まで食べて見せているのだから、現代のどんなお医者さんでもそういうだろう。だからそんなことにはおどろかない。私がドキンとしたのは、そのイエスは、また十字架上で死んだのである以上、死体であるというより仕方がないということに気付いたからである。言いかえれば、確実に死んでいるイエスだという点にあった。これはまた現代のどんなお医者さんも、十字架上のイエスへ躊躇することなく死亡診断書を書いたであろう。だからそのイエスは、確実に死んでいるイエスであり、同時にまた、信じられないことだが、確実に生きているイエスでもあったのである。

このイエスを他の表現におきかえればこうなる。そのイエスは確実に死体としてのイエスである。しかしほんとうに死体であるかといえばそうではない。何故なら彼は確実に生きているからだ。では彼はほんとうに確実に生きているかというとそうではない。何故なら確実にその彼は死体であるからである。つまり彼は、死んでいて生きているのである。

この生と死が、たがいにおかすことなく同居しながら、たがいにあわれにも唯一絶対のほんとうのものとなることができないで、しかつめらしくも支えられているイエスの肉と骨とに、私はいままで見たことのない人間の真の自由を生々と見たのであった。

（「神のユーモア」『婦人公論』一九五六・八、『私の聖書物語』所収）

「死んでいて生きている」とされ、「生と死が、たがいにおかすことなく同居しながら、たがいにあわれにも唯一絶対のほんとうのものとなることができない」ものとしてある、「人間の真の自由」の証左としての「復活」のイエスの肉体。それが椎名にとって「死」の超克可能性として捉えられているのは明らかであろう。本書でこれまで確認してきたように、キリスト教入信以前の椎名の諸テクストにおいては「死」が人間にとって乗り越え不可能なものとしてあるということ、「死」それ自体が不可能であるというキルケゴール的な「絶望」が絶えず問題とされていた。それはまた「死の恐怖」による内在的切断とも言うべき「転向」体験とも密接な関わりを持つわけだが、ともあれそのような「死」を内部に包括したもの、「〈生と死〉の統一点」（「復活　5」『指』一九五二・三）としてイエスの「復活」があるとされるとき、確かに椎名にとってそれは「自分の足元がグラグラ揺れる」ほどの「強いショック」をもたらすものであっただろう。(2)イエスの「復活」とは「死が〝ある〟ということ」（「非正統派の弁」『兄弟』一九五七・六）なのであり、即ち徹底して表象不可能であったはずの「死」、かつて椎名がカール・バルトの神学論に依拠しつつ人間にとっては遂に超克不可能なものとみなしていた「死」が、存在の場へと書き込まれていることをも意味するのである。そのとき、椎名にとってイエスの「復活」の肉体の発見は、既に多くの椎名論において示されているように「死からの自由」とみなされることとなる。(3)

ではそのようにして発見された「復活」のイエスは、この後椎名においていかなるものとして存在することになっただろうか。

イエス・キリストは、私ひとりのため、ただそれだけのためにこの地上へ来られたのである。ところがイエス・キリストは、私ひとりのためではなく、すべての人々のためにこの地上に来られたのである。このことは、みなさんのお祭しのように明らかに矛盾であります。（略）人々すべてのためのイエス・キリストが、同時にただ、ただ、私のひとりのためのイエス・キリストでもあったというおどろきには、またイエス・キリストの愛の充溢を感ぜずはおられないのであります。

（「聖書における不条理について」『指』一九五七・九）

椎名曰く、イエス・キリストは「私ひとり」という個のレベルと同時に「人々すべて」を救う存在である。そしてその「人々すべて」に対する「愛の充溢」は、キリスト教共同体のみならず全範囲に及ぶものとなる。

というのは、実に理解しがたいことであり途方もないことなのだが、それでもなお人間はキリストにおいて救われてあるからなのだ。全く、キリストを信じないひとにははなはだ申し訳なくて申し上げかねるのだが、そのひとさえも実はキリストにおいて救われてあるのである。

（「神のユーモア」）

椎名にとってイエスは単に、それを信じる人間を「救う」ための存在であるのみではない。「キリストを信じないひと」さえも既に「キリストにおいて救われてある」のであり、即ちイエスの「救い」は全的かつ徹底的なものとみなされるのである。そしてその証左が「死」を内在化したイエスの「復活」にある以上、「転向」における「死の恐怖」による内的切断もまた無化されるであろう。それ故に椎名は、他の箇所において「人間に原罪はない」（「人間に原罪はあるか」『婦人公論』一九五六・四、『私の聖書物語』所収）とさえ記すのである。

「原罪」を否定し、その「愛」の下に全てを無条件かつ無際限に救済するイエスという存在とその「復活」。だが、そのような存在は果たして、現実のものとしてあるのだろうか。即ち、イエスの「復活」あるいはそれによってもたらされる「自由」とは、そもそも場を有するものであるのだろうか。後に「現代の要求」（『月刊キリスト』一九六三・六）において、椎名は次のように記している。

したがって、その対立するあれかこれかを共存させる場所は、このあれかこれかの外になければならないことも明瞭である。そんなものは現実的にないということも見て来た通りだ。だからしたがって、少々哲学じみて来て恐縮だが、第三の場所なるものは、この「現実的にはない」という場所にあるものでなければならないということになる。

ここにおいて、イエスの「復活」は「現実的にない」ものであることが明瞭となる。「生」であると同時に「生」でなく、「死」であると同時にそれでないイエスの「復活」は、「〈生と死〉の統一点」であり一なる絶対的な「真実」であるが、それは「現実的」には場を持たない。即ち、「死」の表象不可能性を実在可能性へと転換するものとしてイエスの「復活」が示されるとき、だがその「復活」とそれによってもたらされる「自由」こそが、再度表象の限界として定義づけられるのである。それ故に、この「復活」の「真実」について記す作業はそれ自体、不自然なレトリックを行使するものとなるであろう。椎名はイエス・キリストの「自由」を示す一例として、ドストエフスキーの『悪霊』におけるスタヴローギンとキリーロフとの会話をたびたび取り上げている。

スタヴローギンは、その彼を追究して、それでは、子供の脳味噌をたたきわってても少女を凌辱してもいいのかとたずねる。それに対してキリーロフは、それも許されている、ただ、「すべてが許されているとほんとうに知っている人間は、そういうことをしないだろう。」と答えるのである。
私を打ったのは、最後の括弧の部分だ。ここには深い断絶がある。「すべてが許されているとほんとうに知っている人間は」と「そういうことをしないだろう」との間にである。そしてふしぎなことには、この断絶から、何やら眩しい新鮮な光がサッと私の心を射すのであった。（略）この「すべてを許されているとほんとうに知っている人間は」が「そうする」ではなく「そうしないだろう」と転換する点に実はキリストが立っているのであり、このような転換はキリストにおいてだけ可能なのだと知ったのはずっと後のことであった。
（「まぼろしの門」『婦人公論』一九五六・三、『私の聖書物語』所収）

「すべてが許されているとほんとうに知っている人間」は、子供の脳味噌を叩き割ることも少女を凌辱することも「しないだろう」というキリーロフの言葉をとり上げた椎名のこの言説について山城むつみは、椎名がそこから主部と述部との奇妙な「ロジックのねじれ」を見出したと指摘している。[4] この「ねじれ」——あるいは「断絶」——においてイエスは存在しそこに「眩しい新鮮な光」が射し込む、と椎名は記すのである。そしてこのような矛盾したレトリックは、椎名のイエス・キリストについての言説にはたびたび見受けられるものでもある。例えば前掲「処女受胎」において椎名は、イエスについて「いろんな苦しみやなやみなどに人間性をうばわれて、貧弱にしか生きて行けない私たちに、人間性をとりかえそうとしてやってきた」とした直後に、次のように記す。

だがキリストは、人間が彼によってすでに人間性を回復されているという告知だったのである。

イエス・キリストは、全ての人間において奪われている「人間性」の全的な回復のために到来するものであったが、同時にその到来は「人間性」は既に「回復されているという告知」としてある。あるいは先に確認したように、椎名においてイエスは「私ひとり」と同時に「人々すべて」を救済するものであるが、一方でそのとき、「キリストを信じない」者も含めた「人々すべて」は既に「救われてある」のだ。換言すれば、「死」を「ある」ものとして「復活」の肉体に内包し、その表象不可能性を取り外すことで「原罪」をも否定するイエス、人間を全的にそして無条件に救済し、あるいは人間は既に救済されているとさえ「告知」するイエス、それによって到来する「自由」とは「現実的」には場を持たぬものであり、故にその「矛盾的」な「自由」とはそれ自体矛盾し「ねじれ」たロジックにおいてしか書き記し得ないものとなるのである。[5]

以上のようなものとして、『私の聖書物語』を中心とした諸エッセイ・評論における椎名のイエス・キリスト観はひとまず定義することができる。ではそのようなイエスの「復活」における「自由」は、『自由の彼方で』という小説においていかに記され得るのだろうか。

3　「僕」と「彼」、あるいはリアリズムの諸問題

僕は、古びた手札型の写真を一葉もっている。上半身を正面からうつした数え年十七歳の少年の写真だ。頭は五分刈で、額は、後年の特徴をすでにあらわして、広く生え上っている。ねずみにそっくりの臆病な眼、だんご鼻、やや大きい口、貧弱な耳。これが小判型の小さい顔にくっついている。着衣は、白ワイシャツに白ズボン。そのワイシャツの袖は肘のところまでたくしあげられているのだ。

これが山田清作という、僕の少年時代の写真である。だが、この写真が僕であるということに対しては、厳粛に拒絶せざるを得ない。僕は、この写真にだけではなく、僕の一切の過去の写真に対してそうなのである。それらは、いずれも犯罪と死の影をもっているからだ。あの殺人現場に残された死体写真に通ずる嫌悪をもっているからだ。たしかにこの少年は、明らかに僕ではない。僕の死体なのである。滑稽な、消え去ってしまった僕の死体なのだ。

（『自由の彼方で』第一部　1）

『自由の彼方で』は「僕」が「僕の死体」の写真を見るという場面で始まる。死者の写真を語り手が見るというこの冒頭部は、あるいは太宰治の『人間失格』を想起させるものであり、それ故に両者を比較・分析する論も存在するが[6]、端的に言えば、『自由の彼方で』においては写真が語り手自身のものであることがその差異となるであろう。ところで椎名はかつて、「死体」という存在について次のように記している。

「死というものはまるでありやしない」とキリーロフはいう。たしかに非常に的確な思想だ。もし死というものが僕にあるなら、僕は僕の死体を現実的に見ることが出来るはずだから。どんな偉大な人がいくら僕に死があるといっても、僕の死体を僕に実証して見せるということは出来ないではないか。既に僕の死体を僕に実証して見せるということが出来ないとすれば、明らかに僕に死がある筈はないではないか。

（「いまよりしてもはや時なかるべし」『指』一九五一・四）

あるいは別の場所でも椎名は、「世界は、〝僕の〟死体といって、この生きている僕とその死体とを関係あるものとするが、しかしこの僕とその死体は、僕にとって関係であることを失っているのである。しかしその死体と世界との関係があるとすれば、世界の側から与えられた一方的な関係であり、それは僕がもはや世界への関係でなくなっている」とも述べている。[7] 即ちここで椎名は、ある言表主体が自らの死体を見ることの不可能性を強調することによって、「死」それ自体の経験不可能性、あるいはその表象不可能性を示唆しているのだ。だが『自由の彼方で』においては、「僕」は「僕の死体」について語り得ている。とすればそこにおいて「死」は表象可能なものとみなされていると言えよう（もちろんその表象があくまで「写真」というメディアを介したものという問題はあるが）。しかしそうした『自由の彼方で』の構造は、「僕」が自身の写真を撮られた一九二七年を回想し始めるや否や、一つの問題を露呈することとなる。

だが、この死体も、この写真のとられた一九二七年には、この地上を歩いていた。彼は、その前年、ある家庭的な事情から、田舎の母のもとからたずねて行った大阪の父の家をとび出していた。家出後は、そのころの家出少年のたどるコースを、彼も、実に順調にたどったのである。

（第一部 1）

ここにおいて、「僕の死体」である過去の清作は「僕」ではなく「彼」という代名詞を付される。さらにこの後『自由の彼方で』は再び一人称で書かれることはなく、語り手は時折、清作の言動に対して「滑稽にも」などという言葉とともに挿話をはさむ者として存在するのみなのである。このような断絶の問題はまた、文末の時制にも示されている。『自由の彼方で』における「僕」の記述は、「もっている」や「僕の死体なのである」など基本的に現在形で書かれたものである一方、それが「彼」としての過去の清作についての物語となるや、「歩いていた」「とび出していた」といった過去形の記述へと転換されてしまうのである。

後に椎名は、「文学における救いと視点」（『月刊キリスト』一九六五・一二）において、過去形の記述について次のように記している。

日本の小説の多くがこの過去形をつかうのは、その過去から救われているという自由として、言いかえますとそのような自己として過去に立ち向えるからなのであります。文学用語でいえば、過去として突きはなすことができるからであります。（略）過去形は、過去から救われたものとしての現在の自由に生きているのだといえましょう。

前掲の講談社版『自由の彼方で』「あとがき」に見られるように、椎名は『自由の彼方で』を書くにあたり、過去を記述する場をイエスによって与えられたものとしていた。このとき過去形が「過去から救われたものとしての現在の自由」によるものであるならば、『自由の彼方で』においては「死体」である過去の清作を「彼」として記述する「僕」の視点こそが、「自由」の証左ということなのであろうか。

ところでこのような小説における視点の問題は、椎名自身がたびたびとり上げるテーマでもあった。例えば「文学の限界」（『指』一九五一・三）においては、リアリズムの極限を「一切の客観性を規定するところの客観性」と述べた上で、それは「理解の領域を超えている」とし、「文学と自由の問題　6」（『指』一九五三・三）ではリアリズムにおける語り手の視点を「余計者」の「自由」と捉え、そのような視点は「現在ではもう許されてはならない」、「仮構の自由」であると記す。このような椎名のリアリズム観は、そのまま自然主義リアリズムへの批判的言説と接続するであろう。椎名によれば、自然主義リアリズムは「その根拠を世界全体からの自由におく」ものだが、その「自由」は「純粋な抽象」に過ぎず[8]、あるいはそれは「人間や社会の全的な否定性」であるが故に、「その人生観や世界観は運命論的となり、また決定論的」となると批判される[9]。ところで、過去の自らの写真に対して「この写真が僕であるということに対しては、厳粛に拒絶せざるを得ない」とし、「彼」としての清作を「滑稽」などと「僕」が一方的に断じる『自由の彼方で』は、椎名が否定するようなリアリズムのあり方と果たしてどれほど異なるものであるのだろうか。その限りにおいて、『自由の彼方で』は「作者が一番きらう「絶対主義」の裏返された形ではないか」といった本多秋五の指摘[10]や、「絶対なるものを彼岸に預ける書き方」であるとする井口時男の言説[11]はもっともであるし、あるいは「作家が彼を滑稽化することで、彼にたいする責任を解除されたやうな気でゐるやうに思へる」という中村光夫の批判[12]も的確と言わざるを得ないだろう。

　実際のところ、『自由の彼方で』におけるこのような「僕」の視点は、椎名自身が自覚的に選んだものであったとも考えられる。この時期に椎名がサルトルやカミュを参照しつつ「絶対客観のリアリズム」の可能性について言及していることは、既に本書第三章などで確認した通りである。椎名において「絶対客観のリアリズム」とは「生と死を超えている者にしてはじめて可能」となるものであり、「イエス・キリストの死と復活のなかに自己の根拠を置くこと」によって「与えられる」ところのリアリズムであった[13]。さらに椎名は、「絶対客観のリアリズム」は理論的には「成立することはできない」ものであるが、「絶対客観の自由」の「根拠」を有する「キリスト者」によって可能となるとも記している。[14] 即ち「絶対客観のリアリズム」とは、「現実的」には場を持たぬイエス・キリストの「復活」とそれによってもたらされる「自由」を信じる者においてのみ可能となるものなのだ。換言すれば、椎名において自然主義リアリズムの「絶対客観の自由」は所詮「仮構の自由」に過ぎぬ「純粋なる抽象」であるが、イエス・キリストの「世界全体からの自由」を自己の「根拠」として内包しているならば、『自由の彼方で』の「僕」のような視点は「絶対客観のリアリズム」の可能性として成立し得るものとなる、ということなのである。[15]

だが、成立不可能な「絶対客観」の視点は人間の理解の領域を超えたイエス・キリストの「自由」において可能となるという論理において、その「自由」を「根拠」とした視点が存在するということ自体が、一種の錯綜とは言えないだろうか。即ち、写真を手にしつつ過去の清作を「彼」として語る「僕」が、「彼岸」であれ「現在」であれ何らかの定まった場に存在しているのであれば、それは果たして『私の聖書物語』その他で椎名が記すイエスの「復活」の「自由」――「現実的」には場を持たないものとしての「自由」――と相同性を持つものなのだろうか。この問題を考察するためには、『自由の彼方で』についてさらに検討する必要があるだろう。

4 「復活」と表象

「自伝的小説」と銘打たれたことからも明らかではあるが、『自由の彼方で』における「彼」としての山田清作の軌跡は、少年時代の家出、大阪での見習いコックとしての生活、母親の自殺未遂による帰郷、電鉄の車掌としての勤務とそこでの共産主義活動による検挙、「転向」後の特高の世話によるマッチ工場の雑役夫としての過酷な労働など、椎名自身の略歴とかなりの部分で合致する。これらの軌跡は、エッセイなどでもたびたびとり上げられているが故に椎名作品の読者にとってはおなじみのものだろうが、同時にその清作が、キリスト教入信以前の椎名の初期テクストに登場する人物たちと相似する存在としてあることは、看過すべきではあるまい。第一部において、一日の終わりに空を見上げ、「どうして自分には幸福が来ないんだろう、と声に出して星へ訴える」ことを「秘密な行事」としている見習いコックの清作は、しかし「自分が何を欲しているのか、少しも判って」いない。やがて、「自分の血と死」によって「相手の自由を奪う」方法――それは、街角の喧嘩で誰かに殴られた際、近くのガラス窓などにわざと飛び込み血だらけになることで相手に恐怖を抱かせる、といった形で描かれる――を身につけた清作は、その「武器」を「彼の思想に変化」させ、共産主義活動に没入していく。その活動の最中、「彼」は治安維持法の死刑制定を知るのである。

清作は、治安維持法に死刑があると知ったとき、それは彼の可能性にすぎないのに、必然性と誤解した。その誤解は、自称共産党員山田清作のこころのなかに、またあの妙な滑稽な生物を生んでいた。それは、彼をコック時代に、ガラスのなかへとび込ませたものと同じものだった。　（第二部　4）

「死」を「必然性と誤解」する清作の共産主義活動は、「僕」としての清作によれば「マルクスのいう未来、真の人間のはじまるあの歴史に対するイメージが、全く欠けて」いるものであり、「死にあやつられて動かされて」いるに過ぎない。このような「死」に対する意識は、検挙の後に留置所において「人間は、誰かのために代って死に得るか」という疑問を抱いて「転向」していく清作の姿として強調されていくが、この一連の「転向」史もまた、椎名が語るところの自身の「転向」体験と相似していることは言うまでもないだろう。さらには「転向」後の清作は、自殺不能者として描かれるのである。

清作は、縄の一方の端を首にまきつけて、他の一端に結ぶ。荒縄の、ぷんとあまい、かぐわしい、健康そうなにおいがする。その彼には、店頭に縄でつるした歳暮の新巻の鮭の格好が思いうかんでいる。しかしそれだけなのだ。何故なら彼に、殆んど毎夜のような、涙ぐましいたたかいがはじめられているからである。首に縄をまきつけている彼は、片足を土間の方へつき出し、もう一方の足も同じように上りかまちから土間の方へ離そうとする。だが、その片足は、一方のそれとはちがって、とりもちで上りかまちにくっついてしまったようになかなか離れないのだ。しかもそのときになって、必ず便意を催して来るのである。彼は、その便意にとまどう。いつものことだと思いながらもそれにとらわれる。（略）彼は、百度決心し、そして更に百度決心し、あらゆる種類のかけ声をかける。だが、やがてこの滑稽な芝居は、諦められる。そして彼は、首から縄をといて、いとも悲しそうな溜息をつく。（第三部　6）

ここで示されているものが、「深夜の酒宴」の「僕」をはじめとする椎名の初期テクストの登場人物にも見られる、「死」の無限の先送りとそれによる「死ぬことが出来ない」という「絶望」の意識であることは言うまでもない。このように『自由の彼方で』における「彼」としての清作の言動は、空虚な「幸福」を願い続ける感傷性と「死の必然性」から生じる「絶望」的意識とに裏打ちされたものであり、即ちキリスト教入信以前の椎名の諸テクストの特徴を、あまりにも露骨に提示しているのだ。やがて、勤めているマッチ工場を飛び出した執行猶予中の清作が「かがやかしい自分の自由を手に入れる」ために東京へと向かう場面の後、『自由の彼方で』は以下のように閉じられる。

だが、その清作は、滑稽にも、何年か先に確実に死ぬことにきまっていたのである。そしてさらに滑稽なことは、この救われがたい彼が、まるで神の道化師であったかのように、死んでも天国へ復活することになっていたのである。（第三部 9）

この結末部において清作の「復活」――「死」の超克――が示唆されるわけだが、そこでは唐突に「天国」という場が挿入される。ここにおいて、「僕」としての清作と「彼」としての清作との断絶は決定的なものとなるだろう。「僕」が有する、「全生涯に対して、いささかの興奮も痙攣もなく、よし、といい得る精神的な場所」とは、「天国」という超越的・俯瞰的な場なのだ。とすれば、それは確かに本多秋五や井口時男が言うように「絶対主義」あるいは「絶対なるものを彼岸に預ける書き方」であると言える。だが再び問うならば、そのような「自由」とは果たして椎名が『私の聖書物語』などで記すイエス・キリストの「自由」なのであろうか。「神と人」（『婦人公論』一九五六・一二、『私の聖書物語』所収）において、椎名は次のように記している。

イエスは、ほんとうに神であったか。否、人間であった。十字架がそれを告げており、復活においても人間の自然は少しも否定されていないからである。それでは、イエスはほんとうに人間であったか。復活のイエスがそうでないことを告げているのである。いわば、イエスは、ほんとうには神でもなく、といってほんとうには人間でもなかった。言いかえれば、神であり同時に人間であるという二重性そのものがイエスであるということができるのである。

即ち椎名にとってイエスの「復活」とは「現実的」には場を有さないものであるとしても、超越的な「神」による事象ではないのであり、あくまで「神であり同時に人間であるという二重性そのもの」を提示する出来事なのである。さて、『自由の彼方で』で示された「天国」という場は、確かに「現実的にはない」場ではあるが、同時に超越的な場でもあるという意味において、「神であり同時に人間であるという二重性そのもの」としてのイエスの「自由」とは、いささかの齟齬を見せるのではないだろうか。

ここで、再び結末部を見てみよう。それは「救われがたい彼が、まるで神の道化師であったかのように、死んでも天国へ復活することになっていたのである」と閉じられる。この描写は恐らく、「天国」という場からの「僕」の記述であるだろう。ところで、「彼」としての清作が「天国へ復活することになっていた」と語られるとき、「復活」という出来事は「天国」において生じるものであるだろうか、それとも「彼」が生きた場においてのものであろうか。即ちここでは、「天国へ復活」という記述によって「復活」の結果が「天国」という場の存在をあらわにすることは示唆されていても、「復活」という出来事それ自体が生じる場はあらわされていない。と言うよりもむしろ、『自由の彼方で』において「復活」それ自体は――「彼」としての清作の「死」それ自体とともに――全く表象されてはいないのである。とすれば清作の「死」と「復活」は、「彼」としての清作が一生涯をおくった場とそれを全的に記述する「僕」の「天国」という場の「断絶」においてのみ、即ち決して表象されることのない「彼」が「僕」となる連続的、あるいは非連続的な瞬間、「復活することとなって」いるはずの「彼」と冒頭部で過去の清作の写真を見る「復活」以後の「僕」との「間」においてのみ、示唆されているとも言えるのである。[16]

ここで、冒頭部において既に「僕の死体」の写真を見る「僕」という記述があるとは言え、清作の「復活」それ自体は結末部においてようやく書かれることとなるという事実にも注意すべきであろう。『自由の彼方で』はその結末部に至るまで、冒頭部およびその後の挿話的な語りにおいて示される「僕」の現在形記述と、「彼」の一生涯における断定的な過去形記述との「断絶」とが、ほぼ徹底して維持されているのである。ではなぜそのような長大な言説の果てに「復活」が語られなければならなかったのか。

私たちに課せられたまだ一つの困難は、言葉にできないものに関係しているからである。語ることのできないものを語らなければならないからである。非神話化は、その困難を切り抜けようとする一つの道であろう。言葉にすることのできないもの、語ることのできないものを、実存的な言葉に翻訳することによって語り得るもの、理解し得るものとしようとする現代的な試みであろう。しかしなお、語り得ないものが残るのである。語っても通じないものが残るのだ。しかもその残余にこそキリスト教の生命があるから困るのである。

（「言葉と表現の間」『信徒の友』一九六七・一二）

本章においてこれまで考察してきたように、椎名において「キリスト教の生命」即ち「復活」および「自由」とは、「現実」の場を持たないものであった。そしてそれは、「翻訳」的に言葉を書き連ねた果ての「語りえないもの」、あるいは「残余」として生じるものでもあるのだ。椎名はイエス・キリストの「復活」は「人々すべて」が既に「救われてある」ことの「告知」であるとしたが、それを証明するためには『自由の彼方で』のごとき救済の語り直し、即ち既に「救われてある」主体はいかにして救済されるのかという過程の記述が不断に要請されるのであり、その書記行為の果てに——いわばその効果として——「救われてある」はあらわれるのである。

そしてこうした書記行為を『自由の彼方で』に認めるとき、イエスの「復活」の肉体発見以後の椎名のテクストと「戦後文学」との間に存在する、ある決定的な差異もまた明らかになってはいないだろうか。確かに椎名が提示するところの「復活」の「アウフヘーベン」の肉体は極めて「戦後文学」的なものであるし、そこから導かれる「絶対客観のリアリズム」もまた、「全体小説」的な欲望と不可分のものと言うことはできる[17]。だが、改めて述べるならば、例えば私小説、モダニズム文学、プロレタリア文学の「三派」を「アウフヘーベン」した「戦後文学」を

「人民戦線」的文学とみなした平野謙や、「人間」を「全的」に捉える「作家の眼」の可能性を「全体小説」の理念とともに提示した野間宏に代表されるように、多くの「戦後文学者」が志向する弁証法は、「文学」や「作家」に特権性を付与するものであった。それに対して、『私の聖書物語』や『自由の彼方で』などにおいて椎名は、そうした弁証法的超克をあくまで「現実」には場を持たないイエスの「復活」の肉体に見出しているのであり、即ち「文学」や「作家」における代行－表象運動の限界点として、あるいはそれらには遂に収斂し得ぬものとしてイエスの「復活」や「自由」が示されているのだ。

しかし、さらに椎名は、「〈生と死〉の統一点」たるイエスの「復活」の肉体の下では人間はもはや「救われてある」とも述べている。とすれば、そこにおいては「戦後文学」的な弁証法の運動は既に終結しているとさえ言えるのではないだろうか。ならば、キリスト教入信以後も椎名が小説を記し続けるとき、それは「人民戦線」的文学や「全体小説」を構築しようとする欲望をもはや逸脱している。むしろそれは、弁証法的な止揚として発見されたイエスの「復活」とそれによって人間にもたらされる「自由」、「現実的」には場を持たないそれらを、椎名の言葉を借りれば「ほんとう」ではない言表空間において証明／表象せんとする試みなのである。[18] だからこそ本章で考察してきたように、『自由の彼方で』においては人間の「自由」はいかなるものか、ということとともに、その「自由」はいかにして表象されるものなのか、という書記行為の問題が前景化されていたのだ。そして改めて言うならば、『自由の彼方で』という小説内のことごとくの表象は決して一つの「全体」や「真実」を形成するための諸関係としてではなく、そのように記述を重ねてもなお表象し得ないイエスの「復活」という「真実」を、表象不可能性の残余として現出させるためのものとしてあったのである。

5 「賭」としての表現

本章ではこれまで、椎名のイエス・キリスト観においてはイエスの「復活」の肉体が「死」を超克した「自由」として捉えられていることを踏まえた上で、『自由の彼方で』ではそのような「復活」や「自由」が、長大な書記行為の果ての「語りえないもの」としてあらわされていることを明らかにしてきた。だが、そのように「復活」あるいは「自由」が表象不可能性として――まさに書き記されることのない「残余」として――留まったとき、それはかつて椎名が拘泥し続けた、人間において経験不可能であり絶対的な切断線でもある「死」にかわって、「復活」や「自由」を特権化したに過ぎないのではないだろうか。さらには、そうした表象不可能性を「真実」とすることはまた、他の表象可能な事象はことごとく「真実」ではないという意識を引き起こすものとはならないだろうか。事実、「愛の不条理」（『婦人公論』一九五六・一〇、『私の聖書物語』所収）には次のような記述があるのだ。

人間的な一切の事柄というものは、相対的なものであって、唯一絶対的な「ほんとうのもの」となることができないというのが、イエスの復活の証言である。そこでは、何が嘘であっても、自分の死ぬということだけはほんとうだとしていた死さえもが、絶対的な人間の事実となってはいないのだ。復活のイエスはいうのだ。「手や足を見よ。たしかに自分はほんとうに死んでいるのだが、しかしほんとうに生きてもいるのだ」そして私たちは、一切のこわばりや痙攣からゆるめられて、ほっと安堵の吐息をもらしながら、人間らしくなることができるのである。

イエスの「復活」という非存在的な出来事こそを唯一の「ほんとうのもの」として捉えるとき、「人間的な一切の事柄」は「死」も含めて全て「相対的なもの」となる。そして椎名は「ほっと安堵の吐息」を漏らすことが可能となるわけだが、ところでこの種の相対主義は全てを「どうでも良い」とするシニカルな自己意識と表裏一体のものではないだろうか。ペーター・スローターダイクは『シニカル理性批判』（高田珠樹訳、ミネルヴァ書房、一九九六・二）において、あらゆる事柄の絶対性を否定し、それらを「と」で接合させる近代人の心象について述べた後、次のように記している。

「と」の生み出す直線的な配列や連鎖の中では、個々の要素同士はこの論理の仲人を通じてしか触れあわない。この仲人のほうも、自分が一列に並べてみせるそれぞれの要素の中身については口を閉ざす。自分が並べる事物に対する「と」のこの無関心、ここにシニシズム蔓延の芽がある。たしかに「と」は、ただ単にすべてを一列に並べてみせ、それらのあいだに表面上の統合関係を打ち立てるだけだが、それによって生まれる画一平等は、並べられる物どもにとっては不当な仕打ちなのだ。それゆえに、この「と」は「純粋」な「と」にとどまることなく、「イコール」に移行する傾向を示す。ここを契機にシニカルな傾向が蔓延し始める。どんなもののあいだにも鎮座できる「と」が「イコール」を意味するなら、すべてはすべてに等しく、ほかの何でもと置き換えが効く。「と」系列の一様性は、秘かに「どれも同じ」という客観的な等価性になり、「どれでも同じ」の主観的な無関心になってゆく。（第二部第二篇　第二章　副次的シニシズムの諸形態）

また、イエスの「復活」の「真実」においてはその他の表象される全てのものが「相対的」であり、だからこそ言表空間における人間のあらゆる事象を「絶対的」なものとする必要はない、といった態度は、緩やかな現状肯定へと容易に転換されるものではないだろうか。その限りにおいて、椎名のテクストに「責任」の「解除」を見る中村光夫の批判的言説(19)は、やはり正当なものと言うことができよう。ところで椎名は後に、イエスの「真実」に対する「信仰」を「賭」としている。

言いかえれば、ほんとうの自由とは、個人的な死から救うと同時に世界の終末からも救うところのものでなければならないのである。そんなものは、客観的には実在しえないことは、怒れる若者たちがもっともよく知っていることなのだ。このことを裏返して言えば、個人をこえ世界をこえ、したがって無限さえこえて実在するものが考えられているということはいうまでもない。(略)だから信仰とは、客観的に言うならば、一種の賭である。自らの全存在を自分や世界をこえたほんとうの自由であり、ほんとうに救いであると考えられるものに賭けるのである。自分と世界が生きることのできる、ほんとうの意味を得るためにだ。

(「人間の魂における諸問題　信仰について」『婦人画報』一九六一・一二)

「人間の魂における諸問題　信じるということについて」(『婦人画報』一九六一・一二)においても椎名は、「一般」には「ないもの」を「あるもの」として信じる「心の働き」について、「ある決断が必要」であると記している。即ち椎名は「信仰」を、「実在しえない」ところの「自由」を信じるという意味において「賭」または「決断」とみなしているのである。だが一方で、そのような「自由」を『自由の彼方で』のように言表空間内の「断絶」あるいは「残余」として組み込み、それ自体は決して記述しないことによってその表象不可能性/非存在性を示唆するという態度――だからこそそれは一なる「真実」の可能性として機能し得るわけだが――は、やはりスローターダイクが提示するシニシズムの萌芽となりかねないのではないだろうか。だからこそ椎名においてこの「賭」は、やがてそのような「自由」をいかなる形であれ「表現」することの要請へと転換するのである。

だが、ほんとうの自由は「現実的にはない」。そのことによって、ほんとうの自由は、スタヴローギンの捨てぜりふにあるように、宗教的領域に属し、そのかぎりにおいて形而上学的なものなのである。しかし何故このようにほんとうの自由なるものを求めるのか。むろんそれは私たちの生き方にかかわるものであると同時に、ほんとうの文学を求めているからにほかならない。何故ならすでに明らかなように、ほんとうの文学は、ほんとうの自由によってしか成立しないからである。当然、ほんとうの自由の表現の具体的な方法こそが、私の不可能な夢として私の眼の前にあるわけなのだ。

（「文学と自由」『われらの文学3　椎名麟三・梅崎春生集』講談社、一九六七・五所収）

椎名は「ほんとうの自由の表現の具体的な方法」を求める。その希求はまた、椎名において「真理は、伝達されなければ真理ではない[20]」と言わしめるものであるだろう。このような「不可能な夢」に賭けることは確かに、「真実」を単に「現実的にはない」ものとするに留め、表象可能なものはことごとく「どうでも良い」とするシニカルな自己意識、あるいは相対主義的な現状肯定からの脱却行為となるかも知れない。ところで、「真実」／「真理」の不可能性そのものを欲しその「伝達」行為を目論むというこの要請は、椎名においては「自由」を別のもので「表現」するという行為としてあらわれることとなるのであり、即ちそこにおいては、表象－代行の問題が改めて前景化されるのである。ではそのとき、椎名のテクストにおいていかなる問題が生じるであろうか。それを考察するためには、さらに別のテクスト、『美しい女』を見なければならない。

注

(1)『自由の彼方で』は『新潮』一九五三年五月号に第一部、同年九月号に第二部、一九五四年二月号に第三部がそれぞれ掲載され、全三部を併せたものとして一九五四年三月、講談社より創作集『自由の彼方で』が刊行された。

(2) 前掲「神のユーモア」には次のような記述がある。

そうして、彼は、弟子やその仲間へ向ってさかんに毛脛を出したり、懸命に両手を差しのべて見せているイエスを思い描いたのである。ひどく滑稽だった。だが、次の瞬間、そのイエスを思いうかべていた頭の禿げかかった男は、どういうわけか何かドキンとした。それと同時に強いショックを受け、自分の足もとがグラグラ揺れるとともに、彼の信じていたこの世のあらゆる絶対性が、餌をもらったケモノのように急にやさしく見えはじめたのである。(略) これが私の回心の物語である。

(3) 例えば佐古純一郎は「椎名麟三論」(『文學界』一九五四・七)において、「自由の問題は椎名氏にとって死の問題ときりはなしては考えられない。氏にとって自由とは「死からの自由」であったのだ」と記している。

(4) 山城むつみ「ユーモアの位置――ペシミストとコミュニスト」(『群像』一九九八・一一、『転形期と思考』講談社、一九九九・八所収)

(5) ところで椎名におけるこのような「復活」の特権化は、アラン・バディウが『聖パウロ 普遍主義の基礎』(長原豊・松本潤一郎訳、河出書房新社、二〇〇四・一二)において次のように提示するところのパウロのキリスト観と、相似したものと言えないだろうか。

パウロにとっては死は救済の操作たり得ない。なぜなら、死は肉と法の側にあるからだ。(略) パウロがわれわれに語る死、われわれのそれとしてのキリストの死には、そもそも生がそうであるように、いかなる生物学的なものもない。死と生はいずれも思考であり、そこでは「身体」と「魂」が識別不可能なままに包括的《グローバル》な主体へと縒り合わされている、そうした次元なのだ（パウロにとって〈復活〉が、必然的に身体の復活、すなわちその完全性において分割された主体の復活である所以が、ここにある）。（略）キリストにおいて出来事を成しているものは、もっぱら〈復活〉、この〈*anastasis nekrōn*〉であり、これは、生の隆起〔蜂起〕である、死者を喚び出すこと〔起立－測量〕*levée*、死者の隆起〔蜂起〕soulèvement と訳されるべきだろう。

（Ⅵ　死と復活の反弁証法）

（6）『自由の彼方で』に限らず、椎名麟三と太宰治のテクスト、あるいは彼ら自身を比較・分析しようとする論は多い。例えば佐々木啓一が『椎名麟三の文学』（桜楓社、一九六八・八）において、「作家論」の冒頭に「「椎名麟三」へのアプローチとして」という副題を付した「『太宰治』試論」を置いているのは、その典型と言えよう。

（7）椎名麟三「「異邦人」について」（『群像』一九五二・二）

（8）椎名麟三「なにをいかに描くか」（野間宏ほか編『岩波講座　文学　第八巻　日本文学の問題』岩波書店、一九五四・六所収）

（9）椎名麟三「文学と宗教」（『兄弟』一九六六・一）

（10）本多秋五は「物語戦後文学史　第一一九回　〝自由の彼方〟の自由――椎名麟三第二期の仕事③」（『週刊読書人』一九六二・一一・一二、『物語戦後文学史　完結編』新潮社、一九六五・六所収）において次のように記している。

それにしても、過去の無自覚な自分、盲目の力に囚われていた自分を、これほどまでに否定し、その境涯での精一杯の努力を笑うことは、おなじく現在の作者の立場からみて「無自覚」なもの、「囚われた」ものとされるであろう人間一般を否定することになりはせぬか。それは作者が一番きらう「絶対主義」の裏返された形ではないか。

(11) 井口時男「悪文の初志　椎名麟三論」(『批評空間』一九九一・四、「貧しさの臨界――椎名麟三論」と改題の上、『悪文の初志』講談社、一九九三・一一所収)

(12) 中村光夫「文芸時評」(『毎日新聞』一九五四・二・五〜六)

(13) 椎名麟三「絶対客観のレアリズム」(『指』一九五一・一一)

(14) 椎名麟三「現代文学における前衛的な役割について」(『作品集Ⅱ』たねの会、一九六二・六所収)

(15) 後に椎名は、「キリスト教と文学」(『文学』一九六二・六)において次のように記している。

もし一人称が純粋主観というような絶対性に到達できれば、むろん純粋客観に似て来ることはいうまでもない。しかしモームも証言しているようにそのような絶対性に人間は到達できないのである。そこに一人称においてもあいまいさは残り、三人称(客観的な意味においてという限定をつけなければならないだろう)においてもあいまいさは残る。ビュートルの「きみ」は、この二つの人称のあいまいさを切り抜ける一つの試みだったのかも知れない。それは一人称的でありながら同時に三人称的であることによって、この一人称と三人称のもつ矛盾に生きようとしたものとして、やはり私はそこに現代の文学的な課題の一つ、しかも根本的なものの一つを感ぜずにはいられないのである。

ここにおいて、椎名が前述した人称の問題を「絶対客観のリアリズム」と密接に関連するものとして捉えていることは明らかだろう。

(16) それ故、井口時男前掲論の中の「絶対なるものを彼岸に預ける書き方」という批判は、『自由の彼方で』においてはそれほど問題ではないとさえ言える。井口が言う「絶対なるもの」がイエス・キリストの「復活」と「自由」であるならば、それは「彼岸」に預けられたものではなくむしろ「此岸」と「彼岸」との「断絶」においてのみ到来するものであり、即ち「彼岸」という他なる場を設定しないことには示し得ないものであるからだ。だからこそ椎名は別の場所で、「復活の時間」とは一方で「弟子たちの生きていた歴史的時間に属しながら」も、その「歴史的時間」とは「質のことなった」「第二の時間」にも属するという「二重の時間としてしか理解できない」と記すのである（「復活はあるか」『指』一九六一・四）。むしろ問題となるのは、後述するように『自由の彼方で』においてはその絶対的な「自由」それ自体が、書き記さないという態度において——まさに表象不可能なものとして——示されている、ということであろう。

(17) 本書序章ならびに第三章を参照されたい。

(18) だが一方で、本書第三章および第四章で論じたように、キリスト教入信以後の椎名のテクストにおいては、超克し得ぬ「死の恐怖」や不自然な「庶民」といったものが絶えず回帰し、弁証法的な主体充足の運動の機能失調が常に示唆されている。こうした弁証法運動の終結不可能性は、椎名のイエス・キリスト観に必然的に付随するものであると同時に、「戦後文学」の思考が帰着する問題点を現出させるものでもあるのだ。それについては本書第六章で詳述したい。

(19) 注（12）参照。

(20) 椎名麟三「真理は伝達できるか」（『月刊キリスト』一九六四・一一）

第六章　「ほんとう」の分裂——椎名麟三『美しい女』と「戦後」の文学——

1　「労働者」という「平凡」

椎名麟三の『美しい女』については、同作品が一九五五年度芸術選奨文部大臣賞（文学部門）を受賞した際の「社会の変動の中に誠実に生きようとする平凡人の原型を平易な文体で見事に描出」という言説が示すように、「平易」な文体や「平凡人」の描写がその特徴とされてきた。[1] なるほど『美しい女』の冒頭、「私は、関西の一私鉄に働いている名もない労働者である」という記述を見ても、確かにそこでは「私」の「労働者」としての無名性、「平凡」さが強調されている。ではなぜ、『美しい女』においては「平凡」な「労働者」が書かれなければならなかったのか。これに関して、椎名は次のように述べている。

私は、この自分の生きている現代にしか興味はないし、だからこの私に問題になるのは、この現代なのである。（略）現代を問題にしているこの私に、おかしなことにこの現代に重要な意味をになっている労働者が書けないということだったのだ。もちろん労働組合のひとや職場の文学サークルのひとを通じて、労働者のひとびとにふれてきた。しかしその私の位置は、あくまで局外者のような位置であり、彼等の日常感情まで入って生きることができなかったのである。

私は、関西へ旅行しはじめた。（略）だが、数度のその旅行で、合計すれば二ヵ月ほどの期間にすぎなかったが私はたちまち以前の、あの肌と肌とで通じ合う労働者の感情を自分のなかにとり戻していたのだった。同時にその感情のなかで、私の責任であるかのように私に迫って来たものは、何十年も黙々と働いているたくさんの仲間の姿だったのである。

「美しい女」はこのなかのひとりをモデルにして描いたものなのだ。

（「「美しい女」と私」『婦人公論』一九五六・六）

椎名はかねてから「労働者」を書かねばならないと考えながらも、彼らの「局外者のような位置」にあると自覚していた。だがかつての職場（山陽電鉄）がある関西への旅行を通して「労働者の感情」を「とり戻し」、その経験が『美しい女』執筆に至らしめたと記す。ところで椎名はかつて、「僕は、自分の欠陥をよく知っているが、それはまさに、日本の貧民窟や下層階級の人々しか知らないことだと思っていたからである。全く僕のなかには、そのように社会から落ちた無数の人間が住んでいる」と記し、さらに「人々は、乞食を見ても街で見る乞食しか知らない。だが僕の知っている乞食たちは、哲学（？）を語るのである。しかも非常なむずかしい個性的な言葉で」とするなど、自らを「下層階級」の「局内」にいる人間として提示してはいなかったか。[2] だがここで、椎名が「非常なむずかしい個性的な言葉」を用いる「労働者」の一員だったか否かは問題ではない。初期において「貧民窟や下層階級」の内部にいたとみなす意識が、現在は「労働者」の「局外者のような位置」にいるという意識へと転換されたとき、そこに椎名のイエス・キリスト観、つまり「復活」のイエスの発見を通して「死」を絶対的な「恐怖」としての対象から相対化する意識の運動との相似性を見るべきなのである。即ち、「恐怖」としての「死」をイエスの肉体に「ある」ものとしての「死」へと変換したことによりそれを包括・非絶対化したように、異質な「庶民」

として「下層階級」に属していたとする自らの立場を、一旦「労働者」から「局外者のような位置」へと転換した上で再度それを「とり戻し」たとき、「非常なむずかしい個性的な言葉」で提示される「庶民」の「哲学」とは遠く離れた、「平凡」が獲得されるのだ。(3)

では、ひとたび獲得された「平凡」は『美しい女』においていかに敷衍されていくのであろうか。本章では『美しい女』において「平凡」な「労働者」と自らをみなすとともに、周囲の事象をことごとく「平凡」化せんと試みる語り手「私」の言動にまず着目する。その上で、そうした「私」の欲望とは裏腹に、『美しい女』では「平凡」化の運動に抗う「死」や「女」が表象されていくという問題について考察していきたい。そのとき、『美しい女』という小説は「戦後文学」が思考／志向した弁証法の運動を遂には逸脱してしまったテクストであることが、明らかとなるはずである。

2 「美しい女」という絶対

例えば『美しい女』の語り手である「私」は、次のように「平凡」たらんと訴える。

とにかく今日まで私についていえることは、気ちがいめいたことは一切きらいだ、ということである。気ちがいめいたものには、あのビラの文字や文句のそれと同じように、死と暴力がひそんでいるように思われるからである。そこには非人間的な恐ろしいものが、たしかにいるように思われるのだ。

（第一章　5）

ここで「気ちがいめいたこと」を徹底的に嫌う「私」は、第二章においても「死んでも」会社をやめないつもりだと語る妻克枝の言葉を「過ぎもの」「許せないもの」として批判する。このような、ある事象――例えば「死」――の絶対視に対しての「私」の拒否はまた、『美しい女』作品内の時代（日中戦争前後）における人々の意識にも向けられる。

だが、ある日、私が家へ帰って来ると、家のなかに滑稽なことが起っていた。部屋のなかに天皇夫妻の写真が、麗々しく額にして飾ってあり、床の間には、あやしげな神棚さえつくってあったのである。（略）私は、その新しい額を下ろして、その天皇夫妻の写真の裏へ、へのへのもへじと書いて元通りなげしへかけ、神棚の天照皇大神宮の札のなかには、新聞の化粧品の広告から美人の顔を切り抜いて入れておいた。

（第三章　2）

家の中に「天皇夫妻の写真」を飾り神棚をつくった妻克枝の行動に対して、「絶対主義」を認めない「私」は「天皇夫妻の写真の裏」に「へのへのもへじ」と書き、神棚にある「天照皇大神宮の札」の中に広告の「美人の顔」を忍ばせる。即ち「私」はここで、戦時における「天皇」の神格化／絶対化に抗う姿勢をあからさまに示すのである。では、「私」はなぜこれほどまで「絶対主義」を忌避し続けるのか。その根拠となるのが、「私」の内にひそむという「美しい女」である。

だが、その焼酎を飲んでいるとき、私の心に痛切にうかんで来るのは、美しい女への思いだった。このようなおかしな自分から救い出してくれる美しい女だった。しかし私は、私の美しい女が、どんな顔をしどんな姿をしているのか、さっぱりわからなかったのである。ただ、美しい女への思いがうかぶと、私の心のなかに、何か眩しい光と力にみたされることだけは事実だった。

（第一章　2）

私が、いまでも責任をもって確信することの出来るのは、この世のなかには、唯一絶対の、だからほんとうのものなんかありはしないということである。（略）とにかくその事実は、私にゆるやかな息をさせてくれる。同時にその事実は私の心のなかに生きているあの美しいほんとうの女のもっているやさしいおかしさをも思い出させるものでもあった。（第三章　1）

「私の心のなか」に生きている「眩しい光と力」であると同時に、「この世のなか」に存在し得ない「ほんとう」としてある「美しい女」。この「美しい女」像の背後に、椎名の「復活」のイエス・キリスト観を見出すのは容易であろう。椎名はかつて「わたしの描きたい女性」（『女性改造』一九五〇・五）において、自分が描きたい女性は「ただひとりの女性であり、しかもその女性は、自己を実現する客観的な条件をもたないので、僕の心の奥に永久にこの世の光をあびることのできないものとしてしまって置かなければならないのである」とした上で、表象不可能なその女性が存在し得るところの「あの社会」を「知っている」と語っている。あるいは「椎名文学の形成」（久山康編『現代日本のキリスト教』創文社、一九六一・一二所収）においては、『美しい女』で示された「ほんとう」は「キリストを意味する」というように、「美しい女」と「復活」のイエスとの相同性を直接認めており、「小説における方法」（『たねの会　月報』一九六八・九）では「美しい女」とは「完全な自由」を意味するとも記しているのだ[4]。とすれば、人間にとって絶対的であったはずの「死」を内部に包括することで特権的な存在となる「復活」のイエスの肉体と、「私」において「ほんとう」としてあることで「この世のなかには、唯一絶対の、だからほんとうのものなんかありはしない」（第三章　1）という概念の根拠となる「美しい女」とは、確かに相似性を帯びているだろう[5]。その限りにおいて、現実の世界には場を持たないイエスの「復活」の「自由」をいかに別のもので代行‐表象するかという『自由の彼方で』以後の椎名の課題を、『美しい女』はひとまず解決したテクストと言えるのである。

さて、このように「この世のなか」に存在しない「美しい女」が唯一絶対の「ほんとう」とみなされるとき、「私」は『美しい女』に登場する様々な「女」をも相対化していくこととなる。例えば第一章で「私」は、私娼の倉林きみについて「まるで彼女が私の美しい女であった」かのごとくみなしながらも、即座に「きみは美しい女にはちがいなかったが、悲しくも、私の求めるほんとうの美しい女ではなかった」とする。あるいは第二章においては、後に妻となる飯塚克枝に対して一度は「あの眩しいほんとうの美しい女であったかのように」彼女の顔を思い浮かべるが、やがて「私は、克枝を唯一絶対のものとしては愛してはいなかったかも知れない」と認めるのである。このとき『美しい女』に登場する様々な「女」たちは、「私」によって「美しい女」に相似すると一度はみなされつつも、それを否認される存在としてある。「私」においては、「ほんとう」に愛するとはあくまで「この世のなか」には不在の「美しい女」に対してしかあり得ないからであり、その限りにおいてあらゆる「女」たちは、「ほんとう」には愛し得ない「平凡」な存在として「美しい女」に回収されていくのである。

「ほんとう」の「美しい女」、あるいはそれを「心のなか」に有する「私」は、こうして『美しい女』の他の事象をことごとく「平凡」化していく。もちろん「私」のその徹底した姿勢については、「あまりにも純度が高い」ものであり「唯我独尊的な自己絶対化・独善性」を有するものではないかといった批判も存在する。(6) だが、このような論者の指摘を待つまでもなく、「私」の「絶対化」は『美しい女』の登場人物によって既に示唆されてはいなかったか。

だが、克枝は、恐怖の眼で私を見ながら口も利けないようなのだった。(略) 彼女は私の顔色をうかがうようにして口癖のようにおずおずいうのだった。

「あんたはほんまにええひとやわ」

そしてときには私がてれるほど力をこめてこうもいった。
「あんたみたいなえらいひと、ようけ居はれんと思うわ」（第三章　4）

克枝が幾度となく他の男と駆け落ちをしようと許し続ける「私」――それは「ほんとう」に愛しているのは「美しい女」だけであるという「私」の意識によるものである――に対して彼女は「恐怖」を抱き、「あんたはほんまにええひとやわ」とくり返す。さらにこの後、彼女は「私」に向かって「あんたは神様でんねん」とまで述べることとなるのである。即ち、あらゆる「絶対主義」の否定のために「美しい女」の価値観によって全てを「平凡」化せんと試みたはずの「私」自身が、逆説的に他者から「神様」のごとき人物として絶対視されてしまうのだ。だが、なぜ「私」はそのような「恐怖」の対象としての絶対性・特異性を帯びてしまうのか。それは果たして、あらゆる事象に対する「私」の「平凡」化と「美しい女」に対する信頼の、「純度」の高さという問題のみによるのであろうか。

3　「私」という代行者

例えば克枝は「私」に対して次のように述べる。

「あんたこそ人間やおまへん。そのひとにうちらのことわかりまっかいな。うちらとあんたらは、別々の世界に住んでいるんやさかいな」（第二章　4）

「私」を非人間的存在として批判する克枝のこうした言動によって、「私」は他の登場人物とは「別々の世界」に属しているとみなされることとなる。そして『美しい女』においては、このような位置を「私」自身もすすんで保持しようとするのである。

勿論私は、残念なことには無欠組ではなかった。それだけでなく無欠組からもそうでない仲間からもけったいな人間として見られていたのである。私は、無欠組と行動を共にしたこともたしかだったが、しかし届をした以上無欠組でなかったこともたしかだったからだ。

（第三章　5）

第三章で他の乗務員とともに鉄道会社を「無欠」（無断欠勤）する「私」は、しかし欠勤届を提出することで自分は「無欠組」ではないともみなしている。即ち、克枝など他の登場人物の言説を引き受けるかのように、「私」自身も「無欠組」であると同時にそうでもないという立場をとることによって、自らをいかなる場にも属さぬ存在と化すことを欲しているのである。

このような「私」の記述の背後に、「この世のなか」に存在し得ない「ほんとう」としての「美しい女」の性質を見出すことは容易であろう。他の登場人物たちと「別々の世界」に属さんとする「私」は、例えば克枝に対して「神様みたいに扱われんの、いやなんや」と言うように自分を絶対視する他者の言動を否認しようとするが、にもかかわらず常に「美しい女」の透明な代行者として振舞ってしまっているのだ。それは「世のなか」のもの全てを「平凡」化しつつ包括する「美しい女」の性質をなぞるかのように、様々な事象をことごとく肯定していく「私」の自足的な言動からもうかがえよう。

その私は、この人生を愛し、妻を愛し、電車を愛している自分を、悲しくも喜んでいたのである。仲間が私に何といおうと、そして会社がどのように私を扱おうと、私は、この人生と根本的な違和感を感じたことはないのだ。　（第二章　3）

「美しい女」を内部に抱いた「私」は、もはや日常にいささかの違和感を抱くこともない。そして「人生」や「妻」、「電車」など『美しい女』に存在する様々な事象を「愛している」と述べることによって――もちろん、そこには常に「ほんとう」に「愛している」わけではないという留保がつけられるが――是認していくのである。こうした日常賛美は、「明日地球がほろぶということがはっきりしていても、今日このように電車に乗っている自分に十分であり、この十分な自分には、何か永遠なるものがある」（第二章　1）という「私」の言説にも接続していくだろう。「私」にとって「今日」における自足こそが「永遠なるもの」＝「美しい女」へと繋がるものであり、だからこそ「私」は、「昔より現在の方が好きな男であり、未来より現在の方が好きな男である」（第二章　4）というように、やがて「現在」を無条件に肯定していくのだ。

このような「私」の言説について、奥野健男は「真に自己との、状況との対決はない」と批判し[7]、山田博光は「私」には「成長」も「堕落」も存在しない、「いいかえれば環境との真の対決、弁証法がない」と断じている[8]。なるほど、他の様々な事象を「ほんとう」ではないという限りにおいて全面的に肯定し、さらに「現在」における「私」を「十分」であるとしていささかの「対決」もなく自足していく「私」の言説には、「たえず自分自身を克服するような否定の運動[9]」としての弁証法は確かに機能していないと言えよう。

あるいはここで、椎名のイエス・キリスト観と西田幾多郎の哲学とを結びつける論述を想起しても良いだろう[10]。椎名自身は前掲「椎名文学の形成」において、西田の「絶対矛盾的自己同一」という概念に対して「具体的に僕に生きられるものとして受けとることができなかった」とした上で、その「同時性」をイエスに見出したと述べている。だが椎名が「復活」のイエスの肉体について、「生と死が、たがいにおかすことなく同居」した肉体、即ち「死んでいて生きている」ものとみなしていたことを想起するとき、[11] その言説の背後に、西田による「絶対矛盾的自己同一」の一定義──「永遠の死を越えたもの」であると同時に「永遠に生きるもの」でもあるという「矛盾」においてこそ「自己の存在がある」というもの[12]──を見出すことはやはり可能だろう。あるいは『美しい女』の「私」によって示唆されるような「現在」の特権視──それは前述の通り「現在」において「十分な自分」を「永遠なるもの」に接続するものとみなす言説としてあらわれる──と、「現在」は「過去」と「未来」の「矛盾的自己同一」として「時」を「止揚」し、同時に「我々」が「時を越えた永遠なるものに触れる」ことを可能とさせるという西田の論述との間に相似性を見ることも、[13] 決して難しくはあるまい。絓秀実は西田哲学における「絶対矛盾的自己同一」あるいは「無」の概念について、コジェーヴにならって「ヘーゲル的「ポスト歴史」」を記述したものと断じているが、[14] その限りにおいて『美しい女』とは弁証法以後の「ポスト歴史」が示唆されたテクストと言えるだろうか。

ともあれここにおいて、「私」が他者から特異な存在とみなされ、ときには神格化さえされるのは、単に「平凡」を敷衍していく姿勢の「純度」の高さのみにあるわけではないことは明らかだろう。「美しい女」が「世のなか」には存在し得ない「ほんとう」、全ての事象を相対化する超越性／普遍性としてあることを代行するかのごとく、「私」もまた自らをいかなる場にも属さぬ立場に置き、何ら出来事に違和感を抱かないかのように「妻」や「電車」、「人生」あるいは「現在」を次々と肯定していく。そうした、あたかも他の人物とは「別々の世界」にいるかのような──即ち「この世のなか」に場を持たぬかのような──振舞いこそが他の登場人物たちを恐れさせるのである。

4 「労働」と「死」

これまで確認したように、『美しい女』において「平凡」な「労働者」と自己規定する「私」は、自らの内にある「美しい女」の透明な代行者として「世のなか」の全ての事象を相対化しつつ是認していこうとする。ならば、次のような記述をどのようなものとして捉えれば良いだろうか。

私は、自分を反動だ、とは思っていない。私は、ただ相も変らず単純で無邪気なだけなのだ。ときには、その無邪気さが残酷に見えようとそうなのである。だから私を時代や社会へ結びつけているのは、あのイデオロギイとかいう難しいものではない。労働なのだ。（第四章 1）

あるいはここで、「明日地球がほろぶということがはっきりしていても、今日このように電車に乗っている自分に十分」であるという「私」の言説を想起しても良いだろう。「私」にとって「十分」な自分を認め得るものとしてあるのが「電車に乗っている」こと即ち「労働」であり、それは「イデオロギイ」とは別に――あらゆる「イデオロギイ」は既に「美しい女」においてその絶対性を剥奪されている――自らを「時代」や「社会」へと接続させるものとしてあるのだ。ところで、なぜここにおいて「私」は「労働」を特権視しなければならないのだろうか。「私」が「労働者」であること（「労働者」の特権化）の背後に、椎名における「労働者」描写と「復活」のイエスの発見との密接な関連があることは既に記した。だがそれでもなお、「私」はなぜ「労働」し続けるのかという問題は残ってしまうのである。

本書でこれまで論じてきたように、「戦後文学」の思考の基盤にある弁証法において「労働」とは自己意識の弁証法運動を駆動させるための特権的な行為である。同時に弁証法とは、最終的にその「労働」を止揚していくという運動でもあったはずだ。例えばアレクサンドル・コジェーヴは『ヘーゲル読解入門――『精神現象学』を読む』において、次のように記している。

実際、人間的時間或いは歴史の終末、すなわち本来の人間或いは自由かつ歴史的な個体の決定的な無化とは、ただ単に用語の強い意味での行動の停止を意味するだけである。これが実際に意味するものは、――血塗られた戦争と革命の消滅であり、さらには哲学の消滅である。なぜならば、人間はもはや自己自身を本質的には変化せしめず、人間が有する世界と自己との認識の基礎である（真なる）原理を変化させる理由もまたないからである。（略）ここで、ヘーゲルの多くの主題の中でもとくにこの主題がマルクスにより再び取り上げられたということを想い起こそう。人間（「階級」）が承認のために相互に闘争し、労働により自然に対して闘争する場である本来の歴史はマルクスにおいて「必然性の国」（Reich der Notwendigkeit）と呼ばれる。そして人間が（心から相互に承認しあうことにより）もはや闘争せず可能な限り労働しないで済み（自然が決定的に制御されている、すなわち人間と調和させられている）「自由の国」（Reich der Freiheit）が彼岸（jenseits）に位置づけられる。

（第七章 『精神現象学』第8章第3部（結論）の解釈）

コジェーヴによれば、ヘーゲル『精神現象学』においても、その思考を批判的に継承した初期マルクスの理論においても、弁証法運動の「終末」において到達する「絶対知」／「自由の国」においては、もはや「労働」は不要である。[15] とすれば、椎名文学において弁証法的な止揚としてあるイエスの「復活」の肉体とほぼ同じ機能を有する

「美しい女」を内面化し、それによって現在への無条件の肯定感を得たはずの「私」が、なおも弁証法運動の駆動源とも言うべき「労働」をなすのは、やはり奇妙ではないだろうか。即ち、既に「美しい女」によって救われているはずの「私」が、「労働」において「十分」な自分を確認するという行為は、二重の自足という矛盾をもたらすことになりかねないのである。

だが、このような矛盾はキリスト教入信以降の椎名のテクストにおいて回避不可能な問題なのだ。なぜならば、椎名のイエス・キリスト観もまた次の言説のように常に分裂に付きまとわれるからである。

彼（クリスチャン——引用者注）は、あたかもイエスがこの世へやって来たように、あらゆる点において厳密に人間として生きている。その世界は唯物的な世界であろうと、唯物的な法則に十分に生きるという仕方で生きているのだ。そして彼にそうできるのは、ほんとうには自分のすくわれていることを知っているからである。（略）もちろん、私は神を信じ、キリストを信じている。だから救われてしまって、あまり救われすぎてしまったために、絶望の作家は、今度はその方で困っているのではないかと思われるらしいのだが、現実的には少しも救われていないのであるから、御心配の向きは御安心願いたい。

（「神と人」『婦人公論』一九五六・一二、『私の聖書物語』所収）

ここで椎名は、「復活」のイエスによって人間は「ほんとう」は「すくわれている」としながらも、一方で自身は「少しも救われていない」と認めざるを得ない。そしてこの分裂こそ、『美しい女』における「私」の矛盾に接続するものではないだろうか。即ち、「美しい女」が仮に「唯一絶対」の「ほんとう」であったとしても、それを代行する「私」は「現実的」には十全に救われることなく、そこには常に自足をもたらすべき「労働」が残余してしまうのだ。

もちろん、「私」はそのことに十分自覚的である。だからこそ「私」は、「私のほんとうに欲しているものは、運転手ではなく、あの美しい女であった」というように、「労働」に対してもその絶対性を否認するのである。そこでは、ただ「美しい女」の代行者としての「私」とその「労働」が「この世のなか」のものとして特権性を有し得ないだけであり、「美しい女」の「ほんとう」の機能はあくまで保持されていることが示唆されている——「復活」のイエスの「唯一絶対」性は確かであり、ただキリスト者が現実には「少しも救われていない」だけであるというように——と言えよう。だが、ならばなぜ「私」は『美しい女』冒頭で次のように記してしまうのか。


私は、関西の一私鉄に働いている名もない労働者である。十九のとき、この私鉄へ入って以来、三十年近くつとめて、今年はもう四十七になる。いまの私の希望は、情ないことながら、この会社を停年になってやめさせられると同時に死ぬことだ。

（第一章　1）


「私」は停年になって会社をやめる——「労働」を終える——と同時に「死ぬ」ことを希求する。だがなぜ、「私」において「労働」の終焉と「死」は「同時」に到来しなければならないのか。そこでは、あたかも「死」が「労働」を終わらせるための特権的な役割を有している——それは「私」において「労働」が、「死」が自らに到来する瞬間まで特権的な行為として存在し続けるということでもある——ようである。だが「美しい女」という「唯一絶対」の「ほんとう」によって、このような「死」の絶対化、「死」と「労働」を分離不可能なものとする弁証法的な自己意識は超克されたはずではなかったか。

にもかかわらず「死」は、「私」において未だ「平凡」化不可能なものに留まり続けることもまた、確かなのだ。

「あの海岸の松林を抜けるときな、ひょっと気がつくと、ヘッドライトのなかに白いものがふわふわ入って来るんや。(略) その眼ったら! あんなのが、人間の、ほんまの眼というんやろな。おれはぞっとした。ほんまにあんなこわいような美しい眼、おれは知らんわ。うまいことといわれへんけど、恐怖だけやない、喜びから悲しみから人間の感情の何も彼もが一緒になってながら、澄みきってるというような、強い眩しい眼や。(略)」そして彼は、溜息のように繰り返すのだった。「あれが、人間のほんまの眼なんやなあ。それやのにどうして、みんなあんな眼が出来へんのやろ」

それから倉林は、こわばった顔でこうもいったのである。

「ふだん、あんな眼をしてる女は、どんな女やろ。きっと女神さまみたいな女やろな」

私は、それを聞いたとき、私のあわれな美しい女のことを想った。すると滑稽にも一瞬、轢殺された女が、その女のような気がしたものである。

(第一章 4)

「私」の同僚であり私娼のきみの兄でもある倉林は、ある日電車へ飛び込んだ一人の女を轢き殺す。やがてこの事故によって発狂することとなる倉林は、轢死した女の「死」の瞬間の眼差しを「人間のほんまの眼」であると「私」に述べるが、それを聞いた「私」は「轢殺された女」と「美しい女」との相同性を認め、さらにこの後、他の様々な「女」に向けたような否認――「ほんとうの美しい女ではない」といった言説――を与えることもない。「美しい女」によって既に「死」の絶対性は解消されたにもかかわらず、「私」はここにおいて「死」の瞬間の眼差しを「ほんとう」であるかのごとく記してしまうのである。

だが一方で「私」は、次のようにも述べる。

「死んで。一緒に死んで」

　私は、がっかりして上り口へ腰を下しながらいった。

「一体、どないしたんや」

「もう、うち、生きて行かれへんの」と彼女（ひろ子――引用者注）は興奮のあまり涙を流していた。（略）

「死んでどないするんや」と私はいった。

「うち、何も彼もわからんようになりたいんやん、か」

　私は、あわれな声で繰り返した。

「いや、死んでから、おれらどないするんや」

（第四章　4）


　ひろ子から「一緒に死んで」と心中を示唆された「私」は、「死んでから、おれらどないするんや」と問い返す。ひろ子は「死」という決定的な終焉によって「何も彼もわからんように」なることを欲するのだが、それに対して「私」は、「死んでから」後という時間における行為について述べることで――「死」によっても主体が「何も彼もわからん」状態となることは不可能であり、「死んでから」も意識は持続することがそこでは示唆される――、「死」を終焉そのものという次元から引き剥がそうとするのだ。即ちここではやはり、「死」は「私」において全てが無に帰する絶対的な終焉をもたらすものとして機能するのではなく、「死んでから」後の出来事とその持続が常に思考されてしまうのである。

　とすれば『美しい女』においては、「死」は常に二つの次元に分裂していると言えよう。即ち、一方では「美しい女」という「ほんとう」によって絶対性を剝奪されたものとしての「死」があり――そのとき主体は常に「死んでから」後の出来事をも思考しなければならない——、他方では轢死した瞬間の「女」の眼差しが「私」において「ほんまの眼」と認められてしまうような、「美しい女」による全事象の「平凡」化から徹底的に離脱し続ける「死」の特権性が残余し続けるのである。

このとき、「死」という概念が二つの次元で揺れ続けるのと同じく、「労働」もまた「ほんとう」たり得ない「平凡」なものと、「私」が「美しい女」を有してもなお続けなければならない特異な行為との二つに分裂している。あるいはむしろ、「労働」と「死」は『美しい女』において常に相互に機能し合っていると言うべきだろう。即ち「労働」という行為によって、一度は「美しい女」によって否認されたはずの「死」の絶対性が回帰してしまうのであり、それとともにそのような「死」によって、「ほんとう」ではなかったはずの「労働」の特異な位置——「死ぬ」まで続けるべきものであり「死」と「同時」に終わるべきもの——が明らかとされているのである。だがさらに、「死んでから、おれらどないするんや」という「私」の言説に絶対的な終焉としての「死」の不可能性を見るならば、そこには「死ぬ」まで「労働」を行ったにもかかわらず、「死」の後さえもなすべき何かが残されていることもまた、示唆されていると言えよう。換言すれば、『美しい女』というテクストにおいては「死ぬ」まで行うべき「労働」という記述に見られる「死」と「労働」双方の特異性——それは言うまでもなく極めて弁証法的な関係である——が提示されるとともに、そのような「労働」が「死」によって終焉した後も、「美しい女」によって既に「死」の絶対性が剝奪されているが故に「死んでから、おれらどないするんや」という言説が絶えず回帰してしまう世界——もはや弁証法だけでは説明不可能な世界——が描かれているのである。

ところで、そのような分裂において「労働」の持続と「死」の特異性の残余がテクストに記されてしまうのならば、全ての事象を「平凡」化しつつ包括するという「美しい女」の「唯一絶対」性もまた、常に機能失調の危機に晒され続けるのではないだろうか。

5　「美しい女」と「女」

『美しい女』において「私」と関係を持つ様々な「女」は、常に「ほんとうの美しい女ではない」という言表によって「平凡」化されてきた。それは「私」に「死んでから」後の意識を語らせてしまう「女」、ひろ子においても同様である。第四章において、「私」は当初ひろ子に対して「彼女こそほんとうの美しい女」であると感じるが、やがて「たしかにひろ子を愛していたが、ほんとうに愛しているとは一度も考えたことはなかった」と記すこととなる。ここでもまた、「女」は一度「美しい女」と相似する存在とみなされた後、やはり「ほんとう」に愛し得ない存在として退けられる作業がなされているのだ。

だが前節で確認したように、『美しい女』において轢死した瞬間の「女」と「美しい女」との相同性がついに否認されないならば、「美しい女」による「女」の「平凡」化は既に不可能性をはらむものになってはいないだろうか。だからこそ「私」は、やがてひろ子について次のように記さざるを得ないのである。

たしかにこのひろ子の危険は、きみのそれとも、また克枝のそれとも性質のちがったものであった。とにかくきみや克枝の危険に対しては、私もたとえ情ない恰好であったにしろたたかうことが出来た。だがこのひろ子の危険に対しては、私は、どうしていいかわからないのだった。（第四章　5）

ここで「私」は、「ひろ子の危険」（常に「死」へ向かう可能性を保持しているという危険）と「きみや克枝の危険」とを分離し、さらに「ひろ子の危険」に対して「どうしていいか」理解不能に――あたかも「私」が「美しい女」について「さっぱりわからない」と記すのと相似するかのごとく——陥る。だが、ここにおいてなぜ「私」はひろ子という存在を特権視してしまうのだろうか。例えばひろ子は「私」に対して、「ほんまに好きやといって！」「死ぬほど好きになってほしい」と幾度となく語りかける。だが、このような言動は『美しい女』に登場する他の「女」たちのそれと、どれほど差異があるだろうか。ひろ子の「ほんまに好きやといって」と克枝の「あんたはほんまにええひとやわ」とは、ともに「私」が「美しい女」によって否認していこうとする「絶対化」の言説ではなかったか。だからこそ「私」はひろ子について、「ほんとうに愛しているとは一度も考えたことはなかった」と記し得たはずなのだ。

即ちひろ子という「女」は、きみや克枝という他の「女」と明確な差異を有するかのような特権的な「女」では決してないのである。にもかかわらず一方でこの「女」は、ある瞬間「私」に「どうしていいかわからない」と語らせてしまうのであり、即ち「美しい女」と似たもの、あるいは「美しい女」による「平凡」化を逃れる「女」であるかのような、特異な存在と化してしまう。ところで、ひろ子という「女」に向けられる「私」の言説のこのような分裂は、『美しい女』における「死」の概念の分裂と相同性を帯びてはいないだろうか。「美しい女」によって絶対性が剥奪され、「私」に「死んでから」後の世界を思考させてしまうと同時に、その瞬間の眼差しが「ほんとう」とみなされもする「死」——。『美しい女』におけるこの「死」の性質の分裂は、「平凡」化されると同時に特異化されてしまうひろ子という「女」にも、もたらされているのである。(16)

もちろん「私」は、そのような「美しい女」による「平凡」化の機能から離脱する「女」を否認していく。『美しい女』において「ひろ子の危険」が語られた後、彼女が再び登場することはない。言わば「私」は、「美しい女」以外の「女」が特異化する可能性を抹消したのである。だが椎名のテクストにおいてこのような「女」は常に残余し続けることも確かなのだ。

例えば『美しい女』執筆から一四年の後に刊行され、『美しい女』と対になる小説としてたびたび論じられてきた『懲役人の告発』[17]という小説を見てみよう。一人の少女を轢き殺したという過去を持つ語り手の「おれ」が、その罪の意識から自身の生活を「懲役人のような暮し」と述べ、あるいは「疎外」という言葉を聞くと「自分のことをからかわれた」ように感じるなど、テクスト全体が疎外論的な言説で覆われたこの小説[18]には、福子という一人の少女が登場する。「おれ」の義理の妹であり「おれ」の叔父長次によって育てられた福子は、家でも学校でも「自在に」振舞い続ける。それを見た「おれ」の父長太郎は「わしはなあ、いままで死んだような人間やった。それが福子によって生きかえったんや」「あの子はほんまに生きとんのや。わしには眩しいくらい生きとんのや」と語り、「神を見た人間」のように彼女に笑いかけるのである。もちろん福子の「自由」とは、育ての父である長次が「人間のほんまの自由」を見たいが故に与えた「限界」のあるものに過ぎないことがやがて明らかとなり、福子を凌辱した果てに自殺した父長太郎に対して「おれ」は、「自由な福子をあまり神聖なものとしたこと、その過度が問題なのである」と述べる。即ちここにおいて、福子の「自由」は「ほんとうのもの」ではなかったと認められるわけだが、にもかかわらず『懲役人の告発』では語り手の「おれ」もまた、福子に対して「遠い光のようなもの」や「自由」を感じ、また彼女の笑いに「この世のものでない異様な幸福感」を見てしまうのだ。さらには椎名自身さえ、こうした福子を「自由な女」であると認める言説を残しているのである[19]。

全ての事象を「平凡」化し得るという「美しい女」の特権的な機能は、このようにして失調し続ける。それは同時に、例えば『美しい女』においてひろ子が「私」にとって「どうしていいかわからない」存在と化し、『懲役人の告発』の福子が「この世のものでない」ような「自由な女」とみなされてしまうように、理解不能性あるいは絶対性という「ほんとうの美しい女」のみが有するはずの性質が、常に様々な「女」に断片化されていくことでもあったのである。

6　分裂の「戦後」

『美しい女』において全ての事象を「平凡」化する絶対的な存在であった「美しい女」は、「死」の瞬間の「ほんまの眼」やひろ子という「女」の存在、さらには「労働」の持続によって「ほんとうのもの」としての特権性を剥奪される。あるいはその一なる特異性は、「平凡」であったはずの「死」や様々な「女」へと数多に断片化されていく。

ところでこうした『美しい女』における様々な事象の分裂・断片化の背後に椎名のイエス・キリスト観――「すくわれている」と「少しも救われていない」の分裂――があったことを想起するとき、その分裂を椎名の諸テクストを貫くものとしてのみならず、「戦後文学」の思考が内包し到達せざるを得ない問題として考えることはできないだろうか。

本書においてこれまで確認してきたように、椎名が「復活」のイエスの肉体に「〈生と死〉の統一点」を見出そうとしたとき、そうした弁証法的な思考は極めて「戦後文学」的と言えるものであった。一方で「戦後文学」の弁証法が平野謙の「人民戦線」的文学や野間宏の「全体小説」に代表されるように、あらゆる事象を「文学」や「作家」の名において全的に「アウフヘーベン」しようとする「戦後文学者」の主体化の運動であったのに対し、椎名のイエス・キリスト観においては「〈生と死〉の統一」が果たされた「復活」のイエスによって常に既に人間が救済されており、さらに人間性が全的に「回復」されている以上、それは「戦後文学」の主体化の欲望と差異化されたものでもある。

ところで「戦後文学」の弁証法的な主体化の運動が「昭和十年前後」の「反復」と「昭和十年代」の「断絶」と

いう思考に基づくものであったとき、そうした主体化の運動を離脱した椎名の諸テクストは「昭和十年前後」および「昭和十年代」の概念といかなる関係にあるだろうか。もちろん椎名の諸テクストを貫通するものとして「転向」の自己意識の問題がある以上、椎名の言説もまた「昭和十年前後」の「反復」の域内にあることは本書でもくり返し論じてきた。だが一方で、『美しい女』における「ほんとう」の「美しい女」の機能や「私」の様々な言説と、西田幾多郎の論述との間に相同性が見られたこと、そして西田哲学・京都学派の思考が「昭和十年代」において強大な磁力を有していたことを踏まえるならば、『美しい女』に代表されるキリスト教入信後の椎名の諸テクストは、「戦後文学」が切断しようとした「昭和十年代」の諸概念を内包しており、「昭和十年前後」の「反復」を果たさんとした「戦後文学」が一方で「昭和十年代」の思考と近似していることを示唆したテクストである、とひとまずは言えよう。

だが、椎名文学の特異性はそこには留まらない。「戦後文学」と「昭和十年代」の近接という問題に限れば、既に本書序章で確認したようにそれは椎名のみならず平野や野間、あるいは荒正人の言説などにも見受けられるものであるからだ。むしろ『美しい女』が提示した問題として重要なのは、そうした戦前の諸概念を通過した上でなお、「戦後文学」はいかなるものとしてあり得るか、というところにある。

くり返すが、『美しい女』において主体の全的な「自由」は「ほんとう」の「美しい女」によって既にその存在が認められている。だが『美しい女』が示唆したものは、そうした弁証法の運動の果てに、なおも「死」や「労働」、あるいは「美しい女」ではない「女」たちなど、様々な特異性が残余してしまうという問題ではなかっただろうか。このような、弁証法運動の果てになお残余する特異性という問題は、『邂逅』における「恐怖」や「溝」、あるいは椎名の映画参与において親和的な「大衆」に留まることなき「庶民」の回帰にも接続するであろう。即ち『美しい女』は、「復活」の「自由」によって主体が既に「すくわれている」にもかかわらず、未だ主体（転向者）

の自己充足はなし得ないままであること、さらに言うならば、「戦後文学」的な主体化の運動の果てに仮に「全体小説」や「人民戦線」的文学が生成し得たとしても、その後もなお「労働」や「死」、「女」をめぐる書記行為は持続することを示唆しているのである。

だからこそ椎名は、キリスト教入信後も例えば「絶対矛盾の同時性」という問題に拘泥し、あるいは疎外論的な言説を駆使するなどして、そのような残余する多なる特異性を一つの概念の下に収斂し解消しようとしたのだ。だが椎名自身の目論見とは裏腹に、そのような西田哲学的な思考や弁証法的疎外論を用いても主体の完全なる自己充足は不可能に留まるだろう。なぜならばこれまで論じてきたように、『美しい女』というテクストにおいて「美しい女」の「ほんとう」は一方では確かに到来しており、だからこそ「私」は「死んでから、おれらどないするんや」という言説によって、絶対的な終焉たり得ぬ「死」後の人間の行為について語り得ていたのである。とすれば、『美しい女』に見られる「死」や「ほんとう」の断片化は、もはや「戦後文学」的な弁証法の自己意識の運動を逸脱するものと言わねばならない。椎名のイエス・キリスト観を敷衍するものとして書かれた『美しい女』というテクストは、人間は「絶対」ではないという観念と人間は全的に救われているという観念、あるいは絶対的な「死の恐怖」から解放された人間において「自由」は常に既に実現されているという意識と人間において「死」は超克し得ないという意識、双方の分裂と狭間を絶えず現出させる。そしてこの分裂は、例えば「救われていない」から「救われてある」といった形式に止揚されることは、遂にない。換言すれば『美しい女』とは、イエスの「復活」という唯一無二の真理を十全に敷衍することでも、あるいはそうした真理の到来後に残余する複数の特異な出来事をめぐって再度弁証法的な主体の運動が開始されることでもなく――椎名自身がそれを追求し続けたとしても――、「アウフヘーベン」の終結点として「美しい女」という存在が到来した後になおも人が書記行為／「労働」をなすのであれば、それは自己充足の運動としてではなく、多なる「ほんとう」を――あるいは「死」や「溝」を――分裂・断片化させテクスト内に撒き散らすものとしてのみあり得るということを示唆した小説なのである。

『美しい女』に見ることができる「ほんとう」の分裂と断片化。それは、転向者としての主体が自己充足回復を欲望し弁証法運動を遂行するという「昭和十年戦後」の「反復」、ならびに「近代の終焉」から全体主義へと至る「昭和十年代」の「切断」、という二つの思考に代表される「戦後文学」において、そうした「戦前」の諸問題を通過し内包した上で生成される、「反復」でも「切断」でもない「戦後文学」の思考形式・表象運動の可能性を提示している。だがそうした主体と書記行為の問題、即ち「全体」の達成と「真実」の到来がもたらされたかのような時空間に主体の充足不可能性がなおも残余すること、そこにおいては唯一の絶対であったはずの「ほんとう」が種々に分裂し断片化されることが――即ち弁証法的な自己意識にはもはや収斂し得ない表象運動が生み出されてしまうことが――、椎名文学ひいては「戦後文学」における弁証法的な「全体」への欲望の果てに必然的に辿り着いたものであったとするならば、どうだろうか。そのとき、常に「戦後文学の代表」とみなされてきた文学者椎名麟三による『美しい女』というテクストは、まさに「戦後文学」の思考／志向をあまりにも急進的に推し進めた末に到達してしまった、一つの特異な極点とさえ言わねばならないのである。

注

（1）『美しい女』は『中央公論』に一九五五年五月号から九月号まで連載され、同年一〇月、中央公論社より刊行された。なお、「平易」「平凡」という概念から『美しい女』を論じたものとして、例えば「平凡の礼讃、日常性の崇拝を、過度にまでもって行く」小説と捉えた本多秋五「物語戦後文学史　第一二〇回　〝日常性〟への後退――椎名麟三第二期の仕事④」（『週刊読書人』一九六二・一一・一九、『物語戦後文学史　完結編』新潮社、一九六五・六所収）などが挙げられる。

（2）椎名麟三「作中人物其他について」（『世界日報』一九四八・六・三〜四）

（3）このような、一旦自らの「局外」に「労働者」を置いた上で包括する手法はまた、「庶民」を記した椎名がキリスト教入信後に「大衆芸術」としての映画へと参与したこととも相似するだろう。既に本書第四章で確認したように、椎名における映画制作への参与は、自己意識の切断をもたらす異質な「庶民」を「大衆」という親和的な存在へと転換し、それを一旦自己から外在化した後に再度獲得する、という運動とともにあったのである。

（4）「小説における方法」において椎名は、『美しい女』は「いろんな絶対性とたたかって来た労働者の歴史」を描いたものであるが、そのように「絶対性に対して限定するもの」「人間の考える絶対を超えた超絶対的なもの」をいかに「具体的なイメージ」で表象するかという問題に直面したとき、「フランス人の書いた文章（ジャン・ジュネ『泥棒日記』——引用者注）のなかで、私の完全な自由という言葉の横に、うつくしいおんなと平仮名でルビが振ってあった」のを見て「はっとイメージがひらめいた」と記している。

（5）「美しい女」を椎名のキリスト観と接続させる論として、早くには『美しい女』書評で「美しい女」はキリストのことではないかしら」と述べた佐古純一郎（『福音と世界』一九五六・一）の他、本多秋五前掲論、富岡幸一郎「復活のリアリズム」（『海燕』一九八二・一二、『戦後文学のアルケオロジー』福武書店、一九八六・三所収）などが挙げられる。

（6）岡庭昇「〈私〉の転換もしくは冒険のおわり」（『椎名麟三論』冬樹社、一九七二・九所収）。その他にも、例えば佐々木美幸は「『美しい女』評価の問題」（『藤女子大学　国文学雑誌』一九七六・一二）において、「木村（「私」——引用者注）は権力や組織の絶対性を嫌う人間であるが、きみの前ではそれらと同じように振舞っている」と指摘している。さらに、自身の理想——イエスの「復活」——を「美しい」「女」と言表し、そのような不在の「女」の「美しさ」の下に現実に生きるあらゆる「女」を「平凡」化していくという「私」、ひいては作者椎名麟三の姿勢に、男根中心主義的なイデオロギーを見出すこともまた、容易であろう。

（7）奥野健男「『戦後派』文学の方法――純文学は可能か〈その七〉――」（『文學界』一九六三・七）

（8）山田博光「「美しい女」論」（『日本近代文学』一九六六・五）

（9）G・W・F・ヘーゲル『精神現象学』（長谷川宏訳、作品社、一九九八・三）「Ⅷ 絶対知」

（10）例えば秋山駿・磯田光一・柄谷行人・川村二郎・上田三四二座談会「戦後文学を再検討する」（『群像』一九七四・一）で柄谷は、椎名の「創作ノート（1971より）」（『展望』一九七三・六）における「絶対矛盾の同時性」という記述を踏まえて、「なにか西田哲学みたいなことをいって」と述べている。柄谷が挙げる椎名の記述は『懲役人の告発』執筆以後のものであり『美しい女』執筆時期からは外れるが、ここではむしろ椎名の文学概念が常にそのような「西田哲学」的なものに付きまとわれていたことを指摘すべきだろう。

（11）椎名麟三「神のユーモア」（『婦人公論』一九五六・八、『私の聖書物語』所収）

（12）西田幾多郎「場所的論理と宗教的世界観」（『哲学論文集 第七』岩波書店、一九四六・二所収）。なお本章における西田幾多郎のテクストの引用は、上田閑照編『西田幾多郎哲学論集Ⅰ―Ⅲ』（岩波書店、一九八七・一一～一九八九・一二）に拠った。

（13）西田幾多郎「絶対矛盾的自己同一」（『思想』一九三九・八）

（14）絓秀実「戦後「自己意識」の覚醒――昭和と戦後の交点」（『文藝』一九八八年春季号、「自己意識の覚醒」と改題の上、『探偵のクリティック――昭和文学の臨界』思潮社、一九八八・七所収）。アレクサンドル・コジェーヴは『ヘーゲル読解入門――『精神現象学』を読む』（上妻精・今野雅方訳、国文社、一九八七・一〇）において、「絶対知」を「歴史の終末」とした上で、その特質を「自分自身を自分自身に開示した永遠性」「時間により生み出された永遠性」とみなしているが、例えば西田が「無限の過去と未来とが何処までも現在に包まれるといふ絶対矛盾的自己同一の世界の生産様式に於ては、種々なる主体が一つの世界的環境に於て結合すると共に、それぞれがポイエシス的にイデヤ的であり、永遠に触れると云ふことができる」(「絶対矛盾的自己同一」)と記すとき、西田哲学とコジェーヴの「歴史の終末」概念とは確かに相似したものであったと言えよう。ただし、西田が「絶対矛盾的自己同一」について「何処までも主体と環境とが相対立し、主体が自己否定的に環境を、環境が自己否定的に主体を形成する」(同前)場としていることに対して、コジェーヴは「歴史の終末の後、人間はもはや本来の意味で(すなわち行動において)否定しなくなる」と記述していることを踏まえるならば、両者を直結させる紐の論述にはやや留保が必要である。なおこのような「終末」をめぐる問題は椎名のテクストにも密接に関わるものであるが、これについては後述したい。

(15) ところで、コジェーヴは同書の別の箇所で、「ヘーゲルにとって、この歴史の終末は一冊の書の形で学が到来することによって、すなわち世界の中に賢者あるいは絶対知が現れることによって画されるものであった」(第六章 永遠・時間・概念についての覚書)と記している。このとき、野間宏の「全体小説」論とヘーゲル弁証法との密接な関係性が、改めて確認できるだろう。本書序章第六節でも確認したように、「労働」をはじめとして弁証法の用語が駆使される『サルトル論』において野間は、「作家」が固有の「想像力」を発揮して「作品の虚の世界」を「構想」し、そのような「構想」を形成する「テーマ」を「作家」独自の「文体」を用いつつ「紙」や「ペン」や「手」でもって「作品」化し終えたとき、その小説は「現実の全体」にも匹敵し得る「全体小説」として生成する、と記している。とすれば野間が志向する「全体小説」のありようとは、まさに「一冊の書の形」によってヘーゲル弁証法的な「学」／「絶対知」を到来させようとする試みであった、と言えるのである。

(16) それ故『美しい女』論においてもまた、ひろ子という「女」についての言説は常に分裂する。例えば斎藤末弘は、きみ、克枝、ひろ子という「女」についてそれぞれ考察した上で、「三人に共通する特徴」として「「〜しすぎる」という過度性」、「「自己絶対化」の名人であること」、「主人公が誘惑されつつも決してほんとうの「美しい女ではない」

ということ」を挙げる（「『美しい女』論（一）――成立事情・モチーフ・テーマをめぐって――」『西南学院大学文学部国際文学科　文理論集』一九八一・二）、『作品論　椎名麟三』桜楓社、一九八九・三所収）が、一方で佐々木美幸は前掲論において、「ひろ子の特異性は美しい女を意味するものと関連がある」とした上で、「三人の女性中、最も美しい女に近い存在がひろ子であった」と記すのだ。

（17）『懲役人の告発』は一九六九年八月、新潮社より刊行された。なお、『美しい女』と『懲役人の告発』の対関係について論じたものとして、例えば小林孝吉「自由と虚無――『美しい女』と『懲役人の告発』」（『椎名麟三論　回心の瞬間』菁柿堂、一九九二・三所収）が挙げられる。小林は、「彼（椎名――引用者注）は『美しい女』で「自由」（光）を、『懲役人の告発』では「虚無」（闇）を描いたのである」とした上で、二作品を「相互に合わせ鏡としてうつしあう」ことの必要性を述べる。

（18）『懲役人の告発』初版に付録された椎名麟三・野間宏対談「『懲役人の告発』をめぐって」において椎名は、「このごろ、いろいろ言われますね。現代文明は人間疎外だとか、機械文明からの疎外だとか、消費文明からの疎外だとか……」と述べた上で、そうした「疎外」状況に対して「戦わなきゃいけない」という思いが『懲役人の告発』執筆の動機であったと認めている。

（19）椎名麟三・野間宏前掲対談において椎名は、福子について「無垢なるというより、自由な女というのかな」と語っている。

第二部

「死者」の書法

大岡昇平論

第七章　大岡昇平とスタンダール——ベルクソン・ブハーリンを軸として——

1

大岡昇平と「戦後文学」

大岡昇平という文学者とそのテクストは、これまでしばしば「戦後文学」との差異やそれとの隔たりによって評価されてきた。そしてそれは、大岡も自負するところであっただろう。例えば「私の戦後史」（『文藝』一九六五・八）において大岡は次のように述べている。

昭和二十一—二十三年に『俘虜記』を書きはじめた頃を振り返ってみると、書く心構えにおいて、かえって反戦後派であったのもたしかだ。（略）椎名麟三はどうやら転向者らしいと感じることはできたが、転向小説時代の制約がなくなっているのに、依然として同じような曖昧さを持っているのが不思議だった。（略）私は世代と気分において『近代文学』に最も近いが、彼等のように転向の経験を持たず、彼等ほど生活と密着した理論を持っていない。中村真一郎や野間宏とは感受性と教養も異にしている。堀田善衛の政治的感傷性は私にはない。むしろ坂口安吾や太宰治のように、戦前派の個別的な延長として、別個に扱われる方が私としては気が楽である。

この他にも、例えば「戦後文学の二十九年」（『東京新聞（夕刊）』一九七四・八・一四）において「戦後派の作品」は「殆んど理解できなかった」とした上で、「戦後文学の多くは回顧的なもので、回顧を戦後の現実と重ね合わせたムード文学と私には映った」と記すなど、大岡は様々な場所で「戦後文学」に関して否定的な言説をなしている。こうした言説を踏まえるならば、大岡文学の特質を「反戦後派」と捉える姿勢は大岡自身にも内面化されていた、とひとまず言えるだろう。ところでここで注目すべきは、そのような言説をなすときに大岡が自身を「戦前派の個別的な延長」とみなしている点である。では、大岡とその文学にとって「戦前」とはいかなる時代であっただろうか。

一般に戦後を代表する小説家とみなされている大岡昇平だが、一方で戦前、成城高等学校在籍時の一九二八年から出征する一九四四年にかけて、彼は多くの評論・書評・翻訳を発表している。にもかかわらず、戦前の大岡のテクストに関する分析はそれほどなされてはいない。例えば花﨑育代は「戦前からスタンダール研究者、批評家としてやや知られていた大岡昇平が、書き手として本格的に出発したのは昭和二三（一九四八）年二月号『文學界』に掲載された「俘虜記」（改題「捉まるまで」）によってといえる」と述べており、[1] 野田康文もまた、「捉まるまで」を「実質的な処女作」とみなしている。[2] 樋口覚『一九四六年の大岡昇平』（新潮社、一九九三・一一）では、大岡の小説家としての出発点を探るための言説分析は「疎開日記」[3] から始められており、さらに筑摩書房版『大岡昇平全集1』（一九九六・二）には戦前の大岡のテクストが多く収められているが、その「解説」で主に触れられるのは小林秀雄や中原中也、河上徹太郎などとの交流を通じた大岡の「自己形成」についてであり、戦前の大岡の評論がいかなるものであったか、その検討は詳細にはなされてはいない。[4] 即ち大岡文学における戦前という時期は、あくまでアジア・太平洋戦争を経て小説家としてデビューするまでの準備期間として位置づけられているのである。

ところで、先に挙げた花﨑の論述のなかに、大岡について「戦前からスタンダール研究者、批評家としてやや知られていた」とあることは注目に値する。一九三二年にアンドレ・ジッドによるスタンダール『アルマンス』序文を訳出した大岡は、[5]一九三四年一〇月には『ヴァリエテ』誌上に「スタンダール」と題した論文を発表、その後も「スタンダアル（一七八三―一八四二）」（『文學界』一九三六・六）や「『赤と黒』――スタンダアル試論の二――」（『文學界』一九三六・七）などスタンダールに関する論考を次々と執筆する。また、スタンダールの著書『ハイドン』の他、アランによる『スタンダアル』やアルベール・ティボーデ『スタンダール伝』、バルザック『スタンダール論』の翻訳も行っている。[6]

大岡のスタンダールへの関心は戦後においても途切れることはなく、『恋愛論』と『パルムの僧院』の訳書を刊行している。[7]また、「『パルムの僧院』について――冒険小説論――」（『文學界』一九四八・五）をはじめスタンダールに関する論考も継続して発表、一九八八年一二月の死去の翌月に『海燕』に掲載された彼の絶筆は、「愛するものについてうまく語れない――スタンダールと私（1）」であった。

ならば、戦前、戦後を通して発表された大岡のスタンダールに関するテクストを見ていくとき、「戦前」の大岡がいかなる思考を有していたか、それが「戦後」の大岡とそのテクストにどのように貫かれるものであったかを考えることができるのではないだろうか。本章では、大岡のスタンダール論やスタンダール関連の翻訳をとり上げ、特にそこに散見する一つの言葉が大岡にとっていかなる意味を持つものであったかについて、論じていきたい。[8]

2 「明瞭なること」と「エネルギー」

一八三九年にスタンダールが『パルムの僧院』を発表した際、バルザックは当時無名であったこの小説家を高く評価し、「スタンダール論」を執筆した。同時代のフランスを代表する文学者の絶賛に感嘆したスタンダールはすぐさまバルザックへの手紙をしたためるが、その中で彼は、ある有名な言葉を残している。

私の規則は唯一つです。即ち「明瞭なること」。もし私が明瞭でなければ、私の世界は全部崩壊します。(9)

一九四四年に刊行された大岡訳『スタンダール論』において、このバルザックへの手紙は付録として載せられた。以後大岡は幾度となくこの言葉を引用し、そこに「一つの言葉」が「一つの対象」しか指さない文体への志向、(10)「一切のあいまいさを排除する厳しさ」(11)を見出している。こうした大岡の言説を踏まえた上で、多くの論者は大岡のテクストにおけるスタンダールの影響について、特に「明瞭」な文体という点から分析してきた。例えば中野孝次は大岡の文体には「言葉が勝手にふくれあがり暗示的に作用することへの厳しくストイックな注意」が存在するとし、(12)菅野昭正は「大岡氏にとって、小説の文章の要諦は、美しい流麗さに飾られているところにあるのでもなければ、こまやかな陰翳にいろどられた解析しがたい呪縛力を盛りこむところにあるのでもない。思考を正確に表現した文章が、はじめて小説の文体という呼称で呼ばれる資格がある」と述べている。(13)以後、大岡のテクストは思想を言葉に正しく反映しようとする小説家のストイシズムのあらわれであり、それはスタンダールの影響によるものである、とみなされることとなるだろう。

だが戦前の大岡がこの言葉に対して次のように記していることを踏まえたとき、彼のスタンダールへの関心は単に「明瞭」な文体という一面にのみ留まるものではあるまい。

「明晰である必要があります。さもないと私の世界は直ちに崩壊します」と彼はバルザックに書いてゐる。(略)彼は或る心理の正確な描写を意図したのではなかつた。明晰な――即ち明晰な論理的構成なくしては

「直ちに崩壊する」如き夢想家のエネルギイの心理的存在理由を明かにしようとしたのである。

（「『赤と黒』――スタンダアル試論の二――」）

バルザックへの手紙の一文を引用しながら大岡が述べるのは、スタンダールはそうした「明晰な論理的構成」によって「夢想家のエネルギイの心理的存在理由」を明らかにしようとしたということである。では、大岡がスタンダールの小説に見出した「エネルギー」とはいかなるものか。同論の中で大岡は次のように記している。

初期イタリア戦没にナポレオンが示したエネルギイ、十六世紀のイタリア人及びその正統を引くと彼が称するイタリアの山賊共の熱烈な恋と刀傷沙汰に見出されるエネルギイをスタンダアルは死ぬまで繰返し讃美して倦まなかつた。『イタリア年代記』をはじめ彼の小説は尽くエネルギイに対する讃歌だといつても過言ではないのである。彼がジュリアン・ソレルに体現して一八三〇年の社会に歩かして見たいと思つたのも、またこのエネルギイに外ならぬ。

スタンダールの小説は全て「エネルギイに対する讃歌」だと記す大岡は、その最たる例として『赤と黒』の主人公ジュリアン・ソレルを挙げる。さらに大岡がこの評論の末尾近くで、「使ひ途のないエネルギイが、いつもスタンダアル流行の温床だつた」とした上で、やがて社会においてその「使ひ途のないエネルギイ」が見られなくなるにつれて、スタンダールは「何か優雅な情緒といつたもの、スノビスムといつたもの、理智の軽妙なアクロバットの如きもの、擁護者」とみなされるに至ったと幾分皮肉交じりに述べるとき、彼はスタンダールのテクストの「明瞭なること」を単純に賛美するのではなく、むしろその根底にある「エネルギー」に着目すべきだと訴えているのである。
ところで、スタンダールのテクストに「エネルギー」を見出す論考は、実のところ大岡の独創ではない。前述の通り大岡は一九四二年にティボーデの『スタンダール伝』を翻訳しているが、そこにもまた「エネルギー」という言葉は散見するのだ。では、ティボーデがスタンダールのテクストから抽出する「エネルギー」とは、いかなるものであったのだろうか。

3 「持続」と「エネルギー」

二〇世紀前半のフランスを代表する文芸批評家であり、マラルメやフローベールに関する論考で知られるティボーデは、一九三一年に発表した『スタンダール伝』の中でスタンダール作品の「エネルギー」について次のように論述している。

「アルマンス」と「赤と黒」は何者であるか？　フランスにおけるエネルギーの歴史への一貢献だ。一八一七年十一月以来シエンヌに滞在したスタンダールはコロンに書いた。「私は『イタリアにおけるエネルギーの歴史』を書きあげたところだ」。これは彼が或る友人に送つた三頁の覚書にすぎない。この「歴史」は書簡集の中にある。（略）「イタリア人の心の第一の美質はエネルギーである」と一八一七年にスタンダールは書いてゐる「第二は不信。第三は逸楽。第四は憎悪だ」。取も直さずジュリアン・ソレルが相次いで示す四つの美質ではないか。ヴェリエール即ちエネルギー。ブザンソンの神学校即ち不信。ド・モール邸の社交界即ち逸楽。殺人即ち憎悪だ。

（第六章　小説家）

ティボーデはスタンダールが友人に向けた言葉を引用しつつ、スタンダールのテクストを「フランスにおけるエネルギーの歴史への一貢献」であると記す。そしてティボーデは、スタンダールが言うところの「イタリア人の心の第一の美質」である「エネルギー」を、先に挙げた大岡の論考と同様、『赤と黒』のジュリアン・ソレルに見出しているのである。

なるほど、王政復古時代にナポレオンを崇拝し、聖職者としての出世を目論みつつレナール夫人、マチルダという二人の女性と激しい恋に落ち、やがてレナール夫人の殺害までも企てるジュリアンは、確かに「エネルギー」の赴くままに行動する主人公であるだろう。しかしティボーデがスタンダール作品の「エネルギー」を強調するとき、それは単に「精力」や「活力」といった意味でのみ用いているわけではない。彼が提示する「エネルギー」という概念は、以下に示すように明らかに同時代のフランスの哲学者、アンリ・ベルクソンの影響下にあるのだ(14)。

ベルグソン氏は書いてゐる。真にその名に相応しい哲学者は一つのイデーより持たぬ。それは単独の直観によつて囚えられる程簡単であるが、しかも決してそれを説明し闡明し尽せない程複雑だ、と。これは或る芸術家達にも当はまる。といつて私は何もスタンダールがたゞ一つのイデーしか持たなかつたと考へる者ではない。が、彼は誰よりも先に、また一生を通じて、一つの有機的なイデー、簡単にして複雑なるイデー、即ち純粋エネルギーのイデーを持つたのだ。（略）この深奥な同一性、このエネルギーの唯一無二の流れは単に一時代の同時的な幅において現れるばかりではなく持続の容積の中に深さにおいて現れる。（同前）

ティボーデはベルクソンの思想を借りつつ、スタンダールならびにそのテクストには「持続の容積の中に深さにおいて現れる」ところの「純粋エネルギー」があると述べる。では、ベルクソン哲学において「持続」や「エネルギー」とはいかなる意味を有するものであったのか[15]。

一八八九年に刊行された『時間と自由意志——意識に直接与えられているものについての試論——』（以下『試論』）の中で、ベルクソンはまず人間の言語の働きについて、諸現象を空間内に並置するもの、質を量に不当に翻訳するものであると断じる。こうした認識の下で同書では人間の言語や既存の思考方法が批判的に捉えられていくが、それらに対して提示されるものこそ、「純粋持続」としての「時間」である。ベルクソンによれば、諸事象の運動も人間の自我も本来は決して必然性や諸法則によっては把持し得ぬ動的進行即ち「持続」であり、そうした不断の生成たる「持続」、流れつつある「時間」の最中においてのみ、人間の「自由」はなされるものである[16]。そしてベルクソンは、私たちの生涯の一瞬間や歴史のある重大な局面などが「持続」の諸相をあらわすものである以上、言語によっては決して十全に表象・再現できないと結論づけるのである[17]。

こうしたベルクソンの時間概念と言語観は、その後の彼の思想にも一貫して見出されるものであろう。例えば有名な「イマージュ」という概念を提示した『物質と記憶』においても、ベルクソンは物質や人間の運動の分割不可能性について述べている[18]。ところで同書においてベルクソンは、「持続」としての「時間」や人間の「記憶」はともに「潜在的状態」にあるとしているが、こうした潜在的な「持続」や「時間」という概念は、ベルクソンにおいてはやがて生命論へと拡張されていった。一九〇七年に発表した『創造的進化』において、ベルクソンはまず「単一性とか、多様性とか、機械的因果性とか、知的目的性などは、どれ一つとして、生命のことがらにはぴったりと当てはまりはしない」と断じる。生命について論じるためには有機体を特定の物質的対象にではなく、むしろ「物質的宇宙の全体」にこそ比較しなければならないが、その際に明らかになるのは、「宇宙全体」と同様に「生きている有機体は持続する」ということである。このようにして生命と「持続」との連関が説かれる『創造的進化』では、さらに「エラン・ヴィタール」（生命の躍動）という概念が掲げられることとなる。「エラン・ヴィタール」とは生命体の絶え間ざる進化・創造の源泉となる力であるが、ベルクソンがこの力について説明するときに用いるものこそ、「エネルギー」という言葉であった。

したがって、動物的生命にせよ植物的生命にせよ、生命全体は、その本質において、まずエネルギーを蓄積し、ついでそれを従順で変形可能な径路に放流しようとする一つの努力であるように思われる。生命はかかる径路の末端において、無限に多様な仕事を遂行するであろう。それこそは、生命の躍動が、物質を貫きながら、できれば一挙になしとげたいと思うところのものである。（第三章　生命の意義について　自然の秩序と知性の形式）

ベルクソンによれば、「持続」する存在としての生命は、その本質において「エネルギー」を蓄積している。そしてこの「エネルギー」を「放流しようとする一つの努力」において、絶え間ざる進化・創造の力としての「エラン・ヴィタール」は発生するのである。

こうしたベルクソン哲学の特質を踏まえるならば、ティボーデがスタンダール作品の核心は「持続の容積の中に深さにおいて現れる」ところの「純粋エネルギー」にあると述べるとき、明らかにベルクソンが提示した「持続」としての「時間」、生命の本質において潜在的に蓄積される「エネルギー」という概念に拠っていることが分かるだろう。ところで大岡もまた、青年期にベルクソン哲学に触れ、多大な影響を受けた文学者ではなかったか。筑摩書房版『大岡昇平全集　23』（二〇〇三・八）に収められた吉田凞生作成、大岡昇平全集編集部補筆の伝記年譜によれば、一九二六年、一七歳の大岡は従兄の大岡洋吉に薦められて『創造的進化』（金子馬治・桂井当之助訳、早稲田大学出版部、一九一三・一〇）と『時間と自由意志』（『社会哲学新学説大系3』北昤吉訳、新潮社、一九二五・二所収）を、西田幾多郎『善の研究』（弘道館、一九一一・一／岩波書店、一九二一・三）とともに読んでいる。一九二八年には小林秀雄に教えられて『物質と記憶』（高橋里美訳、星文館、一九一四・二）も読破した大岡は、後に様々な場でこの時期のベルクソン哲学への関心について述懐するのである。[19] こうした読書遍歴から、大岡のみならず同時代の文学者の思想的基盤を探ることも可能だろうが[20]、ともあれこのことを踏まえるならば、大岡がスタンダール作品の「エネルギー」について論じる際にベルクソン哲学を視野に入れていたことは疑い得ないだろう。大岡がスタンダールの諸テクストとその主人公たちに見出した「エネルギー」とは、ベルクソンとティボーデが提示するところの、決して言説化し得ないが潜在的・本質的に生命に蓄積された、「持続」する「純粋エネルギー」だったのである。

4　「エネルギー」と「抵抗」

大岡がスタンダール作品における「エネルギー」に着目するとき、その背後にはベルクソン哲学、およびそれに依拠したティボーデのスタンダール論で示されるような、あらゆる生命に潜在的な「持続」としての「エネルギー」という概念が存在していた。だが以下のような記述を見るとき、大岡のスタンダール論における「エネルギー」言説は、ベルクソン哲学が提示した「エネルギー」観といささか異なる様相を帯びてはいないだろうか。

かくして我々にとつて『パルムの僧院』の主題がファブリスの無双のエネルギーであり、宮廷の陰謀は彼のエネルギーに対する抵抗として構成されてゐることを知る。（略）元来スタンダールの主人公には性格がないのである。彼等はいづれもいはばエネルギーの権化で、この内心の力が彼等の智慧（スタンダールの用語では才智）を押して生涯の第一歩から一挙にして社会を征服する。

（バルザック『スタンダール論』「解説」）

ここで大岡は、『パルムの僧院』の主人公ファブリスなどの「無双のエネルギー」について「社会を征服」せんとするものであると述べるとともに、その「エネルギー」に対する「抵抗」として「宮廷の陰謀」が「構成」されていると記す。では大岡は、スタンダール作品において「エネルギー」の「抵抗」として機能する貴族社会や宮廷を、いかなる場と捉えているだろうか。戦後、大岡が最初に発表したスタンダール論である「『パルムの僧院』について——冒険小説論——」には、次のような記述がある。

『パルムの僧院』に実現された叙事詩的奇蹟の秘密は、スタンダールがファブリスの如き英雄の観念を抱懐し得たことにある。事件はすべてこの英雄の行動の赴くに従って語られる。バルザックを驚歎させたパルム公国の陰謀も、モスカの政治学、サンセヴェリーナの情熱も、すべてファブリスのエネルギーに対する障害として展開される。そして障害は大きいほどエネルギーは大きい。こういういわば弁証法的に統一された作品の世界、これが『パルムの僧院』に現実の外観を与え読者を魅了するのである。

先に「エネルギー」に対する「抵抗」として示された宮廷や公国の陰謀と「政治学」はここでは「障害」と名指されているが、注目すべきはむしろ、大岡がこれらの「障害」と「エネルギー」との関係から『パルムの僧院』に「弁証法」を見出している点である。即ち、大岡においてスタンダール作品で描かれる宮廷や公国という場は何よりもまず「階級社会」として捉えなければならないものだったのであり、主人公たちが有する「エネルギー」はまさに、そうした場の「抵抗」や「障害」を前提として生み出される一つの力であったと考えられるのである。[21]

だがこのような、スタンダール作品およびその主人公たちの「エネルギー」に対する言わば素朴なマルクス主義的解釈は、先に示したベルクソンの「エネルギー」観とは相容れないものではないだろうか。「空間」に対して

「時間」を、「体系」に対して「持続」を重視するベルクソンは、例えば『物質と記憶』において観念論と唯物論の対立に言及しつつ、両者に特徴的な表象あるいは物質の特権化をともに退け、それらの「中間にある存在」として「イマージュ」という概念を提示している。そして彼は同書では、この「イマージュ」に連関するものとして「持続」や「記憶」について語るのである。即ち、仮にベルクソン哲学に全面的に依拠するならば、「エネルギー」を階級社会との弁証法において捉える思考は――マルクス主義的な弁証法が唯物論に基づくものである限り――批判すべきものであるはずなのだ。

ならばなぜ、大岡はスタンダールのテクストにおける「エネルギー」を論じる際、ベルクソン哲学に反してまで「階級社会」というマルクス主義的な概念を提示したのであろうか。この問題を考察するとき、次に挙げるような大岡の言説は示唆的である。

何でも読むという乱読主義だったので、『善の研究』も『創造的進化』も『史的唯物論』も、みんな高等学校時代に「とにかく読んでしまえ」ということで読んだのですが、ある日神田の古本屋の店内で、ぎっしり詰った本棚をながめながら、思い当ったことがあります。それはこれ等の本は東西の偉人が二千年の間に書いたものである。それを五十年の短い生涯で、全部読み、自分のものにすることは到底不可能だということでした。

（「私の読書遍歴」『日本読書新聞』一九五三・九・二八）

ここで注目すべきは、大岡が記す戦前の読書遍歴において西田の『善の研究』やベルクソンの『創造的進化』とともに、ブハーリンの『史的唯物論』が並置されていることである。だが、ブハーリン『史的唯物論』とはまさに、ベルクソン哲学を超自然的なものを信じる偶然説の一つとして退け、唯物弁証法体系の必然性に基づいた因果論をあくまで強固に主張するテクストではなかったか。[22]

一八八八年にモスクワで生まれたニコライ・イヴァノヴィチ・ブハーリンは、レーニン以後のボリシェヴィキ最大の理論家と称された人物である。国外亡命を経て二月革命後にロシアに帰国した彼は、モスクワ党組織の幹部として十月革命に参加し、一九一七年一二月から党機関紙『プラウダ』の編集長となる。レーニンの死後はスターリンとともにトロツキーに対抗し、トロツキー敗北後はコミンテルン書記長にまで上りつめるが、やがてスターリンとの対立が深まり、一九二九年に『プラウダ』編集長とコミンテルン書記長を解任され、党から除名された後、一九三八年にスパイ容疑で銃殺される。フルシチョフによるスターリン批判以降ブハーリン復権の声が高まり一九六二年にはスパイ容疑も晴れたものの、その後も長らくブハーリンの名は党史から除外されたままであり、彼の再評価はペレストロイカを待たねばならなかった。[23]

一方でブハーリンの名は、戦前の日本の文学者にとってはなじみ深いものであった。特に『史的唯物論』はマルクス主義の社会理論・歴史理論を包括的に論じたものとして、戦前多くの読者を獲得した書物である。[24] では『史的唯物論』では、いかなる社会理論が展開されているのか。同書でブハーリンはまず、ベルクソン哲学においては第一に退けられている「予見」の必要性を強調する。

有用なのは、われわれがありとあらゆる材料、道具、原料などを得ている、自然にかんする知識だけにはかぎられない。社会にかんする知識も、実際的にまさに必要なのである。労働者階級はその闘争の一歩一歩において、こうした知識の必要性に当面する。他の諸階級との闘争を正しく進めるためには、労働者階級は、それら諸階級がどんな行動をとるかを予見することが必要なのである。だがそれを予見するためには、さまざまな条件のもとでさまざまな階級の行動がなにによってきまるのかを、知る必要がある。（序章　社会科学の実践的意義）

こうした認識を示した上で、ブハーリンは同書で社会現象における因果律／合法則性の考察に取り組んでいる。そこでは自然界や社会だけでなく個々人の感情・言動にも客観的な因果法則が存在すること、それ故に歴史的偶然性は一切存在しないことが強調される。ブハーリンによれば、あらゆる事象はそのような因果法則の下で連関し合い体系を形成しているのであり、即ち社会もまた人間相互の労働において連関が形成される一体系なのである。このような決定論／因果論に基づく論考を経た上で、同書の後半では「均衡」理論が展開される。ブハーリンはそこで、社会体系は諸現象の均衡によって成立するとまずは断じる。もちろん同書が唯物弁証法に基づくものである以上、この均衡は静的なものではなく、社会変動の過程において絶えず破壊と再生をくり返す動的なものである。こうした社会変動／発展は階級闘争を通して実現されるものであること、そしてそうした闘争の主体こそプロレタリアートであることを強調した上で、ブハーリンは次のように記すのである。

階級は、社会変動の客観的発展過程において、社会の生活諸関係の全総体の改造を媒介する基本的な生きた伝導（伝達）装置である。社会構造は人間をとおして変化するのであり、人間なしでは変化しない。（略）しかし、もしわれわれが、さまざまな方向にむかいながら、結局なんらかの社会的な合成物を生みだしてくる無数の個々の意志のなかで、基本的な方向性をとりだそうとするならば、なんらかの同質的な意識の束を得るであろう。すなわちそれが階級意志である。（略）しかし、他面、階級意志が系列化し、さまざまに結びあい絡みあう発展の合法則性の下では、相対立し相異なる階級意志が衝突するなかに、さらに深いところに横たわる客観的発展の合法則性がかくされており、しかもそれが発展の諸段階において意志の系列下の現象を規定しているのである。

（Ⅷ　階級と階級闘争）

ブハーリンの伝記の著者であり、一九八〇年代に特に西側におけるブハーリン再評価の流れを作ったスティーヴン・F・コーエンは、当時のブハーリンのマルクス主義は「極度に決定論的」とみなされるものであり、『史的唯物論』の核心には、弁証法は――従ってまた社会変化も――均衡理論によって説明されるという主張がある」と述べている[25]。このように『史的唯物論』で示される唯物論の根底には、決定論／因果論および均衡論が据えられていたのである。

そしてこの点こそ、同書およびブハーリンが批判される第一の要因でもあった。例えば一九二五年にジョルジ・ルカーチは、ヘーゲルやフォイエルバッハらの哲学を遠ざける同書の論理は「ブルジョワ的――自然科学的――唯物論にきわめて著しく近」く、「史的唯物論の正しい伝統から逸脱」したものであると述べており[26]、アントニオ・グラムシは「獄中ノート」の中で、実践哲学であるはずの唯物論を機械的因果論に還元する『史的唯物論』においては「弁証法は、認識論、編史学の真髄および政治科学から転じて形式論理学の副題に、初歩的スコラ学になりさがって」おり、それ故同書で提示される理論は「歴史運動、生成、したがって弁証法そのものの概念」を欠いた「実証主義的アリストテーレス主義」であると断じている[27]。

このように、ブハーリン『史的唯物論』は国内外でマルクス主義の教科書として読まれながらも、刊行当初より因果論・均衡論に傾倒しているが故に非弁証法的であり、マルクス以前の機械的唯物論に後退していると否定的に捉えられるテクストでもある。そしてこうしたブハーリンの理論に対する批判は、大岡自身も認識するものであった。

関東大震災の時興奮した大人は無辜の朝鮮人を殺し、憲兵は大杉栄と情人と子供まで殺したので、子供はますます大人を信用しなくなった。新感覚派とモダンガールは子供にも愚劣に見えた。「戦旗」と「ナップ」のヘゲモニーに反撥し、ブハリンの『史的唯物論』を読んで、人はその属する階級の意識から出られっこないのだから、株屋のどら息子の自分はエゴイストでデカダンである必然性があると思った。（あとでこの本は「宿命論的」と批判されました）

（「外国文学放浪記」）

ブハーリン自身は『史的唯物論』で提示した決定論は宿命論とは異質なものであると断っているが[28]、いずれにせよ大岡は同書に対する非弁証法的なテクストという批判を把握していたと言えよう。にもかかわらず大岡は、『史的唯物論』が自身に与えた影響を後年になっても諸評論・エッセイで表明し続けているのだ。とすれば、本来両立し得ないはずのベルクソン哲学とブハーリン唯物論は、大岡においては「戦前」のみならず「戦後」に至っても常に並置して考察するべき対象であった、と考えなければならない。そしてこの並置こそ、大岡のスタンダール論における「エネルギー」観の特筆すべき点でもあった。

ジュリアン・ソレルの出世主義は〝ソレルスム〟という言葉を生んだくらい、十九世紀後半のヨーロッパで問題になったのですが、人によってこの小説に感ずる魅力はさまざまでしょう。その一つは、二人の貴婦人に恋されるジュリアンの魅力です。（略）次に身分はないが、才能がある青年が、世間を相手に戦い勝っていく経過に対する興味です。その間に地方都市行政の腐敗や、パリの貴族社会のからくりが暴露されます。

（「赤と黒」『毎日新聞（朝刊）』一九六九・四・六）

『赤と黒』の全篇には、スタンダール自身が、当時権力の座に就いていた貴族と極右王党主義者、聖職者或いは無気力な小市民階級に対する、燃えるような憎悪がひしひしと感じられる。それがベルテやラファルグのような小型な犯罪者から、ジュリアンのような透徹さと熱情を持った人物を作り出させたのである。
（「再び『赤と黒』について」『世界文学全集4　スタンダール　赤と黒』講談社、一九七一・一「解説」）

大岡は二つのスタンダール論において、『赤と黒』ではジュリアンの行動に即して「パリの貴族社会のからくりが暴露」されると記す一方で、そうした社会階級に対する「燃えるような憎悪」によってジュリアンのごとき「透徹さと熱情を持った人物」が造形されると述べる。即ち、スタンダール作品の主人公たちの行動は潜在的に蓄積している「純粋エネルギー」の発現によるものだが、一方でその「エネルギー」は宮廷社会の階級性という客観的現実／因果法則によって生まれるものでもあるのだ。そして、そうした階級社会との「抵抗」においてスタンダール作品の主人公たちの「純粋エネルギー」が増幅し、「エネルギーの権化」としての主人公たちの「透徹さ」がより徹底されるとすれば、その「エネルギー」は社会変動と発展をもたらす一種の階級闘争のごときもの、と考えなければならないのである。このような、生命に潜在的・本質的に蓄積された「持続」する「純粋エネルギー」と、階級社会への「憎悪」と「抵抗」によって社会構造を合法則的に変化させていく「エネルギー」、この二種の「エネルギー」の相関関係こそ、大岡がスタンダールの諸テクストから抽出したものだったのである。

5　大岡昇平における「散文」

これまで、大岡が戦前・戦後を通じて発表したスタンダール論を中心に、そこで提示された「エネルギー」という概念がベルクソン哲学とブハーリン唯物論との並置／相関関係に基づくものであることを考察してきた。しかし、大岡およびそのテクストにおいて、それはスタンダールに関する論考のみに留まる問題であっただろうか。

例えば、桑原武夫訳のアラン『散文論』への「祝辞」(「アラン『散文論』祝辞」『作品』一九三四・二)の中で、大岡は次のように記している。

申す迄もなく現代は散文の時代でありまして、我々が普通に文学といふ場合、先づ小説といふこの散文で書かれた文学中の一種類を指すといふ位、その勢力は我々の中に浸滲してゐるのであります。(略)何故平明に散文の特質はその思想にあり、その思想が句によつて撓められ、引延され、抑圧され、迂曲し、一旦去つては再び戻つて来るといふ、さういふ自在な変化の下に形をとつて表はされるといふ点にある、と認めることが出来なかつたのでせうか。

ここで大岡は、アランの言葉をひきつつ「散文」の特質を「自在な変化の下に形をとつて表はされる」ところの一つの「思想」と記している。後に大岡は、アランについて「体系を否定する」思想家とみなした上で、「彼の思想はむしろ好んで彼自身の思考の手段、「散文」「書く行為」の如きものに止る」とも述べているが、[29]こうした「散文」や書記行為についての把握を踏まえるとき、大岡がこの時期発表しているジッドに関する幾つかの言説は示唆的だろう。

例へばジイドである。(略)彼が少年期の清教徒的教育に反抗し、あらゆる束縛を脱して魂の全的な活動を期して以来、彼の感性的な生の氾濫は殆どイムモラルにまで達するのである。しかもなほ彼に倫理があつた。何となれば彼はこれを「顕はにし」なければならなかつたから。若し顕はにするのでなかつたら、人性の最も異常な隅々にまで行つた執拗な彼の探究に意味がなかつたからである。「一粒の種死せずんば一つにてあらん。

死なば多くの実を結ぶべし」といふ彼の繰返し引用する聖書の一節の真の意義はここにあるのである。彼は正に多くを結ばんがために死んだのである。死んで若し結ばなかつたら、といふやうな考慮をする暇に、彼の実行的精神はどんどん「顕はにする」。彼が絶えず変貌し、不安定なる所以である。事実彼は絶えず死に、絶えず結んでゐるのである。彼の最近の共産主義への転向も、かかる冒険の一つである。

（「作家の倫理の問題」『作品』一九三三・六）

即ち彼の不確定とは生の諸力の間に行悩む者の不安ではなく、積極的にそのどれにも囚はれずに進まうとする方法となつたのだ。（略）要するに在るだけのものが在るのだ。従つてわれわれの思想も亦。ただ誤りは一つの思想に執着することにある。われわれはいつも時計の振子の様に、瞬時も休むことなく一つの思想から他の思想へと動いてゐなくてはならない。そして自らの振幅を証明する為に、常にその瞬間々々の思想を定着しなければならない。この様にしてジイドは恐れることなく人性のあらゆる隅々まで探索を行つたのである。

（「ジイドの流行」『作品』一九三四・四）

一読したところ芸術至上主義的な言説とも捉えられるこれらの論において、だが注目すべきは、大岡がジッドの書記行為を一つの「思想」としている点である。ジッドにおいて「書く」という所作はあらゆるものを「顕は」にすることと同義であるが、そのためには一つの思想に囚われることなく、次々と新たな思想への移動と定着をくり返さなければならない、と大岡は述べているのだ。このとき、大岡が志向する「散文」とは、唯一の「思想」に拘泥することなく「書く」という行為によって様々な「思想」へと次々と変遷していくもの、そこにおいて自在な生成変化を有するべきものなのである。

ところで、大岡のこうした「散文」観の背後にベルクソン哲学を見出すことは、それほど困難ではあるまい。ベルクソンは『創造的進化』において不断の生成としての「持続」を生きる人間の意識と行動、あるいは「生命」それ自体を「自由」と捉えた上で、それを「花火」にたとえている。

> こわれていく行動にせよ、もとどおりになろうとする行動にせよ、もしどこにおいても同種の行動がおこなわれているならば、私は、無尽蔵の花火から火箭がとび出すように、一つの中心からもろもろの世界が湧出すると語ることによって、ただかかる蓋然的な相似を言いあらわしているにすぎない――もっとも、私はその中心を一つの事物とみなしているのでなく、一つの連続的な湧出と考えているのである。（略）このように考えるならば、創造は一つの神秘ではない。われわれが自由に行動するやいなや、われわれは自己のうちに創造を体験する。
>
> （第三章　生命の意義について　自然の秩序と知性の形式）

こうしたベルクソンの言説を踏まえるならば、大岡が志向した「散文」とはまさに、あたかも無尽蔵の花火から「火箭」が連続的に「湧出」するかのごとく、[30] 書記行為において複数の「思想」を生成していくものなのである。

だが、ならば大岡が戦前に記した次のような言説については、どのように考えるべきであろうか。

> 亜流に警告――言葉をすべてだと考へることの危険。
>
> 或る観念即或る言葉、この公式を抛棄したのはいゝが、或る言葉即或る言葉、といふ論理的にも何等発展性を持たない公式を採用するに至り、続いて或る言葉即或るさまざまの言葉、といふ便宜に瞞着されて了ふ。言葉の無政府状態が現出する。

かくして彼等にとつて書くとは気儘に言葉の間を彷徨するといふことになるが、彼等は巧みにもこれを「行為」と呼んで悦に入る。行為と見るのはいゝが、その快感に溺れて、さまざまの行為に耽ることによつて、さまざまの思想を生んでゐるものと自惚れて了ふ。思想は洒落となり勝ちになる。当つてもまぐれ当りだ。

（「破片」『鵜』一九三四・三）

アランの散文論やジッドの書記行為のあり方を踏まえ、書くことの自在さを賛美した大岡は、だがここにおいて「言葉をすべて」と考え、「言葉の無政府状態」に陥ることによって生じる記述者の「快楽」、「さまざまの思想を生んでゐる」という「自惚れ」を批判する。即ち大岡は、小説家の言葉が一つの思想に留まることなく生成変化することを求めながらも、そうした言葉の「無政府状態」に小説家が戯れ、「快楽」に陥ることは忌避しているのである。

では、書記行為における無尽蔵な「思想」の生成とそれらが「無政府状態」に陥ることの回避との両立はいかにして可能か。ここにおいてこそ、大岡の戦前の読書遍歴――ベルクソンとブハーリンの並置――を見出さなければならないのである。確かに大岡は、必然性や決定論には還元し得ぬ「純粋エネルギー」、「思想」の自在な生成に散文の可能性を見出す。だが一方で、そうした「散文」を書き記す行為は決して「言葉の無政府状態」へと至るような「快楽」的表象であってはならない。例えば『赤と黒』というテクストが宮廷社会の階級制、その社会に対する主人公の「抵抗」を記したものであったように、大岡において「散文」とはブハーリンが提示したような社会現象における因果律を暴くものでもなければならないのだ。そして、戦前、戦後を通して大岡がくり返しスタンダールについて論じ続けるとともに、戦後においても様々な場所でベルクソンとブハーリンの並置を示唆し続けていたとするならば、大岡の「散文」観、即ち言葉や思想が一つに留まることなく生成変化すると同時に、そうした言葉が

「無政府状態」へと陥ることなく社会現象における種々の因果関係を明るみに出すものこそ「散文」であるという概念はまた、戦後の大岡の諸テクストをも貫く問題であったと考えなければならないのである。

6 大岡昇平の「戦前」と「戦後」

本章では、戦前、戦後を通じて大岡昇平が記したスタンダールに関する論考やそこで提示された「散文」観を考察し、それらとベルクソン哲学、そしてブハーリン唯物論との相関関係を分析してきた。ところで大岡のこうした言説と、本書序章で明らかにした「戦後文学」の思考／志向――「昭和十年前後」の反復と「昭和十年代」の切断――との間には、いかなる相似性あるいは差異があるだろうか。

ブハーリン『史的唯物論』に関しては、既に確認したように戦前の日本においてマルクス主義の社会理論・歴史理論の教科書的なテクストであった。そして、平野謙をはじめとする「戦後文学者」が「昭和十年前後」を何よりも「転向」の時代とみなしていたことを想起するならば、大岡においてもそれは、マルクス主義およびプロレタリア文学の隆盛（第一の「転向」）からその失墜（第二の「転向」）へと至る「昭和十年前後」の文学、社会状況の下で読まれるべき書物であっただろう。

一方でベルクソン哲学については、日本で最初にブームとなったのは一九一〇年代前半であり[31]、必ずしも「昭和十年前後」あるいは「昭和十年代」を代表する思想とは言い切れない。だが、そうした時代にあってベルクソンはしばしば西田哲学とともに受容されたこと、そして「昭和十年代」に隆盛していく京都学派の思想が西田やベルクソンも含む新カント派の影響を如実に反映したものであったことを想起するならば、ベルクソン哲学とはまた、「昭和十年代」の思考とも密接な関係があるとも考えられるのである。[32]

とすれば、大岡が戦後においてもなおベルクソンとブハーリンの名を並置し続けたことは、「戦後文学」があえて切断しようとした「昭和十年前後」と「昭和十年代」を、改めて連関させる試みでもあったのではないだろうか。その限りにおいて、大岡が戦後になって『俘虜記』をはじめとする戦争小説を書き続け、それがときに「反戦後派」とみなされるならば、そこに大岡の「散文」観――ベルクソンとブハーリンの並置――をも見出していかなければならないのである[33]。

注

（1）花﨑育代『大岡昇平研究』（双文社出版、二〇〇三・一〇）の「序」参照。

（2）野田康文「『俘虜記』の創作方法――背景としての記録文学」（『日本近代文学』二〇〇四・一〇、『大岡昇平の創作方法――『俘虜記』『野火』『武蔵野夫人』』笠間書院、二〇〇六・四所収）

（3）一九四六年四月一七日から一九四八年一月二一日までの日記が収められた「疎開日記」は、『群像』一九五三年九月号に「私の文学手帖」の題で発表され、『作家の日記』（新潮社、一九五八・七）に収録される際に「疎開日記」と改題された。

（4）西川長夫による解説「大岡昇平以前の大岡昇平」を参照した。

（5）「スタンダール論――アルマンス序文――」の題で『小説』一九三二年一〇月号に掲載され、一九三三年三月刊行のアンドレ・ジィド『続文芸評論』（鈴木健郎・桑原武夫・小西茂也・大岡昇平・中島健蔵・秋田滋訳、河上徹太郎跋、芝書店）に収録される際、「「アルマンス」に序す」と改題・改訳された。

（6）大岡が戦前に翻訳したスタンダール関連の主な書籍の書誌は以下の通りである。スタンダール『ハイドン』（創元社、一九四一・五)、アラン『スタンダアル』(創元社、一九三九・四)、ティボーデ『スタンダール伝』(青木書店、一九四二・一二)、バルザック『スタンダール論』(小学館、一九四四・五)。

(7)『恋愛論』上・下巻は一九四八年四月および一一月に創元社より、『パルムの僧院1』が思索社より発刊された後、一九五一年二～三月に新潮社より上・下巻が刊行された。

(8)本章ではスタンダールのテクストについて、特に『赤と黒』(桑原武夫・生島遼一訳、岩波書店、一九五八・六～八)ならびに『パルムの僧院』(大岡昇平訳、新潮社、一九五一・二～三)を参照した。

(9)引用は「バルザックへの手紙　スタンダール」(前掲『スタンダール論』所収)に拠った。

(10)「外国文学放浪記」(『文藝』一九五二・八)において大岡は、「「明瞭でなければ、私の世界は崩壊する」とスタンダールは書いています。(略)ヴァレリイの論理は明晰ではあるが、彼の言葉はいわば意味の可能性で成り立っている。ところがスタンダールの言葉には、そういう下心は少しも感じられない。一つの言葉は厳密に一つの対象しか指していない」と記している。

(11)大岡昇平「スタンダールの生涯」(『世界の文学9　スタンダール』中央公論社、一九六五・五「解説」)

(12)中野孝次「運命と歴史」(『絶対零度の文学〈大岡昇平論〉』集英社、一九七六・四所収)

(13)菅野昭正「文体の論理性」(『國文學　解釈と教材の研究』一九七七・三)

(14)ティボーデは、同時代においてベルクソン研究者としても名高い存在であった。大岡も『スタンダール伝』の「後記」において、「ティボーデの文学史観とベルグソニズムとの関係は屢々人の説くところである」と記している。

(15)本書におけるベルクソンのテクストの引用は、白水社版『ベルクソン全集』より『時間と自由――意識に直接与えられているものについての試論』(平井啓之・村治能就・広川洋一訳、一九六五・五)、『物質と記憶』(田島節夫訳、一九六五・八)、『創造的進化』(松浪信三郎・高橋允昭訳、一九六六・四)、『精神のエネルギー』(渡辺秀訳、一九六五・六）に拠るが、大岡が戦前に読んだ訳書も適宜参照した。

（16）大岡が最初に読んだ北昤吉訳『時間と自由意志』（『社会哲学新学説大系3』、新潮社、一九二五・二所収）では、「持続」は「流続」と訳されている。

（17）久米博は「ベルクソンにおける言語問題——習慣の言語と創造の言語」（久米博・中田光雄・安孫子信編『ベルクソン読本』法政大学出版局、二〇〇六・四所収）において、「言語を疑うことは、ベルクソン哲学の方法そのものである」とした上で、言語を「知性」と言い換えるベルクソンは、「行動するために思考することが知性の使命であり、この知性は、不断に生成している現実を直視することはせず、現実のうちに、安定したもの、固定したものを見ようとし、現実を不動のものとしてしまう」と考えていたと述べている。

（18）『物質と記憶』の「第四章　イマージュの限定と固定について——知覚と物質、精神と身体」には、「あらゆる運動は、一つの静止から他の静止への通過である限りにおいて、絶対に分割不可能」とある。

（19）「常識的文学論　第五回」（『群像』一九六一・五、『常識的文学論』講談社、一九六二・一所収）の中で大岡は、一九三五年前後の小林との交流を回想しつつ「物理学やベルクソンの話ばかり記憶に残っている」と述べている。また小林は一九五八年五月から一九六三年六月まで『新潮』において「感想」と題されたベルクソン論を発表しているが、これを受けて大岡は『新潮』一九六二年六月号に「大岡洋吉のこと」、同年七月号に「小林秀雄の世代」を掲載し、小林や自身のベルクソン哲学受容について語った。大岡のこうした動向に対して、山崎行太郎は「ベルクソン哲学とその影」（『小林秀雄とベルクソン——「感想」を読む』彩流社、一九九一・一所収）の中で、「小林秀雄の「感想」に対して、まともな論評を加えたのが、大岡昇平だけだった」と記している。

（20）宮山昌治は「大正期におけるベルクソン哲学の受容」（『人文』二〇〇五・三）において、一九一二年から一九一五年の日本でベルクソンブームが巻き起こったことを確認した上で、西田幾多郎のベルクソン論における「実在」や

「直観」の重視を踏まえながら、新カント派認識論の影響下にあった官学アカデミズムの対抗馬としてベルクソン哲学が見出されたことを指摘している。いずれにせよ、大正期から昭和初年代の日本でベルクソンが読まれる場合、常に西田哲学が念頭に置かれていたことは確かであろうし（大岡が読んだ星文館版の『物質と記憶』には西田幾多郎による「序」が冒頭に付されている）、だからこそ大岡洋吉は『善の研究』とベルクソンの書籍を並べて薦めたと考えられよう。

(21) その他の場所でも大岡は、「むしろスタンダールを読み出してから、左翼的な問題を考えるようになった。階級の観念なしにはスタンダールはつかめないからである」と記しており（「作家に聴く」『文学』一九五三・五）、また『赤と黒』についても「社会をとらえるのに階級という観念を用いた最初の小説である」と述べている（「スタンダール ベスト・スリー」『毎日新聞（朝刊）』一九五五・七・二五）。さらに後年、「日本のスタンダール――『スタンダール研究』刊行に寄せて」（『海燕』一九八六・七）において大岡は、ジョルジ・ルカーチや大井広介などのスタンダール論を挙げながら、「マルクシズムよりのスタンダール評価の系列」について論述している。

(22) ブハーリン『史的唯物論』の引用は『現代社会学大系　第7巻　史的唯物論』（佐野勝隆・石川晃弘訳、青木書店、一九七四・七）に拠るが、大岡が読んだ同人社版『史的唯物論』（楢崎煇訳、一九二七・九）も適宜参照した。

(23) ブハーリンの生涯については、スティーヴン・F・コーエン『ブハーリンとボリシェヴィキ革命　政治的伝記：一八八八―一九三八』（塩川伸明訳、未来社、一九七九・三）、ロイ・A・メドヴェーエフ『失脚から銃殺まで＝ブハーリン』（石堂清倫訳、三一書房、一九七九・四）、青木書店版『史的唯物論』「解説」、岡崎次郎編『現代マルクス＝レーニン主義事典　下』（社会思想社、一九八一・七）より「ブハーリン、ニコライ・イヴァノヴィチ」（斉藤稔執筆）、山野勝由「ブハーリンの復権」（『レファレンス』一九八九・五）などを参照した。

(24) 青木書店版『史的唯物論』「解説」

(25) コーエン前掲書

(26) ジョルジ・ルカーチ「ブハーリン『史的唯物論の理論』」(『ルカーチ初期著作集　第四巻』池田浩士訳、三一書房、一九七六・一〇所収)

(27) 『グラムシ選集　第二巻』(重岡保郎・竹内良知・西川一郎訳、合同出版社、一九六二・四)。なお、川上恵江「グラムシ「実践の哲学」の形成——Q8「哲学メモ」の展開——(上)・(下)」(『文学部論叢(歴史学篇)』二〇〇三・三、二〇〇四・三)も参照した。

(28) 『史的唯物論』「Ⅱ　決定論と非決定論(必然性と自由意志)」には、「社会的(社会的)決定論、すなわち、あらゆる社会現象は被制約的なものであり、それを必然的にもたらす原因をもっているという学説は、宿命論と混同されてはならない」という記述がある。

(29) 大岡昇平「アランの文体について」(『文學界』一九三九・九)

(30) 大岡が最初に読んだ早稲田大学出版部版『創造的進化』では、「発射其のものの連続」と訳されている。

(31) 注(20)を参照。

(32) 宮山昌治は「昭和期におけるベルクソン哲学の受容」(『人文』二〇〇六・三)において、一九四一年のベルクソン死去を契機として、ふたたびベルクソン哲学に関する論文が日本でも多く出されたこと、その再ブームの一翼を担った三木清が「ベルグソンについて」(『改造』一九四一・二)の中で「いはゆる全体主義の思想とベルグソンの哲学との間にはもちろん種種の相違があり、ベルグソン自身同じに見られることを欲しなかつたであらう。しかしそれにも拘らず、もし全体主義者がベルグソンを引合ひに出さうと思へば出すことができる方面のあることも否定できない」と記していることを確認した上で、ベルクソン哲学では「能動的な主体」が「純粋に内在的」に「全く新なる端緒」を付けること、「閉じた社会」を開くための「〈他者〉への応答可能性」が示唆されていたにもかかわらず、日本におけるベルクソン受容は「総じてこの問いには踏み込まなかった」と指摘している。

(33) 山崎行太郎は前掲論において大岡と小林秀雄のベルクソン哲学受容を比較した上で、ベルクソン哲学を「全面的に受け入れ」た小林に対して、大岡は「ある時点から、分析や反省という行為に対して、ある決定的な訣別をおこなって」おり、彼の「内部」には「分析や解釈という理論的作業によっては、決して汲みつくせない現実の多様性への信頼」があったと述べている。だがこれまで論じてきたように、大岡がベルクソン哲学を「全面的」に受容しなかったのは確かだとしても、それは「現実の多様性への信頼」などという素朴な感情ではなく、あくまで「分析や解釈」といった個人的所為そのものを規定する体系／因果律を明らかにしようとする態度によるものであったと考えなければならない。また、柄谷行人は筑摩書房版『大岡昇平全集 2』(一九九四・一〇)の解説「『俘虜記』のエチカ」において、「小林秀雄と大岡昇平の関係はデカルトとスピノザの関係に似ている」と述べつつ、小林が依拠したベルクソン哲学が「その主意主義においてデカルト的思考の系である」一方で、「自律的・自発的な意志がいかに想像的なものでしかないか、それが「諸原因」によっていかに根底的に決定されているかを分析」した『俘虜記』は「スピノザ的な知性＝意志」を提示するものであったと記している。『俘虜記』については次章で改めて論じるが、本章で確認した限りにおいても大岡の「散文」観は一概に反ベルクソンとは言い切れないのであり、柄谷が論じる小林と大岡の差異は確かに示唆的であるものの、大岡のそうしたスピノザ的な側面はベルクソンとブハーリンの並置においてももたらされたと見るべきであろう。

第八章　増殖する「真実」——大岡昇平『俘虜記』論——

1　椎名麟三と大岡昇平

かつて大岡昇平は、「戦後文学」と呼ばれた諸テクストについて次のような発言を残した。

昭和二十一—二十三年に『俘虜記』を書きはじめた頃を振り返ってみると、書く心構えにおいて、かえって反戦後派であったのもたしかだ。（略）椎名麟三はどうやら転向者らしいと感じることはできたが、転向小説時代の制約がなくなっているのに、依然として同じような曖昧さを持っているのが不思議だった。（略）私は世代と気分において『近代文学』に最も近いが、彼等のように転向の経験を持たず、彼等ほど生活と密着した理論を持っていない。中村真一郎や野間宏とは感受性と教養も異にしている。堀田善衛の政治的感傷性は私にはない。むしろ坂口安吾や太宰治のように、戦前派の個別的な延長として、別個に扱われる方が私としては気が楽である。

（「私の戦後史」『文藝』一九六五・八）

こうした大岡の「反戦後派」観が、「戦後文学者」が敗戦後なお転向者としての自己意識を有していることへの批判的視座に基づくものであったのは、本書においてもくり返し指摘してきた。即ちここで大岡は、戦争と敗戦を通過しているにもかかわらず「昭和十年前後」における「転向」の「反復」を遂行せんとする「戦後文学」の思考を否認しているのである。

ところで、前掲論において大岡がそのように転向者としての「戦後文学者」のあり方を批判するとき、誰よりもまず椎名麟三の名を挙げていることに注目してみよう。[1]本書第一部で確認したように、キリスト教入信を経た椎名のテクストにおいては、「転向」における「死の恐怖」の相対化を追求しながらも遂には主体の自己充足が全的に果たされることなく、やがて唯一絶対であるはずの「ほんとう」の分裂・断片化が生じることとなった。では大岡のテクストにおいて「真実」はいかなるものとしてあるだろうか。

フィリピンでの戦争経験や幼少時代の追憶、あるいは「歴史」にせよ、大岡が「調べ魔」と称されるほどに様々な資料を詳細に検討し、またでき上がった原稿に絶えず手を入れ改稿をくり返していたことはよく知られている。さらに、大岡は戦争体験・俘虜体験を記すことについて、「戦争は厳粛な事実」であり、「国家組織の最高の表現」である「戦争」の「真実」に「目をつぶって平和国家が建設出来ると思うのは、多分永久に欺されることにほかならないでしょう」とも述べている。[2]こうした記述を見る限り、大岡のテクストは常に過去の十全な表象を志向し、あるいはその言表は唯一無二の「真実」へと遡行していくものであるとみなされるのはもっともであろう。

例えば『〈合本〉俘虜記』（以下『俘虜記』[3]）においてはそれは、「なぜ米兵を撃たなかったのか」という問いをめぐる言説としてあらわれる。マラリアを発病し、分隊から取り残された語り手の「私」は、敗走途中に一人の若い米兵を目撃する。だが「私」は、確実に射撃が成功し得る位置にいながら遂にその米兵を撃つことはなかった。そして「私」はその後、「なぜ米兵を撃たなかったのか」という問いを反復することとなる。『俘虜記』前半部において大きな比重を占めるこの問いについて、「私」の記述の執拗さ故に、例えばそれを「真実を獲得するという衝動」[4]といったものとして捉えることは可能だろう。だがその執拗な言説の果てに、この問いの解答／「真実」はどのようにあらわれているだろうか。あるいはその言表行為において、そもそも「真実」とはいかなるものなのだろうか。

2 「真実」をめぐる問い

なぜ米兵を撃たなかったのか——。この問いに対する「私」の言説は、『俘虜記』冒頭「捉まるまで」においてはなぜそのような決意をしたのかという問いとしてあらわれる。以下「捉まるまで」における「私」の言説を順を追って確認してみよう。

米兵を撃つことへの拒否に対して「私」はまず、それは「ヒューマニティ」の発露であるとして「驚い」てみせる。スタンダール『パルムの僧院』における、モスカ伯爵の「殺されるよりは殺す」という思想を信じていた「私」にとっては、自らの生命を脅かす「敵」である米兵を撃つまいと考えたことは確かに「夢にも思っていなかった」ことであろうし、そこに「ヒューマニティ」を認めることはもっともだろう。しかし「私」はその後即座に、自らの決意に「人類愛の如き観念的愛情を仮定する必要を感じない」として、提出したばかりの「ヒューマニティ」という仮定を否定するのである。

「人類愛」を否定した「私」は次に、むしろ自らの行為は「人間の血に対する嫌悪」という「動物的な反応」なのではないかと考える。だがそれについても「私」は、「殺すなかれ」は「人類の最初の立法」とともにあらわれた、人間集団において各々の「生存」が「有用」である限りの人工的／非「動物的」な概念である、として否定する。そして「私」は、この嫌悪は「集団の利害」を度外視した「平和時」の感覚に過ぎず、仮に僚友とともに行動していれば米兵を「猶予なく射っていたろう」とした上で、米兵を撃つまいという自らの決意への言説は「もう十分だろう」として問いを宙吊りにしてしまうのだ。

しかし「私」は、「なぜ米兵を撃たなかったのか」という問いを止めることはない。「私」は今度は自らの行為の説明を当時の「心理」に求め、「精神分析学者の所謂「原情景」を組立て」ることを試みる。途切れがちな記憶を辿って自らの行為を再現する最中で「私」が想起するのは、米兵の「二十歳に達していないと思われ」る「若さ」と「美の一つの型」としてのその顔の映像であり、それに対する自らの「感歎」、「父親の感情」である。

私がこの米兵の若さを認めた時の心の動きが、私が親となって以来、時として他人の子、或いは成長した子供という感じの抜けない年頃の青年に対して感じた或る種の感動と同じであり、そのため彼を射つことに禁断を感じたとすることは、多分牽強付会にすぎるであろう。しかしこの仮定は彼が私の視野から消えた時、私に浮んだ感想がアメリカの母親の感謝に関するものであったことをよく説明する。（略）人類愛から発して射たないと決意したことを私は信じない。しかし私がこの若い兵士を見て、私の個人的理由によって彼を愛したために、射ちたくないと感じたことはこれを信じる。

私は事前の決意がこの時の一聯の私の心理に痕跡を止めていないために、それが私の心と行為を導いたということは認め難い。しかし父親の感情が私に射つことを禁じたという仮定は、その時実際それを感じた記憶が少しもないにも拘らず、それが私の映像の記憶に残る或る色合とその後私を訪れた一つの観念を説明するという理由で、これを信ぜざるを得ないのである。これが我々が心理を見詰めて見出し得るすべてである。

（「捉まるまで」）

ここにおいて、「なぜ米兵を撃たなかったのか」という問いはひとまずのところ解答を得たと言えよう。即ちそれは、「私」が若く美しい米兵を見て「父親の感情」を得、それが「私に射つことを禁じた」という「個人的理由」

によるものとされるのである。

にもかかわらず「私」の問いは、この後もさらに執拗に続けられることとなる。なぜならば「私」は、若い米兵が自分の方へと歩み寄る瞬間の記憶を想起するとき、「父親の感情」と称される彼への「快い印象」とは決して両立し得ないもう一つの「内部の感覚」を見出してしまうからだ。

しかしこれから先万事が変な工合になって来る。（略）今度私の憶えているのは内部の感覚だけである。それは息詰まる様な混乱した緊張感であり、私が敢えてそう呼ぼうとは欲しない一つの情念に似ていた。即ち恐怖である。（同前）

米兵の表情と若さに「感歎」し「愛した」はずの自らが、同時に彼に対して「恐怖」を抱いたことを「私」は覚えている。(5) そして「私」は、米兵への「感歎」を「父親の感情」として説明してみせたようには、この「緊張感」「恐怖」についての分析を行うことができない。なぜならば、「私」は自らが米兵を「恐怖」の対象として認識したであろう瞬間の映像、その記憶を欠いてしまっているからである。

それから彼はまた正面を向き、私の方へ進んだ筈である。しかしこの時の彼の映像は何故か私の記憶から落ちている。

この次の記憶に残る彼の姿は、前とは反対の頰を私に見せ、山上の銃声に耳を傾けている彼である。が、この二つの横顔が直ちに継続するものでないことは、私の記憶の或る感じによって確実である。

この間私は銃を引寄せその安全装置をはずしたらしい。或いは私はそのため手許に眼を落したのだろうか。

が、私の手にある銃の映像も同じく私の記憶にはない。

（同前）

米兵が「私」の元へ進み来たときの「正面」からの「彼の映像」、そして自らの銃の安全装置を外した瞬間の記憶は、「私」にはない。無論この記憶の空白は、「なぜ米兵を撃たなかったのか」という問いにおいてはその当初より既に確認されていたものであったし、「私」自身も常に自らが「映像を選択して保存して」いることを認めている。その上で「私」は、様々に仮定を積み重ねて過去の十全な表象、「原情景」の組み立てを図っていたはずであった。にもかかわらずその言表が、「内部の緊張」「恐怖」という感情に至るにあたって再び映像記憶の不確かさという問題に遭遇するとき、「私」は「その強さを尽く再現していると自負することは出来ない」として、自らが抱いた「恐怖」に似た感情への分析を宙吊りにしてしまうのである。

　今私がその美と若さに感歎した対象は、近づく決定的な瞬間の期待を増しつつ迫っていた。その時最初彼の顔に瞥見した厳しさがどんな比例で拡大したかは測り難く、その白い皮膚と赤い頬に拘らず、彼の顔が私に怖ろしく見えなかったことは保証出来ない。そしてもし私がこの時なお射ちたくないと思っていたとすれば、その映像は一層私に堪え難かったであろう。

　私は銃を把りその安全装置を外した。私はやはり射とうとしたのであろうか。或いは顔に当ろうとする虫を見て眼を閉じる反射運動に似た反応から、無意味に防禦の準備をしたのであろうか。

　実際私は眼を閉じたのかも知れない。この動作の記憶を失ったとする方が、映像のそれを失ったとする仮定よりも或いは自然である。

　この時銃声が轟いた。それはその時私の緊張も、近づく決定的な瞬間も吹き飛ばして鳴った様に、今も私の耳で鳴り、私のあらゆる思考を終止せしめる。これが事件であった。

（同前）

ここで「私」は、「恐怖」については米兵の顔の映像が「私に怖ろしく見えなかったことは保証出来ない」あるいは「一層私に堪え難かったであろう」と仮定を述べるに留め、自らの不確かな記憶に対しては「射とうとしたのであろうか」「眼を閉じたのかも知れない」と疑問の形で問いを投げ出すばかりである。結局「私」はいかに「原情景」を組み立てようとしても、自らの記憶の空白を記述によって埋め合わせることはできないのである。

さて、このような記憶の空白によって中断された「なぜ米兵を撃たなかったのか」という問いは、次章「タクロバンの雨」において再びなされることとなる。「捉まるまで」での様々な言表や心理の分析について、「それをいくら重ねても、結局私がこの時「敵」という単純な存在を射たなかったという単純な行為を蔽うに足りない」と記す「私」は、この問いの解答は「内省によっては到達出来ない法則」によって導き出されるのではないか、と考える。

即ちあの時私が敵を射つまいと思ったのは私が「神の声」を聞いたのであり、米兵が迫って、私がその声に従うことが出来るか出来ないか不明に立ち到った時、別の方面で銃声を起らせ、米兵をその方へ立ち去らせたのは「神の摂理」ではなかったか、という観念である。

（「タクロバンの雨」）

記憶の空白という問題を解決し「なぜ米兵を撃たなかったのか」という問いの真の解答／「真実」を十全に示すものとして、「私」は「神の声」「神の摂理」といったものを見出す。しかしこの後「私」は、ミッションスクール時代から現在に至る「私」の信仰概念の分析、さらには「捉まるまで」と同様に米兵を撃つことを拒否した瞬間の再現表象をくり返した上で、「神の摂理」といった仮定は「自分勝手な考え」「自己流の神学」に過ぎないとして退けることとなる。結局のところ「私」は、「神」といった存在をもってしても「なぜ米兵を撃たなかったのか」という問いの唯一の解答たり得ない、とするのだ。そして「私」はその後『俘虜記』において、この問いを再び発することはないのである。

例えば絓秀実が、「極限状況にあったフィリピンの山中で、なぜアメリカ兵を撃たなかったのか」というこの問いはそもそも「解答不能という正解を前提としている」とし[6]、あるいは三浦雅士が大岡のテクストの登場人物における「観測者と対象の最後的な不一致」を指摘するなど[7]、『俘虜記』をはじめとする大岡のテクストに見られるこのような言表の問題については、既に幾つかの論述が存在する。確かにこれまで見てきたように、『俘虜記』において「なぜ米兵を撃たなかったのか」という問いは遂に一つの解答へと至ることはなく、「タクロバンの雨」以降この問題についての言表が再びなされてもいない以上、「私」が過去の十全な表象、「原情景」の組み立てを放棄し、その結果問いの真の解答／「真実」は「解答不能」のものとして宙吊られてしまっていることは明らかである。しかしここで問題とすべきは、記憶の十全な再現表象が不可能であることを認め、「なぜ米兵を撃たなかったのか」という問いの一つの解答／「真実」を導き出すことを放棄した「私」は、ならばなぜその後も延々と自らの俘虜生活を書き続けるのか、ということではないだろうか。あるいは「私」は、そもそも「真実」の解答不可能性という答えを得るためだけに、これほどまで冗長に「なぜ米兵を撃たなかったのか」と問い続けていたのだろうか[8]。

この問題を考察するとき、「生きている俘虜」において「背中に光を負った一人の俘虜」の映像記憶を語る「私」が、その後再び「真実」の問題に触れていることは示唆的である。「監視櫓から照す反射灯の光」の中を歩く「背中に光を負った一人の俘虜」の映像記憶についての「私」の言表は、それを「収容所にいた間の何時見たか、夜のどういう時刻に見たか」覚えておらず、またそのとき、自身が「どの地点で、何をしていたか」あるいは「何を感じ何を考えていたか」ということも「全然思い出せない」とあるように、「なぜ米兵を撃たなかったのか」という問いと同様、絶えず回避不可能な記憶の空白に晒される。その上で「私」は、自らの映像記憶を十全に説明する道路上の位置、その際の自身の行為に対して様々に仮定を書き連ねた果てに、その映像は「リスター・バッグ」まで飲料水を汲みに行った際に見たものではないかという解答を、「一層小説的に問題を解決」するものとしてひとまず提出する。だがその直後に「私」は次のように記すのである。

多分こんな冗漫な論議を重ねて読者を退屈させるよりは、私は最初からこの一線に沿って物語るべきであったろう。それによっても私は別に事実からさして遠くはならなかったかも知れない。しかし私は自分の物語があまりにも小説的になるのを懼れる。俘虜の生活など無意味な行為に充ちているものである。そういう行為にいちいち意味をつけて物語るのは、却って真実のイリュージョンを破壊する所以ではあるまいか。

（「生きている俘虜」）

「自分の物語があまりにも小説的になるのを懼れる」とあるように、「背中に光を負った一人の俘虜」の映像記憶に対する「私」の記述は決して単線的に物語を形成していく言表たり得ず、むしろ「冗漫」かつ非整合的なものとなる。そのような書記行為を選択する「私」――ひいては大岡――に、特権的かつ誇張された物語言説を拒否する批評意識があることは確かであるが、(9)むしろここで問題としたいのは、「真実のイリュージョン」という言葉である。これは何を意味するのか。それ自体とは明らかに矛盾するはずの「イリュージョン」――錯覚あるいは幻想？――という言葉が付された「真実」とは、いかなるものなのか。(10)

ここで踏まえるべきは、遂に一つの「真実」が示されることがなかった「なぜ米兵を撃たなかったのか」という問いとは異なり、「生きている俘虜」においては、「背中に光を負った一人の俘虜」は「リスター・バッグ」まで飲料水を汲みに行った際に目撃したものであるという「純然たる仮定」が、ひとまずのところ最終的な解答として提出されているということである。とすれば「真実のイリュージョン」とは、唯一の「真実」の不可能性という問題を通過した後に、なおも自らの俘虜生活について言葉を書き連ねる行為において「私」が見出すこととなる、新たな「真実」の位相ではないだろうか。

3 「真実」と「イリュージョン」

ここで再び、「なぜ米兵を撃たなかったのか」という問いをめぐる「私」の言表を見てみよう。「タクロバンの雨」において、「神の摂理」「神の声」といった概念を拒否した「私」は次のように記している。

私が現在この事件について達している結論はこうである。
日本の資本家が彼等の企業の危機を侵略によって開こうとし、冒険的な日本陸軍がそれに和した結果、私は三八式小銃と手榴弾一個を持って比島へ来た。ルーズベルトが世界のデモクラシイを武力によって維持しようと決意した結果、あの無邪気な若者が自動小銃を下げて私の前に現われた。こうして我々の間には個人的に何等殺し合う理由がないにも拘らず、我々は殺し合わねばならぬ。それが国是であるからであるが、しかしこの国是は必ずしも我々が選んだものではない。(略) 実際には私が国家によって強制された「敵」を撃つことを「放棄」したという一瞬の事実しかなかった。そしてその一瞬を決定したものは、私が最初自分でこの敵を選んだのではなかったからである。すべては私が戦場に出発する前から決定されていた。
この時私に向って来たのは敵ではなかった。敵はほかにいる。

(「タクロバンの雨」)

「なぜ米兵を撃たなかったのか」と問い続けた「私」は、ここにおいてそもそもなぜそのような問いが発せられてしまうのか、と考えるに至る。米兵が「撃つ」対象としてあるのは言うまでもなく彼らが「敵」であるからだが、このとき、「私」は自らが積極的・主体的に米兵を「敵」としたのではなく、そもそも米兵＝「敵」という概念そのものが「国家」によって選ばされた言説であった、とするのだ。かくして「私」は米兵を撃たなかったという「事件」についての「結論」を得るわけだが、ここでは大きな問いの転換がなされてはいないだろうか。即ち、米兵を撃つ対象＝「敵」とする概念は強制的に選ばされたものであったという言表において、「なぜ米兵を撃たなかったのか」という問いは「私が米兵を敵とみなすのはいかなる状況においてであったか」という問い、即ち戦場において個人の言動を規定する社会関係／外的要因に目を向ける記述へと移行しているのである。

そして『俘虜記』においては、特に「私」が米軍の俘虜となって以降、「社会」などの外的要因によって個人の言動が決定されるという問題がくり返し記述されるのだ。

米軍が俘虜に自国の兵士と同じ被服と食糧を与えたのは、必ずしも温情のみではない。それはルソー以来の人権の思想に基く赤十字の精神というものである。（略）敵味方の区別なく傷者をいたわる赤十字の精神が歴史に現われたのは、近代兵器の発達によって戦場の死傷者が莫大な数に上る様になったという事実、及び近代国家の兵制ではそこで犠牲となるのが多く人民であるという事実に基いている。（同前）

元来私は我国における哲学の流行について一つの偏見を持っている。つまり流行が経済的繁栄と一致するということである。大正における西田哲学が前大戦後の好景気に伴ったのは、文化向上の一環として納得出来るとして、戦時中の一般の知的水準の低下に反した三木哲学の流行は、軍需景気による坊ちゃん連の大量生産と関係なしに考えられない。そしてその傾向が終戦後闇景気が続くかぎり延長した事実を見て、私は今もこの偏見を捨て兼ねている。
（「労働」）

さらに『俘虜記』の他にも、例えば「サンホセの聖母」（『文学会議』一九四九・一二）においては日本兵と親しくなったはずのフィリピンの少年が米軍上陸一週間前に突然逃亡したことが記された上で、「政治は万事を決定する。人間の感情さえも」と語られる。このように大岡の戦争小説では、米軍の「温情」や戦前・戦中の日本における諸哲学の流行、フィリピン人の行動など、個人の感情に関わるような問題がことごとく歴史的・社会的条件とあわせて論じられるのである。

もちろん、こうした記述の背後に大岡自身の戦争体験を見出すことは可能だろう。だが、個人の言動を社会関係に基づくものとして記述する大岡の態度はむしろ、彼の「散文」観の一面として見るべきではないだろうか。本書第七章で確認したように、大岡が戦前から戦後を通じて志向したあるべき「散文」とは、語り手や主人公などとそれを規定する階級社会などとの因果関係を見出す書記行為であった。とすれば、『俘虜記』において「なぜ米兵を撃たなかったのか」という問いが「実際には私が国家によって強制された「敵」を撃つことを「放棄」したという一瞬の事実しかなかった」という言説へと変換されるとき、その記述の背後にブハーリン経由の唯物論的思考を見出すことができるのである。

だが、戦前戦後を貫く大岡の「散文」観とはまた、ブハーリン唯物論とともにベルクソン哲学の影響下にあったものではなかったか。ところで、ここで注意すべきは、先の『俘虜記』引用箇所においては確かに「国家」という言葉が明示されているものの、「敵は国家である」とは決して記されていないということである。とすればこのとき、「私」にとって米兵＝「敵」ではなく、真に撃つべき「敵」は「ほかにいる」ことが示唆されているのであり、即ち「ならば敵は何ものなのか」という問いが新たに生じることとなるのだ。あるいはそれは、「敵は〇〇である」という新たなる解答／「真実」への欲望をもたらすのではないだろうか。

このような「真実」への欲望は、何よりも読み手の側において生じるものとなろう。例えばアイヴァン・モリスは真の「敵」は「戦争それ自体」であるとし、[11] 柄谷行人は「帝国主義あるいはその段階に達した資本主義」と評している。[12] これらの論において、モリス、柄谷ともに「敵は〇〇である」という解答／一なる「真実」を志向していることは明らかであるが、ところで論者たちによるこれらの解答は果たして何が正解／「真実」であるだろうか。『俘虜記』において「敵はほかにいる」という言説がなされた後、結局のところ「敵は〇〇である」といった明確な解答は示されることはない。ならば「敵」は「国家」であり「戦争それ自体」であり、あるいは「資本主義」であるといった数々の解答について、その真偽を判断することはそもそも可能なのであろうか。

連作『俘虜記』執筆中に大岡が発表した「襲撃」（『新小説』一九五〇・五）は、まさにこの「敵」をめぐる「真実」の問題を考察する上で示唆的なテクストであろう。そこにおいて語り手の「私」は、演習中の日本軍の同僚を「敵」（米兵）と「誤認」する。

部隊の一部が演習に出ていた。不意に「敵襲」の声を聞いた。窓外を見ると二個の人影が椰子の間から近づいてくる。

それは実際は演習の終りに兵舎を仮想敵として帰って来る僚友達であり、留守隊の下士官も予めしめし合わせてあって、「敵襲」をかけて二重の演習を行う段取りだったのである。

日本軍の服装をしたその人影を何故私が「敵」と思ってしまったか。無論恐怖から対象を認識し損なったには違いない。私の眼に入ったのはたしかに日本軍の緑色の服を着、戦闘帽を被った人影であったはずである。

（略）こういう感覚的錯誤は「敵」というものと何の関係もない。兵は少し馴れれば対象を見誤ることなぞあるまい。或いは対象なぞ誤認する暇もないかも知れない。

ここで「私」は、同僚の日本兵を「敵」と思ったのは「恐怖から対象を認識し損なった」からに過ぎず、不慣れな故の「誤認」「感覚的錯誤」である、とする。ところで『俘虜記』においては、「日本兵」＝「敵」という認識を「誤認」とみなす「米兵」＝「敵」という概念もまた、「私」にとっては選ばされた言説に過ぎず「誤認」であった。ならば、「日本兵」を「敵」とみなしてしまう対象認識は「誤認」と断言できるものであろうか。そもそもある対象を「敵」と決定することが不可能であるならば、何を「誤認」とすれば良いのだろうか。即ち、「日本兵」＝「敵」という言説を「誤認」と規定する「米兵」＝「敵」という等式がもはや「真実」ではなく「誤認」であり、さらに「米兵」＝「敵」という認識を「誤認」とみなすが故に生じる、「敵はほかにいる」という言表において「真実」の「敵」が示されることがないのであれば、その後に――読み手も巻き込みつつ――なされる「敵は〇〇である」という言説は、果たして「真実」あるいは「誤認」と断言し得るのだろうか。つまりこのとき、例えば「国家」や「資本主義」といった様々なる「敵は〇〇である」という言説は、そのつど「真実」であり「誤認」であり、あるいは常に事後的に「誤認」や「イリュージョン」へと化す可能性をはらんだ「真実」なのである。

このように、『俘虜記』において「なぜ米兵を撃たなかったか」という問いはそうした個人の言動と社会／国家との因果関係を暴き出す言説へと至るが、一方でそれが「敵は何ものか」という問いを喚起するとき、そこにおける「敵は〇〇である」という「真実」は常に「誤認」とみなされる危険性を有した「イリュージョン」に過ぎないことが示唆されている。ならば結局のところ、『俘虜記』で提示されているのは唯一なる「真実」の不可能性という問題であろうか。

だが『俘虜記』において「誤認」が果たす機能はそれのみに留まらない。その問題が露呈されるのが、『俘虜記』各章に付されたエピグラフである。

4 「わけだ」と「はずだ」

『俘虜記』には他の文学テクストから様々に引用されたエピグラフが付されているが、[13]その中でも創元社版『新しき俘虜と古き俘虜』に掲げられた「或る監禁状態を別の監禁状態で表わしてもいいわけだ」というエピグラフは、『俘虜記』初版全体のエピグラフとなった。これはカミュの『ペスト』冒頭に挿入された、デフォーの『ロビンソン・クルーソー漂流記』からの引用であったが、しかしこのエピグラフはその後削除されることとなる。

カミュは『ロビンソン漂流記』で有名なデフォの、次のような句を、その作品のはじめに出していました。「ある種の監禁状態を他のある種のそれによって表現することは、何であれ実際に存在するあるものを、存在しないあるものによって表現することと同様に理にかなったことである」（宮崎嶺雄氏訳）（略）僕はカミュからのまた借りで、「ある監禁状態を別の監禁状態で表わしてもいいわけだ」とやった。（略）カミュの仏文はほとんど逐字訳ですし、宮崎さんもそれを忠実に直訳された。ただおしまいについてる感嘆符が曲者で（仏文にはこれがない）全体が明白な反語になっていることを「対外文学委員会」は発見されたのです。つまり「存在するものを、存在しないもので表現することと同様に、理にかなったことである」というのは、「それほど不合理」だという意味だったのです。

（「八年間の誤解――カミュの「監禁状態」について――」『朝日新聞』一九五八・七・一八）

「対外文学委員会」の進言により、『ペスト』の言葉は「ある監禁状態を別の監禁状態で表わ」すことが「それほど不合理」だという意味であったことが判明する。即ち、その引用である「或る監禁状態を別の監禁状態で表わしてもいいわけだ」というエピグラフの言葉は「真実」ではなかった、大岡はそれを「真実」であると「誤認」した、となるのである。以後大岡はエピグラフを抹消することによって「いいわけだ」という「真実」を否定し、あるいはその「誤認」は隠蔽されることとなった。だがこのエピグラフをめぐる逸話は、後にさらなる展開をもたらす。引用した言説の初出である『ロビンソン・クルーソー漂流記』第三巻の序文を自ら確認した大岡は、エピグラフの意味は当初のもので正しかったという認識に至るのである。

「これらすべての反省は正にある強制された監禁状態の歴史である。それは私の実話では一つの島へ避難し、監禁されたことによって表現されている。そして何であれ、一つの種類の監禁状態を別のもので表現する(represent)のは、現実に存在するものを、存在しないものによって表現することと同じように理に適った(reasonable)ことなのである」

これが前後の文脈からいって、肯定的なのは明瞭だと思う。『疫病年代記』にあるという同じ句はまだ見付けられずにいるが、とにかくこれで私は八年間の正しい読み方の次に、二十年の余計な錯覚から解放されたわけである。例のエピグラフはこれからの文庫本で復活させるつもりである。(「二重の誤解」『新潮』一九七九・二)

今度は、「或る監禁状態を別の監禁状態で表わ」すことは「不合理だ」という「対外文学委員会」の言説は「真実」ではなかった、大岡はそれを約二十年もの間「真実」であると「錯覚」「誤認」した、即ち「いいわけだ」こそがやはり「正しい読み方」/「真実」であったことが判明する。だがこの「二重の誤解」は、「或る監禁状態を別の監禁状態で表わしてもいいわけだ」という当初のエピグラフを、唯一の「真実」として回帰させるものとはならなかった。エピグラフが再録された『大岡昇平集　1』（岩波書店、一九八三・一）以降の『俘虜記』において、このエピグラフは以下のように改稿されるのである。

或る監禁状態を別の監禁状態で表わしてもいいはずだ

デフォー

大岡はこの改稿を、デフォーの本文の「文意に適す」が故のものであると述べているが、[14] ともあれ「いいわけだ」を「いいはずだ」へと変換するという実に瑣末な改稿がなされた結果、「或る監禁状態を別の監禁状態で表わ」すことは「真実」か否かという問題は、「或る監禁状態を別の監禁状態で表わしてもいいわけだ」という当初の「真実」へと――それを唯一の「真実」とみなして――回帰することはなく、「いいわけだ」が約二十年にあっては「真実」たり得なかったことをあらわにするのである。そしてこのとき、「不合理」あるいは「合理的」、「わけだ」と「はずだ」といった複数の、常に「誤認」となる可能性を抱え込んだそのつどの「真実」が生じることとなるのだ。

ところでこのような「真実」は実のところ、「なぜ米兵を撃たなかったのか」と問い続ける『俘虜記』前半における「私」の書記行為の最中にもあらわれているものではなかっただろうか。既に示した通り、「なぜ米兵を撃たなかったのか」という問いに対して提出される様々な仮定は全て非十全たる解答であるとして、「私」自身によって退けられる。しかし例えば、「タクロバンの雨」において「神の摂理」「神の声」という一つの仮定を提出した「私」は、それを「自己流の神学」に過ぎないと断言する一方で、「その事件（米兵を撃たなかったという事件――引用者

注）の記述」を「神」という「無稽な観念をもって飾るという誘惑」に抗し切れず、その「誘惑」をかなえるのに「一層適切な句」である『歎異抄』の言葉を「作品のエピグラフとした」と記しているのである。事実、まさに「タクロバンの雨」の記述以前に読み手に提示される「捉まるまで」――即ち初出「俘虜記」（『文學界』一九四八・二）――には、「わがこゝろのよくてころさぬにはあらず　歎異抄」というエピグラフが掲げられているのだ。このとき、「わがこゝろのよくてころさぬにはあらず」という言葉は、「私」がそれを見出すきっかけであった「神の摂理」という概念が「誤認」とみなされているにもかかわらずエピグラフとして用いられているのであり――しかもこのエピグラフは、読み手が「捉まるまで」と「タクロバンの雨」を一挙に読むことが可能な単行本刊行以降も削除されることはない――、さらにこのエピグラフが冒頭に掲げられているにもかかわらず、「捉まるまで」においてはむしろ「わがこころ」の「原情景」それ自体の分析に大半が費やされることとなるのである。ならばここで、「私」の「なぜ米兵を撃たなかったのか」という問いは、単にその解答不可能性へと陥るものとしてのみ示される言表ではないことは明らかだろう。むしろ「私」の書記行為は、そのような唯一の「真実」の不可能性を通過した上でなおも「なぜ米兵を撃たなかったのか」と問うことによって、常に事後的、あるいは遡及的に「誤認」とみなされる可能性をはらんだ複数の「真実」――例えば「父親の感情」や「神の摂理」――を増殖させているのである。

5　「リアリズム」と「真実」

本章ではこれまで、『俘虜記』における「真実」をめぐる問題について考察してきた。ところで大岡は既に戦前、「真実」というものについて次のような言説を残している。

表がある。一つの嘘を吐いたものは次々と嘘を吐くことを強要される様に、表は次の表を強要し、表の数はどん〱殖えて行く。しかしその裏は大抵の場合一つである。従つてリアリズムの方法として、表の数を並べるよりはいきなり裏を見せて了つた方が、表の方は少し位数が足りなくつても強い現実感は毀れないものである。かうして多くのリアリストは真先に裏を狙ふのである。仮面は剝がれる。被つてゐればこそである。剝がれた仮面は用捨なく棄てられる。しかし或は棄てられた仮面にくつついて、剝ぐ人の残虐な手を呪ひつゝ、小さな真実が血を流してゐるかも知れないではないか。この手を責めるには当らない。或はこれは物の拍子といふものかも知れないし、元来この手は剝ぐことよりほかは出来ない手である。しかしこの手から洩れる一つの真実があるといふこと、此処に私は諷刺といふこの残虐な手段をよそにして、別のリアリズムを想定することが出来るのである。

（「「リアリズム文学の提唱」に就いて」『作品』一九三四・三）

ここで大岡は、様々な対象の「裏」にある「一つ」の「真実」を突き止めるものこそを「リアリズム」の特質としつつ、「裏」を言表するために引き剝がされた「表」の「仮面」にも「真実」はある、とする。もちろんこの「表」は、「仮面」としての「表」である限り決して唯一無二の「真実」たり得ないものであろう。にもかかわらず大岡が唯一の「裏」の「真実」を暴露することではなく、むしろ「仮面」を引き剝がすという行為において生じる「この手から洩れる一つの真実」に「別のリアリズム」の可能性を想定するとき、その「リアリズム」とは、例えば『俘虜記』において「敵はほかにいる」と記したときのように、あるときは「日本兵」や「米兵」であり、または「国家」や「軍部」となり、あるいは読み手においては「戦争それ自体」や「資本主義」と読み解かれるような複数の「敵」、常に「誤認」の可能性をはらんだ「表」としての「真実」を「どん〱」増殖させるものとなるのである。

もちろんそこでの書記行為とは、決して語り手の「快楽」的な表象と同義ではない。これまで確認したように、読み手が『俘虜記』の「敵」を「戦争それ自体」や「資本主義」であると解釈したのは、「敵はほかにいる」という記述が語り手の言動それ自体を規定する力――例えば「国家」――を示唆するに他ならなかったからである。とすれば『俘虜記』の記述とはまさに、「表」としての「真実」が増殖するように言葉や思想が一つに留まることなく生成変化することを求めながらも、「ほかにいる」「敵」を示唆することによってそうした言葉が「無政府状態」に陥ることは忌避する、大岡の「散文」観のあらわれだった、とみなし得るのだ。

このとき、『俘虜記』におけるこのような「真実」の増殖／生成のありようと、本書第一部で分析してきたキリスト教入信以降の椎名文学における「ほんとう」の断片化との間に、相似性を見出すこともできるだろう。だがそれでもなお、両者にはやはりある差異が存在する。例えば本書第六章で論じたように、椎名のテクストにおける「ほんとう」の分裂は、「美しい女」という唯一絶対的な「自由」「ほんとう」が到来したにもかかわらず、その後になおもなされる書記行為によって不可避的に生じるものであった。だが『俘虜記』が明らかにしたのはむしろ、そのような唯一絶対の「真実」は常に既に不可能であるという前提を通過した上で、なおも「誤認」や「イリュージョン」に付きまとわれる「真実」が次々と増殖する事態なのである。

とすれば両者のテクストはともに「真実」の複数化・断片化という問題に触れつつも、それを生じさせる記述・思考は別種のものであったと言わねばならないのだ。くり返すが、椎名のテクストにおいて「ほんとう」の分裂は、あくまでも弁証法運動の終結点としてあるかのように到来するイエスの「復活」の後、その唯一絶対の「ほんとう」を敷衍させようとする運動において、その目論見とは裏腹に生じてしまう――その結果、弁証法の運動自体を逸脱してしまう――ものであったが、一方で大岡のテクストではそのような絶対的「真実」の到来は戦争記述の当初からいささかも問題とされていないのである。ならばこのとき、大岡のテクストにおける書記行為はいかなるものとして存在するのだろうか。『俘虜記』発表の後、大岡は自らの戦争体験を「書く」という行為について以下のように記すこととなる。

ただ私は「書く」ことによってでもなんでも、知らねばならぬ。知らねば、経験は悪夢のように、いつまでも私に憑いて廻る公算大である。そして私の現在の生活は、いつまでも夢中歩行の連続にすぎないであろう。あの過去を、現在の私の因数として数え尽すためには、私はその過去を生んだ原因のすべてを、私個人の責任の範囲外のものまで、全部引っかぶらねばならぬ。

（「再会」『新潮』一九五一・一二）

大岡はここで、全てを知るがための「書く」行為は「個人の責任の範囲外のものまで、全部引っかぶ」るものである、とする。もちろんその「範囲外」には、例えば米兵＝「敵」であることを「私」に強制した「国家」など、個人の言動を規定する社会、それとの因果関係が存在するだろう。ところで『俘虜記』において「書く」行為は、読み手に対して次々と解答を提示する、あるいは読み手自らが問いに答えることを強要する「なぜ米兵を撃たなかったのか」や「敵はほかにいる」といった言表を生み出し、また『ロビンソン・クルーソー』の原本やカミュの『ペスト』、「対外文学委員会」といった他者の言説を巻き込みつつなされるエピグラフの改稿をもたらしていた。とすれば『俘虜記』は、改稿過程において生じる複数の『俘虜記』と呼ばれるテクストのみならず、「対外文学委員会」などの他者の言説、さらには「敵は〇〇である」といった読み手の批評を、「誤認」に満ちた「真実」――「表」の「真実」――として「全部引っかぶ」るものとなるのであり、あるいはそれらを社会的因果関係の中に組み込みつつ「全部引っかぶ」るための「書く」行為によって、ますます「真実」および「誤認」は複数化されていくのである。ならばそのように「書く」たびに増殖し肥大化していく「真実」を大岡はいかに処理する――あるいはしない――のだろうか。[15]『俘虜記』以降の大岡のテクストは、この問題を常に抱え込むこととなるのである。

注

（1）大岡は後に柄谷行人との対談「「政治化した私」をめぐって」（『文學界』一九八五・九）においても、「戦後の椎名麟三の転向文学」に対して「なぜ戦後また、あんなことをいまさら言わなきゃならないのか。もう、全然わかんなかったですよ」と述べた上で、「だからぼくは、第一次戦後派はわからなかったと言ってもいいね」と断じている。

（2）大岡昇平「記録文学について」（『夕刊新大阪』一九四九・一二・二〇〜二一）

（3）『〈合本〉俘虜記』は、『俘虜記』（創元社、一九四八・一二）、『続俘虜記』（創元社、一九四九・一二）、『新しき俘虜と古き俘虜』（創元社、一九五一・四）をまとめ、一九五二年一二月に創元社より刊行された。本書では原則としてこの合本を『俘虜記』とした。なお、『俘虜記』は初出から『大岡昇平全集　2』（筑摩書房、一九九四・一〇）所収のテクストに至るまでに幾度か改稿がなされているが、この問題については後述する。

（4）辻邦生「大岡昇平とスタンダール」（『國文學　解釈と教材の研究』一九七七・三）

（5）大岡昇平のテクストにおける「恐怖」という感情それ自体を分析したものとして、花﨑育代「大岡昇平『俘虜記』――〈恐怖〉と呼びたくない情念――」（『国文目白』一九九一・一一、『大岡昇平研究』双文社出版、二〇〇三・一〇所収）が挙げられる。

（6）絓秀実「言葉という影へ」（『群像』一九八一・八、『複製の廃墟』福武書店、一九八六・五所収）

（7）三浦雅士「絶対的あいまいさ――大岡昇平の世界――」（『文學界』一九八三・一〇）

（8）この問題について、例えば城殿智行は「吐き怒る天使――大岡昇平と「現在形」の歴史――」（『早稲田文学』一九九九・一一）において、絓や三浦の論は歴史に「真実」を求める思考を裏返しているに過ぎず、「そこでは歴史の（不可能な）真実が、虚焦点としてやはり超越化されている」と批判している。

（9）この問題については、野田康文「大岡昇平『俘虜記』の創作方法──背景としての記録文学──」（『日本近代文学』二〇〇四・一〇、『大岡昇平の創作方法──『俘虜記』『野火』『武蔵野夫人』』笠間書院、二〇〇六・四所収）などで詳細に論じられている。

（10）「生きている俘虜」の「背中に光を負った一人の俘虜」の映像ならびに「真実のイリュージョン」という語に関しては、「わが文学を語る」（『夕刊新大阪』一九四八・一二・六〜七）において大岡が、「一兵士として経験した比島の敗軍と俘虜生活の記録」を書くときの「記憶の不正確、或いは不十分」という問題を提示した上で次のように記している。

さてこの場面は色々と書き方があります。まず第一はごく素朴に場面だけを叙し、その際の自分の心理は全然書かないことです。（略）第二は水を汲みに行って振り返って愕然とした、という風に、想像上の行為を事実として叙する方法です。（略）第三は、光景を叙し、同時にそれを思い出しながら前述のように僕の色々考えること、これを全部ぶちまけてしまうことです。これは説明的になって、ロマネスクな興味はありませんが、僕の場合一番真実に近いと思われる、だから色々非難を受けながら、僕は原則としてこの最後の方法に拠っています。

しかし時々前の二つの方法を併用することもあるのを白状しておきます。最後の方法だけではあまりくどくなるのと、前の二方法によるロマネスク風の興味を、ところどころ最後の方法に拠って破ることにより、一層真実のイリュージョンを与えるという効果をねらっているわけです。

（11）アイヴァン・モリス「「野火」について」（武田勝彦訳、『海』一九六九・八）

（12）柄谷行人「『俘虜記』のエチカ」（『大岡昇平全集　2』筑摩書房、一九九四・一〇「解説」）

（13）樋口覚は「誤解の王国――『俘虜記』序説」（『ユリイカ』一九九四・一二）において、これらのエピグラフは「他者の作品からとりわけ作者が気に入り、あたかも秘蔵していた大切な文を抽出して、これから展開する本文に対しある干渉作用をもたせるためのもの」であり、大岡が「愛着する他者の引用による本文への予備的な注釈であり、その干渉の波及」である、としている。

（14）前掲の岩波書店版『大岡昇平集　1』に所収された「作者の言葉」において大岡は、本文内容の改稿については「すべてを初出に近く、時代の息吹き、筆者自身の切迫した気持を反映したスタイル、つまり漢文調を残すために、もとへ戻しました」と記し、エピグラフの改稿については「デフォーの本文を見て確認し、また採用」したと述べた上で、「それまでは「わけだ」になっていましたが、「はずだ」の方が文意に適すので、本書より改めました」と記している。

（15）平岡篤頼は「反復と拡散」（『文藝』一九七八・一）「円環と眩暈」（同前、一九七八・二）などにおいて、大岡のテクストにおける書記行為と散文の肥大化の問題について論じている。

第九章　「二十世紀」の「悲劇」——大岡昇平『武蔵野夫人』論——

1　『武蔵野夫人』の背後

かつて福田恆存は「「武蔵野夫人」論」（『群像』一九五〇・九）の中で、大岡昇平『武蔵野夫人』[1]における登場人物の言動に対する語り手の過剰な挿話表現を指摘した上で、次のように批判した。

こんなふうに心の動きをいちいち規定されてしまつたのでは、登場人物はどうにもかうにも身動きができないではありませんか。ちよつとでも隙を見つけて、この作者の投げた網の目から脱出しようとすると、あにはからんや、俊敏な作者はすでにそこに待ちうけてゐて、おまへの下心はかうだと説明してやる。

ここで福田は、「心の動き」を「規定」し「説明」する「作者」によって『武蔵野夫人』の登場人物は「身動き」ができなくなっていると評している。そしてこのような批判は以後『武蔵野夫人』論の一典型となった。例えば谷田昌平は、登場人物の感情や心理が「説明的に外部から」描かれているこの小説では「作中人物はほとんど生きて動く機会」がないとし[2]、あるいは青木健は、登場人物は「一種の精密な機械のように、作者の懐疑する精神によって分解されてしまう」と述べる[3]。彼らはいずれも、『武蔵野夫人』の背後に小説を形成する「作者大岡昇平」の姿を読み取り、その存在感故に小説にもたらされる強固な図式性と、登場人物の「身動き」を欠いた「精密な機械」のごとき虚構性を批判しているのだ。

このように様々な論者が絶えず小説の背後に「作者」を見出すとき、それはまた「作者」が小説を書く動機や手法などへの興味にも接続していくだろう。例えば小林秀雄は、「作者の用ひた手法はレエモン・ラヂゲのものに大変よく似て」おり、「恐らく「ドルヂェル伯の舞踏会」は、「武蔵野夫人」を書く時、作者の念頭を去らなかつた範形だつたであらう」と記し[4]、また福田恆存は前掲論において、ティボーデの「ロマネスクについて」「ロマネスクの心理」という二つの論文が大岡の脳裏を「ちらついてゐた」に違いないと断じる。なるほど『武蔵野夫人』のエピグラフには、『ドルジェル伯の舞踏会』（以下『ドルジェル伯』）冒頭の一文、「ドルジェル伯爵夫人のような心の動きは時代おくれであろうか／ラディゲ」が掲げられているし、また作中の人間関係に両者の類縁性を見ることもできる[5]。あるいは「『武蔵野夫人』の意図」（『群像』一九五〇・一一）において大岡自身が福田の評に応答し、ティボーデの『小説考』は「愛読書の一つ」であり、彼が『ドルジェル伯』を評した「象牙と象牙のかちあう乾燥した音」という言葉が「『武蔵野夫人』の出発の合図」であったと語るとき、『武蔵野夫人』に様々なフランス文学テクストの影響を見る論考はますます説得力を有することとなる。そしてこういった言説こそが、やがて『ドルジェル伯』や『小説考』を越え、例えばその題名から国木田独歩の『武蔵野』との関係性を述べ[6]、あるいは大岡のフランス文学研究者・翻訳者という一面からそれに関連した諸テクストとの相似性や差異を見るといった論考を生み出す範型となるのである[7]。

このように、『武蔵野夫人』を論じる多くの評者は、その背後に「作者」といった小説を構築する存在や幾多の既存の文学テクストを参照せざるを得ない。それはまた、『武蔵野夫人』に描かれる登場人物や様々な事象、さらには小説それ自体を虚構として捉え、その自立性・自己充足性を否定することでもあるだろう。即ち登場人物各々は「作者大岡昇平」によって「つくられたもの」に過ぎず、その「作者」によって構築された『武蔵野夫人』という小説もまた、様々な所与の文学テクストの影響の下で、あるいはそれらの模倣によって初めて「つくられたもの」である、と言うように。しかし『武蔵野夫人』とはそもそも、「作者」や既存の文学テクストの存在などを読み手に喚起させることをあたかも目論むかのように、テクスト内の様々な事象があらかじめ「つくられたもの」としての性質をあらわにしている小説である、とも考えられるのである。

2　演じられる「役割」、つくられた「自然」

「土地の人は何故そこが「はけ」と呼ばれるかを知らない」（第一章「はけ」の人々）と書き出される『武蔵野夫人』の舞台は、中央線国分寺駅と小金井駅の中間、国分寺崖線が広がる武蔵野の一角である。そこに居を構える元鉄道省事務官の宮地信三郎は物語が展開される前年の一九四六年に死去しており、彼が残した家には娘の道子とその夫の秋山忠雄が暮らしている。近くには道子の従兄である大野英治とその妻富子、一人娘の雪子が住んでおり、さらにこの人間関係の中にビルマから復員した道子の甥である勉が加わり、彼は道子と恋仲になっていく。

このような登場人物によって構築される『武蔵野夫人』という小説において、まず注目すべきは次のような言説である。

　彼女（道子——引用者注）は不意に自分の周囲が、それぞれ役割を務めている人達ばかりで、充たされていると感じた。秋山と大野は夫を演じ、富子もその常習の媚態に拘らず、結局大野との夫婦生活を大事にしている点で、妻を演じている。

死んだ父親は家長を演じていた。父の衒学的なストイシスムとシニスムは、演戯の退屈をまぎらわすための気取りだったろう。

（第十章　夫の権利）

道子は自らを含めた『武蔵野夫人』の登場人物たちが全て何らかの「役割」を負っており、それを「演じている」ということを発見する。そこでは、例えば大野と富子の「夫婦生活」も父親である宮地老人の「ストイシスムとシニスム」も、「夫」「妻」「家長」といった所与の「役割」を演じること、あるいはその「演戯」の「退屈」を紛らわせるためのものに他ならないのだ。

このような、周囲の人物各々が何らかの「役割」を「演じている」という概念は、他の登場人物にも様々な形で浸透する。例えば小説の後半部で一旦「はけ」から離れた勉は、次のような考えに至る。

「はけ」は遠い舞台面のように思われる。古い武蔵野の静かな樹と家の間に、人物が影絵のように動いているだけである。あそこには生活がない。

（第九章　別離）

勉は「はけ」という場を、「人物が影絵のように」動く「舞台面」であり、そこには「生活がない」とみなす。ここで勉は、前述した通りやがて多くの『武蔵野夫人』論で示されることとなる、登場人物が「実感の乏しい存在」であるといったテクストへの批判を、既に小説内で先取りしているかのようだ。

また、富子に対する興味は「スタンダール耽読」者の「趣味」に過ぎないと語り手に断じられる秋山は、一方で幾度となく勉に「スタンダールの若い主人公」の姿を見て取る。秋山の人物造形については、その徹底的な「俗流スタンダリアン」としての描写が図式的に過ぎるといった批判も多く見られるが、そのように露骨なまでに戯画化されている秋山自身もまた、勉が「「日本の」ジュリアン・ソレル[8]」という「役割」を担っていることを、読み手にはっきりと意識させるのである。

このように『武蔵野夫人』の登場人物は、あたかも後の多くの論者の指摘を予期するかのように、構築された「役割」や他の文学テクストの存在を自らの背後に見出す。彼らは自分たちが常に誰か、あるいは何かによって形成された存在であり、その「役割」を『武蔵野夫人』という「舞台面」で「演じている」ことを明確に自覚しているのだ。

さらに『武蔵野夫人』においては、登場人物の言動や心情もそうした前提の下で記されている。例えば「第五章　蝶の飛翔について」では、語り手は道子と勉の恋愛が「文明の産物」であると述べるのであり、また「第十三章　秋」においては、離婚に応じない道子に対して秋山が、彼女の結婚の「神聖」化は「外国種の観念」の移入によってもたらされたものに過ぎないと断じる。『武蔵野夫人』においては登場人物の恋愛感情や結婚観もまた、各々の完全に自発的な心情たり得ず、「文明の産物」「外国種の観念」など既存の概念の影響下で「つくられたもの」なのである[9]。

ところで『武蔵野夫人』について、「はけ」をはじめとする武蔵野やその周辺の山河に対する美的描写の多さ故に、そのような「自然」を何らかの隠喩的な記号とみなす論考はこれまで多くなされてきた。以下のような描写はそうした論の根拠となる一例と言えよう。

晴れた日の夕、相模湾の向うに富士が見えた。（略）この日本群島を横断する大地裂線から噴出したコニーデ火山が、こういう優美な円錐形を作ったのは、長い地質時代を火口の位置を変えず、おもむろに溶岩と火山礫を噴き上げ続けて来たからであるのを、勉は宮地老人の蔵書によって知っていた。自分の恋もそれほどの忍耐と持続があれば、いつか実現する手段と機会があるかも知れない、と彼は思った。

（第六章　真夏の夜の夢）

小説冒頭部で、宮地老人が「はけ」の土地を買い取った理由が「富士が見えることであった」と記されているように、富士山が『武蔵野夫人』において特権的な地位を占めた「自然」であることは確かである。勉はその富士に、自らの恋の「忍耐と持続」を照射する。ここにおいて、勉にとっての富士は道子に対する「不変の恋」の隠喩的な記号となっているとひとまずは言えよう。

しかしこのような「自然」もまた、『武蔵野夫人』における「つくられたもの」の体系から逃れ得るものではない。

かつて自分の恋の不変の姿と映じたこの美しいコニーデ火山も、今は彼にその死を聯想させた。あの山がこんなに均整のとれた円錐形を示しているのは、火山が幼いからだ。地質時代を経れば、あれもやがて開析されて低くなり、蟹の這いつくばったような醜い岩山になってしまうであろう、と考えて勉は楽しまなかった。

ちぇ、富士が蟹の形になるまで一体俺が生きられるとでも思ってるのか。そんな幻想が俺に何の役に立つ。彼は初めて復員後彼に憑いていた地理的興味が一種の感情的錯誤ではないか、と疑った。

（第十三章　秋）

ここにおいて勉は、かつては自らの「不変の恋」の象徴とみなした富士を見て「死」を連想しており、さらにはそのような連想をもたらす自身の「地理的興味」は「一種の感情的錯誤ではないか」という考えに至る。そして引用部の直後に彼は、自らが愛した「武蔵野の林」は「代々の農民が風を防ぐために植えたもの」、即ち「つくられたもの」に過ぎなかったと断じることとなるのである。

このように勉が「自然」に対する愛情を「錯誤」としたとき、そこに「暗喩そのものの解体」[10]を見て取ることは容易であろう。しかし、『武蔵野夫人』において美的な「自然」とは結局「つくられたもの」に過ぎないことは、既に小説前半部で明示されてはいなかったか。

「山林に自由存す」と歌った明治の詩人の句が思い出された。しかし熱帯の山林を独り彷徨したことのある彼は、自由がいかに怖ろしいものであるかを知っている。明治の詩人にとって瞑想を伴奏する楢椚の快い緑の諧調も、今彼は薪の材料としか映らないのである。人間の手を加えずしてこれほど楢ばかり密生するとは考えられない。

（第四章　恋が窪）

「自然」を美的鑑賞の対象として捉える勉は幾度となく「はけ」の周囲を歩き回るが、そこに見られる雑木林が「人間の手を加え」たものであることを、既に彼は知っている。勉の「武蔵野」鑑賞はかつての独歩のそれといささかも同じではない。彼が美観とみなすものは決して手付かずの「自然」などではなく、あくまで人の手によって「密生」させられた楢林のごとき、「つくられたもの」としての「自然」なのである。

あるいは武蔵野の「自然」の美を人工的な産物とみなすのは、勉のみではない。

「はけ」の下道から、斜面の上を通る道に跨がる宮地老人の土地は、老人の奇妙なペダンチスムによって、他の家のように門を駅に近い上道に持っていなかった。「ここはもともと南の多摩川の方から開けた土地だ。神社も寺もみな府中の方を向いているだろう。それが自然に従うというものだ」と彼はいっていた。

（第二章　復員者）

「自然に従う」ことを「ペダンチスム」とする宮地老人は、自らの家の門を「駅に近い上道」に作ることを忌避する。しかし彼が言う「自然に従う」とは、武蔵野の土地がかつて「南の多摩川の方から開けた」という事実に忠実に、「府中の方」を向くことに他ならない。宮地老人が考える武蔵野の「自然」とはあくまで人の手によって開かれたものなのであり、そのさらなる模倣こそが、彼が考える「はけ」のあるべき「自然」なのである。『武蔵野夫人』においては、周囲の美的な「自然」さえもが人工的な産物としてあるのだ。(11)

3 「起源」をめぐって

『武蔵野夫人』において登場人物各々やその心情、あるいは周囲の美的な「自然」は、常に人工的な産物としてある。ところでこれらの「つくられたもの」とは、いつ、誰あるいは何によって「つくられた」のか。例えば登場人物については、読み手は彼らの背後に「作者大岡昇平」の姿を見出し、「『武蔵野夫人』ノート」などの存在も鑑みつつ、彼が小説を記述するまさにそのときに「つくられた」とみなし得るだろうか。しかし既に見たように、『武蔵野夫人』それ自体や登場人物の造型の背後にはまた、『ドルジェル伯』やスタンダールの諸作品といった複数の既存のテクストが存在しているのである。また「自然」についても、『武蔵野夫人』においては武蔵野の原生林が既に失われていることは記されていても、ならばいつ、いかにして人の手が加えられたのかということ、即ち現存する「つくられたもの」としての「自然」の起源に関して触れられることは遂にない。換言すれば、登場人物の造型においても武蔵野の「自然」においても、それら「つくられたもの」の単一なる「起源」についての記述を『武蔵野夫人』はあらかじめ欠いているのだ。

この問題をさらに考察する上で、『武蔵野夫人』における「名」をめぐる言表は示唆的であろう。「第四章　恋ヶ窪」において勉とともに「はけ」の野川の水源探索を試みる道子は、そこで初めて彼への恋愛感情を自覚する。しかし水田にいる「中年の百姓」によってその探索場所の地名が「恋が窪」であることを知らされるまでは、彼女にとってその感情はあくまで「恋に似ている」ものに過ぎない。道子の「恋」とは主体的に生成されるものではなく、「恋が窪」というあらかじめの地名が与えられた上で事後的に「恋」とみなされるものなのだ。とすればこのとき、「つくられたもの」としての登場人物たちは同時に、「名」に支配された存在でもあるとひとまずは言えよう。ところで『武蔵野夫人』とは、そもそも「名」に関する記述から始められるテクストではなかったか。

土地の人は何故そこが「はけ」と呼ばれるかを知らない。

（第一章　「はけ」の人々）

『武蔵野夫人』冒頭に示されているのは、小説の主な舞台となる「はけ」という地名の由来を現在の住民は忘却しているという事実である。そこで語り手は、その「起源」への遡及を試みることとなる。

斜面の裾を縫う道からその欅の横を石段で上る小さな高みが、一帯より少し出張っているところから、「はけ」とは「鼻《はな》」の訛だとか、「端《はし》」の意味だとかいう人もあるが、どうやら「はけ」は即ち「峡《はけ》」にほかならず、長作の家よりはむしろ、その西から道に流れ出る水を溯って斜面深く喰い込んだ、一つの窪地を指すものらしい。

（同前）

語り手は「はけ」という地名の由来について、窪地という地形上の特徴から「峡」である、と仮定する。ところでこの言表はやがて読み手からの反論を呼ぶこととなった。『武蔵野夫人』発表後、大岡は岩手県の開業医である一読者から「はけ」に関する手紙を受け取ることとなるのだ。

（前略）貴著にある「はけ」は（略）鼻でも端でもなく、又御指定の「峡」では尚更ないと私は存じます。多分そのお家は小高い丘の上にあり、その小高い所についた名であると存じます。私はこの「はけ」はアイヌ語のPake「頭」から来たと解しております。（略）

僕が「はけ」を「峡」と考えたのは、柳田国男氏の一著に「峡」を「はけ」と訓してあったのを見たからでしたが、今手許にその本がありません。しかし色々考えて見て、どうやら右の木村氏の説に屈服するほかはなさそうです。

（「実在する武蔵野の〝はけ〟」『旅』一九五一・九）

「はけ」＝「頭」という読者の説に「屈服」した大岡はこの後、「はけ」に関する記述は「一小説家の空想」に過ぎなかった、と断じる。そもそもここでは、「はけ」＝「峡」という記述が語り手独自の仮説ではなく、「柳田国男氏の一著」というあらかじめのテクストに依拠したものであったことも明らかにされているが、ともあれ「はけ」＝「峡」という語り手の「起源」への遡及的言説は、ここで一旦誤りとみなされるのである。ところで、大岡がこの記述に関して参照したと思しき柳田國男『地名の研究』（古今書院、一九三六・一）を見てみよう。[12]「研究として興味のあるのは、その過半が地名そのものから、おおよそ発生の時期を推測し得られること」であると記していることからも、柳田にとって地名研究とは「起源」遡及への欲望に満ちたものであることは確かだが、そこで彼は「はけ」についていかに記していただろうか。

「四二　八景坂」において柳田はまず、「ハッケまたはハケは東国一般に岡の端の部分を表示する普通名詞である」と、『武蔵野夫人』の語り手が退けた「はけ」＝「端」という説を記す。だが一方で柳田はその直後、「武蔵には特にこれから出た地名が多い」と述べ、「小金井の字峡田《はけた》」や「田端の字峡附《はけつき》」など、確かに大岡の記憶の通り「「峡」を「はけ」と訓して」いる例を挙げているのであり、さらにその後には、「『バチェラア氏語彙』にはPake=the head（頭）サパ（頭）に同じとある」と手紙を記した読者と同様の説さえ紹介しているのである。即ち『武蔵野夫人』での「はけ」の記述の背後にある柳田のテクストにおいて、そもそも「はけ」という地名の由来は遂に決定不可能なものとされたままなのだ。とすれば『武蔵野夫人』冒頭で「土地の人は何故そこが「はけ」と呼ばれるかを知らない」と記されるとき、それは単に土地の住民の忘却を示すのみの記述ではない。それは小説を支配する「名」がその単一なる「起源」をあらかじめ欠いていることをあらわにしているのであり、だからこそ「はけ」という地名は、「峡」という語り手の仮説に収まることなく、「端」「頭」などの複数の「名」の「起源」が刻み込まれるものとなっているのである。

これまで見てきたように、『武蔵野夫人』において語り手はそのテクストが「つくられたもの」であることを露骨に示し、登場人物各々はあらかじめ構築された「役割」を「舞台面」で演じ続け、さらに「自然」は常に既に何らかの形で人工に侵食されている。そしてこれらの「つくられたもの」は、それがいつ、何によって「つくられた」かという「起源」を欠いており、それ故ときに複数の「起源」を——例えば小説の構成や人物関係においては「作者」の背後にある『ドルジェル伯』やスタンダールの諸作など数多の既存の文学テクストを、小説内の「はけ」という「名」においては「端」「峡」「頭」といった複数の由来を——有することとなるのである。

4　勉の「エネルギー」

テクスト内の幾多の事象、あるいは小説それ自体さえもが常にあらかじめ「つくられたもの」としてあるとともに、その単一なる「起源」を欠いている『武蔵野夫人』。では例えば以下のような勉の「兇暴な空想」は、そのような小説の体系といかなる関わりを持つのだろうか。

すべて今自分を窒息させる関係を、ぶち毀してしまいたい衝動を感じることがある。そしてそこに彼がビルマの戦場で経験したと同じ無秩序が生れれば、自分は生きることが出来るように思う。その時これら無力な人形共は、どうしていいかわからないであろう。

（第六章　真夏の夜の夢）

「世間」や「社会」こそが「道子への恋に対する障害」と考える勉は、ここにおいて「自分を窒息させる関係を、ぶち毀」すような「無秩序」の発生を欲する。さて、既に確認したように『武蔵野夫人』において勉がスタンダールの小説の主人公たちと相似性を帯びた存在であるならば、こうした勉の姿に宮廷の陰謀や公国の政治学という「障害」に抗し「エネルギー」を増幅させる『赤と黒』のジュリアンや『パルムの僧院』のファブリスを重ね合わせることは可能であろう。あるいは勉が欲する「無秩序」が「ビルマの戦場」と類比されるとき、彼の暴力的な観念を「復員者」特有のものとみなすこともちろんできる。確かに『武蔵野夫人』の小説内時間における民法改正前後の日本では、「復員者」＝「兇暴」「無秩序」という社会的イメージは浸透しており[13]、勉自身も、自らの額に「徒刑囚」のように「「復員者」と烙印されている」と感じている。しかし彼が周囲の人間を「無力な人形共」と断じるとき、その苛立ちは何よりもまず、『武蔵野夫人』の人々があらかじめ形成された「役割」を――例えば敗戦後の日本社会になじむことのできない「復員者」というような――無邪気なまでに演じていること、そのような各々の「役割」によって成立する所与の「舞台」の「秩序」に対して向けられたものではなかったか。

彼等（武蔵野の学生たち――引用者注）は多く共産主義を標榜していた。しかし「必要」を強調して、自己の退屈を正当化している彼等は、彼には滑稽に見えた。（略）もし我々が「必要」のみで生きるのでないならば、彼等が「必要」を主張するように、自分も恋を主張してもいいはずだ。そのため、「必要」から成り立っている社会の部分を無視してもかまわないはずだ。（第十三章　秋）

ここにおいて勉はまず、「共産主義を標榜」する多くの学生たちが全ての事象を「必要」に演繹していると指摘する。しかし既に述べてきたように、『武蔵野夫人』における様々な事象や登場人物の言動・心情が全て「つくられたもの」である以上、彼らが考える「必要」もまた、実際は自らがあずかり知らぬところであらかじめ決定されたものに過ぎないであろう。だからこそ勉が「「必要」から成り立っている社会の部分を無視してもかまわない」と述べ、自らの「恋」を「必要」に対峙させるとき、それは所与の「役割」を「必要」なものとして演じ続けることへの忌避に他ならないのだ。やがて彼の破壊欲望は、以下のような次元にまで達することとなる。

玩具のような取水塔があった。勉はこの塔の下部から取られた水が、広い武蔵野台地を縦横に走った導水管や浄水場を経て、さらに無数の細い水道管に分れ、無数の東京の家庭へ配られるさまを想像した。
勉はふとこの取水塔に毒を投げ込めば、東京都民を一挙に鏖殺出来るかも知れないと考えて、自分の考えに驚いた。

こんな空想が自分に浮ぼうなどと彼は予期していなかった。いかにもここから六里離れた沖積地に生活している東京都民の「必要」について、彼は何の関心も持たなかった。しかし何故自分が彼等を殺したらさぞいい気持だろう、などと思わねばならぬのだろうか。

「必要」を無視した自分の考えが、こういう兇暴な空想に行き着いたのをみて、彼は自分を怖れた。（同前）

勉は、武蔵野にある取水塔から網の目のように広がる水道管を経て水が都内全般に及んでいるさまを想像し、空想の中でそこに「毒」を投げ入れる。だがそのとき彼は、武蔵野から「六里離れた沖積地に生活している東京都民」の「必要」へと考えを及ぼすこととなるのだ。「必要」に絡め取られているのは武蔵野の人間たちだけではない。勉はかつて「はけ」を「遠い舞台面」のように感じ、そこでは「人物が影絵のように動いているだけである」としたが、「影絵」のように何らかの「役割」を演じているのは「東京都民」も同じなのであり、「舞台面」は――あたかも水が無数の水道管を経て「東京の家庭」へと浸透しているように――、社会全体を覆っているのである。それ故「必要」を無視して「毒」を投げ入れることは「つくられたもの」としての社会秩序そのものの転覆と同義なのであり、だからこそ勉は、そのような行為を欲する自らを「兇暴」とみなし「怖れ」るのだ。

だがここで注意すべきは、そのように自身の「兇暴」さを認識した勉は、取水塔に毒を投げ入れることは決してしない、という点である。そしてそれは結局のところ、『武蔵野夫人』における勉の「行動力」がスタンダール作品の主人公たち――ジュリアンやファブリスなど――と比した場合にあまりに不足している、というところに帰着するのではないだろうか。

例えば「第八章　狭山」では台風に遭遇した勉と道子がやむなく村山貯水池畔のホテルに一泊する場面が描かれ

るが、その夜勉にとって「長らく待ち望んでいたもの」が到来したにもかかわらず、彼は「それをしてはいけません、それだけはしないで」という道子の「魂の哭く声」を聞き、事に及ぶのを断念する。その後、「第九章　別離」で「やはりあの時躊躇すべきではなかった。あの時あの一線を越えておけば万事は変って来たろう」と悔いる勉は、「自分が本当にしたいと思うことは現代の社会では禁じられている」と自らを納得させようとするが、その考えは語り手によって「行動を欲しながら、実はそれを回避している自分の、一種の自己欺瞞にすぎない」と皮肉交じりに批判されるのである。ところで勉のこのような性格は、既に『武蔵野夫人』前半部で示唆されてはいなかったか。

しかしいかにも勉は上品な顔立と坊っちゃんらしい鷹揚さを持ってはいたが、それほどジュリアンやファブリスに似ていたわけではない。継子の不幸しか知らない勉にはエネルギーがなかった。（第三章　姦通の条件）

勉は実のところ、「それほどジュリアンやファブリスに似ていたわけではない」。そしてそうした勉に対して語り手は、「エネルギーがなかった」と断じるのである。

こうした勉の人物造形に対して、多くの論者は否定的な評価を下すこととなった。例えば『武蔵野夫人』刊行直後に開かれた座談会において三島由紀夫は、「「勉」が書ければほんとうのスタンダールの小説になる」はずであったが、「とうとう何も思うことはできないで、その純粋な行動性は小説の欄外に最後まで美しいものとしてとっておかれる」と語っており[14]、また大岡信は、勉は「無垢な魂はあっても、ファブリスやラフカジオの持っていた刺戟的に燃えさかる野心は持たず、したがって、周囲の社会に対して攻撃的に関わりを持つということもない」と述べている[15]。では、なぜ勉はこのように「エネルギー」を欠いた人物として描かれなければならなかったのか。それを考察するためには、本章でこれまで論じてきた「つくられたもの」としての『武蔵野夫人』の体系に対して、勉とともに道子がいかに振る舞っているかを見ていかなければならない。

5　「誓い」と「事故」

さて、勉と恋愛関係へと至り「姉弟といっていいほど」彼と酷似している道子は、『武蔵野夫人』においていかに振る舞っているのだろうか。これまで道子という存在は、しばしば「古風[16]」な、「慎ましい心の動き[17]」を有した人物などとみなされてきた。なるほど道子は、宮地老人いわく「元禄時代」の「美人の条件」である「少し胴が長すぎる」容姿を持ち、死に至る際も「盛装」を忘れぬ存在である。そして「はけ」での生活を「何の不足もない倖せ」と感じ最後まで宮地老人が残した家を売ることを拒む道子を、「滅びゆく自然の象徴としての武蔵野と対になる[18]」人物として捉えることはもっともであろう。しかし既に示したように、『武蔵野夫人』では「自然」は常に「人の手が加え」られたものとしてあり、彼女が守ろうとする宮地家もまたそのような人工的な「自然」のさらなる模倣物に過ぎないのではなかったか。とすれば『武蔵野夫人』において「滅びゆく自然」などはあらかじめ不在なのであり、故に道子と秋山や富子との対立を「古風」(手付かずの「自然」)と「新しさ」(人工)との対比として捉えることなど、そもそも不可能であるはずなのだ。

では改めて、『武蔵野夫人』において道子とはいかなる存在なのか。それを考察するためには、小説後半部において道子と勉とが執拗なまでに拘泥する「誓い」に注目する必要がある。

「ほんとはあたし道徳より上のものがあると思っているの」

「何ですか、それは」と勢込んで聞いた。

「誓いよ」

「誓い？」

「あたし達、ほんとに愛し合って、変らないことが誓えれば、そして誓いをいつまでも守ることが出来れば、世間の掟の方で改って、あたし達自分を責めないで一緒になる時が来ると思うの」（略）

「いつまで待てばいいんだろう」

「五年だか、十年だかわからないわ。一生かかってもいいはずよ」

「いいはずですね」と勉は殆んど絶望していった。

「あなた、誓ってくれて」

「誓います」


（第十一章　カメラの真実）

「はけ」に戻った勉に対して、道子は「一生かかっても」守るべき「誓い」を約束させる。とは言え勉はすぐさまその「誓い」を裏切る。「誓い」を立てたその足で大野家へと向かった彼はそこで富子を抱擁し、その肩へ手を掛けて写真に写るのだ。そして自らの行為を「誓い」の「冒涜」と考える勉は、一方で「「誓い」は一体何かの意味があるだろうか」と自問自答するのであり、勉と富子の写真を見た道子もまた「やはり「誓い」は間違っていた」と結論づけるなど、小説後半部に唐突にあらわれた「誓い」なるものはその無意味さを一旦はあらわにするのである。

にもかかわらず、二人はその後も「誓い」から解放されることはない。「第十三章　秋」において、秋山に棄てられた道子は「「誓い」は却って実現の機会を得たようなもの」としつつも、「二時間と「誓い」を守れない」勉が「実現した「誓い」をいつまでも保てようとは思われない」と彼の元へ向かうことを躊躇するのであるし、一方で勉もまた、道子に対して「今から改めてもおそくはない。俺に「誓い」を守れるかどうか、見てて貰おう」などと考えるのである。彼らはなぜこれほどまでに、即座に裏切られ「間違い」と決定されたはずの無意味な「誓い」の遵守に拘泥するのだろうか。

ここで再び、二人の「誓い」を見てみよう。「道徳より上」のものとされる「誓い」は、二人がそれを「いつまでも守る」ことによって「世間の掟」を改め、「自分を責めないで一緒になる」ためのものとされる。ところで『武蔵野夫人』の中で幾度となく語られる改正民法においては、少なくとも二人が「一緒になる」こと自体は問題とはならないのではなかったか。『武蔵野夫人』の物語内時間として設定された一九四七年、刑法改正に伴って姦通罪の廃止が定められ、さらに戸籍の構成単位の変更をうたう民法改正が公布されている。この法改正を受けて秋山は心置きなく姦通の趣味を公言するようになり、やがて富子との生活を望むようになるが、一方で姦通罪の廃止に対して語り手は、「妻にのみ辛い封建的刑罰をはずそうとする進歩的思想家の善意は疑うべくもないが、事実は依然経済的理由を持つ妻の自由はさして増加されず、ただ間男の負担が軽減されただけである」（第三章　姦通の条件）と批判的に捉えているのだ。こうした語り手の言説の背後に、大岡が「スタンダールの女性観」（『女性線』一九四八・一二）において『恋愛論』を挙げながら示した、「女性の経済的独立が確保されない限り（略）大多数の妻は離婚請求の権利を自由に行使出来ない」という考察を見出すことは容易であろう。だがそれでもなお姦通罪の廃止は、たとえ「依然経済的理由を持つ妻の自由」をそれほど増すことはなくても、姦通の「封建的刑罰」を消失させるものではなかっただろうか。にもかかわらず道子は、新民法ではなくあくまでも二人の「誓い」をもって「世間の掟」や「道徳」に対峙しようとするのである。とすればこのような二人の拘泥は、「誓い」の内容や具体的な意味以上に、そもそも「誓う」という行為、あるいはそれを遵守し続ける行為そのものに関わっているとみなすべきではないだろうか。

ここで、小説内で法改正を最も端的に利用する秋山の言動を二人の「誓い」と対峙させてみよう。富子との「姦通趣味」を叶えたい秋山は、大野や富子、勉などとの会食の際に、新民法などを参照しつつ「一夫一婦制が元来人間の性惰から見て不合理」であることを熱心に弁じ、やがて道子に離婚を切り出す際も同様の言説をくり返す。しかし『武蔵野夫人』において秋山は、遂に「一夫一婦制」を破る存在ではない。なるほど秋山は富子と「姦通」しはするが、彼はあくまでも道子との離婚という手続きを経た上での富子との再婚を目論んでいるのであり、彼の「合理性」は会食の際に自らが主張したような「集団婚」へと至ることは決してない。「姦通罪廃止」を巧みに利用する秋山は、同時に新民法の遵守者でもあるのだ。

だが道子は、秋山が語るそのような「合理」は——たとえ新民法によって彼女が勉と結ばれることが容易になるとしても——、決して認めない。彼女にとって遵守すべきものは新民法という所与の産物ではなく、あくまでも自らが勉とともに決定し、「一生かかっても」と言うほど互いの犠牲さえ厭わぬ「誓い」なのだ。ならばこの時彼女は、「誓う」という行為について、新民法などの「つくられたもの」の「合理性」を超え「世間の掟」といった所与の体系をも変革する可能性として捉えているのである。あるいはテクストにおいて未だ「つくられた」ことのなかった、複数の「起源」がその背後にある『武蔵野夫人』の他の事象とは異なるものとしての「誓い」を発しそれを遵守する彼女の言動は、未発の「起源」を形成しようとする行為なのだ。だからこそ「無力な人形共」に苛立ち全ての「必要」を無視して「恋」のみを主張する勉さえもが、それに拘泥するのである。とすればこのとき二人の「誓い」は、「世間の掟」という既存の体系を「障害」と捉え、それに「抵抗」する「エネルギー」の発露であると言うことがひとまずできるだろう[19]。

そして、道子と勉によるこのような「誓い」への拘泥こそが、やがて『武蔵野夫人』において一方的かつ受動的に自らのあずかり知らぬ場で構築された「つくられたもの」の体系に亀裂を入れていくのである。それは、道子の死の場面において露呈する。

「トムちゃん、トムちゃん」と道子は大声で繰り返し呼び、両手を拡げた。

夜は明けかけていた。早起きのまわりの家で音がし初めた。聞えてはいけなかった。秋山はなおも探すように空を掻く道子の腕に抱かれてやった。

「勉だよ」と彼はいった。

（第十四章　心）

秋山に棄てられた道子が自殺を図ろうとするまさにそのときに勉は「はけ」の宮地家を訪れるが、彼は「待て、「誓い」があった」と想起して道子の元へと行くことを思い留まり、結果彼女は青酸カリを口にして死に至る。とすれば道子の死とはまさに「誓い」の遵守によってもたらされたものと言えるだろうが、その死の瞬間に道子は秋山に対して「トムちゃん」と叫び、またそれに対して秋山は「勉だよ」と応答するのだ。このとき、道子の叫びは「秋山」と「勉」という名を一時的に入れ替えているのであり、即ちその叫びは「つくられたもの」として最も不変であるはずの登場人物の所与の「名」を書き替え、あるいは再編成しているのである[20]。

さらには彼女の死は次のように記される。

道子の試みが未遂に終らなかったのは純然たる事故であった。事故によらなければ悲劇が起らない。それが二十世紀である。

（同前）

『武蔵野夫人』は語りや人物描写によって、その小説が常に自己充足し得ず、何らかの引用や模倣によって成立した虚構の体系であることをあからさまに示してきた。しかし新民法や「世間の掟」などの「つくられたもの」を一方的に受容することを拒否し、自らが形成した「誓い」に拘泥した結果の道子の死は、「必要」や「役割」などの意味には還元不可能な偶発性、「純然たる事故」としかみなし得ない出来事とされるのだ。このとき、それまで所与の「悲劇」――『ドルジェル伯』やスタンダールの諸作など「二十世紀」以前の「つくられたもの」――の模倣であり続け、また小説内の様々な「つくられたもの」が常に既にその「起源」を欠いていた『武蔵野夫人』は、未だ「つくられた」ことのなかった「二十世紀」の「悲劇」を生み出す、あるいはそのような「悲劇」の「起源」たる可能性を有したテクストへと変貌しているのである。

しかしここで、道子あるいは勉が「つくられたもの」の体系を脱した、全的に自立した特権的な存在たり得ているとは決して言えないこともまた、確かなのである。事実、道子が死の直前に勉のために行う財産分与の手続きはやはり新民法に基づいてなされているのであり、さらに結末部において勉が「一種の怪物」と呼ばれるとき、それは例えば「復員者というものの怪物性[21]」といった隠喩的イメージに容易に回収されるものとなるのだ。そもそも道子の死が語り手によって「二十世紀の悲劇」と記されること自体、その「悲劇」が所与の体系を全く逸脱するがごとき未発の「起源」たり得ないことを示唆しているとさえ言えよう。言うまでもなく、『武蔵野夫人』が発表された一九五〇年とは「二十世紀」も後半を迎えようとする――即ち、「二十世紀」が既に所与の体系としてある――時代なのであり、とすれば「二十世紀の悲劇」の「起源」のテクストが『武蔵野夫人』であると断じることなど、不可能であるはずだからだ。さらに言えば、大岡は戦前、「二十世紀」という時代がいかに所与の体系という因果関係の網の目にとらわれているかを語っていたのである。

何故二十世紀は大小説を生み得ないか？　既に社会が十分個人を併合し尽したからである。二十世紀は二十数年の間に二つの世界戦争が戦はれた世紀として後世に残るであらう。(略)しかしスタンダールの思想は本質的に内乱時代の思想である。一八一四年全ヨーロッパの資本家がこれ以上ナポレオンに戦争をやらせないことにきめてから、五〇年代の植民地戦争までは各国民はそれぞれ国内で思想闘争に身をやつしてゐた。この時代ほど諸々の階級がきびしく批判し合つた時代はないのである。

(「スタンダール『ハイドン』について」『文學界』一九四一・八)

大岡はここで、ヨーロッパ各国の国民が「それぞれ国内で思想闘争に身をやつし」、「諸々の階級がきびしく批判し合つた」時代を象徴するものとしてスタンダールの諸テクストを示す一方で、「二十世紀」とは「既に社会が十分個人を併合し尽した」時代であると述べる。これを踏まえるならば、大岡がスタンダールの諸テクストを通して見出した「エネルギー」の発露として「誓い」があったとしても、それを遵守する道子が一方で新民法に基づいて財産分与の手続きを行い、さらに彼女の死が「二十世紀の悲劇」と語られる『武蔵野夫人』は、やはり社会システムに「併合」されていく「二十世紀」、その体系に縛られて生きる人々を示唆した小説なのであり、即ち小説の登場人物にとっても読み手にとってもあらゆる事象の「起源」が決して純然たる未発の出来事ではなく、既に「つくられたもの」としてあることを示すテクストであったと改めて言えよう。

だが改めて言うならば、道子と勉が「誓い」を形成し遵守した結果、体系の内部において不変的であったはずの「名」の再編成や、「事故」という偶発性が生じていることも確かなのだ。とすればここではむしろ、『武蔵野夫人』とは「つくられたもの」としての体系の不変性/普遍性が描かれた「悲劇」であるか、それともそうした所与の体系における「事故」の可能性を志向したテクストであるか、という二項対立の概念そのものを棄却せねばなるまい。『武蔵野夫人』の語り手が「事故によらなければ悲劇が起らない。それが二十世紀である」と記すとき、それは単一たり得ぬ複数の「起源」によって形成された『武蔵野夫人』という小説において、その体系を切断する「事故」や「名」の書き替えの可能性が生じているとともに、そうした偶発性を内包する——あるいはそれこそを成立要件とする——ことでさらに体系をなさんとする「二十世紀」という時代を示唆していたのである。

6　もう一つの「二十世紀」

『武蔵野夫人』は、それが様々な既存の事象によって形成された所与の体系であることを露骨に示しつつも、そのような受動的かつ単一なる「起源」をあらかじめ欠いた「つくられたもの」において、体系に亀裂を呼び込む「事故」や「名」の書き替えが含まれ得ることを示唆した「二十世紀」の「悲劇」であった。ところで改めて、なぜ大岡は一九五〇年という時代において「二十世紀」の「悲劇」を記さなければならなかったのだろうか。あるいはそのような「事故」の発生や「名」の再編成といった偶発性をも内包した時代として「二十世紀」を捉えた文学者は、果たして大岡のみであっただろうか。

大岡が「捉まるまで」（初出「俘虜記」）で第一回横光利一賞を受賞したことはよく知られているが、その受賞の際に大岡は、自身が横光作品を評した論考を契機として横光と知り合い、その論に対する横光の賞賛によって「文学社会の一部に入場権を得た」と記している。[22] そしてその論考「横光利一氏の『母』」（『作品』一九三二・一〇）の他にも大岡は戦前、「ジッドと横光利一」（『文藝通信』一九三五・五）という横光論を残しているが、そこで言及される「純粋小説論」（『改造』一九三五・四）において横光は次のように記していなかったか。

いつたい純粋小説に於ける偶然（一時性もしくは特殊性）といふものは、その小説の構造の大部分であるところの、日常性（必然性もしくは普遍性）の集中から、当然起つて来るある特種な運動の奇形部であるか、あるいは、その偶然の起る可能が、その偶然の起つたがために、一層それまでの日常性を強度にするかどちらかである。（略）わが国の純文学は、一番生活に感動を与へる偶然を取り捨てたり、そこを避けたりして、生活に懐疑と倦怠と疲労と無力さとをばかり与へる日常性をのみ撰択して、これこそリアリズムだと、レッテルを張り廻して来たのである。勿論私はこれらの日常性をのみ撰択することを、悪リアリズムだとは思はないが、自己身辺の日常経験のみを書きつらねることが、何よりの真実の表現だと、素朴実在論的な考えから撰択した日常性の表現ばかりを、リアリズムとして来たのであるから、まして作中の偶然などにぶつかると、たちまちこれを通俗小説と呼ぶがごとき、感傷性さへ持つにいたつたのである。

横光は「純粋小説論」において、「偶然」を「取り捨てたり、避けたり」してきた「純文学」に「偶然」を導入することによって生成するものこそが「純粋小説」であるとした。とすれば既に戦前において横光は、「二十世紀」のあるべき小説として偶発性の内包を主張していたのであり、大岡が『武蔵野夫人』で示唆したところの「二十世紀」の「悲劇」――「事故」や「名」の書き替えという偶発性を成立要件とする「悲劇」――とは、その「反復」でもあったとひとまずは言えよう。

ところで本書序章で記したように、「戦後文学」とは横光の「純粋小説論」などに代表される「昭和十年前後」の思考を「反復」したものに他ならず、その「反復」／完遂はまた「戦後文学者」の主体性を回復する運動としてあった。では大岡もまた、『武蔵野夫人』の執筆によってそのような所作をなしているのだろうか。だがこれまで論じてきたように、『武蔵野夫人』が提示したのは単一たり得ぬ複数の「起源」によって「二十世紀」は形成されているということではなかったか。だからこそ『武蔵野夫人』の背後に単独の「作者大岡昇平」を認めることなど、そもそも不可能であるはずなのだ。とすれば『武蔵野夫人』とは、確かに戦前の――あえて言うならば「昭和十年前後」の――新文学への思考／志向を戦後において「反復」したものであるにもかかわらず、それは例えば野間宏が「全体小説」論で提示したような、十全たる「作家」と「作品」の関係性をもたらすテクストとしては存在し得ないのである。(23) 大岡が「二十世紀」の「悲劇」として『武蔵野夫人』を記したこと――。それは、「戦後文学」が欲望した「昭和十年前後」の「反復」とそれによる文学者の主体性回復、十全たる文学の生成という事象とは異なるものとしての、「戦前」と「戦後」を貫通する「二十世紀」という時代における文学テクストの可能性を提示することであった。

注

（1）『武蔵野夫人』は一九五〇年一月から九月まで『群像』に連載され、同年一一月、講談社より刊行された。

（2）谷田昌平「大岡昇平論――『武蔵野夫人』をめぐって――」（佐古純一郎・三好行雄編『戦後作家論』誠信書房、一九五八・五所収）

（3）青木健「変容する中心――『武蔵野夫人』論」（『海燕』一九八三・三）

（4）小林秀雄「『武蔵野夫人』」（『新潮』一九五一・一）

（5）例えば、秋山を夫に持つ道子が従弟の勉と恋愛関係になる『武蔵野夫人』と、ドルジェル伯の妻マオが従弟のごときフランソワと恋仲に落ちる『ドルジェル伯』との類似性などが挙げられよう。

（6）前田愛「『武蔵野夫人』――恋ヶ窪」（『本の窓』一九八二・冬号～一九八三・新春号）、樋口覚「一九四六年の大岡昇平」（『新潮』一九九二・一〇、『一九四六年の大岡昇平』新潮社、一九九三・一一所収）などを参照されたい。

（7）例えば花﨑育代は「〈永劫回帰〉を超えて――「武蔵野夫人」論――」（『昭和文学研究』一九九一・二、『大岡昇平研究』双文社出版、二〇〇三・一〇所収）において、『武蔵野夫人』は「『恋愛論』の発想と「トリスタン・イズー物語」「悲恋」の永劫回帰の枠組みに近接」しつつも、道子と勉との「姦通」がなされなかったことによってその「円環」的な枠組みから「飛翔」した小説であると述べ、また野田康文は「大岡昇平『武蔵野夫人』における間テクスト性の問題――「誓い」に織り込まれたスタンダール『パルムの僧院』――」（『比較文学』二〇〇〇・三、『大岡昇平の創作方法――『俘虜記』『野火』『武蔵野夫人』』笠間書院、二〇〇六・四所収）で、『武蔵野夫人』と『パルムの僧院』とを比較してその類似点と「ずれ」とを検討している。なお、『武蔵野夫人』とスタンダールのテクスト、および本書第七章で論じた大岡のスタンダール論との関連については、本章でも考察の対象とする。

（8）荒正人「「武蔵野夫人」論」（『近代文学』一九五一・三）。確かに、道子と相思相愛であることを知って「自由の力を感じ」、彼女との恋愛の成就を第一に行動していく勉の姿に、スタンダール作品の主人公たちとの類似性を見出すことは困難ではない。例えば「第十三章　秋」では、勉が宮地家の庭の繁みに隠れて道子の一挙一動を見つめる場面が描かれるが、樋口覚が「二つの「武蔵野」――復員した富永太郎」（『一九四六年の大岡昇平』所収）で正しく指摘するように、これは『パルムの僧院』で牢獄に閉じ込められた主人公ファブリスが、愛する女性クレリアを「見られずに見る」場面のアレンジと言えるだろう。

（9）こうした『武蔵野夫人』における登場人物の「役割」については、『武蔵野夫人』の構想ノートである「『武蔵野夫人』ノート」（『作家の日記』新潮社、一九五八・七所収）における大岡自身の言説からもうかがえる。例えば「昭和二十四年八月一日」のノートには、「『武蔵野』は姦通の社会的条件をもとにして組立てられねばならぬ」とあり、あるいは同年「八月十二日」のノートには「心理に社会的条件がすべて現われて来るようにしなければならぬ」、同年「十一月二十五日」には「思い出の自発性はないのだから、細部まで予め考えねばならぬ」と記されている。さらに言うならばこのような概念は、大岡が「姦通の記号学——『それから』『門』をめぐって——」(『群像』一九八四・一一)においてて「姦通小説だけでなく、姦通自身が記号学的事件である」と記していることからも明らかなように、『武蔵野夫人』の後も大岡の諸テクストを貫く問題であっただろう。

(10) 青木健前掲論

(11) 『武蔵野夫人』に見られるこうした人工的な産物としての「自然」観は、その後も大岡のテクストに通底する問題としてあったと言えよう。例えば「萩原朔太郎に触れて——近代詩における望郷詩——」(『萩原朔太郎研究会会報第八号』一九六六・九)において大岡は、萩原朔太郎の「望郷詩」が「都会的な風格を持っている」とした上で、「普通故郷が恋しいというと、小学唱歌にあるように魚を取った川とか、薪を採った山とか、そうしたほとんどきまり文句みたいなものがあるが、萩原先生の場合は、故郷の町が文明の発達で、都市計画によって、新らしく改革されていって、新らしく景色がそこに生れる、その様子がぴっちりととらえられている」と記し、そこに萩原の詩の「新らしさ」を見ようとする。

(12) 引用は『柳田國男全集 20』(筑摩書房、一九九〇・七)に拠った。

(13) 当時の「復員者」に対する社会的イメージについては、大井田義彰が「大岡昇平『武蔵野夫人』考——「一種の怪物」をめぐって——」(『学芸国語国文学』一九九八・三)において詳細に論じている。

(14) 中村光夫・本多秋五・三島由紀夫「創作合評(42回)「武蔵野夫人」論」(『群像』一九五〇・一一)より三島の発言。

(15) 大岡信「「無垢」と「小宇宙」への夢」(『國文學 解釈と教材の研究』一九七七・三)

(16) 亀井勝一郎「今日の二人の作家——「爬蟲類」と「武蔵野夫人」を中心に——」(『文學界』一九五一・五)

(17) 辻邦生「恋の力学——『武蔵野夫人』と『花影』について」(『新潮』一九八九・三)

(18) 牧野育馬「小説「武蔵野夫人」にみる物語性の考察――暗喩の反乱――」(『春日正三先生還暦記念　ことばの論文集』双文社出版、一九九一・七所収)

(19) とは言え、この「誓い」が既存の諸テクストの影響を排した、『武蔵野夫人』独自のものであるわけではない。野田康文は前掲論において、「誓い」という概念が『パルムの僧院』といった既存の文学テクストの影響下にあることを指摘している。だからこそこの「誓い」は後述するように、端的に既存の社会システムを一挙に崩壊させる、ある意味ロマン主義的な「エネルギー」であるとは決して言い切れないものなのである。

(20) 「名」の問題に関連させるならば、そもそも「誓い」を立てた時点で道子は「つくられたもの」の体系に亀裂を生じさせてはいなかっただろうか。道子は「誓い」を「道徳より上」のものとみなすが、このとき彼女は、「道徳」的な人物の象徴としての「道子」という所与の「名」――「『武蔵野夫人』ノート」において大岡は、「女主人公の名、道子は封建的な因習を象徴する」と記している――を、「道子」は「道徳」を遵守し得ないといったように、自ら否認しているのだ。

(21) 中野孝次「死のリアリティにおいて」(『昴』一九七二・一二)

(22) 大岡昇平「横光先生と私」(『改造文藝』一九四九・五)

(23) ところでこのような「戦後文学」の主体性の概念が、本書序章注(55)で示したようにハイデガーからサルトルへという世界的潮流と相同性を帯びていたことを想起するならば、『世界内存在――『存在と時間』における日常性の解釈学――』(門脇俊介・榊原哲也・貫成人・森一郎・轟孝夫訳、産業図書、二〇〇〇・九)においてヒューバート・L・ドレイファスが以下のように記すハイデガーとサルトルとの差異はまた、「戦後文学」と大岡のテクストの差異としても考えられないだろうか。

現存在の存在仕方を注意深く記述すれば、日常性において与えられるのは、(フッサールにおいて見られるような）複数の超越論的主観性の意味付与的活動でもなく、（サルトルに見られるような）行動的意識ですらもないことは、――これらの主観性や意識は、まず自分固有の世界に意味を与え、それから共有された世界に意味を与える存在者なのだが――明らかである。個人は日常的意味を解読し自分の信念体系に組み込むことによって、日常的意味を引き受けるのだ、とすら言えない。個々の現存在は、自分の「役割」やさらには自分の気分でさえも、自分の社会において利用可能な「ストック」のうちへと社会化されることによってのみ獲得する。本来的な現存在ですら、これらの日常的可能性を通じてのみ、自分の落ち着かなさを表明せざるをえないのである。

しかし、今述べたことの意味は、現存在に対して利用可能な役割や規範などが、変えようもなく固定されているということである必要はない。（略）存在的活動は新たな役割や意味を創造しうるが、それは人間の意志で変化させることのできない存在論的背景に基づいてのみ可能だと言うことができる。

（8章　日常的現存在は「誰」か）

即ちドレイファスの言葉を借りるならば、「戦後文学」が「文学者」の「行動的意識」によって「世界」の「全体」記述を欲望するという意味においてサルトルの思考と相同性を帯びている一方で、『武蔵野夫人』は「自然」や「人物」が「つくられたもの」として「社会化」されており、「事故」や「名」の書き替えといった偶発性を「存在論的背景」に基づくものとして提示したという点で、むしろハイデガーの思考と親和的でもあるのだ。だが一方で、大岡のテクストとハイデガーのそれとの間には明確な差異も存在する。それについては本書第十二章で論考したい。

第十章　「死者は生きている」——大岡昇平『野火』論——

1　『野火』の改稿

現在一般的に『野火』として流布しているテクストが、初出から大幅な改稿がなされたものであることはよく知られている。連載第一回が『文体』第三号（一九四八・一二）に掲載された「野火」は、同誌の廃刊により翌号（一九四九・七）掲載の「鶏と塩と「野火」の2」をもって一時中断される。やがて『展望』一九五一年一月号から八月号まで再び連載されたテクストが現行の『野火』であるが、その際に『文体』稿は改稿されて連載第一回と第二回にあてられ、同時に『文体』稿導入部はほぼ全面的に削除されることとなった。大岡自身は後に、この改稿について次のように述べている。

> 『展望』に載せる前に、前半（「塩」の章まで）を二十三年十二月と、二十四年七月の『文体』に分載しています。『展望』連載分との主な違いは、現在の「狂人日記」の章に当る約五頁の序章がついていることでした。つまり小説は主人公の現在の状態から始まっているのですが（主人公は狂死するので、本文はその遺稿ということになっていました）記憶喪失とか拒食とか、要するに主人公が狂人であることを、予め知らせることは、興味を失う危険があると思い直し、『展望』では除いたのです。
> （「『野火』の意図」『文學界』一九五三・一〇）

大岡は『文体』稿導入部削除の理由について、「主人公が狂人であることを、予め知らせること」によって読者の興味を失してしまうのを避けるためであったと記す。しかしこの改稿の過程において変化したのは、単に「私」の狂気があらかじめ記されているか否か、という問題のみであろうか。試みに二稿の冒頭をそれぞれ引用してみよう。

私が昭和二十年の三月をすごしたレイテ島の俘虜病院に一人の変な患者がいた。(略)彼の名は田村鶴吉といって、前年十一月の末、レイテの戦闘が終りに近づいていた頃、西海岸へ上陸した混成旅団の兵士であるが、日本軍の崩壊後大分経った翌年の一月の末、中部山中で多分ゲリラに捕えられた。(略)作者に対し重大なる無礼たるべきこういう処置を取ったのも、実は田村鶴吉が今はこの世の人ではないからである。この原稿を書いてまもなく彼の偏執は狂燥的症状を呈し、千葉の方の或る精神病院に入れられた。

(『文体』稿「野火」初出導入部)

私は頰を打たれた。分隊長は早口に、ほぼ次のようにいった。

「馬鹿やろ。帰れっていわれて、黙って帰って来る奴があるか。帰るところがありませんって、がんばるんだよ。そうすりゃ病院でもなんとかしてくれるんだ。中隊にゃお前みてえな肺病やみを、飼っとく余裕はねえ。(略)」

私は喋るにつれ濡れて来る相手の唇を見続けた。

(『展望』稿「一　出発」)

『文体』稿(初出)冒頭と比較したときの『展望』稿冒頭「一　出発」の特徴は、単に田村が「狂人」であることを示唆する記述が消えているのみではない。初出導入部において「私」とは「狂人」である田村の「原稿」を紹介する代行者に他ならず、そこでは「狂人」の言表と記述主体の言説とは明確に分離している。だが『展望』稿においては、記述主体である「私」とはそのような代行者ではなく、あくまで田村自身なのである。

改稿によるこのような記述主体の変化について三好行雄は、「重要なのは、作者とはべつな語り手が設定されたことではなくて、過去を想起する現在の語り手が狂っている、という事実」であり、「小説にえがかれたあらゆる事件と思念」が「狂人」のものとされることで、「なにを事実として信じ、なにを信じないかという判断の基準はすべてうたがわれ、小説のなかに語られているすべてを、狂気の妄想としてしりぞける自由にまで、読者の留保はすすむことができる」とした(1)。だが果たして、「狂人」の言説だからこそ読者はそのような「留保」へと至り得るのだろうか。「三八　再び野火に」における「私」自身の言葉を借りるならば、過去を「想起」しその再現を試みる記述は、どれほど記述者が「ありのまま」を示そうとしても常に何らかの「整理と合理化」に侵されるのである(2)。とすれば『野火』改稿によって記述主体である「私」が田村自身となったとき、それは決して事実と虚構との境界を不明にするためのものであるとは言えないだろう。では改めて、『野火』の改稿は結局のところ何を変貌させているのか。

ここで改めて『文体』稿導入部を見てみよう。そこで「私」は、「実は田村鶴吉が今はこの世の人ではない」と記している。とすれば『文体』稿において「私」とは、ただ「狂人」の代行者であるのみならず「死者」の言説を代行する存在でもあるとも言えよう。しかし『展望』稿においては、「私」(＝田村)が既に死しているという事実は遂に書かれることはない。即ち改稿によって『野火』というテクストは、もはや何事も語らぬ不在の「死者」の代行－表象言語であることから離脱しているのである(3)。

以上のように『野火』の改稿は、大岡自身が言及した「主人公が狂人であることを、予め知らせる」か否かという問題に留まらず、記述主体が田村の言表の媒介者である「私」から「狂人」である田村自身（＝「私」）となったこと、さらにそれにより田村が他者によって代行される「死者」としての存在をやめたこと、という二つの変貌を生じさせる。ならばここで問うべきは、「狂人」それ自身の言説とはいかなるものであるのか、そしてそのことと記述主体が単なる——他者に自身が残した言説を代行させ、自らは沈黙したままの——「死者」ではないこととはどのような関係にあるのか、という問題ではないだろうか。本章では『野火』（『展望』稿）における「私」の言説の分析を通して、改めて「狂人」はそこでいかに「狂って」いるのか[4]、そしてこのテクストにおいて「死」あるいは「死者」とはいかなるものとしてあるのか、考察していきたい。

2 「反復」

さて、『野火』の「私」の言表を見るとき、彼がいかに「反復」という概念に拘泥し続けているかを指摘することは容易であろう。「二 道」において病院へと出発する「私」は、その道中「この道は私が生れて初めて通る道であるにも拘らず、私は二度とこの道を通らないであろう」という「奇怪な観念」に襲われる。そして「私」は、「死を予感して」いる自らの状況と照らし合わせつつ、「我々の所謂生命感とは、今行うところを無限に繰り返し得る予感にあるのではなかろうか」という考えに至る。だが彼はその後も、この「奇怪な観念」に付きまとわれ続けることとなるのだ。

> 私は自分の跫音に追われるように、歩いて行った。私はふと前にも、私がこんな風に歩いていたことがあったと感じた。（略）歩きながら、私は自分の感覚を反芻していた。（略）私は半月前中隊を離れた時、林の中を

一人で歩きながら感じた、奇妙な感覚を思い出した。その時私は自分が歩いている場所を再び通らないであろう、ということに注意したのである。

もしその時私が考えたように、そういう当然なことに私が注意したのは、私が死を予感していたためであり、日常生活における一般の生活感情が、今行うことを無限に繰り返し得る可能性に根ざしているという仮定に、何等かの真実があるとすれば、私が現在行うことを前にやったことがあると感じるのは、それをもう一度行いたいという願望の倒錯したものではあるまいか。未来に繰り返す希望のない状態におかれた生命が、その可能性を過去に投射するのではあるまいか。（略）人々も過去の私も、繰り返し生きていた。しかし死に向って行く今の私は、繰り返してはいない。　（一四　降路）

「奇怪な観念」を想起した「私」は、その感情と「今行うことを無限に繰り返し得る」予感に基づいた「生命感」との差異を踏まえた上で、「死に向って行く」自らの行為はもはや決して「繰り返し」ではない、と記す。ここにおいて、『野火』の「私」とはあらゆる生命を有するものが持つ「無限」の「反復」可能性――あるいはその幻想――から抜け出た存在としてある、とひとまずは言えよう。だが一方で「私」が、そのような「反復」の否認を常に「反芻」し続けてもいるという事実は看過すべきではない。のみならず『野火』とはそもそも、このような「私」の言表とは裏腹に「反復」に充ちたテクストではなかっただろうか。

例えば「一　出発」において、「私」はまるで「投げ返されたボール」のように中隊と病院との往復をくり返す。また、「一つの谷があった。私はその谷を前に見たことがあると思った」（三〇　野の百合）、「私はこの感覚を知っている」（三二　眼）などの言表に見られるように、「一四　降路」における「反復」の否認後も、「私」の言動は常にかつて「見た」「知った」ものであり続けるのだ。とすれば『野火』とはやはり、「私」の否認に反して常に様々な出来事が「無限」にくり返されるテクストであるのだろうか。これを考察するとき、「私」がたびたび見ることとなる「野火」の映像、それについての「私」の記述は示唆的であろう。

「三　野火」において前述の「奇怪な観念」を「反芻」しつつ歩き出した「私」は、崖下に「一条の黒い煙」を発見する。自らを取り巻く「眼に見えない比島人の存在」を「私」に知らせるものでもあるこの「野火」は、この後『野火』において幾度となくあらわれるわけだが、「私」はそれが何のために出現したものであるか、遂に決定し得ない。それはまずは単に「牧草を焼く火」であり（三　野火）、あるいは「所謂「狼煙」にかなり似て」いるものであり（同前）、ときには敵軍が「組織的砲撃」を実施した証拠とみなされもする（一五　命）。さらには、やがて精神病院に入院した「私」が武蔵野の地平に目撃する「見えない野火」の幻覚は、「記憶喪失の全期間を思い出す」ことを可能とする、言わば「私」が回想主体となるための媒介物でもある（三八　再び野火に）。即ち『野火』において「野火」の映像とは、決して単一の意味へと還元されることはないのだ。[5] それ故、「私」が武蔵野の地で「見えない野火が数限りなく、立ち上っているのを感じる」（三八　再び野火に）と述べ、あるいは「燃える籾殻や草が、それぞれ一つの煙に密着している」（三九　死者の書）と記すとき、それは単に「野火」の「数」の多さを示唆する記述ではない。「野火」の「数限り」のなさとは、「反復」され続ける「野火」が決して同一性へと還元されないが故に生じる「数限り」のなさなのであり、だからこそ「それぞれ一つ」とはまさに、そのようにしか記述し得ないような各々の「野火」の差異を示す言表となるのである。

あるいは「私」にとって一つの重大な転機となる、フィリピン人女性殺害の場面を想起してみよう。「一九　塩」において、「私」は教会で一組のフィリピン人男女と出会う。そこで「私」を目にした女性は「獣の声」と形容されるほどの叫び声を上げ、それを聞いた「私」は彼女を銃で殺害するわけだが、ところでこの出来事は「私」にとって全く未知のものであっただろうか。

その夜私は夢を見た。

私は既にその村に歩み入っていた。暗い庇の下に色とりどりの菓子や果実を陳げた店が並び、祭でもあるのであろうか、着飾った比島の男女がにこやかに往来していた。彼等は危険人物たる私に少しも気がつかないように見えた。私はそれが私が銃を持っていないからだ、と判断した。

（一三　夢）


「私」は現実にフィリピン人の男女と出会う以前に、「夢」において既に「比島の男女」を目撃している。だがこの「夢」の場面が現実にくり返されたとき、両者は同じものたり得てはいない。改めて、女性殺害の場面を引用してみよう。


彼等は相変らず笑っていた。私の第一の直観は人目を忍ぶ恋人達が、この死の村を媾曳の場所に選んだということであった。（略）私は音を立てた。話声がとまった。私は立ち上り、銃で扉を排して、彼等の前に出た。（略）女は叫んだ。（略）私は射った。弾は女の胸にあたったらしい。

（一九　塩）


現実における「私」とフィリピン人男女との出会いにおいては、「夢」でそうであったように「私」が銃を持たないということも、フィリピン人が「私」に気がつかないということもない。女は叫び、「私」は所有していた銃で彼女を撃ち殺す。「私」は「夢」を「反復」するかのように「比島の男女」と出会うが、このとき二度目の出会いとは決して最初の出会いと全く同じものたり得ていないのであり、その「反復」にはいささかの差異がもたらされるのである。

さらにこの問題は、「私」が最初に「反復」に関する観念を抱いた、「道」についての記述にも及ぶこととなる。

私は孤独であった。恐ろしいほど、孤独であった。この孤独を抱いて、何故私は帰らなければならないのか。この道は昨夜は二度と帰ることはあるまいと思っていた道であった。その道を逆に通ることは、通らないことより、一層奇怪であった。

（二〇　銃）

フィリピン人女性を殺害した後、「私」は「二度と帰ること」はないはずであった道を再び通ることとなる。だが、二度目の歩行はかつての歩行を同じように「反復」するものではない。「私」はあくまでその道を、「逆に」通らねばならないのである。

このように『野火』においては、たとえ死に向かいつつある「私」が「反復」の不可能性を語るにせよ、その後も様々な事象が絶えず「反復」され続けている。しかしその「反復」は、決して「無限」に同じことをくり返すという同一性の保証としては存在し得ない。『野火』の「反復」とは、そのつど異なったものを生じさせ、くり返される事象を複数化・多重化させるものとしてあるのだ(6)。

3 「偶然」と「必然」

様々な事象が決して単独で存在し得ず常に「反復」され、さらにそのつどいささかの差異を有するものになり続ける『野火』。ところでそのような事象の一つである「野火」の映像について、「私」が次のように記述していることは注目すべきであろう。

私の行く先々に、私が行くために、野火が起るということはあり得なかった。一兵士たる私の位置と、野火を起すという作業の社会性を比べてみれば、それは明らかであった。私は孤独な歩行者として選んだコースの偶然によって、順々に見たにすぎない。

（三　野火）

「私」は自らの眼前に次々とあらわれる「野火」の映像について、それを「選んだコースの偶然」によって目撃したに過ぎないと断じる。そしてこれ以後「私」は、「偶然」という概念に拘泥し続けることとなるのである。

不本意ながらこの世へ帰って来て以来、私の生活はすべて任意のものとなった。戦争へ行くまで、私の生活は個人的必要によって、少なくとも私にとっては必然であった。それが一度戦場で権力の恣意に曝されて以来、すべてが偶然となった。生還も偶然であった。その結果たる現在の私の生活もみな偶然である。

（三七　狂人日記）

「私」は精神病院で自らの戦場の経験を想起するとき、それは「偶然」に支配されたものであったと述べる。なるほどその考えにおいては、「二〇　銃」で記されるように「私」がフィリピン人女性を撃った際に「弾丸が彼女の胸の致命的な部分に当った」ことも、その結果「私が殺人者となった」ことも、全て「偶然」あるいは「事故」とみなされるであろう。だが「私」にとって戦場とは、果たして単に「偶然」に支配された場としてあるのみだろうか。

「二五　光」において、敵軍に囲まれた林の中を伍長らとともに前進し続ける「私」は「不意に心が軽く、力が湧くように」感じる。「私」はそこで、自らの動作全てが「任意のもの」になっているとみなす。だが同時に「私」は、「自分の動作が、誰かに見られている」という思いに捉われもするのである。「私」は一度はその感覚を「錯覚」として否認するが、それ以後自身の動作が「任意、つまり自由の感じ」を喪失してしまったことを強く実感するのだ。そして「任意」が否定された「私」は、自らの言動について次のように記すこととなるのである。

任意の状況も行為も私には禁じられていた。私自身の任意の行為によって、一つの生命の生きる必然を奪った私にとって、今後私の生活はすべて必然の上に立たねばならないはずであった。

（二六　出現）

「私を見ていた者」によって「任意」が否認された後は、自らの状況も言動も全て「必然」でなければならないと「私」は述べる。ならば、一度は全て「偶然」とみなされた戦場での出来事を、同時に「必然」へと結びつける「私」を見ている者とは何ものであろうか。

「デ・プロフンディス」

昨夜夢で私自身の口から聞いた言葉が響き渡った。私は振り向いた。（略）その声は誰か、たしかに私の知っている人の声だと私は感じたが、その時誰であるかは思い出せなかった。

今では知っている。それは昂奮した時の私自身の声だったのである。

（一八　デ・プロフンディス）

やがてフィリピン人女性を殺害することとなる教会において、「私」は「デ・プロフンディス」という言葉を耳にする。そしてその幻聴について、「私」は「今では知っている。それは昂奮した時の私自身の声だったのである」と記すのである。以後この「声」の主は、「私」の人肉食を止める「他者」とみなされるなど(7)、「私」の言動に絶対的に関与するものとなる。そして、六年後に精神病院の一室で戦場での自らの経験を想起する「私」は、「私を見ていた者」について次のように記すこととなるのである。

再び銃を肩に、丘と野の間を歩く私の姿である。緑の軍衣は色褪せて薄茶色に変り、袖と肩は破れている。裸足だ。数歩先を歩いて行く痩せた頸の凹みは、たしかに私、田村一等兵である。

それでは今その私を見ている私は何だろう……やはり私である。一体私が二人いてはいけないなんて誰がきめた。

（三九　死者の書）

ここにおいて再び、「私」を常に見ていた「誰か」とはもう一人の「私」であったことが明らかにされる。「任意」を否認すると同時に全ての言動を「偶然」から「必然」へと結びつける「他者」とは、他でもない、分裂した「私」なのである。(8)

このように『野火』においては、「反復」される出来事がそのつど異なるものとして複数化・多重化されたように、「私」もまた「二人」に分裂している。しかし、なぜ「私」はそのように分裂した「二人」として書かれなければならないのだろうか。もちろんそれは何よりもまず、時間的な分裂（回想された過去の「私」と記述している現在の「私」）、あるいは構造的な分裂（書かれる「私」と書く「私」）であるだろう。「私は……である」という言表において、記述主体の「私」とその記述に含まれる指示対象の「私」との間に、常に差異と断絶が生じてしまうことは言うまでもない。その限りにおいては、「一体私が二人いてはいけないなんて誰がきめた」という「私」の記述は、自己について言及する言語が主体の自己同一性を保証するものたり得ないことを確かに示しているのであり、それはまた、様々な出来事の「反復」が決して同一性へと還元されずに絶えず差異を生むこととなる『野火』の言表とも接続する。

あるいは石田仁志が指摘するように、その分裂を「「私」自身が内なるもう一つの「私」を〈他者〉として疎外してしまう」ことによるもの、と捉えることもできよう(9)。戦場での「私」を見る「他者」としての「私」という二者の関係性は、一見したところ確かに弁証法的な分裂した自己意識の運動と相似性を帯びているし、それ故にその分裂は「疎外」と換言し得るものかもしれない。しかしこのような弁証法的・疎外論的な論述においては、「私」の分裂は結局のところ、やがて来る止揚・統一への一過程に過ぎないものとみなされてはしまわないだろうか。事実石田は同論で、「私」は「自己の分裂」の「止揚と自己の再生」、即ち「物語の〈私〉と物語行為の〈私〉との自己同一性」の獲得を希求し続けている、とするのだ。もちろん「三〇　野の百合」に見られるような、右半身と左半身を「別もの」のように感じた上でそのように「二つの半身に別れて」いる自己の身体について「変らなければ」ならないとする「私」の記述を踏まえるとき、そこに分裂の止揚への欲望を見ることは可能であるだろう。だが『野火』後半部において自らを「二人」とみなす「私」の言表は、果たしてそのような自己同一性回復への欲望に還元され得るものだろうか。

いずれにせよ、時間的・構造的な差異であれ、弁証法的な「疎外」であれ、「私」の分裂を単に主体の自己同一の不可能性という問題としてのみ捉えるならば、これまで示してきたような『野火』における「偶然」と「必然」の関係性、あるいは「死者」という問題について遂に論じ損なうこととなってしまうのだ。とすればここで改めて考察すべきは、分裂した「二人」の「私」とはそもそもいかに異なっているのか、さらには両者は『野火』においていかなる関係を有することとなるのか、という問題なのである。

4　生きている「死者」

分裂した一方の「私」、即ち回想される過去の「私」はいかなる存在として書かれているのか。この問題について考察するとき、戦場にいる自らがいかに「死」に近接しているかという記述に「私」が拘泥していることには注目すべきであろう。「九　月」において「自分が生きているため、生命に執着していると思っているが、実は私は既に死んでいるから、それに憧れるのではあるまいか」「自分は既にこの世の人ではない」と記し、「二八　飢者と狂者」では死した兵士の傍らで「事実私も死につつあったかも知れない」と考えるなど、「私」は常に自らを「既に死んでいる」あるいは「死につつある」存在として捉え続ける。このとき、「私」にとって「死」とはいかなるものとしてあるのだろうか。

> 死は既に観念ではなく、映像となって近づいていた。私はこの川岸に、手榴弾により腹を破って死んだ自分を想像した。（略）私は改めて目の前の水に見入った。水は私が少年の時から聞き馴れた、あの囁く音を立てて流れていた。石を越え、迂回し、後から後から忙しく現われて、流れ去っていた。それは無限に続く運動のように思われた。
>
> 私は吐息した。死ねば私の意識はたしかに無となるに違いないが、肉体はこの宇宙という大物質に溶け込んで、存在するのを止めないであろう。私はいつまでも生きるであろう。（八　川）

川岸で死に至った自らを想像する「私」は、眼前の水を見てその流れを「無限に続く運動」と捉え、死して「意識」が仮に「無」となったとしても「肉体」は「宇宙という大物質」の中で「いつまでも生きるであろう」と考える。高橋英夫はこの場面を踏まえて、そこに「悠久の時間を内的に自らも生きているような想像力」を見ようとする。[10]だが「既に死んでいる」という「私」の言表は、果たして「悠久」「無限」の自然と一体化する死後の生のごとき「想像力」としてあるのだろうか。既に示したように、『野火』前半部において「私」が自らを「死に向って行く」存在と考えるとき、「私」はそのような「無限」の「反復」を否認していたはずである。事実、「私」はやがて自然の「悠久の時間」の内部に自らを置こうとする観念を棄却することとなるのである。

水は月光を映して、燻銀に光り、橋の下で、小さな渦をいくつも作っていた。渦は流水の気紛れに従って形を変え、消えては現われ、渦巻きながら流れて行き、また引き戻されるように、溯行して来た。

私はその規則あり気な、繰り返す運動を眺め続けた。（略）昨夜からの私の行為は、この循環の中にはなかった。

（二〇　銃）

フィリピン人女性を殺害して以後、「私」は自らを自然の「無限」の「循環」からは外れたものとみなすようになる。「既に死者である」「死につつある」「私」はこのようにして、「反復」の「無限」の同一性から自己を引き剥がすのだ。戦場での「私」――回想される「私」――にとって「死」とは「無限」の「反復」から人を離脱させるものであったことが、ここで改めて確認されよう。ならば分裂したもう一方の「私」、即ち『野火』を書いている記述主体の「私」は、そのような自らを「死に向って行く」存在と捉える「私」との間にいかなる差異を有しているだろうか。

いた。人間がいた。射った。当らない。（略）この時、私は後頭部に打撃を感じた。痺れた感覚が、身体の末端まで染み通った。そうだった。忘れていた。私は彼等に後頭部を殴られるはずであった。それはきまっていた。この精神病院へ入った日以来、私の望んでいたのは死であった。到頭それが来た。

しかし何故私はまだいるのであろう。（略）人は死ねば意識がなくなると思っている。それは間違いだ。死んでもすべては無にはならない。それを彼等にいわねばならぬ。叫ぶ。

「生きてるぞ」

しかし声は私の耳にすら届かない。声はなくとも、死者は生きている。

（三九　死者の書）

精神病院にてフィリピン戦場の記憶を「書きながら」回復させようと試みる「私」は、やがて「野火の映像」とともに「私」が「射った」かもしれない「人間共」の幻覚と出会う。幻覚の中で後頭部を殴られた「私」に、長らく望んでいた「死」が到来する。だが同時に彼は、「しかし何故私はまだいるのであろう」と述べもするのだ。そしてそのとき「私」は、自然の「無限に続く運動」を目にしながら「死ねば私の意識はたしかに無となるに違いないが、肉体はこの宇宙という大物質に溶け込んで、存在するのを止めないであろう」としたかつての考えとはまるで異なり、「人は死ねば意識がなくなると思っている。それは間違いだ。死んでもすべては無にはならない」と記し、「生きているぞ」と叫ぶのである。ここで、この『野火』最終章の章題が「死者の書」とされていることに注意すべきであろう。戦場における回想される「私」は、「既に死んでいる」「死につつある」と自らが「生きている」ことを否認し続ける生者であった。だが今や彼は、欲望の対象であった「死」が自身に遂に到来したにもかかわらず、「生きていないと誰が言える」と記すのだ。とすればこのとき『野火』とは、自身を「死者」とみなすことに拘泥する生者の言動を回想するテクストから、「死者」自身が「生きているぞ」と叫びつつ記述するテクストへと変貌を遂げているのである。だがならば改めて、なぜ「私」はそのように分裂した「私」へと、「死者は生きている」と叫ぶものへとならねばならなかったのだろうか。

しかし人間は偶然を容認することは出来ないらしい。偶然の系列、つまり永遠に堪えるほど我々の精神は強くない。出生の偶然と死の偶然の間にはさまれた我々の生活の間に、我々は意志と自称するものによって生起した少数の事件を数え、その結果我々の裡に生じた一貫したものを、性格とかわが生涯とか呼んで自ら慰めている。（略）もし私の現在の偶然を必然と変える術ありとすれば、それはあの権力のために偶然を強制された生活と、現在の生活とを繋げることであろう。だから私はこの手記を書いているのである。（三七　狂人日記）

かつて「野火」の映像が自らの眼前に次々と出現したことを「偶然」に過ぎないとした「私」は、ここにおいても出来事全てを「偶然の系列」とみなす。そして「私」は、人間はその「永遠に堪える」ことは不可能であると記すのだ。だが仮に「私」が生き続ける「死者」であるならば、そのような「永遠に堪える」主体となり得るのではないだろうか。そして、「偶然を強制された生活」と「現在の生活」とを繋げることこそが「偶然」を「必然」へと転換する唯一の術であると「私」が記すとき、「私」は回想され書かれる「私」と書く「私」、即ち「既に死んでいる」と述べる生者である「私」と「生きている」と叫ぶ「死者」である「私」、その分裂をあくまで認めているのであり、その上で両者の接続へと自己を賭けようとするのである。ならば「私」はなぜそのようにしてまで――自らを「生きている死者」へと分裂させてまで――「偶然の系列」を「永遠」に記述し続けねばならないのか。そしてその果てに接続する「必然」とはそもそも「私」にとっていかなるものなのだろうか。[11]

この田舎にも朝夕配られて来る新聞紙の報道は、私の最も欲しないこと、つまり戦争をさせようとしているらしい。(略)しかし慌てるのは止そう。新聞紙上に現われるのはすべて徴候にすぎない。徴候は一つなら印象も一過的で、やがては忘れられるはずである。徴候が我々の中に沈澱させるものは、それが継続して、或いは周期的に現われるためにほかならない。丁度私が戦場で野火を怖れたのが、私がそれを見た順序、その数にかかわっていたように。

(同前)

出来事とはそれ自体は単に、「やがては忘れられるはず」の「徴候」に過ぎない。だがそれが「周期的」に「継続」し、「野火」の映像がそうであったように多重の「数」としてあらわれるとき、その「徴候」は「我々」の内部に「沈澱」する、と「私」は記す。とすれば、『野火』において「生きているぞ」と叫ぶ「死者」であり続けようとする「私」の記述とは、そのような「徴候」を「沈澱」させるものではないだろうか。

「生きているぞ」

しかし声は私の耳にすら届かない。声はなくとも、死者は生きている。個人の死というものはない。死は普遍的な事件である。死んだ後も、我々はいつも目覚めていねばならぬ。日々に決断しなければならぬ。これを全人類に知らさねばならぬ、しかしもう遅い。

(三九　死者の書)

「私」は「死者」としての自らの叫びを、「個人の死」を否認し「死は普遍的な事件」であることを「全人類」に知らせるためのものであると述べる。「死」が個別のものであるとき、それはあるいは「やがては忘れられる」ような「徴候」に過ぎないであろう。だが「私」が「生きているぞ」と叫ぶ「死者」として死後も「いつも目覚め」、

「個人の死というものはない」と記し続けるとき、「死」は「普遍的な事件」として「全人類」に「沈澱」されるのである。このとき「私」は既に、かつて戦場において自らを「無限」の「反復」の外に置くことを希求した主体ではない。「生きている」と自ら記す「死者」とは「日々」に「決断」をくり返さんとする主体なのであり、即ち彼は出来事の「反復」――しかしこの「反復」とは、決して出来事の同一性を保証するものとしてあり得ない――を積極的に肯定するのである。『野火』というテクストは、以下のような記述で閉じられることとなる。

もし私が私の傲慢によって、罪に堕ちようとした丁度その時、あの不明の襲撃者によって、私の後頭部が打たれたのであるならば――

もし神が私を愛したため、予めその打撃を用意し給うたならば――

もし打ったのが、あの夕陽の見える丘で、飢えた私に自分の肉を薦めた巨人であるならば――

もし、彼がキリストの変身であるならば――

もし彼が真に、私一人のために、この比島の山野まで遣わされたのであるならば――

神に栄えあれ。

（同前）

『野火』は「もし……ならば」という記述の積み重ねで終えられる。「私」が言うように出来事が「偶然の系列」であるならば、あらゆる事象は「もし……ならば」という仮定に常に侵され続けるものであるだろう。だが出来事を忘却の彼方へと押しやることなく「徴候」を残存させるためには、そのような仮定法的記述をくり返す他はないのだ。そしてそのような記述の果てに、「神」という言葉が記されることとなる。ではここで、「神」とはいかなるものとしてあるのだろうか。

例えば村松剛がそれを「一切の神学をもたない神」とみなし、[12] 三好行雄が「神学を通じてではなく、感覚によってとらえられる」ような「ほとんど異教的な」ものとするなど、[13]『野火』における「神」は非キリスト教的な存在として捉えられることが多い。一方で佐藤泰正は両者の論述を批判した上で、「神」とは「絶対他者としての神」であり、そのような「神」について記述する『野火』に「無稽の観念の純粋な追求」が見られると評価する。[14] さらに近年ではそういった神学的問題に拘泥せず、例えば「神」とは「分裂」した「私」を統合するための「超越論的自我」と考えられ、[15] あるいは「神」を「文学的」「隠喩的」な主題とみなした上で、『野火』とはそのような「神」を「殺す」ことによって書記行為を特権的な主題の事後的な再現から引き剥がそうとする試みであったとする論述もなされるようになっている。[16] しかし本章でこれまで論じたことを踏まえるならば、この「神」がキリスト教的な存在であるか否かはさておき、それは「私」を統合するような、あるいは「隠喩的」「特権的」な主題として否認されるような、ある種の超越的な存在では決してないことは明らかだろう。再び言うならば『野火』においてあらゆる事象は――それが「普遍的」とみなされるようなものでさえも――「反復」されぬ限り忘却されるような「徴候」に過ぎないのである。とすれば『野火』において「私」が、「いや、神は何者でもない。神は我々が信じてやらなければ存在し得ないほど弱い存在である」（三八　再び野火に）と記すとき、「弱い存在」である「神」を「信じ」ることによって存在させるとは、まさに「やがて忘れられるはず」の出来事についての記述を「反復」し続けることによって、その出来事を「徴候」として「沈澱」させることと同義なのだ。換言すれば『野火』結末部において表象される「神」とは、仮定法的な「永遠」の言表の果てに「沈澱」する――「必然」と呼ばれるものが出来事の「偶然の系列」を記述し続けるという不可能な「反復」の最中にしかなかったように――一つの「徴候」ということなのであり、『野火』における「私」のあらゆる記述が、そのように出来事を忘却させることなく「沈澱」させていくことの可能性に賭けるものであったことが、この結末部においては改めて示されているのである。[17]

一回性を持ち得ず常に「反復」し、同時に複数化・多重化されながら「永遠」に続く、「偶然の系列」としての出来事。人がそのような「数限り」ない出来事の記述、その「永遠に堪える」ことは不可能であるだろう。だが『野火』において「私」が自らを分裂させ、さらに死後も常に「目覚め」続け「生きている」と叫び続ける「死者」としてあるとき、「私」はその不可能性へと自らを賭けるがごとき「永遠に堪える」主体たらんとしているのだ。このとき、精神病院入院後の「私」が描かれる『野火』終盤の章題に、「三九　死者の書」とともに「三七　狂人日記」というものがあることに注目すべきであろう。『野火』において「狂人」とは、死後も記述し続けんとする「死者」――言うまでもなくそれは、『文体』稿の田村のように「死」の結果自らの言説を他者に代行させる他はなくなった不在の「死者」ではない――と相似なのである。大岡自身、後に『野火』の狂気について次のように記している。

要約して見ましょう。結局、われわれは人間の肉を食ってもいいのか、悪いのか。（略）私は『野火』では、食べない方を選択した主人公を選びました。（略）そして、選択を貫くためには、神のような超越的存在の保障が必要で、さもなければ気違いにならなければならない、としました。

（「人肉食について」『新潮』一九七三・一一）

ここにおいて「狂人」とは出来事の記述、その「選択」――ただしその「選択」は決して主体的かつ自己言及的な行為たり得ない「偶然」であるだろう――を貫く主体に他ならないことが改めて明らかとなっていると言えよう。『野火』の「狂人」とは、「偶然の系列」を記し続けるという「永遠に堪える」主体、「生きているぞ」と叫び続け「目覚め」続ける「死者」であるのだ。そして記述者がそのように「狂人」／「死者」であらんとすることによってのみ、「やがては忘れられる」はずであった出来事や「徴候」は、「普遍的な事件」として世界に「沈澱」するのである。

5 「狂人」の記述

『野火』において「私」は、自らの戦争経験について次のように述べる。

戦争を知らない人間は、半分は子供である。（三七 狂人日記）

ところで大岡は、吉田満「軍艦大和」（『サロン』一九四九・六）[18]など戦争記録文学の流行を批判的に検討した「記録文学について」（『夕刊新大阪』一九四九・一二・二〇～二一）において、これとほぼ同じ言説を残している。[19]野田康文はこの文章をはじめとする大岡の戦争記録文学への様々な言及を踏まえた上で、『俘虜記』『野火』などの大岡の小説は、記録文学における叙情的、感傷的な戦争体験の記述＝「物語化」に対する批評的なテクストとしてあるとみなした。[20]しかし本章で考察してきたような、『野火』における「生きているぞ」と叫ぶ「死者」としての「私」の記述を踏まえるならば、『野火』と同時代において流行した戦争記録文学とを分け隔てるものは、そのような物語性の拒否ということのみではない。既に示したように、『野火』においてあらゆる事象は「反復」されない限り「沈澱」されることはない以上、「私」の戦場経験もただそれ自体では何ら特権性を有し得ない非一回性の出来事に他ならないだろう。とすれば、「戦争を知らない人間は、半分は子供である」という言説は、決して戦争経験者の特権意識を示すものではなく、むしろそのように「経験」に寄り添ってときに啓蒙的な記述ともなる記録文学、あるいは「戦争文学」と呼ばれるテクストの形態そのものへの批判となっているのだ。『野火』連載終了後に発表された「再会」（『新潮』一九五一・一二）における記述からも、それは明らかであろう。

しかし経験とは、そもそも書くに価するだろうか。この身で経験したからといって、私がすべてを知っているとは限らない。（略）ただ私は「書く」ことによってでもなんでも、知らねばならぬ。知らねば、経験は悪夢のように、いつまでも私に憑いて廻る公算大である。そして私の現在の生活は、いつまでも夢中歩行の連続にすぎないであろう。

あの過去を、現在の私の因数として数え尽すためには、私はその過去を生んだ原因のすべてを、私個人の責任の範囲外のものまで、全部引っかぶらねばならぬ。

本書第八章でも引用したこのテクストにおいて、大岡は「経験」することと「知る」ということとを明確に分離している。とすれば戦場体験にせよ他の様々な事象にせよ、出来事を「知る」存在とは決してそれらを過去に「経験」した存在ではなく、「書く」という行為によってそれらを絶えず「反復」していく記述者を指すのである。だがここで、大岡が述べる「全部引っかぶ」るという記述者と、例えば野間宏の「全体小説」論で提示されるような「作者」との間には明確な差異があることに、注意しなければならない。野間が「全体小説」を構想した際、それは既存の「文学」を全て「アウフヘーベン」するもの、そこにおいて全てを書き尽くす可能性を追求していたことは、本書においてこれまで論じてきた通りである。だが「全体小説」論においてその可能性が「作者」という存在様態へと収斂するとき、そこでは「作者」という主体の——あるいはその「眼」への——無条件の信頼が前提されているとともに、「作者」がそのために何らかの変容をなす可能性はあらかじめ考察の外にある。しかし大岡が

「過去を生んだ原因のすべて」を「全部引っかぶらねばならぬ」という意識の下で『野火』を記すとき、そこでは「生きている死者」という記述者が生み出されているのであり、即ち「すべて」を記すためには主体は別のものへと変容せねばならないことが示唆されているのである。とすれば、『野火』をはじめとする大岡のテクストは、「作者」への信頼から一旦離れた上でいかに言表主体を生成するか、という問題を提示しているのだ。

さらにこのとき、「再会」において示唆される「書く」行為は、これもしばしば言われるような戦場の「死者」たちの追悼を意味するものでもない。なるほど大岡のテクストには多くの「死者」に関する記述が散見するし、例えば『レイテ戦記』冒頭の「戦って死んだ者の霊を慰める」などの言表には、一見したところ記述者の鎮魂の意識が満ちているようである。しかし『野火』において、「死者」は遂に追悼・鎮魂の儀式の対象たり得てはいない。追悼・鎮魂の儀式においては、「死者」とはあくまで彼岸の対象であり、同時に生者の想起などにおいてのみ存在し得るようなもの言わぬ不在の対象でなければならない。だが再び言うならば、『文体』稿から『展望』稿への改稿において、田村は生者である「私」によってその言表を代行される「死者」から、自ら「我々」は「生きている」と叫び続け記述し続けるような、「永遠に堪える」主体としての「死者」へと変貌しているのである。[21]

だからこそ『野火』とは、経験記述の特権性に基づいた上での啓蒙性や、あくまでも残された生者としての意識から生じる鎮魂性に捉われたままの戦争記述からは徹底的に離れた上で、いかに出来事の「徴候」が忘却されずに「沈殿」し得るか、ということが試みられたテクストなのだ。ならばこのとき、『野火』における「私」の「生きている死者」としての記述とは、もはや「戦争記録」や「戦争文学」といったものに留まるものでさえないだろう。大岡はやがて「推理小説」や「歴史小説」といったジャンルに分類されるテクストを次々と発表することとなるが、ある一つの事件のあらゆる側面や「歴史」と呼ばれるような出来事など、常に多義性に晒されていると同時に記すたびにさらに多重化していくような事象を記述し続けることもまた、「永遠に堪える」主体でなければ不可能であるはずだからだ。大岡昇平とその文学が『野火』において獲得したもの――。それは、「生きているぞ」と叫ぶ「死者」／「狂人」として、絶えず「反復」し多重化する出来事を記述し続け、「普遍的な事件」として「沈澱」させる方法、その可能性だったのである。

注

（1）三好行雄「戦争と神――「野火」大岡昇平」（『作品論の試み』至文堂、一九六八・六所収）

（2）「三八　再び野火に」において「私」は、自身の手記を読んだ精神病医の「大変よく書けています。まるで小説みたいですね」という言葉に対して、「僕はありのままを書いたつもりです」「想起に整理と合理化が伴うのは止むを得ません」と述べている。

ところで、「想起に整理と合理化が伴うのは止むを得ません」という語り手の言葉に、ベルクソン哲学の影響を認めることは容易であろう。本書第七章でも確認したように、諸事象の運動や歴史的な一瞬間、人間の自我とは、本来必然性や諸法則によっては把持し得ぬ動的進行＝「持続」であるとしたベルクソンは、それらの諸相は言語によっては決して十全に表象／再現できないものとみなした。とすれば『野火』とは、過去の記憶を「想起」し再現前化しようとする作業においては常に「整理と合理化」が働く以上、その「持続」を十全に言語化することは遂に不可能であるというベルクソン的問題を示唆したテクストであるとひとまず考えることができる。とは言え、『野火』も含め大岡がその後も戦争小説を記し続けている――表象行為を続けている――とするならば、大岡の戦争記述はベルクソン哲学の枠内におさまるものではないことももまた、確かであろう。

（3）無論『文体』稿において「私」に代行される存在であった田村が、『展望』稿では記述者自体へと変わっている以上、田村が既に死しているという設定が消滅するのは当然だろう。言うまでもなく主体が自らの「死」を言表することなど、本来的に不可能であるからだ。だが本章で示すように、『野火』の記述の問題はまさにその不可能性をめぐって展開するものなのである。

(4) 『野火』(『展望』稿)の「私」の狂気については、例えば「田村一等兵はただ作者の代りに狂人になっただけではなく、我々の代りとして、狂人になってくれてもいるらしい」(菅野昭正「『野火』素描」『国文学　解釈と鑑賞』一九七九・四)、あるいは「狂気は明らかに〈社会的感情〉の損傷感として田村によって確認されている」(花﨑育代「大岡昇平「野火」論――〈社会的感情〉の彷徨――」『國語と國文學』一九九三・七、『大岡昇平研究』双文社出版、二〇〇三・一〇所収)など、既に様々な論述が存在する。だが本書では、「私」の狂気をそのような「他者」や「社会」との関係性においてのみではなく、「私」の書記行為と関わるものとして考えたい。

(5) このような「野火」の性質に関する示唆的な論として、城殿智行「吐き怒る天使――大岡昇平と「現在形」の歴史」(『早稲田文学』一九九九・一一)が挙げられるだろう。城殿はそこで、『野火』には前半部の「内容的な意味(比島人)を指示する「指標」としての野火」と、後半部の「想起をうながし回想形式という構造を動かし始める「機能」をはたす」「記憶恢復の触媒となる野火」といった二つの「野火」が存在し、即ち「「野火」というひとつの語は、作品の前後半において、指標的／機能的な役割で二重に使いわけられて」いると指摘している。だが本章で示すように、『野火』前半部における「「指標」としての野火」もまた、あるときは現地のフィリピン人が「牧草を焼く火」であったり、あるいは日本兵の存在を仲間内で知らせ合う「狼煙」であったり、と「私」にとっては複数の指標としてあるのだ。ならばここで「野火」とは「指標的／機能的」に「二重」の役割を有するだけでなく、多重の指標として複数化されているとも言えよう。

(6) こうした「反復」における差異という問題を論じたものとして、ジャック・デリダ『有限責任会社』(高橋哲哉・

増田一夫・宮﨑裕助訳、法政大学出版局、二〇〇二・一二）が挙げられよう。ジョン・R・サールとの間で行われた論争に関連するテクストを収めた同書でデリダは、「書かれたコミュニケーション」とは常に「反復可能《レペタブル》——反覆可能《イテラブル》——でなければならない」（「署名　出来事　コンテクスト」）と述べた上で、次のように記している。

反覆可能性は、〈同じもの〉〔le même〕の同一性が他化において、他化を通じて、そして他化を目指してさえ反復可能となり、同定可能となるために最低限の残遺を（制限されているとはいえ最低限の理念化とともに）想定するのである。なぜならば、反覆の構造は、もう一つの決定的な特徴として、同時に同一性と差異とを含んでいるからである。最も「純粋な」反覆さえも——もっとも、反覆が純粋なことは決してない——、自分を反覆として構成する差異の隔たり《エカール》を、自らのうちに含んでいる。

（「有限責任会社ａｂｃ…」）

（7）「二九　手」には次のような記述がある。

その時変なことが起った。剣を持った私の右の手首を、左の手が握ったのである。（略）この変な姿勢を、私はまた誰かに見られていると思った。その眼が去るまで、この姿勢をこわしてはならないと思った。／「汝の右手のなすことを、左手をして知らしむる勿れ」／声が聞えたのに、私は別に驚かなかった。見ている者がある以上、声ぐらい聞えても、不思議はない。（略）「起てよ、いざ起て……」と声は歌った。／私は起ち上った。これが私が他者により、動かされ出した初めである。

（8）「私」を見る者としての分裂した「私」については、松元寛「『武蔵野夫人』と『野火』を包む文学空間——「俘虜記」から『俘虜記』まで——」（『小説家　大岡昇平——敗戦という十字架を背負って——』創元社、一九九四・一〇所収）などで詳しく論じられている。

（9）石田仁志「大岡昇平『野火』論——〈時間〉と自我」（『昭和文学研究』一九九七・二）

（10）高橋英夫「再現する想像力」（『ユリイカ』一九九四・一一）

（11）『野火』において「私」自身は、「必然」を例えば「死へ向っての生活」と考え（二六　出現）、あるいは「戦争へ行くまで」の「私の生活」と記している（三七　狂人日記）。だが既に「私」が「生きている死者」であるならば、もはや「私」にとって「死へ向っての生活」など存在しないであろうし、それ故に戦場経験以前の自らの生活と「偶然の系列」の記述の果ての「必然」とを同義に捉えることも不可能だろう。

（12）村松剛「大岡昇平論」（『現代作家論叢書（7）「昭和の作家たち」Ⅲ』英宝社、一九五五・一一所収）

（13）三好行雄前掲論

（14）佐藤泰正「大岡昇平の「中原中也論」をめぐって」（『近代日本文学とキリスト教・試論』創文社、一九六三・九所収）

（15）石田仁志前掲論

（16）城殿智行前掲論

（17）『野火』におけるこうした「偶然の系列」としての出来事の記述とその果てに接続する「必然」という問題はまた、本書でくり返し指摘してきた大岡の「散文」観――ベルクソンとブハーリンの並置――とも密接に関係するものだろう。即ち、「偶然の系列」としての差異を「反復」し続ける戦争記述はベルクソン的「持続」や出来事の不断の生成をなすものであるが、一方そうした記述の果てに「沈殿」される出来事の「徴候」とはまた、記述を通して遡及的に発見されるブハーリン的因果律と相似性を帯びたものなのである。

（18）「軍艦大和」は「戦艦大和ノ最期」（『創元』一九四六年一二月号に掲載される予定だったが、ＧＨＱの検閲により全文削除されたテクスト）の改定版として発表された。その後、一九五二年八月に創元社より『戦艦大和ノ最期』として刊行されている。

（19）「記録文学について」の中で大岡は次のように記している。

戦争を知らない人は半分は子供であります。戦争の真実に目をつぶって平和国家が建設出来ると思うのは、多分永久に欺されることにほかならないでしょう。

(20) 野田康文「戦争体験の記憶と記録――大岡昇平『野火』文体論――」(『福岡大学大学院論集』二〇〇一・七、『大岡昇平の創作方法――『俘虜記』『野火』『武蔵野夫人』』笠間書院、二〇〇六・四所収)および「大岡昇平『俘虜記』の創作方法――背景としての記録文学――」(『日本近代文学』二〇〇四・一〇、同書所収)などを参照されたい。

(21) だが同時に、この箇所で「生きているぞ」と叫ぶ「死者」の「声」が、「私の耳にすら届かない」と記されていることに注意しなければならない。即ちここにおける「声」は、生きている人間が通常考える「声」ではないばかりか、ジャック・デリダが『声と現象』でフッサール現象学について論じるところの、「自分が話すのを聞く」といった言表主体の自己充足をもたらす「声」でさえないのである。とすれば、『野火』における「死者は生きている」という記述はまさに、我々は「死者」の「声」を了解することはできるのか、我々がその「声」を発することは果たして不可能なのか、という様々な問いを要請するとともに、「死者」をめぐる既存の言説を転覆させる可能性としても機能しているのだ。なお大岡のテクストにおける鎮魂され得ぬものとしての「死者」という問題については、本書第十一章・第十二章で改めて考察したい。また、ジャック・デリダのテクストについては、『声と現象　フッサール現象学における記号の問題への序論』(高橋允昭訳、理想社、一九七〇・一二)に拠った。

第十一章 「亡霊」の「戦後」──大岡昇平「ハムレット日記」論──

1 「ハムレット日記」の成立

大岡昇平「ハムレット日記」は、志賀直哉「クローディアスの日記」(『白樺』一九一二・九)や小林秀雄「おふえりや遺文」(『改造』一九三一・一一)、あるいは太宰治『新ハムレット』(文藝春秋社、一九四一・七)などとともに、日本における『ハムレット』受容のあり方を見ることができるテクストの一つである。同時にこの小説は、ロックフェラー財団給費生として欧米を旅行した大岡が帰国後に初めて発表した連載小説でもあり、大岡文学において看過できないテクストとも言えよう。にもかかわらず、これまで「ハムレット日記」について論じられた機会はそれほど多くはない。その理由の一つとして、まずはテクストの複雑な成立過程が挙げられるだろう。「ハムレット日記」は『新潮』一九五五年五月号から一〇月号まで連載されたものの、「オフェリヤが行方不明」になった「大変な失敗作」[1]であるという理由で長らく単行本化されず、『大岡昇平全集　第四巻』(中央公論社、一九七四・四)刊行の際に全面改稿の上で初めて収録された。その後『新潮』一九八〇年二月号に「「ハムレット日記」の終りの方に挿入さるべきもの」として「オフィーリアの埋葬」が発表され、これを加えた上でさらなる全面改稿がなされた『ハムレット日記』(新潮社、一九八〇・九)が刊行されるに至る。[2] 即ち「ハムレット日記」と題されたテクストは、その後の岩波書店版全集や岩波文庫に所収される際の改稿を除いたとしても、連載版、旧全集版、単行本版の少なくとも三種類が存在するのである。

また、「ハムレット日記」は「劇でもよく省かれている場面」であるノルウェー王フォーチンブラスとハムレットの邂逅場面を重視した「政治劇」であるという大岡自身の言説[3]が、このテクストを論じる上であまりにも強固な前提となってしまうという事実も無視し得ないだろう。やがて単行本『ハムレット日記』の「あとがき」において大岡は、「世継王子として、父王を慕う軍人共を後楯として、父の讐を討つと共に、デンマークの王座をねらうマキァベリストのハムレット、その試練と没落を描こうとした」と述べるとともに、「外国軍の領内通過を重視したことは、聯合軍によって占領された戦後の経験から生れたこと」であり、「作品全体の調子は、もはや戦後ではないといわれた一九五五年の状勢を反映」したものと記す。確かに「ハムレット日記」のハムレットは、後述するように自らの王権奪取のために父王の「亡霊」さえ利用している。また様々な場面でフォーチンブラス軍の領内通過を憂慮する言説をくり返し、さらにはデンマークが「平和によって堕落」し「既に衰運に向ひつゝある」とも表現するのだ。ここにおいて「ハムレット日記」は、例えば「マキァベリスト」としてのハムレットを描いたテクスト[4]、あるいは「米軍駐留を現実の問題として対置させた文学[5]」と断じられることとなるだろう。だが「ハムレット日記」におけるハムレットは果たして、単なる「マキァベリスト」に留まり続けるだろうか。さらにそこで示唆される「一九五五年の状勢」とは、アメリカ軍によって「占領された戦後」という事実のみに限定されるものであっただろうか[6]。

ところで大岡は戦前に翻訳したバルザック『スタンダール論』（小学館、一九四四・五）の「解説」において、「文学作品に於ける政治は音楽会の最中に放つたピストルの様なものだ。傍若無人だが、しかし注意しないわけには行かない」というスタンダールの言葉を引用した上で、次のように記している。

政治も死と同様、最も文学的ならざるものである。が要するに「政治が運命である」以上避けることは出来ないし、避けるのは意味がない。

スタンダールのテクストに示唆を受けた大岡が、戦前戦後を通じて一貫して「政治化した私」という概念を提示し続けたことは周知の通りだが、ここにおいて大岡は回避不可能であり「最も文学的ならざるもの」として、「政治」とともに「死」を示す。そしてまた、「ハムレット日記」とは「政治」のみならず「死」――あるいは「亡霊」――に覆われたテクストではなかったか。ならばまずは、「ハムレット日記」において「亡霊」はいかなる存在としてあるのか、考察しなければならないだろう。(7)

2　父の「亡霊」

今日ホレーショが変なことをいひに来た。父上の亡霊が毎夜東の城壁に現れるといふのだ。　（十二月二十日）

ハムレットによる日記という形式がとられる「ハムレット日記」冒頭、ハムレットは先王である父の「亡霊」出現を聞かされる。先王の死後、叔父クローヂヤスがハムレットの母と結婚してデンマークの実権を握らんとしていること、同時にノルウェーの王子フォーチンブラスがデンマーク領内通過の許可を得ていることなど、「ハムレット日記」冒頭に示される世界はその大枠においてシェイクスピア『ハムレット』と共通したものである。だが、クローヂヤスに毒殺されたという父の「亡霊」の告白を契機としてハムレットによる敵討ちの物語が展開する『ハムレット』と異なり、「ハムレット日記」のハムレットは未だ「亡霊」と遭遇していないにもかかわらず、クローヂヤスこそが「母上と共謀して、父上を弑し奉つた」のではないかと既に疑っているのだ。だからこそ「ハムレット日記」において先王の「亡霊」は、現在は「一個の不平な王子の空想」に過ぎないそのような疑問に対して「真実なる証拠」をもたらす存在としてハムレットに待望され、あるいは「デンマークの王座について、叔父上と同等の権利を有した」彼にとって「特別の意味」を持つものとみなされるのである。

やがて「ハムレット日記」は、『ハムレット』とのさらなる差異を提示することとなる。「亡霊」の噂を耳にした夜、ホレーショやマーセラスらとともに城壁に上る「ハムレット日記」のハムレットは、しかしシェイクスピア『ハムレット』とは異なりついに父の「亡霊」に邂逅することはない。にもかかわらず彼は翌日の日記の冒頭に、「亡霊と対面の一條」と記すこととなるのだ。

亡霊はやはり私の運命を決定してゐたのである。それが真実であるか、いつはりであるかは最早問題ではない。マーセラス、バーナードの輩が、出現を望んでゐたといふことが重大なのだ。(略)時が到るまで、マーセラスとバーナードの口はふさいでおかねばならぬ。同時に彼等に、亡霊を、信じ続けさせねばならぬ。(略)真実であらうとなからうと、立証せねばならぬのだ。(略)全世界を欺かねばならぬからだ。(十二月二十一日)

ホレーショから「亡霊」の噂を耳にした際には、その「亡霊」から「真実なる証拠」を提供されることを期待していたはずのハムレットは、ここにおいて「亡霊」との遭遇それ自体には関心を抱かぬのみならず、「真実」は「最早問題ではない」とさえ述べる。父の「亡霊」によってその死の「真実」が告げられ敵討ちが開始される『ハムレット』はこのようにして、ハムレットが「真実であらうとなからうと」クローヂヤスの罪を「立証」し、また王位を奪取するために「亡霊」との邂逅を偽りその存在を信じさせる小説、「全世界を欺」くテクストとしての

「ハムレット日記」へと変貌するのだ。だからこそハムレットはこの後、「王について真実など問題ではない」（一月十二日）、「真実それ自身は最早問題の中心にない」（一月十六日）などとたびたび記すようになるのである。

換言すれば、「ハムレット日記」における「亡霊」とはハムレットの王位収奪のための言葉によって生成される、それ自体の有無は問題とならない存在なのである。そしてハムレットの目論見の通り、果たして「亡霊」は多くの人々に信じられるであろう。「一月十五日」の日記には「ホレーショの話によると、亡霊の噂は相当ひろまつてゐるらしい」と記される。あるいはハムレット自身、例えば劇団の座頭に「出るとも。出るとも。戴冠式の二晩前から、ずつと出つ放しだ」と語るなど、過剰なまでに「亡霊」の出現を表明し続けるのである。やがてハムレットの計略によって城内で「ゴンザゴ殺し」が上演された際、家臣たちに向かって「私は亡き父、武勲高きデンマーク王のお姿をこの目で見、お声をこの耳で聞いたのです」（一月十九日）、「父上の御霊が神意によつて、この世に現れ給うたこと、従つてそのお言葉の真実なること、それに基いて行動することこそ、デンマークを安泰に導く唯一の手段であることを、忘れないやうにして下さい」（同前）と語るとき、確かにハムレットの、「亡霊」を利用してでも王位奪取を遂げようという陰謀家的側面(8)は顕著であると言えよう。

だが「ハムレット日記」はこの後、さらなる転回を遂げる。

その時私は背後に人の気配を感じたのである。ポローニヤスのほかに、まだ立聴き役がゐたのかと、その場においた抜身を拾つて振り向けば、父上であつた。（略）亡霊は静かに口を開き、「幾度となく語つたことを、繰り返すために来たのではない。お前の復讐の決心が鈍つたのをはげますためで来たのだ。母には構ふな。弱きものには、なにごとも強くひゞく。母をいたはつてやれ。怖るべき真実は女には要なきものだ」（略）

「ハムレット、誰と話してゐるのだね」

といふ声に、

「父上でございます。あくまでも母上を庇ふお情け深いお言葉、お聞きでございませう」

といへば、母上はゆつくり眼を私の顔から離されて、

「私には何も見えませんよ。見えるのはたゞ声と窓掛ばかり、風に少少揺れてゐます」

といはれて、はつと気がつけば、いかにもそこには誰もゐない。（略）そこで私は我に返つた。亡霊が私の発明品であるのを忘れてゐたとは腑甲斐ないことである。（一月十九日）

母に対して「クローヂヤスの弑逆の罪」を訴える最中、ハムレットが「全世界を欺」くために作り上げた存在であるはずの先王の「亡霊」が出現する。もちろんこの「亡霊」は母の目には全く見えないものであり、ハムレット自身「我に返つた」後、「亡霊」は自らの「発明品」に過ぎなかったことを再認識する。にもかかわらずその後も、ハムレットは父の「亡霊」にとらわれ続けることとなるのだ。

例えばイギリスへの航海中、彼は「せめて父上の亡霊でもお出ましになれば、有益な助言もお訊き出来るのだが、その後はさつぱりおいでがない」（一月二十四日）と記す。既に示したように「ハムレット日記」において父の「亡霊」は、「真実」を告げ知らせるというシェイクスピア『ハムレット』的な存在から、「マキァベリスト」ハムレットの計略によって、その実在の「真実」などとはまるで無関係に「発明」されたものへと変貌していたはずであった。だがここでは「亡霊」は再び、ハムレットにとって出現が待望されるもの、「有益な助言」を与え得る存在とみなされているのである。もちろんハムレットのいわゆる「合理精神」が、父の「亡霊」の出現によって完全に消滅したとは言い切れまい。事実彼はこの後、「亡霊」を「神経の混乱」による「幻覚」とみなしているのだ。だが

彼はその直後、次のようにも語るのである。

大事なのはいかにして、亡霊と共に生きるかといふことだ。

（一月二十四日）

ここにおいてハムレットは、「亡霊」を「信じ続けさせ」ることではなく、「亡霊と共に生きる」ことを選択する。ならばハムレットはいかにして「亡霊と共に生きる」のであろうか。

ところで「ハムレット日記」と『ハムレット』との間にはさらに大きな差異が存在する。それは、「ハムレット日記」に出現する「亡霊」とは先王一人ではなかったという事実である。

3 「亡霊」化する「死者」

例えばハムレットはイギリスへと向かう船中、監視の目を逃れるために水夫に変装し船底に隠れるが、そこで父の「亡霊」らしき気配を感じる。

「父上ですか」
と呼んだが答へがない。（略）
「ポローニヤスでございます」
「あ、、卿だつたのか」
私はほつと安心した。

「こんなところへ、何しに来られた」

「ビスケットをいたゞきに参りました」（略）

「しかしないものはあげられぬ。何故そのやうにひもじいのかな。卿は既に――」

といひさして、私は此奴もやはり亡霊であつたと気がついたのである。

「あはははは」

私の笑ひ声は、広い船底の四方にこだまして、唸りつゝ、消えるまでに、大そう時間がかかつた。（一月二十五日）

ハムレットの眼前にあらわれたのは、彼が殺害したポローニヤス（オフィーリヤの父）の「亡霊」であった。ハムレットはその「亡霊」の出現に驚嘆を示すどころかむしろ「安心」し、笑い続ける。だがこの直後、ポローニヤスに向かって父の「御魂」の居場所を尋ねたハムレットは、その応答に怒りを露わにするのである。


「先王ハムレットはたしかに私と同じところにをられます」

「どうしてわかる？」

「私共はみんな同じ苦しみの縁につながつて一身同体、共通の媒質によつて、亡霊となつて現れるのでございます」

「なに、父上と卿が一身同体？」

「いかにも私は仮りの代表、同時に先王でもございます」

「何のためにハムレットにお現れになつた」

「私の受けてゐる苦しみをお知らせするためでございます。いづれ殿下も罪の報いを受けられる体、常に備へてゐなくてはなりません」
「坊主のやうなことを申すな。その手は喰はぬぞ。私の幻覚が卿の内容だ。この通り心を静めれば、卿は忽ち消えてなくなるほかはあるまい」
「さうは参りません。私はお信じならないが、先王はお信じになるといふ不公平は許されません。殿下は先程、私より先に『父上ですか』と声をかけられたではございませんか」 （同前）

先王と「一身同体」であるという、「亡霊」各々の固有性を否定するがごときポローニヤスの言葉にハムレットは激怒し、「亡霊」は自身の「幻覚」に過ぎないという「合理精神」に基づいて彼を消滅さしようとする。だが、たとえハムレットが「心を静め」ようともポローニヤスの「亡霊」は消えることはない。父の「亡霊」の出現とその告白は待望しつつ、他の「亡霊」の言説は否認するというハムレットの「不公平」を、ポローニヤスは遂に許さないのだ。このとき「ハムレット日記」における「亡霊」は、かつてハムレットが自らの王位奪取に都合の良いようにその存在と言葉を創作した「発明品」などでは、既にない。「亡霊」とは、その出現も言動も選別不可能な強制的な力として、ハムレットに及ぶのである。

さらに、「ハムレット日記」においてハムレットが邂逅する「亡霊」は、先王とポローニヤスの二人に留まらない。

昨夜夢にオフィーリヤが出て来た。ホレーショに聞いた通りの狂乱の態。両手にあまるほど季節はづれの野花をかゝへて、絶えず声もなく笑ひながら、狭い宿屋の室を走り廻り、唄ふ歌は、二度と戻つて、来ぬかいな。
二度と戻つて、来ぬかいな。
なんで戻ろか、亡き人の、
帰らぬ旅路、待つよりは、
いつそこの身を捨てやんせ。

「オフィーリヤよ、帰らぬ人とは誰のことだ」と私は訊いた。
「殿下のことでございます（略）」

（二月十九日）

デンマークへ帰国した「二月十八日」にハムレットは出迎えの者によってオフィーリヤの水死を知らされるが、翌「二月十九日」の日記ではハムレットの夢にオフィーリヤが出現したこと、および二人の対話が記述される。ここにおいて、オフィーリヤもまた先王やポローニヤスと同様に、死後ハムレットの元にあらわれる「亡霊」と化しているのである。ならば、「ハムレット日記」においてはなぜそのように複数の「亡霊」があらわれなければならないのだろうか。

ここで、「ハムレット日記」とは大岡が欧米旅行からの帰国後に連載第一作として発表した小説であったことを想起してみよう。ところでその旅行について記されたテクストにおいてもまた、「亡霊」は出現してはいなかったか。

それから少しごちゃごちゃした傍道を行き、広い原の中に獅子の石像が立っているところへ出た。カイローネアであった。前三三八年テーバイを盟主とするギリシア連合軍が、マケドニアのフィリポス王に破られたところである。獅子はテーバイ人が戦没者を葬うために建立したものである。（略）永遠に慰められることのない死者の怨霊がこの地に生きている、と私は感じた。（略）しかし鎮めようにも鎮めようのない前三三八年の死者の怨霊は、カイローネアの野に生きている。（略）カイローネアの野に、石獅子が永遠に慰められない傷だらけの怒りを曝しているのである。

「鎮魂歌」と題されたこのテクスト[9]ではその冒頭で折口信夫の「短歌鎮魂説」が紹介された後、異国を旅する人間が鎮魂歌によっていかに魂を鎮められるか、という問題について記される。だが大岡がテーバイ人の戦没者を弔うために建設されたカイローネアの獅子の石像に見出すのは、「鎮めようにも鎮めようのない」「死者の怨霊」、「永遠に慰められない傷だらけの怒りを曝」す「亡霊」なのである。

このとき大岡が別の場所で、折口信夫『死者の書』において提示される「死とよみがえり」を「戦後のいらだたしい雰囲気のなか」での「切実な主題」を表したものとして評価していることは、看過してはならないだろう[10]。即ち大岡のテクストにおける「鎮めようのない」「亡霊」とはまた、「戦後」という時代と密接に関わる存在なのである。そして「ハムレット日記」と前後して発表された大岡の諸テクストにおいても、様々な「戦後」における「亡霊」たちの出現が記されているのだ。

例えば前掲『作家の日記』の中には、過去の出来事について「軍人恩給」などで取り繕おうとする状況を嫌悪する大岡が、戦死した軍隊の同僚に対して「幽霊」となって「ひとつ化けて出てくれ」と述べる「詩のようなもの」が載せられている。このとき「鎮めようのない」「亡霊」とは、様々な弔いの所作によって「戦後」を清算し終わらせようとする動向に対し、「怒り」を晒し出現し続けることでその状況を否認する存在としてあるのだ[11]。

だからこそ、「もはや戦後ではないといわれた一九五五年の状勢を反映」した小説である「ハムレット日記」は、決して慰められることなき複数の「亡霊」たちが出現するテクストでなければならなかったのである。とすれば、なぜ「ハムレット日記」のオフィーリヤは一度も「埋葬」されぬまま二五年間「行方不明」でなければならなかったのか、その理由も明らかだろう。本書第三章でも参照したスラヴォイ・ジジェクによる「埋葬」に関する言説を再度引用してみよう。(12)

葬式を通して、死者は象徴的伝統のテクストの中に登録され、その死にもかかわらず共同体の記憶の中に「生き続ける」だろうということを保証される。一方、「生ける死者の帰還」は正しい葬式の裏返しである。正しい葬式にはある種の諦め、すなわち喪失を受け入れることが含まれているが、死者の帰還は、伝統のテクストの中にはその死者の場所がないということを意味している。

「埋葬」とは「死者」がもはや存在しないという「喪失」を甘受し、さらに「死者」を「同定」することで、彼らが「生ける死者」と化して「帰還」することを回避する「正しい」儀式である。だが「ハムレット日記」における「死者」とは、決して鎮魂されぬまま出現し続ける「亡霊」でなければならなかった。だからこそ「オフィーリアの埋葬」は二五年もの間書かれないままだったのだ。彼女は「共同体の記憶」などには回収されることなく「亡霊」として常にハムレットの元に「帰還」し続けるために、「埋葬」という「正しい葬式」を忌避しなければならなかったのである。(13)

ではそのような「亡霊」に対して、ハムレットはいかに応答せねばならないのだろうか。前述の通り、それら複数の「亡霊」たちの出現とその言説をハムレットが取捨選択するという「不公平」は既にポローニヤスの「亡霊」

によって否認されており、あるいはハムレット自身、父の「亡霊」との邂逅以後「亡霊と共に生きる」ことを明らかにしている。そしてハムレットが「亡霊と共に生き」なければならないことは、「亡霊」側の言説においても示唆されているのだ。

「別の世界の人の前では悲しい顔も致しますが、同じ世界に住む人の前では、うれしさは隠さうとは思ひません」

「私がそなたと同じ世界に住むとは、どういふ意味だ。そなたは川に溺れて死んだが、私は幾多の機略の結果、クローヂヤスがかけた罠より脱し、この通りデンマークに帰つて来てゐる。クローヂヤスの面皮を引つぱいで、復讐を遂げるのも旬日に迫つてゐる」

「遂げたとて、なんになりませう。復讐はキリスト教では固く禁ぜられてゐる行為、すべては神の御手に任せ、生きながら死ぬのが、死んでも生きる唯一の道」

（二月十九日）

オフィーリヤはここで、「亡霊」である自らとハムレットは「同じ世界に住む人」であると語りかける。それは狂死した自身と同じく、既にハムレットが気が狂っていることを示唆するのだろうか。あるいは「すべては神の御手に任せ」とあるように、宗教的な意味を有する言説だろうか。だが既出引用部にもあるように、オフィーリヤは彼を歌の中で「亡き人」とさえ呼んでいるのだ。そしてこれらの言葉を待つまでもなく、ハムレットは既に自らが「生きながら死ぬ」存在となりつつあることを明らかにしていたのである。

「ハムレット様の行方が知れません。海に落ちられたか、天に舞ひ上られたか。御著衣を室に残されたまゝ、御身体は消え失せてしまはれました」
「けがれた肉体が消え失せてくれゝば倖せだが、さううまくは参らぬ。ハムレットはここにゐる」

水夫は私を見知らぬので、こんなお喋りを続けていつてゐたのである。そして私がハムレットと名乗るのを聞いて、こんどは亡霊と思つたらしい。

「出た」と一声叫ぶと、踵を返して走り去つた。エルシノーアの王家の者は、化けて出るものと相場が定つてゐるらしい。

（二月二十七日）

ポローニヤスの「亡霊」との対話の後、船底に留まっていたハムレットと遭遇した水夫たちは、彼を「亡霊」とみなしてしまう。だがハムレットは、そうした水夫の言説をいささかも否定することなく、「エルシノーアの王家の者は、化けて出るものと相場が定つてゐるらしい」とやや揶揄的に自らを説明するのだ。このときハムレットは、自身が既に「生きながら死ぬ」がごとき「亡霊」と化しつつあることを認めているのではないだろうか。

ところで大岡は「ハムレット日記」について、「『野火』の狂人を、デンマークの宮廷で遊ばしてみた」（『作家の日記』）小説であると記している。そして本書第十章で既に論じたように、『野火』の語り手である「私」もまた、戦場での出来事を含むあらゆる事象を「全人類」が忘却していくことを否認するため、あるいは「過去を生んだ原因のすべて」を「個人の責任の範囲外のものまで、全部引っかぶ」[14]るために、自らに「死」が到来した後も「生きているぞ」と叫び続ける「死者」／「狂人」ではなかったか。とすれば「ハムレット日記」におけるハムレットの「狂気」もまた、『野火』のそれと接続するものとしてあると言わねばなるまい。「亡霊」たち各々の言説を選択するという「不公平」を認められぬままにそれら「鎮めようのない」「亡霊」と「共に生き」、遂には自らも「亡霊」と化すことこそ、自らの「責任の範囲外」の出来事まで「全部引っかぶ」らんとする「戦後」の「狂人」にふさわしい所作なのである。「ハムレット日記」は以下のように閉じられる。

「もう、だめだ。ホレーショ。さやうなら。何故みんなそんなに顔色を変へる。来るべきものが来ただけだ。死が近づいて来る。何度も触れた亡霊の世界に歩み入るだけだ。それ母上の亡霊もしかばねの上に立ち上つた。クローヂヤス、レヤチーズ、いづれ劣らぬ地獄行きの連中ばかり、みんな惨めな姿だなあ。手間は取らせぬ、私もすぐ跡を追ふぞ。（略）しかしこれほど大勢の死人が、生前犯した罪のために、みんな一様に地獄に落ちるとは不公平ではないか。そこに違ひはつけられぬものか」

（ホレーショの手紙。）

既に「生きながら死ぬ」がごとき存在と化しつつあったハムレットは、結末部において遂に「何度も触れた亡霊の世界」に足を踏み入れる。彼と同じく死を迎えたクローヂヤスら三人の「亡霊」を目にしたハムレットは、「みんな一様に地獄に落ちる」ことを「不公平」と感じ、「そこに違ひはつけられぬものか」と述べる。だがもちろん「違ひ」は見つけられぬまま彼は口が利けなくなり、「ハムレット日記」は閉じられることとなるであろう。幾多の「亡霊」たちの存在とその言説をことごとく受け入れることが「公平」である「ハムレット日記」においては、「死者」それぞれに「違ひ」を見出そうとすることなどは決して許されぬ「不公平」な所作なのである。[15] 全ての「死者」たちがいささかの「違ひ」もなく「亡霊」化するとともに、それら「鎮めようのない」「亡霊」と「共に生きる」ことを選択せねばならない世界——。それこそが「ハムレット日記」が示唆した「戦後」であったのだ。

4　「オフィーリアの埋葬」と持続する「戦後」

「ハムレット日記」とは複数の鎮魂されることなき「亡霊」たちが出現し、遂にはハムレットを含めあらゆる死者たちがことごとく「亡霊」化する世界としての「戦後」が描かれたテクストであった。では、その「亡霊」の一人であるオフィーリヤが「埋葬」されたとき、「ハムレット日記」はいかなる変貌を遂げるであろうか。あるいはそのとき、「亡霊」は消滅せざるを得ないのだろうか。

『新潮』一九八〇年二月号に掲載され、後に単行本版『ハムレット日記』に加えられた「オフィーリアの埋葬」では、ハムレットはオフィーリヤの墓を作る墓掘りと対話し、さらに彼女の葬列に出くわす。このとき、オフィーリヤはひとまず「正しい葬式」によって送り出されていると言えよう。もちろんその葬儀では、「死因には不明な点」があるという理由で「乙女の魂の平安を祈るレクイエムの儀式」が行われない以上、オフィーリヤが「亡霊」と化す可能性は消えてはいない。実際にこの直後、ハムレットはやはり夢の中でオフィーリヤと邂逅する。だがそこでのオフィーリヤの言説は、連載版「ハムレット日記」のそれとは大きく異なっているのである。

「私は煉獄になぞおりませぬ。あれは僧侶らの言い立てる僻事、殿下のお学びになったウィッテンバーグのマルティン・ルター様には、煉獄の魂が亡霊となって地上をさまようとの教えはないはず」（略）「復讐はいけません、（略）煉獄はありません。亡霊はありません。それはみな殿下の気の迷いでございます」（略）

「オフィーリアが純潔でないように、亡霊などありませせぬ。あれは殿下の妄想です。復讐はなりません。殿下の誤りの犠牲たるオフィーリアの願い、お聞き届け下さいますよう」

（六月十一日）

初出から大幅に追加されたオフィーリヤの夢の中での言説において、彼女は「煉獄になぞおりませぬ」と告白し「亡霊」の存在さえ否認する。そしてそれを耳にしたハムレットもまた、目覚めた直後に「オフィーリアのいう通りかも知れぬ」と考え、自らの眼前に出現したオフィーリヤは「亡霊」ではなく「メランコリーから解放」するための「天から遣わされた使いかも知れぬ」と記すのである。

このような「亡霊」の存在の否認は、死の直前におけるハムレットの言葉の改稿にも接続する問題であろう。

「もう、だめだ。かすり傷とはいえ、毒はまもなく全身に廻ろう。ホレーシオ、さようなら。なぜそう顔色を変える。来るべきものはやはりいま来たのだ。死が向うからやって来るのが見えるようだ。私が信じていない亡霊の世界に歩み入るのか。クローディアス、レアティーズ、いずれ劣らぬ地獄行きの連中ばかり、みんな影のような惨めな姿だなあ。母上のみは道連れなさらぬことを望む。（略）」

（九月三日）

「亡霊の世界」について「私が信じていない」という言葉が加えられた単行本版『ハムレット日記』において、「みんな一様に地獄に落ちる」ことを「不公平」だとするハムレットの言説は削除され、代わりに「母上のみは道連れなさらぬことを望む」という一節が追加される。とすればこのとき、あらゆる「死者」たちがことごとく「亡霊」化するという「ハムレット日記」の世界は変貌しつつあると言えよう。ならば『ハムレット日記』が刊行された一九八〇年においては、鎮められぬ「戦後」の「亡霊」もまた、消滅しつつあるのだろうか。

例えば『中央公論』一九六七年新年特大号から一九六九年七月号まで連載された『レイテ戦記』は、しばしば

「鎮魂」のテクストとみなされてきた。あるいは戦後からなされてきた一連の富永太郎論の意図が「富永太郎の霊に捧げられ」たものであったという大岡の言説（『富永太郎　書簡を通して見た生涯と作品』中央公論社、一九七四・九「あとがき」）などからも、一九八〇年までに大岡が様々なテクストで「鎮魂」の作業を行ってきたことは、一見したところ明らかであろう。だが、ならばなぜ単行本版『ハムレット日記』の結末部は次のように改稿されなければならなかったのだろうか。[16]

「（略）城門を開けろ。デンマーク王にはフォーティンブラスを選ぶがよい。それが寸刻たりとも生き延びて、王権を手にしたハムレットの遺志だ。フォーティンブラスにそう伝えてくれ。さて、もう終りだ。あとは沈黙」

しかしこのハムレットの臨終の意志さえ、実現しなかったのだ。（同前）

ハムレットが息絶える結末部、単行本版『ハムレット日記』では彼の「沈黙」の後に、「しかしこのハムレットの臨終の意志さえ、実現しなかったのだ」という語り手の言説が加えられる。だが、なぜこのような唐突な解説が単行本版には付加されなければならなかったのか。大岡は「ハムレットの遺言すら実現せず、デンマークが分割されることにした」この改稿について、「一九八〇年に単行本にする時の思いつき」であり「戦後の日本でなければ現われ得ない書き直し」であったと記している（「作者の言葉」『大岡昇平集　4』岩波書店、一九八三・五所収）。とすれば大岡において、一九八〇年は未だ「戦後」が持続する時代であったと言えるだろう。ところでシェイクスピア『ハムレット』結末部に関する大岡の次のような言説は、注目に値する。

こうして最後の舞台には四つの死体が横たわることになりますが、同時にここでデンマークの病気も終ります。最後に息を引き取る順序となったため、一瞬デンマークの主権者となることが出来たハムレットは、王国をフォーチンブラスに譲ると遺言して死ぬ。（略）ハムレットは死に、輝く健康な王子フォーチンブラスの形で復活するのを見て、われわれは哀憐と浄化を経験し、結局われわれのおかれた環境を認知し、その中で人間のたどるべき運命を理解するのです。

（「現代小説作法　第十回」『文學界』一九五八・一〇）

大岡はここで、『ハムレット』においてはハムレットの死とフォーチンブラスへの主権委譲によって「デンマークの病気」が終わり、「浄化」がなされていると記す。ならばフォーチンブラスがデンマークの王権を獲得し得ず、ハムレットの遺言が不履行に終わることが結末部で示唆される単行本版『ハムレット日記』は、そのような「デンマークの病気」の治癒不可能性をあらわしたテクストと言えよう。同時にハムレットの「臨終の意志」が実現されない以上、彼の死と遺言は「浄化」として小説を閉じるべき特権的な機能をもはや有してはいない。とすれば、「みんな一様に地獄に落ちる」ことを甘受せねばならないという記述が削除された単行本版『ハムレット日記』においても、未だ「亡霊」の複数性は残存していると言わねばならないのだ。あらゆる「死者」が等しく「亡霊」化することに対して、「違ひはつけられぬものか」と初出「ハムレット日記」のハムレットは語っていた。その言葉さえも削除された『ハムレット日記』は、しかしハムレットの「死」と「遺言」の特権性双方を剥奪する結末部の一行追加によって、ハムレットにさえ他の「亡霊」との「違ひはつけられぬ」ことを示唆していたのである。

ならばここにおいて、『ハムレット日記』の刊行とは「亡霊」の「戦後」という思考をむしろ徹底化するものであったと言えよう。前述の通り、ハムレットとは複数の「亡霊」の出現とその言説を「公平」に受け入れることを強いられた存在であり、それ故にあらゆる出来事を「責任の範囲外」のものまで「引っかぶ」らんとする「戦後」

の「狂人」でもあった。だがそのハムレットの「死」の特権性が剥奪された単行本版『ハムレット日記』ではまた、彼の「狂気」さえも特権的なものではあり得ない。即ち「亡霊と共に生きる」ことはもはや、ハムレットという個人には還元不可能な行為なのである。一九八〇年においては、「戦後」を生きる全ての個人はいささかの「違ひ」もなく「亡霊」たちの言説を受け入れ、あるいは自らも「亡霊」化することによってそれらに応答しなければならないのだ。

だからこそ「オフィーリアの埋葬」発表によって「正しい」葬送の儀式を受けるはずのオフィーリヤもまた、別の場所では未だ「亡霊」であり続けてしまうのである。

那美さんは二人の男に求婚されても、自分は身投げなぞしない、二人とも男妾にするだけだなんていう。一方、自分が身投げして楽々と死んでいるところを描いてくれ、ともいう。まだ見ぬ先からミレーの「オフィーリア」を思い浮べるのはその伏線ですが、少し不自然です。（略）なぜこうオフィーリアにこだわるのか、その理由は漱石の無意識の中にあって、『草枕』を書かせたダイナミックスであるように思います。（略）なぜオフィーリアなのか、を考えてみよう、と思います。

（「水・椿・オフィーリア――『草枕』をめぐって――」『群像』一九八〇・二）

大岡は『草枕』における那美とオフィーリヤとの接続を「不自然」であるとし、そこに「漱石の無意識」を見出そうとする。しかし結局、「なぜオフィーリアなのか」という疑問に対する答えは提示し得ないまま、ただ彼女についての記述だけが残されるであろう。「埋葬」という儀式を経た後も、オフィーリヤの「亡霊」はテクストを横断して残余し続けるのである。(17)

幾多の改稿の果てに『ハムレット日記』が刊行された一九八〇年においても、未だ複数の鎮められぬ「亡霊」たちは残存している。それはまた、例えば「もはや戦後ではない」などという言説を経て数十年後の一九八〇年以降も、大岡のテクストにおいて「戦後」は持続していることを示唆してもいたのである。ならばこのような大岡の「戦後」は、他の「戦後文学」が提示した「戦後」といかに異なっているのか。さらにそのとき、大岡の諸テクストにおける様々な「亡霊」たちは、「戦後」の文学に――あるいは「文学」の域内を越えて――何をもたらすのか。それを考察するためには、「ハムレット日記」に留まらぬ大岡の諸テクストに遍在する「亡霊」／「死者」たちの姿を、さらにそれらの表象のあり方を見なければならないだろう。

注

（1）大岡昇平『作家の日記』（『新潮』一九五八・一～六、同年七月に新潮社より刊行）より。なお「オフェリヤが行方不明」とは連載版「ハムレット日記」においてオフィーリヤの埋葬の場面が描かれなかったことを指すが、大岡自身その理由として、「煉獄にいる亡霊の魂とオフィーリアの埋葬の宗教的意味について未練」（「わが文学に於ける意識と無意識」『われらの文学4　大岡昇平』講談社、一九六六・一二所収「私の文学」）があったためと記している。なお『成城だより』（『文學界』一九八〇・一～一二、翌年三月、文藝春秋社より刊行）によればこの「宗教的意味」とは、「ハムレット日記」の構想に多大な影響を与えたとされるドーヴァ・ウィルソン『ハムレットの中で何が起っているか』(Dover Wilson : *What happens in Hamlet*, Cambridge University Press, 1935) 中に示された、カトリック的な「煉獄の魂」「亡霊」と新教的な「埋葬」という行為との矛盾を指す。

（2）「オフィーリアの埋葬」が執筆された経緯について、大岡は新潮社単行本版『ハムレット日記』の「後記」において、「私がその気になったのは、青山学院大学教授岡三郎氏が、志賀直哉の「クローディアスの日記」以来の、日本におけるハムレット作品の比較文学的研究を思い立たれ、私の未完の作品に注目されたことだった。研究の対象になるとすれば、未完になっているのがふがいないように思い、欠落部分を補い、全体を整えて岡氏の研究に堪える作品にしたくなった」と述べている。

（3）『東京新聞（夕刊）』（一九五五・一・二九）のインタビューの中で大岡は、「ハムレットは今まで一般には家庭悲劇と考えられているが、あれを政治的な劇と見たい」と述べ、その具体的な内容として「劇でもよく省かれている場面」である「ノルウエーの王子フオーチンブラス登場の件り」を挙げている。

（4）その例として岡三郎「大岡昇平の『ハムレット日記』研究（2）——日本近代文学における *Hamlet* の変貌——」（『青山学院大学一般教育部会論集』一九八四・一一）、清水徹「《政治》と《情事》」（『大岡昇平集　4』岩波書店、一九八三・五「解説」）などが挙げられる。

（5）花﨑育代「大岡昇平における初出「ハムレット日記」の意味」（『目白近代文学』一九八五・一〇、『大岡昇平研究』双文社出版、二〇〇三・一〇所収）

（6）もちろん大岡にとってアメリカ軍による戦後の日本占領は常に重大な問題であり続けたことは疑い得ない。例えば「白地に赤く」（『東京新聞（夕刊）』一九五七・六・一八）において大岡は、「外国の軍隊が日本の領土上にあるかぎり、絶対に日の丸を上げない」と述べている。あるいはその後「日本人とは何か」（『山形新聞（朝刊）』一九六六・一・三）でも、「占領軍を進駐軍」と「呼びかえる」日本の戦後を「自己欺瞞の上に成立って」いたものと厳しく指摘する。

（7）以下、本章では『新潮』に連載された初出「ハムレット日記」を中心に論考していく。なお登場人物名の読み方など初出と単行本版では異なっているものについては、原則として初出の形を用いる。

（8）　花﨑育代前掲論

（9）「鎮魂歌」は『文藝』一九五七年新年特別号から三月号まで連載されたが同誌休刊のため中断され、その後復刊した一九七〇年一月号において既発表分を改稿の上、新たに一章を加えて一挙に掲載された。

（10）大岡昇平「折口学と文学」（池田彌三郎編『講座　古代学』中央公論社、一九七五・一所収）

（11）『作家の日記』所収の「詩のようなもの」については本書第十二章で詳述したい。ところで、ときに「戦後文学者」に分類されながらも自身の文学はむしろ「戦前派の個別的な延長」（「私の戦後史」『文藝』一九六五・八）であるとみなしていた大岡において、「戦後」の「亡霊」は決してそうした「戦死者」のみに限らないだろう。例えば大岡は「中原中也伝――揺籃」（『文藝』一九四九・八）をはじめとして一九四〇年代後半から一九八〇年代に至るまで多くの中原中也論を発表し続けるが、それらにおいてはたびたび、中原の詩「含羞」に著される「死児等の亡霊」についての論考がなされている。あるいは大岡は小林秀雄「感想」（『新潮』一九五八・五〜一九六三・六）について、「『善の研究』以来の美しい哲学的文体の出現」として高く評価するが、大岡によるその解説は、「感想」の冒頭が「母親の亡霊」に関する記述であることへの指摘から始められるのだ（「小林秀雄の世代」『新潮』一九六二・七参照）。

（12）スラヴォイ・ジジェク『斜めから見る　大衆文化を通してラカン理論へ』（鈴木晶訳、青土社、一九九五・六）「第2章〈現実界〉とその運命」。さらにこれも本書第三章で引用したが、ジャック・デリダは『マルクスの亡霊たち――負債状況＝国家、喪の作業、新しいインターナショナル』（増田一夫訳、藤原書店、二〇〇七・九）中の「Iマルクスの厳命」において、「喪」とは「亡骸を同定」し「死者たちの居場所を特定」する作業であると記している。

（13）花﨑育代は前掲論において、「オフィーリヤの弔い（埋葬）を保留にして描かなかったことを含め、執着させた死者（の魂）の行方の問題も解決しな」かったために、「ハムレット日記」における「死者」との「会話」「交信」は「不徹底」に終わったと論じる。だが既に明らかであるが、「ハムレット日記」における「死者」とは決して「弔い」

を受けることなき「亡霊」である。そして大岡のテクストにおいて「死者」との「交信」とは、後述するようにそうした「亡霊」と「共に生きる」という行為においてのみ果たし得るものであろう。ところで「ハムレット日記」の他の「亡霊」に関して、オフィーリヤとは異なり先王は既に「埋葬」されてはいる。だが「父上崩御の報に接し、私がウィッテンバーグより急遽帰国した時、埋葬はすんだ後であつた」とあるようにハムレットはその「埋葬」には参加していない。さらに「懺悔する暇もなく殺された」ポローニヤスについては、「ハムレット日記」において彼の「喪の作業」が記されることは遂にない。

(14) 大岡昇平「再会」(『新潮』一九五一・一二)

(15) デリダは前掲『マルクスの亡霊たち』「I マルクスの厳命」において、「亡霊化」を「一切の人格的固有性＝所有」の「中性化」「脱肉化」であるとした上で、「シェークスピアの天才」はそれを「すでに何世紀も前に理解し、しかも誰よりもみごとに語っていた」ことにあると記す。だがあえて言えばこのようなデリダの「憑在論」は、様々に出現する「亡霊」たちを区別することは「不公平」であると否認し、あらゆる「死者」――未だ死していない頃のハムレットさえ――が「違ひ」なく「亡霊」化する「ハムレット日記」にこそふさわしいものではないだろうか。

しかし、このような「亡霊」出現の「違ひ」のなさ――「公平」さ――とはまた、決して各々の「亡霊」が差異なき存在であるということを意味しない。本書で考察してきたように、大岡のテクストにおいて増殖する「真実」や反復される出来事とは、そのつど差異をもってあらわれるものであった。とすれば「ハムレット日記」で提示された複数化される「亡霊」たちもまた、各々の間に差異を有するはずなのである。即ち、「違ひ」なく「亡霊」化する存在を「公平」に受け入れるとは、そのような差異ある「死者」のいずれかを特権化することを否認し、さらに「死者」の言説を受け入れる主体さえ「亡霊」化することによって、生きているとみなされる主体の特権性をも剥奪する所作の謂なのである。

(16) 『レイテ戦記』における「鎮魂」の問題については、本書第十二章でも考察したい。

(17) このテクストでは「漱石の無意識」を示すものとしてオフィーリヤのみならず「薤露行」のエレーンを挙げているが、「漱石の構想力——江藤淳『漱石とアーサー王伝説』批判——」(『日本文学』一九七六・三)において大岡は、「薤露行」結末部で「グウィネヴィアがエレーンの頬の上に落とす「熱き涙」」に触れた上で、「グウィネヴィア」は「白い亡霊」を意味すると論じている。

第十二章　「死者」は遍在する——大岡昇平と「戦後」——

1

「鎮魂」の共同体

大岡昇平『レイテ戦記』[1]に、次のような一節がある。

死んだ兵士の霊を慰めるためには、多分遺族の涙もウォー・レクイエムも十分ではない。

家畜のように死ぬ者のために、どんな弔いの鐘がある？
大砲の化物じみた怒りだけだ。
どもりのライフルの早口のお喋りだけが、
おお急ぎでお祈りをとなえてくれるだろう。

これは第一次世界大戦で戦死したイギリスの詩人オーウェンの詩「非運に倒れた青年たちへの賛歌」の一節である。私はこれからレイテ島上の戦闘について、私が事実と判断したものを、出来るだけ詳しく書くつもりである。七五ミリ野砲の砲声と三八銃の響きを再現したいと思っている。それが戦って死んだ者の霊を慰める

唯一のものだと思っている。それが私に出来る唯一つのことだからである。　（五　陸軍）

今日『レイテ戦記』を論じるとき、このあまりにも有名な一節をとりあげた上でそれを「死者」に対する「鎮魂」の書とみなすことは一般的となっている。[2] 確かに『レイテ戦記』には、この引用部の他にも「死者の霊を慰める」といった類の記述が散見するし、そもそもこのテクストには「死んだ兵士たちに」というエピグラフさえ付されている。あるいは大岡自身、『レイテ戦記』執筆前後に「この戦場で死んだ兵士の霊を慰めるために、その活動をあますところなく伝えるのが、私のように生き残った者の義務であると考えています」（「私はなぜ戦記を書くか」『防衛画報』一九六九・六）、「「レイテ戦記」を書き始めた一昨年には、私の願いはそれらの死者（レイテ戦の死者――引用者注）を文学で慰めることであった」（「なぜ戦記を書くか」『朝日新聞（夕刊）』一九六九・七・一一）といった言葉を残してもいるのだ。

ところで本書でこれまで考察してきたのは、こうした大岡の言説とは裏腹に大岡の諸テクストで表象されている「死者」――あるいは「亡霊」――は、遂に「鎮魂」の儀式からは遠く離れた存在である、ということではなかったか。にもかかわらず『レイテ戦記』をはじめとする大岡の戦争小説はやはり、そのように論者に「鎮魂」という概念を想起させてしまうようなものであることもまた、確かなのである。それは、例えば菅野昭正が『レイテ戦記』の「源泉」に「戦争に死を強制されたというトローマ」「魂に刻み付けた永遠に癒えない痕跡」があるとし、[3] 川嶋至がレイテ戦を含めた戦場の死者たちに対する「長年にわたる負債を返すため」、さらには「死者」たちへの「罪悪感」によって『レイテ戦記』その他は書かれた、と述べていることからもうかがえるように、[4]『レイテ戦記』には生者における「死者」への「罪悪感」が散見することにもよるであろう。例えばそれは次のような記述としてあらわれる。

われわれはこういう戦意を失った兵士の生き残りか子孫であるが、しかしこの精神の廃墟の中から、特攻という日本的変種が生れたことを誇ることが出来るであろう。限られた少数ではあったが、民族の神話として残るにふさわしい自己犠牲と勇気の珍しい例を示したのである。（九　海戦　十月二十四日―二十六日）

しかしこれらの障害にも拘らず、出撃数フィリピンで四〇〇以上、沖縄一、九〇〇以上の中で、命中フィリピンで一一一、沖縄で一三三、ほかにほぼ同数の至近突入があったことは、われわれの誇りでなければならない。

想像を絶する精神的苦痛と動揺を乗り越えて目標に達した人間が、われわれの中にいたのである。これは当時の指導者の愚劣と腐敗とはなんの関係もないことである。今日では全く消滅してしまった強い意志が、あの荒廃の中から生れる余地があったことが、われわれの希望でなければならない。（十　神風）

『レイテ戦記』に記される、「神風特攻隊」に対しての書き手の賛美。そこでは自らを含めた現存する生者は「戦意を失った兵士の生き残りか子孫」とみなされる一方で、特攻隊の「死者」たちは「われわれの誇り」「われわれの希望」さらには「民族の神話」とまで語られる。大岡は後に大西巨人との対談において、「ほんとに戦う気」で死んでしまった「死者」たちに対しての「うしろめたさ」や「絶対的な感じ」を吐露している。[5] さらに『レイテ戦記』「十　神風」においては、「神風特攻の真価」とは「その戦果」よりもむしろ「確実な自己の死を賭け」る「精神」にあった、と記されていることを踏まえるならば、ここにヘーゲル弁証法に極めて近似的な概念を見ることは容易であろう。自己の「死」を賭して「特攻」を行った存在に対して生者が「うしろめたさ」や「罪悪感」を抱くとき、生き残った者のそうした心理はまさに、特攻隊員を「死の恐怖」に打ち克った「主」とみなす「奴」の自己意識と相似するものと言えるからである。さらにそのような生者が「死者」たちへの「誇り」を認めて「鎮魂」の儀式を行うとき、それは「われわれ」「民族」といった共同体の形成を加速させる運動となるのだ。

一方で、『レイテ戦記』を「死者」への「共感」に基づいた「鎮魂歌」とするこのような捉え方に対して、井口時男は次のように反論する。

大岡が書こうとしているのは鎮魂の歌でも鎮魂の物語でもない。歌や物語は、偶然と事故に支配された戦場の無意味な死者に「英霊」という意味を与えたり「犠牲者」という意味を与えたりする。しかしそれは生者が生者自身のために勝手に作り上げる偽の意味にすぎない。歌も物語も、死者の固有性を排除して一般性に回収してしまう。そうではなく、書くことは、歌と物語とに抗して、あの時あの場所であのように死ぬしかなかった一人一人の死という出来事の固有性を救出することでなければならない。大岡昇平はそう考えている。

（「自明性への抵抗」『海燕』一九九四・七）

井口は『レイテ戦記』に、「英霊」「犠牲者」という意味に充溢されず「歌」や「物語」にも回収されない（内面化されない）が故に、「出来事の固有性」を有した「死者」を見ようとする。なるほど『レイテ戦記』においては、非「英霊」的な無名の「死者」たちは各々「固有名」が明記されており、だからこそその「死者」たちの多数性は決して「一般」化されないものかも知れない。しかしこのような「死者」における「固有性」の強調は、果たして『レイテ戦記』を「鎮魂の物語」と捉える論述に対する、十分な批判たり得るだろうか。例えば磯田光一は「文学と鎮魂」（『読売新聞』一九七二・八・八〜九）において、井口と同様『レイテ戦記』の「死者」に対する記述に「〝靖国〟と〝わだつみ〟との両者にとらわれない」「いかなる政治的な意味づけもない」特性を見るが、一方でそのような「イデオロギー」や「一般性」に回収されない「名づけがたい思想」こそが「文学」であると語る。また加藤典洋は「敗戦後論」（『群像』一九九五・一、『敗戦後論』講談社、一九九七・八所収）の中で、ベネディクト・アンダーソン『想像の共同体』の「無名戦士の墓と碑」に関する記述[6]を引用しつつ、『レイテ戦記』の「死者」たちは「英霊」のごとき存在たり得ず「名前という汚れ」を持つ個々であるが、そのような「汚れ」とは「否定の形をした一つの肯定」であり——これが弁証法的概念ではなくて何であろう——、「もう一つの「われわれ」という観念」を形成する、と述べるのである。あるいはさらに、『レイテ戦記』に「近代日本の歴史」内に存在する「私・たち・の歴史的な本質」を見る亀井秀雄の論[7]や、加藤の論を受けて、大岡の「記録への意志」を「国家とは違う立場」で「国民の創世を指向する」ものとする奥泉光の発言[8]を加えても良いであろう。これらの論においては、『レイテ戦記』の「死者」たちが「英霊」や「犠牲者」といった「意味」を拒絶する「固有性」を有することが認められつつも、しかしそれは井口があれほどまでに慎重に回避するにもかかわらず、新たなる「われわれ」や「国民」を創出するものとされる。即ち「歌」や「物語」に回収し得ない「死者」たちは一方で常に「われわれ」や「国民」に囲い込まれているのであり、さらにそれを記した『レイテ戦記』は、たとえそれが「汚れ」なるものを引き受けているとしても、「国家」などの「イデオロギー」からは隔絶されているからこそ真に「文学」であるとみなされてしまうのだ。このとき「文学」とは、極めて隠喩的に機能する特権的な「名」でなくて、何であろうか。

結局のところ、『レイテ戦記』をはじめとして大岡が「死者」について記し続ける限り、そこでは絶えず「死者」たちへの「うしろめたさ」と「共感」に彩られた共同体形成の欲望が喚起されてしまうのであろうか。

ところで『レイテ戦記』その他の大岡のテクストが、しばしば「叙事詩」と形容されることに注目してみよう。[9]絓秀実は『小説的強度』（福武書店、一九九〇・八）の中で、「叙事詩から小説へ」というシェーマを確立したヘーゲル『美学』をとり上げ、詩の最高段階において芸術は自己自身を超脱して散文となるというヘーゲル的概念では、散文／小説に常に「美」＝「詩概念」が保存されていることが前提となっており、だからこそヘーゲルにおいては「近代の市民的叙事詩」としての小説こそが根源的な「世界状態」を開示し得るものとなったことを指摘している。このとき、「死者」への「うしろめたさ」から彼らへの「共感」、そして「われわれ」の形成へと至る『レイテ戦記』の構造を踏まえるならば、なるほどこの小説は極めて「美」的な「近代市民的叙事詩」とさえ呼べるのだろうか。

実際のところ、大岡のテクストにおいて「詩」あるいは「詩人」は「死者」とともに語られる特権的な主題であった。かつて「散文はつまらない。現代で興味があるのは詩だけだ」と記した大岡[10]は、「ricorditi di me, che son la Pia ; / Siena mi fe', disfecemi Maremma. / Dante.」(「覚えていて下さい。私の名はピア、／シエナで生れ、マレンマで死にました。〈ダンテ〉」）というダンテ『神曲』からの引用をエピグラフとした単行本『花影』の《限定版》の「あとがき」で、次のように記している。

非業な死を遂げたので、その魂は天国には行けず、煉獄をさまよっているうちに、通りがかった詩人ダンテに声をかけて、自分がここにいることを覚えていてくれ、といいます。(略) しかしもし私が作者として、ダンテと同じような位置にあるなら――これは大変な思い上りでしょうが、作者と作品との関係においては、同じことだと考えることが許されるでしょう――詩人の想像の特権で、煉獄にいるピアの魂から真実を告げられた、とすることができるでしょう。[11]

大岡は「死者」の「魂」から「真実」を受け取ることを「詩人の想像の特権」と語る。さらに大岡が『レイテ戦記』執筆に取りかかる際、「『朝の歌』『富永太郎の手紙』『花影』『レイテ戦記』を並べてみると、私がずっと死者と交信して暮していることがわかります」と記し、自らの諸テクストについて「いつも死の影を曳いていた」と振り返っていることも踏まえるならば、[12]大岡において書くことと「詩人」「死者」という問題は、常に密接に関連していたとひとまずは言えよう。ならば、自らのテクストを「死者」との「交信」の記録とする大岡は、常に「死者」の「魂」の「真実」を感知し内部的に共鳴するという「想像の特権」を有した「詩人」たろうとしたのであろうか。

このとき、大岡がかつて記した「詩のようなもの」の存在を想起すべきであろう。と言うのも、この「詩のようなもの」はまた、確かに「死者」について書かれたものであったはずなのだ。

2
「詩のようなもの」

『海』一九六九年八月号に掲載された『ミンドロ島ふたたび』は、同号編集後記に「『レイテ戦記』と対をなす作品」「大岡昇平氏の戦争文学にたいする帰結点」と記されているように、常に『レイテ戦記』と接続するテクストとして言及されてきた。大岡自身「『レイテ戦記』を書く間に、次第に構想は形をなして行った」(「『ミンドロ島ふたたび』その後」『海』一九七七・八)と語るこのテクストは、一九六七年三月に大岡が戦跡慰問団に加わってレイテ島へ行った折、ミンドロ島まで足を運んだときの記録であるが、冒頭に書かれているのはさらにその一〇年前、「昭和三十三年一月二十日、遺骨収集船「銀河丸」が芝浦桟橋を出た」ことへの言及である。フィリピンその他南太平洋の島々をめぐって戦場に残った遺骨を収集する「銀河丸」の出帆光景をテレビで見た大岡は、「痙攣的な反応」を起こし、「生れて初めて」の「詩のようなもの」を記すのである。

おーい、みんな、
伊藤、真藤、荒井、厨川、市木、平山、それからもう一人の伊藤、
そのほか名前を忘れてしまったが、サンホセで死んだ仲間達、
西矢中隊長殿、井上小隊長殿、小笠原軍曹殿、野辺軍曹殿、
練習船「銀河丸」が、みんなの骨を集めに、今日東京を出たことを報告します。

以下、テクスト内に三つに分割された形で挿入されるこの「詩のようなもの」について、『レイテ戦記』との相同性を見ることは容易であろう。「おーい、みんな、／伊藤、真藤、荒井、厨川、市木、平山、それからもう一人の伊藤」という呼びかけによって幾多の無名兵士たちを「固有名」化する書き手は、引用部の後には「誰も僕の気持を察してくれない。／なさけない気持で、僕はやっぱり生きている。／わかって貰えるのは、みんなだけなんだと、こん日この時わかったんだ。」と生者の「なさけない気持」と「死者」への「共感」を語り、さらに「みんなに聞いて貰いたい」と著述のモチーフを記す。菅野昭正はこれについて、「ここでは、言葉は散文的な記録性の囲いから遠くとびだして、死者を追悼する切迫した感情を歌いあげる詩の領分に近づいて」おり、「『ミンドロ島ふたたび』は、絶望的な戦争の犠牲となった死者たちに宛てて書かれた鎮魂歌」であると結論づけている[13]。このとき『ミンドロ島ふたたび』は、『レイテ戦記』などに見られる膨大な記録性の背後に「鎮魂歌」としてのモチーフ、「死者」たちへの「共感」に彩られた「詩的正義」が隠されていることを示唆するものとみなされるであろう。そこにおいては、大岡の諸テクストはまさに「詩概念」を多分に内在した散文＝「近代市民的叙事詩」となるのだ。
ところでこの「詩のようなもの」の初出は、『ミンドロ島ふたたび』発表の約一〇年前、実際に「銀河丸」が出帆した時期に連載されていた『作家の日記[14]』であることはよく知られている。『ミンドロ島ふたたび』では分割さ

れた「全部で一六一行」が全て掲載されている『作家の日記』「昭和三十三年一月二十日」中の「詩のようなもの」は、『ミンドロ島ふたたび』と同様に「おーい、みんな」という「死者」たちへの呼びかけから始まっている。その後書き手はそのような「死者」たちに「そこでひとつ頼みがある。／ひとつ化けて出てくれ。」と「幽霊」としての出現を望み、やがて「おれの言葉を受けてくれ。／たすけてくれ。」という言葉で結ぶこととなる。「幽霊」への言及、「たすけてくれ」と記す箇所は『ミンドロ島ふたたび』では割愛されているが、ともあれここでもまた、「死者」への呼びかけから導かれる「共感」は如実に示されていると言えよう。しかし『作家の日記』においては、この「詩のようなもの」が「たすけてくれ。」と結ばれた直後、「二十四日」の日記に次のような記述が続くのである。

川奈にてP・G・A月例ゴルフ。

九十二の破天荒の成績で優勝。サンホセの戦友の加護ならんか。心もとなし。

大岡は「死者」たちに対して「たすけてくれ」と詩的な言語で呼びかけるが、このとき「死者」の「加護」は「ゴルフ」の「破天荒な成績」としてあらわれるのだ。ところで『作家の日記』は、発表当時「ゴルフ日記」と揶揄されるほどに「ゴルフのはなしが、うんざりするほど出てくる」[15]テクストであった。実際、「詩のようなもの」が挿入される「昭和三十三年一月二十日」の日記もまた、「「保土ヶ谷」でゴルフ。」という記述から始まっている。しかし、この「詩のようなもの」の言わば「メロメロ」な調子[16]の直後に「川奈にてP・G・A月例ゴルフ」という記述がなされるとき、それは極めて違和を生じさせるものではないだろうか。

これについて、論者の多くは「詩」と「ゴルフ」とを分けることによって違和感を解消しようとするであろう。

例えば同時代評においては三島由紀夫が、「この日記には告白的なところはみぢんもない」とし、「日記がゴルフの記事で充たされてゐるのは、大岡氏がゴルフに熱中してゐるから」ではないと述べる一方で、「詩のようなもの」に対しては「異様な抒情的熱狂」を読み取り、「文学者の書く日記が、これほどまでに無垢になりえた例は稀有であらう」と結ぶ。(17)また『歌と死と空』や『若草物語』などを発表していた頃の大岡について、「大衆小説を書き流し、ゴルフにうつつを抜かす流行作家」と断じる中野孝次は、この「詩のようなもの」の存在を知り、「あのいい気になってゴルフなんぞばかりやっている流行作家のころでも、戦争体験はこの作家の中でなまなましく生きていたことを知った」、あるいは「こういうふうに虚心に我の心中の思いを吐露して書くときに、大岡昇平の文章は輝き出す」と記すのである。(18)三島や中野にとって『作家の日記』における「詩のようなもの」とは、大岡の内に秘められた「抒情的熱狂」や「なまなましく」生きている「戦争体験」が「無垢」のまま「虚心」に吐露されたものであるが、一方で「ゴルフ」とはあくまでも「流行作家」としての非告白的な振る舞いに他ならない。彼らにとって、大岡の「ゴルフ」は「文学者の書くもの」として認められるものではないのだ。

実際のところ、「三十五日の間に二十日ゴルフ」をやり（『作家の日記』「昭和三十三年一月七日」）、「娘の貯金までおろしてゴルフに行く」（「ゴルフ天狗」『東京新聞』一九五六・六・一二）ほどに、大岡はこの頃「ゴルフ」に没入していた――そのため週刊誌などでは「ゴルフ魔」と揶揄されている――にもかかわらず、彼と「ゴルフ」との関係について論じられることはほとんどない。(19)もちろんここで、「ゴルフ」を大岡の文学活動として認めるべきだと述べたいわけでも、あるいは大岡のテクストにおいては「ゴルフ」もまた「文学」である、と強調したいわけでもない。多くの論者が真剣に語るのを回避することが極めて正当であるほどに、大岡における「ゴルフ」についての記述は、一見したところ確かに「文学」的隠喩として論じられるようなものではない。しかし、だからこそそのような「ゴルフ」に関する記述が「詩のようなもの」の直後になされ、そこにおいて「死者」の「加護」が語られるという問題は、考えるべきことではないだろうか。では大岡は、「ゴルフ」についていかに記していただろうか。

3 「ゴルフ」

大岡昇平と「ゴルフ」との関連について考えるとき、まさに彼が「ゴルフ」について論じた『アマチュアゴルフ』というテクスト[20]がまず想起されるであろう。これに関して今日、文学研究および文芸批評の立場から論じられることはほとんどないが[21]、しかしそれはもっともなことでもある。「スィングの軸をどこにおくか」「グリップのすべて」などの章題からも明らかなように、このテクストは「レッキとしたゴルフ技術書」(『朝日新聞』一九六一・五・一「素描」)であり、そこに「文学」的な何かを見出すことは極めて困難なのである。例えば次のような記述を見るとき、それは明らかだろう。

いくら僕の頭がセオリイや、ヒントに充ちていようとも、球を打つ時に、それらを全部考えることはできない。いや、二つ以上考えることは、確実なるミス・ショットへの道であるといえる。

だから原則として、その日の体の調子からみて、必要なことを、一つだけ考えることにしている。例えばコースへ出る前に一箱ぐらい打ってみて、引っぱる傾向があれば、ヘッドを放り出すことに専念するという工合にするわけだが、これが2、3ホール廻っているうちに、きまってオーバーになる。

それをまた訂正するために、別の心得を考えるという風に、やっていかなければならない。

(序章　机上の空論)

ある一つの「心得」をまず考え、「オーバー」になれば「別の心得を考える」。こう記す大岡は以下『アマチュアゴルフ』において幾つもの「心得」を挙げていく。例えば「第一章　まず球を打て」では、「ただ一つのことに考えを集中しなくてはなりません。そして球を打つ瞬間に、われわれが考えなくてはならないただ一つのこととは、あきらかに「球を打つ」ことです」「くどいようですが、「球を打つ」ことです。神経はこの一点に集中されねばなりません」と記す一方で、それでも失敗する場合は「また別のことを考えねばなりません」とする。それを受けて「第二章　頭を引くこと」においては、「私の考案する療法はいろいろありますが、第一歩は逆説的に聞えるかも知れませんが、球を打つことを忘れることです。クラブ・ヘッドも手首も、きれいさっぱり忘れてしまうことです」と、第一章とは全く逆の「心得」を述べるわけだが、この第二章もまた、「心得」通りにプレイをしても「オーバーになるおそれがある」以上、「その時はまた別のことを考えなければならないのです」と結ばれることとなる。以下、『アマチュアゴルフ』では、「両足の内側をしめて、股座の位置を動かないようにして、肩を廻し、股座と球を結ぶ線へ、振り降ろしてくる」（第三章　スィングの軸をどこにおくか）、「球の先30センチまで打つのだということを忘れずに」（第六章　スタンスとアドレス）、「体重を踵に乗っけるのを忘れてはいけません」（同前）と次々と「別の心得」が記されることとなる。そこに書かれるのは全くもって「ゴルフ」の技術的な「心得」であり、「文学」として論じられること――即ち大岡における「ゴルフ」を何らかの「文学」的隠喩として捉えようとすること――は徹底的に避けられているかのようである。しかしそのように延々と数多の「心得」が挙げられる中で、大岡は次のように記すのだ。

最初はこう長くなるはずではなかったのですが、書いていくうちに、案外書くことがあって、もう十回書いたとは、自分でも少し驚いています。（第十一章　トラブル・ショット）

「書いていくうち」に、不覚にも「長く」なってしまうゴルフの技術書――。ところでこの不覚の「長さ」とは、大岡のテクストに極めて特徴的なものではなかったか。

二年半書き継いで来た「レイテ戦記」をやっと終りました。最初は五百枚ぐらいの予定でしたが、調べるうちに意外に資料が掘り出されて来て、その五倍の枚数になりました。

（「「レイテ戦記」後記」『中央公論』一九六九・七）

大岡は『レイテ戦記』を完結させた直後、この小説について当初の予定とは裏腹に「五倍の枚数」となったと述べる。さらにこの「長さ」の問題は、何もその長大さで知られる『レイテ戦記』に限ったことではない。『作家の日記』中の「詩のようなもの」においてもまた、書き手はその不覚の「長さ」について暗に言及していたのではなかったか。

そしておれだってこれを書きながら、泣いている。
わあわあ声を出して泣きたいのを我慢しているんだ。
ちょっと、中だるみで、理に落ちたが、
おれの言葉を受けてくれ。
たすけてくれ。

「泣いている」「泣きたいのを我慢している」といった記述に、これまで多くの論者が指摘してきたような大岡の

「死者」たちに対する「無垢」な「抒情的熱狂」を見て取ることはもっともであろう。しかしそのように綴られる「詩のようなもの」はまた、一方で「中だるみ」し「理に落ちた」ものとなってしまう。ここでもまた、書き手においては「詩のようなもの」の不覚の「長さ」が常に意識されてしまうのである。

だが大岡のテクストにおけるこのような「長さ」という問題もまた、結局のところ「鎮魂」や「抒情」なる概念に回収されてはしまわないだろうか。即ち、既に示したように『レイテ戦記』その他に見られる「一般」化し得ない――非「英霊」としての――「死者」の「固有性」が、それ故に国家イデオロギーから逸脱した（かのような）「われわれ」なる概念へと収斂していくのと同様に、『レイテ戦記』や「詩のようなもの」の「長さ」は、大岡の「死者」に対する「鎮魂」の思いの深さ故のものである、と反転して語られることとならないだろうか。

しかしそれでもなお、記述において常に「長さ」に晒される「ゴルフの技術書」あるいは「詩のようなもの」とは、遂に「鎮魂」の思いの深度や「抒情的熱狂」からは遠く離れたものであったと言わなければならない。例えば「齋藤君の思い出」（『東美』一九五一・二）というテクストを見てみよう。これは、かつて戦場をともにし、マラリアで死んでいった「齋藤君」について「遺族からの委嘱」によって記したものであるが、そこにはまた「鎮魂」についての次のような記述が存在する。

附近の丘々は萱に似た雑草で蔽われ、ゴルフリンクの様な柔かな整然たる緑を見せた。
こうした自然の美しさは我々が意識するとしないとに拘らず、我々の心を魅く、魂を鎮めたということが出来よう。

「私」は「自然の美しさ」を目にすることで自らの「魂」を鎮める。しかしそのような「鎮魂」をもたらす「自然の美しさ」とは、例えば『野火』をはじめとする大岡の諸テクストから多くの論者が読みとるような、生命の源泉たる手付かずの「自然」などではなく、本来の「自然」を人工的に模倣したものに過ぎないはずの、「ゴルフリンク」のごとき「整然」とした「自然」なのである。(22) 様々なテクストにおいて大岡の「文学」的なモチーフとみなされてきた「鎮魂」は、ここにおいてもまた「文学」的立場からは黙殺されるはずの「ゴルフ」へと接続するのだ。

あるいは『アマチュアゴルフ』に関連して、大岡が初版刊行の際にその印税を受け取ることを拒否した、という事実を挙げてみよう。大岡は『アマチュアゴルフ』の「あとがき」において、『アマチュアゴルフ』は「道楽で出す本」であり、「アマの資格剝奪」を回避するためにも「印税は受けないつもり」であると記した。だが後に、彼はこれを撤回する。

かつてイギリスの詩人ロード・バイロンの『マンフレッド』が一夜にしてベストセラーになった時、出版屋がうやうやしく印税を持って行ったところ、誇り高き貴族であるバイロン卿は一喝した。「こんな汚らしいものを町人から受け取れるか」――われわれ現代の文士にそんな気持は毛頭なく、原稿紙の枡目に字を埋めたものを、雑誌社出版社に納入して、生計を立てている職人にすぎないが――或いは無論そうであるために――道楽で出す本は印税を断ってやろうとひそかに楽しみにし、また実際いい気持であったが、隠れたるベストセラーになると、凡人の悲しさ、慾が出て来た。(略)『アマチュアゴルフ』の記念に、ケネス・スミス一揃い持ってみるのも悪くないと思い返した。

（「本は書いたけれど」『アサヒゴルフ』一九六一・七）

『アマチュアゴルフ』重版に際して「慾が出て来た」大岡は、「ケネス・スミス一揃い持ってみるのも悪くない」と思い返し、かつての決定を翻意して印税を受け取ることとする。ところでこの印税に関する記述の中で、「凡人」

としての自らは「こんな汚らしいものを町人から受け取れるか」と印税の受け取りを忌避したかつての「詩人」バイロンを想起するのだ。「誇り」をもって印税を受け取ろうとしなかったバイロンに対して、「ケネス・スミス一揃い」購入という「慾」にかられて印税を受けとる「現代の文士」は、かつての「詩人」とは隔絶した存在であろう。だが同時にこの記述は、「死者」の「魂」の「真実」を聞き取ることにおいて特権的な存在であったはずの「詩人」と、「ゴルフの技術書」を記す「凡人」とを、「印税」という媒介によって同一平面上に置いてしまうのである。(23)「鎮魂」や「詩人」は常に「ゴルフ」によってパロディ化される。ところでこのような事態は、既に『作家の日記』に示されたものではなかったか。「詩のようなもの」が挿入される「昭和三十三年一月二十日」の日記の直前、「十六日」の日記にはまさに「詩」と「魂」について書かれているのである。『ガラスの動物園』『欲望という名の電車』『バラの刺青』三冊を一日で読了した大岡は、次のように記している。

抒情的といわれているが、これは詩ではなく、「詩らしきもの」である。現代日本の観客が、浄瑠璃劇に感じる詩情といった種類のものだ。

台詞は諸人物の魂の声という風に書かれているから、解説者が現代の新劇俳優には出来まいといっているのはもっともである。むしろ「落し」とか「きまる」とかをよく知っている、歌舞伎役者に向きそうだ。

「魂の声」といっても、人間の魂が言葉を出すわけはないから、無論作者の説明である。それが魂の声らしく聞えるのは、多分、牧師の説教の調子を取っているからだろう。

キリスト教社会では、一番人が集まるところは教会である。劇場はいつも教会から、聴衆を奪おうと心掛けていたわけで、反教会主義は、十七世紀以来一貫して劇場の方針である。坊主を舞台で笑いものにするだけでは飽き足らず、説教の調子まで取ってしまおうという寸法だ。

大岡は「抒情的」と称される『ガラスの動物園』などをとり上げ、それらをあくまで「詩らしきもの」と呼ぶことによって「詩」と明確に区別する。「詩らしきもの」の特性は台詞の内に「魂の声」が含まれていることだが、しかし「人間の魂が声を出すわけはない」。「詩らしきもの」において「魂の声」とは、「魂の声らしく聞える」ものに過ぎないのであり、さらにそれは教会の「説教の調子」を「反教会主義」的に模倣するという「劇場」の技術の産物である。ここにおいて「詩らしきもの」とは、それが決して「詩」ではないながら、「らしき」という模倣によって成立していることが明示されるのだ。

そして『作家の日記』において、この「詩らしきもの」に関する記述の直後に「詩のようなもの」が載せられていることは決して偶然ではあるまい。大岡自身が認めるように『作家の日記』は「純粋な意味」での「日記」ではなく、「発表するためのもの」であったはずだ。[24] さらにこの「詩らしきもの」への言及と「詩のようなもの」、前述した「川奈にてP・G・A月例ゴルフ」という記述は『新潮』連載時に同月号に掲載されているのである。「詩のようなもの」は、「魂の声」の発現を「劇場」による「教会」のパロディとみなした、決して「詩」ではない「詩らしきもの」の直後に、まさに「死者」の「魂」へと呼びかける形式を持つものとして書かれ、「理に落ち」、「中だるみ」したあげくに「死者」の「加護」を「ゴルフ」へと接続していく。このとき、「詩のようなもの」はもはや「詩」ではないであろう。ならばそれを記す大岡を、何と呼べば良いのだろうか。

しかし私は詩を書かない人間を詩人と呼ぶのには、反対である。「詩的なもの」は、文学一般、あるいは音楽、絵画にも遍在すると見做されるもので、この数世紀以来形成された抒情詩から抽出された特質にすぎない。それを、逆に芸術一般に敷衍したものにすぎないからである。

（「人生の教師」『日本の文学43　小林秀雄』中央公論社、一九六五・一一「解説」）

「詩的なもの」を「抒情詩から抽出された特質」あるいは「芸術一般に敷衍したもの」と捉えるとき、大岡が前述したような「近代市民叙事詩」としての小説＝散文の性質を踏まえていることは確かであろう。その限りにおいて「詩的なもの」とは、散文の中に存在する「美」あるいは「詩概念」であると言える。しかしそのような「詩的なもの」は、「詩らしきもの」「詩のようなもの」と同様に「詩」ではない。そしてまた、「詩を書かない人間を詩人と呼ぶ」ことに「反対」するとき、大岡は遂に「詩人」であることはなかった存在なのである。

4 「死者」と「戦後」

「詩のようなもの」は「詩的なもの」を含み、常にそれを「鎮魂歌」として受け取ることを読み手に欲望させる。しかしそれは決して「詩」ではなく「ようなもの」に留まり続けるのであり、さらにそれが「詩」の透明な模倣たり得ないことも、「中だるみ」や「ゴルフ」への接続において露呈する。そして「詩を書かない人間」である大岡は決して「詩人」ではない。ではなぜ大岡は「鎮魂」の儀式から「死者」を引き剥がそうとするとき、そのように「詩」や「詩人」という存在をパロディ化しなければならなかったのだろうか。

ところで、このような大岡の姿勢と全く相反する言説――即ち「詩」や「詩人」という存在を特権化した言説――が支配的な位置を占めた時代が、確かにあったはずである。

詩人の創造的世界観は、創造の神のものを信ずる故に、同時代の共感者を信ずるのである。縦に伝る神の血脈と共に、横にまばらに同じ日の大気を吐き入れしてゐる生命のつながりを信ずることは、創造の思想が、最期の絶望の中でも保存される所以である。わがうちなる己の意識が、神のものであるか人のものであるかを定かに判断することは、さうして正しく神の治す世界の美をさとり、己の中に燃える火のつゞきを了知することは、詩人の発足である。詩人は人工を組合せて何かを作るものでなく、生れる神のものの媒体である。偉大な天才とは神と人の分離せぬ状態である。

（保田與重郎『万葉集の精神――その成立と大伴家持』筑摩書房、一九四二・六）[25]

『万葉集』の成立過程、特に大伴家持の歌人としての一生に「皇国」の精神を見出そうとするこのテクストにおいて、保田は「詩人」を「神」の「媒体」であり「神と人の分離せぬ状態」を有する「偉大な天才」とみなしている。保田ら日本浪曼派におけるこのような「詩人」の特権化がロマン主義的な心性の産物であることは言うまでもないが、[26]橋川文三『日本浪曼派批判序説』（未来社、一九六〇・二）などで端的に指摘されるように、このロマン主義的心性こそが「戦前」――「昭和十年代」――の日本思想を主導的に形成していたことを踏まえるならば、大岡の諸テクストに見られる「詩」や「詩人」のパロディ化は、そのような「昭和十年代」の思考を切断するものであったとひとまずは言えよう。

では大岡におけるこのようなロマン主義の「切断」と、本書序章などで論考してきたような「戦後文学」的な「昭和十年代」の「切断」とは、どのような関係にあるだろうか。

本書序章第七節で既に示したように、一九八一年から一九八三年にかけて大岡は埴谷雄高と対談を行っているが、[27]そこで埴谷は自身の『死霊』における「革命の死者」「戦争の死者」と大岡のテクストにおける「戦争の死者」とを接続した上で、その「死者」が「現在のわれわれを支えている」と述べる。あるいは「戦後文学の党派性、補足」（『群像』一九七四・三）においても埴谷は、『死霊』や『俘虜記』、『野火』とともに野間宏「暗い絵」や椎名麟三「深夜の酒宴」などを挙げた上で、それらのテクストは全て「ひたすら死者によつて支えられて」いたと記しているのである。このとき「死者」とは、大岡のテクストのみならず「戦後文学」全てにおける主題であったとみなされることとなるのだ。

だが、そのように大岡のテクストと「戦後文学」との相似性は確かにあるにもかかわらず、両者が提示する「死者」の概念には明らかな差異が存在すると言わねばならない。埴谷は前掲論において次のように記している。

出発したばかりの私達の裸かの精神のすべては物言わぬ死者だけによつて支えられていたといわねばならない。（略）戦後二十九年、「死者」を傍らにひきつれぬその冷ややかな団塊を伴なつた底流は解体へ向かう大きな潮流の一つの見えざる基底となつて、毀りあう鉄パイプの下に横たわる物はあつても死者はまつたくいないという現在の状況へまで、末細りは末細りを呼び、解体は解体を呼んで、遠く横滑りしつづけてきたのであつた。

ここで埴谷が示唆しているのは、「死者だけによつて支えられていた」ところの「戦後文学」はまた、「死者」を常に「傍らにひきつれ」ることによって、「戦後二十九年」を経過した後の「文学」が決して形成することのないような「党派性」を有し得たということである。ならばこの「死者」と大岡のテクストにおける「死者」とは、遂に遠く隔たったままなのだ。くり返すが、大岡のテクストにおける「死者」とはまた、「文学」による「鎮魂」の儀式を受け入れることを拒むかのごとく、非「文学」的な「ゴルフ」という場にさえあらわれ出るものであった。とすれば大岡の諸テクストに遍在する「死者」たちは、「文学」なるものが「死者」に「支え」られることで特権的な「党派性」を形成することなど――それこそが「戦後文学」を特異化する力とみなされる――、「戦後」においてはもはや不可能であることを示唆しているのである。[28]

そして、このように非「文学」的な場に遍在する「死者」という問題を考察するとき、改めて大岡の次のような言説が想起されるであろう。

政治も死と同様、最も文学的ならざるものである。が要するに「政治が運命である」以上避けることは出来ないし、避けるのは意味がない。

（バルザック『スタンダール論』大岡昇平訳、小学館、一九四四・五「解説」）

大岡はここで、「死」と「政治」を非「文学」的なものとして並置する。だが、「政治が運命である」という引用部の記述などを踏まえて、大岡が「文学」よりも「政治」を優位においているとみなすのは早計であろう。なるほど、大岡は戦後においてくり返し「政治化した私」という概念を提示し続けた(29)。その限りにおいて、大岡は戦場において人間の言動を規定・支配する「政治」の力を常に念頭に置いており、だからこそ人間が避け得ぬ「死」と並置した、と言えるかもしれない。しかし、こうした大岡の「政治」観がブハーリン唯物論に基づいたものであったこと、さらに大岡がブハーリンとともに常にベルクソンを並置した上で、長きにわたって戦争小説を記し続けたことを想起するならば、先の引用部は決して「政治」と「文学」の優劣を論じたものではあり得ない。本書でこれまで確認してきたように、大岡のテクストにおける戦争記述とは、あくまで「書く」という行為において複数の「真実」や「偶然の系列」をそのつど生成／表象するものであるとともに、そうした行為によって小説家個人の「責任」の範囲外まで「因数」を数え尽くすものではなかったか。そして、そうした書記行為を可能にするために大岡のテクストが提示したものこそ、例えば『野火』において死後も「生きている」と叫び続ける「死者」や、「ハムレット日記」のハムレットのように自らをも「亡霊」と化す語り手であったのだ。だからこそ、「死者」は決して既存の「文学」の後ろ盾となるような微温的な存在であってはならない。むしろ「死者」とは、「党派」という範囲を逸脱して書くことを強いる、さらにはそうした書き手／語り手をも「死者」や「亡霊」に変貌させる何ものかなのである。そしてそのとき、「死」あるいは「政治」は、例えば人間の「想像力」の賜物といったように特権化される「文学」の域内をもはるかに超え出た事象なのであり、その意味においてこそ非「文学」的とみなされるべ

きなのである。(30)

「詩」や「鎮魂」をパロディ化し、様々な場に――美的な「詩」たり得ない「詩のようなもの」のみならず、非「文学」的な「ゴルフ」という場にさえも――出現する「死者」たち。大岡のテクストにおけるこうした「死者」の表象は、保田ら日本浪曼派などが提示する「詩」の優位性を否定するとともに、「戦後文学者」が主導した「文学」の特権化・自己充足化の所作からも離脱するものであった。ならばこのとき、そのような「死者」たちを様々なテクストに遍在させ続ける大岡昇平の「戦後」とは、「詩」や「詩人」の精神に導かれた共同体を立ち上げんとする「戦前」――「昭和十年代」――の思考のみならず、自らを「死者」によって支えられた「党派」の一員とみなすことで「文学者」としての特権性を有することを欲望する「戦後文学」の思考をも「切断」する、表象－運動の場だったのである。

注

(1)『レイテ戦記』は『中央公論』一九六七年新年特大号から一九六九年七月号まで三一回連載され、一九七一年九月、中央公論社より刊行された。なお、後述するエピグラフは単行本刊行の際に付されたものである。

(2) 例えば粟津則雄は、『レイテ戦記』をはじめとする大岡のテクストを「この世に生還しなかった人びとに対する鎮魂の物語にほかならない」と述べ(「死と鎮魂――大岡昇平『レイテ戦記』を読んで――」『海』一九七一・一二)、あるいは池澤夏樹は「戦場から自分と一緒に帰ってくることのできなかった戦友たち、骨も拾ってもらえない戦友たちに対する鎮魂の思い」「精いっぱいの魂鎮め」を『レイテ戦記』に見ようとする(「悲劇と鎮魂」『文學界』一九九五・一一)。

（3）菅野昭正「環境と個のドラマ——大岡昇平論——」（『中央公論』一九七二・八）

（4）川嶋至「事実は復讐する・5——「俘虜記」と「レイテ戦記」」（『季刊芸術』一九七五・九）

（5）大岡昇平・大西巨人対談「戦争・文学・人間」（『群像』一九七一・九）参照。この対談においては、大西が「死者」への「うしろめたさ」について「あまりそういうことを言い立てることには感心しない」「同じときに入隊しても国内にいて死ななかった者がガダルカナルに引っぱられて死んだ者に対して何か負い目とかうしろめたさとかを感じなければならないというふうには、私は毫も考えません」と述べるのに対し、大岡は「それはそうです」と一応賛同しつつも「うまくいえませんが……」「やったやつは偉いなというふうにどうしても思う」といったような、大西の発言への割り切れなさを語り続けている。

（6）ベネディクト・アンダーソンが『想像の共同体』において、「無名戦士の墓と碑」を近代ナショナリズムの表象としていることはあまりにも有名であろう。なおアンダーソンのテクストについては、『増補　想像の共同体——ナショナリズムの起源と流行』（白石さや・白石隆訳、NTT出版、一九九七・五）を参照した。

（7）亀井秀雄「私・たち・のレイテ戦」（『群像』一九七七・二、『個我の集合性——大岡昇平論』講談社、一九七七・五所収）

（8）奥泉光・川村湊・成田龍一鼎談「戦争はどのように語られてきたか②」（『週刊朝日別冊　小説TRIPPER』一九九八・九）より奥泉の発言。

（9）例えば大江健三郎は『大岡昇平集　10』（岩波書店、一九八三・九）に所収された『レイテ戦記』に対する「解説」で、『レイテ戦記』を「重く深く広い叙事詩」と評し、また篠田一士は「日本の現代小説5　『レイテ戦記』」（『すばる』一九七七・一〇）において、『レイテ戦記』には「高度な詩的正義が働いている」とする。

（10）大岡昇平「疎開日記」（『群像』一九五三・九、初出題は「私の文学手帖」）。あるいは大岡が戦後、多くの中原中也論を発表し続けたことは既に本書第十一章においても触れたが、それらの論においては、「詩人の才能はあらゆる才能と同じく天賦である。我々は習練によってそれに到ることはできないし、その成因要素を文芸評論をもって再構成し得るかどうかも疑わしい」(「中原中也伝——揺籃」『文藝』一九四九・八)、「「散文」と「批評」に対抗して「魂的」であるためには、希望と歎息において、詩人はすべてを感じなければならない」(「神と表象としての世界——「詩論」を中心に——」『図書』一九八一・四)など、たびたび「詩人」の特権化がなされている。

(11) 大岡昇平『花影《限定版》』(青蛾書房、一九七二・九)「あとがき」。『花影』は『中央公論』一九五八年八月号から一九五九年八月号まで連載され(初出の際のエピグラフは、《死んだと聞いたら、まだ生きてゐたのかと、いつて下さるでせうか。——ラシーヌ》であった)、一九六一年五月、中央公論社より刊行された。なお、エピグラフの邦訳は《限定版》に拠る。

(12) 大岡昇平「わが文学に於ける意識と無意識」(『われらの文学4 大岡昇平』講談社、一九六六・一二所収「私の文学」)

(13) 菅野昭正「感傷を拒む死者への鎮魂 大岡昇平『ミンドロ島ふたたび』」(『文藝』一九七〇・二)

(14) 本書第十一章注(1)参照。

(15) 村松剛「屈折したポーズ つねに醒めたるものの表情 大岡昇平著『作家の日記』」(『図書新聞』一九五八・八・三)

(16) 平岡篤頼「鎮魂歌としての認識——大岡昇平論——」(『文藝』一九七一・五)

(17) 三島由紀夫「大岡昇平著「作家の日記」——書評」(『群像』一九五八・一〇)

(18) 中野孝次「出発のころ」(『大岡昇平全集 14』筑摩書房、一九九六・三「解説」)

(19) 大岡とゴルフとの問題について語られることがあるとすれば、それは「文壇ゴルフの思い出」といった類のものとしてであろう。例えば石原慎太郎「わが人生の時の人々　第五回　文壇のゴルファーたち」(『文藝春秋』二〇〇〇・七)などがその例として挙げられる。

(20)『アマチュアゴルフ』は『アサヒゴルフ』一九五九年九月号から翌年九月号まで連載され、一九六一年四月にアサヒゴルフ出版局より刊行された。

(21)近年このテクストについて触れたものとして、『文藝春秋』二〇〇〇年一〇月臨時増刊号《ゴルフ　その大いなる魔力》に掲載された、佐野洋「大岡昇平著「アマチュアゴルフ」を読む」が挙げられる。しかしそこでの佐野の記述は、『アマチュアゴルフ』の技術書としての側面への指摘、あるいは大岡がいかにゴルフを愛していたか、といった思い出話に終始している。

(22)ここで提示される「自然」が、本書第九章で論じたような『武蔵野夫人』における「つくられたもの」としての「自然」と相同性を帯びていることは言うまでもないだろう。

(23)このようなある種のパロディ化は、『アマチュアゴルフ』本文にも見られる。「序章　机上の空論」で大岡は、夏目漱石『吾輩は猫である』から孫引きした「心を何処に置こうぞ。敵の身の働に心を置けば、敵の身の働に心を取らるるなり」という「沢庵禅師の「不動智神妙録」」の言葉を引用した上で、それを以下のようにゴルフの「心得」へと翻訳する。

心を何処に置こうぞ。球の行手に心を置けば、球の行手に心を取らるるなり。球自身に心を置けば、球に心を取らるるなり。球を打たんと思う所に心を置けば、球を打たんと思う所に心を取らるるなり。クラブ・ヘッドに心を置けば、クラブ・ヘッドに心を取らるるなり。打ち損うまじと思う所に心を置けば、打ち損うまじと思う所に心を取らるるなり。球のライに心を置けば、ライに心を取らるるなり。兎角心の置き所はない。

(24)前掲『作家の日記』「あとがき」参照。

（25）引用は『保田與重郎全集　第一五巻』（講談社、一九八七・二）に拠った。

（26）ところで一九四〇年代前半におけるこのような「詩」あるいは「詩人」の特権化は、日本のみに留まる現象ではあるまい。ハイデガーが終生にわたってヘルダーリンを高く評価し続けたことは周知の通りだが、一九四四年に刊行した『ヘルダーリンの詩作の解明』において、ハイデガーは次のように記している。

人間として現に有ることとの根拠は言語の本来的な生成としての対話である。しかし祖語は有の創設としての詩作である。それでも言語は「財貨のなかでもっとも危険なもの」である。それゆえ詩作はもっとも危険な作業であり―同時に「すべての営みのなかでもっとも無垢なこと」である。（略）ヘルダーリンは詩作の本性を詩作する。（略）ヘルダーリンは、詩作の本性を新たに創設することによって、初めて新しい時代を規定する。それは逃げ去った神々の時代であり、そして到来する神の時代である。この時代は二重の欠如と無のなかに立つので、乏しい時代である。すなわち、逃げ去った神々はもはやいないし、到来するものはまだいないのである。ヘルダーリンが創設する詩作の本性が最高度に歴史的であるのは、歴史的な時代を先取しているからである。歴史的本性としての詩作の本性は、だが、唯一の本性的本性である。（ヘルダーリン試作の本性）

こうした言説を踏まえるならば、日本において日本浪曼派が活躍し、ドイツではハイデガーなどによるドイツ・ロマン派の再評価が行われた一九四〇年代前半とは、「詩」の再評価の時代でもあったと言えよう。なおハイデガーのテクストの引用は、『ヘルダーリンの詩作の解明・ハイデッガー全集　第4巻』（濵田恂子・イーリス・ブフハイム訳、創文社、一九九七・五）に拠った。

（27）大岡昇平・埴谷雄高対談「二つの同時代史」（『世界』一九八二・一～一九八三・一二）

（28）埴谷の「戦後文学」観を切断するこのような「死者」はまた、『作家の日記』に限らず大岡の諸テクストに遍在するものであったとも言えよう。例えば「ハムレット日記」の「亡霊」とは、それが「一切の人格的固有性＝所有」の

「脱肉化」であるという意味において何者にも所有されることなく「公平」に出現するものであり、その「違ひ」のなさは遂にハムレット自身さえ「亡霊」化させる存在であった。とすれば「ハムレット日記」の「亡霊」たちもまた、ある「文学党派」が「死者」を特権的に所有することの不可能性を示唆するものであったのだ。なお、「ハムレット日記」における「文学者」主体の特権性剥奪の問題については、本書第十一章注(15)も参照されたい。

(29) 大岡昇平・柄谷行人対談「「政治化した私」をめぐって」(『文學界』一九八五・九)などを参照されたい。

(30) このように考えるとき、大岡文学における「死(者)」の表象と椎名文学が提示した「死(者)」のあり方が、もちろん差異は有しながらもあるところで実に似たものであることが発見されるだろう。本書第六章でも考察したように、椎名麟三は『美しい女』において、イエス・キリストの全的な「自由」が到来したにもかかわらず主体の十全な自己充足は決してなし得ず、死後の人間の行為・思考はなおも続けられることを記述しなければならなかった。とすれば、椎名文学において「死」とは絶対的であり続けながらも完全なる終焉を意味しないアンビヴァレントな出来事なのであり、だからこそ弁証法的／「戦後文学」的な「文学」特権化の運動には寄与し得ないものなのである。このとき、椎名が提示した「死」と表象との関わりはまた、大岡が既存の「文学」体系には決して収斂し得ぬものとみなした「死(者)」のありようと、極めてよく似ているとは言えないだろうか。

終　章　「責任」と主体——「戦争責任」論と椎名麟三・大岡昇平——

1　椎名文学と大岡文学の交接

本書ではこれまで、椎名麟三、大岡昇平という二人の文学者の諸テクストに表象される「死」や「死者」、あるいは「真実」のありようを分析してきた。その過程で明らかとなったのは、一方は「戦後文学の代表者」とみなされ、もう一方は「反戦後派」の旗手と評されてきた両者の文学に見られる、ある種の相似性ではないだろうか。

本書第一部で論じたように、初期小説において転向者の自己意識をくり返し表象し、やがて「死の恐怖」の超克のために「〈生と死〉の統一点」としてのイエス・キリストの「肉体」を見出していく椎名文学の歩みは、その弁証法的な思考／志向において極めて「戦後文学」的であった。にもかかわらず、『美しい女』へと至る椎名の諸テクストに見ることができるのは、「死の恐怖」からの解放と同時に回帰する「死」の超克不可能性であり、そこでは「死」の絶対性／特異性の残余によって主体の自己充足が遂に不可能なまま、「死」の後の書記行為がもたらされるという事態である。そしてそうした主体と書記行為の関係はまさに、例えば『野火』において「生きているぞ」と叫ぶ「死者」のあり方や、「ハムレット日記」などで書き手自らが「亡霊」と化すような大岡文学の特徴と接続し得るものではないだろうか。

あるいは本書第二部で示したように、大岡昇平は例えばその戦争記述などにおいて全てを書き尽くすことを目論みつつも、転向者が弁証法的な自己意識の運動によって十全な主体を確立していくという「戦後文学」の思考／志向は絶えず批判し、唯一の「真実」への欲望などからは隔たりを保っていた。その上で、「書く」という行為において複数化・断片化されていく「真実」をテクストに刻み込んだ大岡文学と、大岡が忌避した弁証法的な自己意識の果てに遂にその運動を逸脱し、多なる「ほんとう」を分裂的にテクストに撒き散らしていく椎名文学のありようは、そうした書記行為に至る過程は全く異質でありながらも、やはりよく似ているのだ。

では、両者の文学における「死」や「死者」、そして「真実」の表象は、「戦後文学」の思考／志向にいかなる亀裂をもたらすであろうか。あるいはそれは、「戦後」という時代の「文学」においていかなる地平を切り拓き得るものだろうか。それを考察するために、本章では改めて、『近代文学』同人に代表される「戦後文学」の思考／志向の中から特に「戦争責任」をめぐる言説をとり上げ、それらと椎名文学・大岡文学との間にある差異を分析していきたい。そこで明らかとなるのは、椎名文学、大岡文学に共通する「責任」と主体をめぐる特異な関係性である。そしてそこにおいてこそ、新たな「戦後」の「文学」の可能性が見出し得ると考えられるのだ。

2 「戦争責任」をめぐって

かつて文芸雑誌『近代文学』を「戦後思想史の中心的なペース・セッター」とみなし、「日本の代表的な論争の実に多くが「近代文学」によつて取り上げられ、論争のレールを設定されている」と認めた鶴見俊輔は、『近代文学』創刊号（一九四六・一）に掲載された本多秋五「芸術・歴史・人間」の内容を踏まえた上で、次のように記している。[1]

「近代文学」の運動のなかにその後出てくるテーマは（略）簡単に列記してみると、第一は主体性論、第二は世代論、第三は戦争責任、第四は転向文学、第五は政治と文学論、第六は上部構造論――文学、芸術は単なる上部構造で、下部構造の変化にすぐさま対応して価値をかえるものではないという主張、第七は小市民階級――プチブルジョアを積極的に評価しろという主張。第八は知識人論――第七に似てこれの積極的評価、卑下ばかりしていてもしようがないという主張。第九はエゴを大切にする――組織に対してエゴを守る、組織と個人論。第十は近代精神とは何かについて、繰り返して近代精神を大切にしていく近代主義の立場です。

『近代文学』の運動内部にあらわれる「テーマ」を列記したこの文章の中で注目すべきは、中野重治らとの一連の論争を経て、『近代文学』を「戦後思想史の中心的なベース・セッター」へと押し上げることとなった「政治と文学」論や、「戦後文学者」という主体の生成と密接に関連する「転向文学」の問題などに先んじて[2]、「主体性論」や「世代論」などとともに「戦争責任」の問題が挙げられていることである。また、鶴見がこうした『近代文学』像を提示する上で依拠した本多秋五も、後に『物語戦後文学史』の中で、「政治と文学」論争に関する言説の直後に「戦争責任」をめぐる記述をなしているのだ[3]。とすれば『近代文学』同人ひいては「戦後文学者」にとって、「戦争責任」というものが特権的な地位を占める問題であったことは明らかであろう。さらに「戦後文学者」によって様々な場で、「転向の問題はやはり戦争責任問題につながつてゐますね、作家内部の問題として[4]」、「戦争責任の文学的追求の方法が、転向問題を起軸として、自己批判による基準の確立に求めねばならぬ[5]」といった発言がなされていること、さらに本書序章で既に確認したように「戦後文学者」が自らを転向者とみなし、「転向」という問題を「戦後」において「反復」することで主体の自己同一性を獲得しようとする運動こそが「戦後文学」であったことを踏まえるならば、その「転向」と不可分なものとして語られる「戦争責任」とは、この点においても極めて「戦後文学」的な主題であったと改めて言えよう。

では、「戦後文学者」によって「戦争責任」はいかなるものとして語られてきただろうか。『人間』一九四六年四月号に掲載された荒正人・小田切秀雄・佐々木基一・埴谷雄高・平野謙・本多秋五による座談会「文学者の責務」は、「戦後文学者」を中心に提示された「戦争責任」論を代表する座談会として知られるが、そこでは次のような議論がなされている。

編輯部　文学には所謂人生の教師的な要素が他の芸術分野に比べると随分多いと思ふのですが、これを軍部なり軍国主義なりが戦時中悪用したやうなかたちで、文学者が参加したり、させられたりして、大いに国民に戦争を煽つたわけでした。が、これからの日本はデモクラシー社会をわれわれの手で創らなければならない、いわゆる啓蒙時代に入つたといふことが出来ます。かうなると、益々文学者の教師的面が重要な役割を占めて来るとともに、文学者の責任といふものが、大きな課題になつて来たと思ふのです。（略）

小田切　文学界における戦争責任を問題にするときは、吾々自身批判的ではあつたけれど、その批判が戦争に対して決定的に反対するといふところまでの強さには行けなかつたといふ点で、やはり戦争責任を持つてゐる、さういふ自分自身の問題から日本文学全体の問題にまで拡げて行く必要があるだらう。文学者の場合、一般の国民が戦争に協力したのと非常に違つて、国民・市民としての責任、更に国民の魂の教師としての文学者の責任、かういふ二重の責任を持つてゐる。

この座談会においては、「文学」が「所謂人生の教師的な要素が他の芸術分野に比べると随分多い」ということが編輯部によって既に前提とされており、その発言を受けて小田切は、「文学者」の「戦争責任」には「国民の魂の教師」としての「責任」も含まれると述べている。その小田切が「文学における戦争責任の追及」（『新日本文学』一九四六・六）の中で、「文学者が実に公職以外の何ものでもない」と述べた上で、「戦争責任」者を「文学の世界からの公職罷免該当者」と断じていることは看過すべきではあるまい。あるいは小田切が荒正人・佐々木基一と連名で発表した『文学時評』創刊号（一九四六・一）の「発刊のことば」においても、同様の記述は見られるのだ。

いつ終るともなかつた絶望の長夜にも、つひに光がさしてきた。惨苦と汚辱の反動十数年を耐えて、今日ここに自由の陽ざしに立つことを、生けるしるしあり、と心から悦ぶ。（略）日本ファシズムが文学に加へた蛮行と凌辱は、消えることのない疵痕と化し、いまなほ疼きを覚えるのだ。かれら文学の敵は、まず、プロレタリア文学運動を圧殺し、つぎにその血まみれの手を、同伴者作家、進歩的・自由主義的文学者のうへにと伸ばした。かれらは平和と人道を愛する作者たちからペンをもぎ取つた。さらに、かれらは文学流派としてのリアリズムを抹殺した。（略）『文学時評』は、純粋なる文学者の名において、かれら厚顔無恥な、文学の冒瀆者たる戦争責任者を最後の一人にいたるまで、追求し、弾劾し、読者とともにその文学上の生命を葬らんとするものである。このことは、文学領域において民主主義を確立するための第一歩である。

これらの言説が示唆するのは、「文学」あるいは「文学者」とは本来「平和と人道を愛する」ところの「人生の教師的」な存在であったにもかかわらず、ファシズムや軍国主義による「蛮行と凌辱」によって汚された、という思考である。だからこそ「戦争責任」の追及とは、そうした本来的に「純粋」な「文学」を「冒瀆」した「戦争責任者」を弾劾することなのであり、彼らの「文学上の生命」を葬り去ることによって再び「文学」の「純粋」を獲得せんとする運動に他ならないのである。

こうした言説は、「政治と文学」論における「戦後文学者」の「文学」概念とも接続するものであろう。本書序章で考察したように、一連の「政治と文学」論争において平野謙や荒正人が提示したのは、プロレタリア文学運動が到達せざるを得なかった「党」の絶対化、あるいはその後の「文芸統制」時代のごとき「政治」の優位性によって従属的な位置にあった「文学」が、「戦後」においてそのような「政治」を「アウフヘーベン」した高次のものへと生成する可能性であった。ところでこうした「政治と文学」論とはまた、「文学者」が「近代的主体」としての自己充足を獲得する運動と不可分なものではなかったか。そして「戦争責任」論においてもまた、「人間の確立」といった概念が常に問題化されるのである。

小田切　それ（堀辰雄や川端康成などが戦争に対する文学的責任から完全に免れているということ——引用者注）は言へないし、戦争に反対する、反対せずにはゐられないといふまでの烈しい人間性の要求といふものを持つてゐなかつた、ゐなかつたために反対しないで済んだ。さういふ制限が非常にある。（略）つまり芸術家といふものは本来もつと偉大であるべきものなんだ。その本来の偉大さといふことを今日こそ問題とすべきだと思ふのだ。芸術といふものは最も人間的なものである筈なのだから、今度のやうな非人間的戦争に対しては当然何らかの形で起ち上るべきものだ。さういふところまで問題をもつて行つていいと思ふ。（略）

埴谷　根本的にはやはり人間の問題だね。戦争責任といふけれど、それは政治的な言葉であつて、実際をいへば人間への責任なんだよ。ところが、人間といふものが本来の人間的に自覚されたかといふやうなことは、日本の近代にとつて十分成し遂げられたか否やは疑問だ。（略）今度の戦争責任の問題には、やはり人間の自己確立といふことが欠如してゐたんだね。

（座談会「文学者の責務」）

ここで小田切は、「芸術」を「最も人間的なもの」、「戦争」を「非人間的」な事象として対照的に捉えており、埴谷は真の「戦争責任」とは「政治的な言葉」を超えたところの「人間への責任」であると述べる。即ち、本来的には「純粋」であったにもかかわらず「戦争責任」という問題に直面してしまった「文学」とはまた、かつて「政治」に従属してしまったような非力さ――あまりにも「人間的」な「純粋」さ――故にかえって「非人間的」な「戦争」にも対峙し得るものなのであり、だからこそその「文学」における「戦争責任」を追及することによって、「文学者」は「責任」を十全に負い得る主体――「偉大な芸術家」――として「自己確立」を果たすのである。

では、そのようにして「戦争責任」を追及し得る「純粋」な「文学者」とは、いかなる存在なのだろうか。

荒　例へば戦争では日本のインテリゲンチャが戦争にお辞儀したといふやうなことね。ところがフランスではナチズムに抗して戦つたといふことについて、あるひとがこんなことをいつてゐました。――フランスではそれを支へる民衆の勢力があつた。それはそれで事実なんだが、それは責任を外部へ転嫁する考へ方ですよ。自分の問題としてみるとき戦争にうちひしがれず、抗戦でも、亡命でもせずにはゐられぬ強烈な主体があつたかなかつたか、といふ風に反省すべきでせう。「内なる権威」がなかつたんですよ。さういふ近代的個人の確立がなかつたからこそ、逆に民衆の勢力がなかつたのだと考へたいのですよ。（略）つまり四十代のひとたちの大多数は常に外部の責任にすりかへてしまふのですね。「外なる権威」の責任に負はしてしまふ。さうでなくて、「内なる権威」結局個人といふものの責任として物を考へてゆく考へ方、さういふものはやはり戦争中における自分たちインテリゲンチャの行為をさつき佐々木君が言つたやうに反省することによつて出て来ると思ふのです。(6)

荒はここで「戦争責任」を、「文学者」が「戦争にうちひしがれず、抗戦でも、亡命でもせずにはゐられぬ強烈な主体」たらなかったこと、「内なる権威」を有するところの「近代的個人」たり得なかったことの問題として捉えている。だが注目すべきは、そのような「戦争責任」の問題において「外部」や「外なる権威」の「責任」にすり替えてしまおうとする「文学者」を、荒が「四十代のひとたち」と断じていることである。こうした「四十代」に対する批判的言説の背後に、自らを含む「戦後文学者」は「不幸なる少数者《アンハピイ・フユウ》」あるいは「失はれた世代《ロスト・ジエネレイシヨン》」としての「三十代」である、とする主張があることは言うまでもあるまい。(7) 即ち荒は、「戦争責任」を「外部」に負わせてそこから逃れようとする「文学者」を「四十代のひとたち」と限定し批判することによって、「三十代」である「戦後文学者」はその「責任」を「内なる権威」として考え得る主体であり、それ故に「戦争責任」を追及するにふさわしき「純粋」な「文学者」であると差異化していくのである。

もちろん、こうした「三十代」の特権化に対しては「戦後文学者」自身もある程度懐疑的であった。例えば座談会「文学者の責務」において本多秋五は次のように発言している。

本多　もう一つここでお断りしておかなければならぬことは、われわれは戦争に対して批判的に観てゐたんぢやないかといふお話があつたのですが、一応われわれは戦争責任といふ点で無疵の立場にあるといふことが云はれるとしても、それはどういふところから来てゐるかといへば、簡単にいへば、われわれが無名であつたといふことから来てゐる。このことを忘れたくないと思ふのです。勿論、仮にわれわれが有名であつたとしても、戦争に対して非常に大きな太鼓を積極的に叩くといふやうなことはしなかつただらうし、文学報国会なら文学報国会といふ団体の、責任のある地位に就くやうなことは、いくらなんでも避けただらうといふことは謂へると思ふのです。しかし、文学界に対して、戦争の毒風といふものは、物理的にも科学的にも非常な勢をもつて長い間にわたつて吹き捲つてゐたんで、その影響をわれわれが完全に逃れてゐたといふことは言へない。従つて文学界に於ける戦争責任の問題について、なんらかの発言しようとするのに際して、われわれが局外に立つてゐた人間といふふうに考へないで、われわれも亦、その毒風の物理的化学的影響の浸潤を受けてゐた人間であることを忘れず、戦争責任はまたわれわれ自身の問題でもあることを忘れたくないと思ふのです。

ここで本多は、「戦後文学者」である自分たちは「戦争の毒風」の「局外」に立っていたわけではなく、「その毒風の物理的化学的影響の浸潤を受けてゐた人間」であることをひとまず認めている。そのとき「戦争責任」は「われわれ自身の問題」ともなるわけだが、注意すべきは同時に本多が、一般的に「戦後文学者」が「戦争責任といふ点で無疵の立場にある」とみなされる理由として、戦前における「無名」性を挙げていることである。このとき、「戦後文学者」は決して「戦争責任」を完全に免れ得ない主体であるにもかかわらず、しかし戦前・戦中には「無名」であったという一点において、当時から「有名」であった「戦争責任者」と明確に差異化されていくのだ[8]。だからこそ座談会「文学者の責務」においては、この本多の発言の直後に「さうね。ぢや差当り、例へば、誰が一番戦争に協力しなかつただらうか、或は戦争に反対したか」(荒)という言説が可能となるのである。「戦争責任」論はそのようにして、積極的であれ消極的であれ「戦争」に協力したという「責任」を有する「文学者」の「固有名」を羅列する所作と化すのであり[9]、一方で「戦後文学者」はそうした「文学者」の「責任」を追及し彼らの「文学上の生命」を葬り去るという「公職罷免」を行うことによって、自らを「戦後」を代表する「責任」を有するにふさわしき「文学者」として特権化していくのだ。あえて言うならば「戦争責任」論とは、かつて「無名」であった「戦後文学者」が「固有名」を獲得していかんとする――即ち「文学者」として「自己確立」していかんとする――欲望のあらわれだったのである[10]。

3 「責任」の領域

前章で確認したように、敗戦後すぐに『近代文学』同人を中心に提出された「戦争責任」論とは、「戦後文学者」の「固有名」獲得、主体化・特権化の欲望と不可分なものであったとひとまずは言える。ところでアジア・太平洋戦争後の日本文学において「戦争責任」が重大な問題として提出されたのは、敗戦直後のこの時期のみではなかったはずである。一九五五年七月、『現代詩』に「高村光太郎ノート——戦争期について」を発表した吉本隆明は、「前世代の詩人たち」(『詩学』一九五五・一一)などを経て、一九五六年九月、淡路書房より武井昭夫とともに『文学者の戦争責任』を刊行、戦後一〇年を経過した一九五五年以降に再提起された「戦争責任」論の中心的な役割を担うこととなった。では、吉本による「戦争責任」論とはいかなるものであったか。

「前世代の詩人たち」において吉本は、「民主主義文学陣営によって、戦後やられてきた戦争期の日本の文学についての評価や、文学者の戦争責任の問題の提起の仕方、そこから派生する問題について、わたしは、かなり広範な疑問がある」とした上で、次のように記している。

『新日本文学』創刊号、創立大会の報告中の中野重治署名の「新日本文学会創立準備会の活動経過報告」に、つぎのような個処がある。

「発起人としては、帝国主義戦争に協力せず、これに抵抗した文学者のみがその資格を有するという結論となった。秋田雨雀、江口渙、蔵原惟人、窪川鶴次郎、壺井繁治、徳永直、中野重治、藤森成吉、宮本百合子が決定した。」

このうち、すくなくとも三分の一の文学者は、文学的表現によって「帝国主義戦争に協力」したことはあきらかである。

吉本はここで、戦前にプロレタリア文学運動を主導し、戦後『新日本文学』創刊号において「非戦争協力者」とみなされた様々な「固有名」に対し、彼らの内にも「帝国主義戦争」に協力した者はおり、したがって「戦争責任」を有していると断じる。そして彼はこの後、具体的に壺井繁治と岡本潤という「固有名」を挙げ、特に前者を戦時下の情勢に「抵抗」した文学者として評価する平野謙ら「戦後文学者」の見解に対して批判的に言及した上で、壺井、岡本の詩には「内部的格闘」が皆無――即ち「戦争責任」に向き合っていない――と弾劾するのである。あるいは『文学者の戦争責任』の「まえがき――文学者の戦争責任――」においても、岡本潤をはじめとする様々な「固有名」に対して、「戦争責任の問題を横流しにしようと」していると厳しく批判しているのだ。このとき、吉本が同テクストの末尾で「現在、批判の対象となっているのが老いさらばえた世代であり、批判しているのが興隆する世代であるというのは、ちがっている。批判されているのは進歩的名分と、多数者に擁護されてびくともしない文学者であり、批判するものは、ほとんど独力でこの重くるしい壁にぶつかっている少数者であることをわたしは忘れてもらいたくないとおもう」と記していることは看過すべきではあるまい。即ち吉本が行った「詩人」の「戦争責任」論もまた、前世代の個々の「詩人」や「文学者」の「固有名」を提出し、彼らが「戦後」を代表するにふさわしからぬ「戦争責任者」であることを追及するものであるが、その「責任」追及はまた、「多数者」である「戦争責任者」と「少数者」である「戦争責任」追及者とを分離した上で、自らを後者に置き「戦後」を代表すべき「純粋」な「文学者」として特権化していく運動だったのである[11]。

では、こうした一九五五年以降の「戦争責任」論において、「戦後文学者」はいかなる態度をとっているだろうか。

『近代文学』一九五六年九月号に掲載された座談会「戦争責任を語る」[12]は、一九四六年前後の「戦争責任」論を主導した「戦後文学者」と、吉本や武井に代表されるような一九五五年以降新たに「戦争責任」論を提示し始めた論者たちが一堂に会した座談会であった。この座談会においては例えば、「戦争犯罪というふうに、きめつけるのは、われわれ自身のなかに、やはり非常な弱さがあつて、犯罪を追及する立場がぐらついているものだから、逆にその戦争犯罪追及という形で問題を出すことができず、むしろ戦争責任という言葉で問題を提出したわけですね。こういう提出の仕方が、いまから考えると、内面的な問題にしていつた、その面ではプラスであつたけれども、同時にそのことによつて、戦争犯罪というものの追及を怠つたという点に、やはりなにかマイナスがあつたのではないか」(佐々木)、「かりに法理論的なものを戦争犯罪として政治的に扱うとすれば、そういうものとは別個の観点でもつとちがつたものとして、つまり人間に即した、人間の内容に即したものとして戦争責任というものを、われわれ自身の問題として取扱おうというところで出てきたのではないか」(平野)といったように、「戦後文学者」側からかつての「戦争責任」論に対する反省とその意義の再確認がなされているが、そうした中で次のような「戦後文学者」の発言が見られる。

小田切　戦争責任は多かれ、少かれ各人が負つたわけですが、その戦争責任を負つたままで、われわれがどういうふうに進み出ることができるか、というふうに問題が出されないで、たれにどういうふうなひどい責任があるか、というふうに問題を出したと思うのです。そのために戦争責任追及の結果、かえつて良心的なひとの方が動きがとれなくなり、平気な連中の方が自由に動くということになつたり、いろいろなことがあつたわけです。これに対して、いまでは十年間の経験から、戦争責任を負いながら、人はどういうふうに進み出ることができるかと考えるというふうに、問題が進んできているのじやないかとおもいます。そして、自分たちひとりひとりについて、どの程度、どこまで戦争責任を、負つているか、またどこまで頑張つたか、という形での、具体的な腑分けが必要だと思います。戦後の場合、戦争責任の問題が一方は沈黙し、一方は威丈高になつたという形で行われたのは不幸でした。

小田切はここで、「たれにどういうふうなひどい責任があるか」という追及の仕方をしたかつての「戦争責任」論は、結局のところ「良心的なひと」の「動き」を束縛したに過ぎず、だからこそ今後「戦争責任」論は「自分たちひとりひとりについて、どの程度、どこまで戦争責任を、負つているか、またどこまで頑張つたか、という形での、具体的な腑分け」が必要であると述べる。だが、敗戦直後の「戦争責任」論から一〇年を経た後の小田切のこのような発言は、むしろ「戦争責任」を追及する上でそうした「具体的な腑分け」がいかに困難であるかを示唆してはいないだろうか。だからこそ小田切の発言に対して吉本は、「小田切さんのように各人が戦争責任を多少でも負つていつて、戦争責任を負つているものが、戦争責任を追及する場合に、どういう追及のしかたが成立つかというふうに出していくと、それはやはり相互にすくんで、問題は未解決になつていく」と反論し、そのような「腑分け」は括弧に入れた上で、「とにかく表現というものは明らかに残されてあるわけで、なにか表現の問題を追及していかなければならない」と断じるのだ。だが、「文学者」の「戦争責任」の問題を「表現」の次元に限定して追及することは、既にこの一〇年前においても提案されてはいなかつたか。

平野　そんなこと（徳永直が戦中に『太陽のない街』を絶版にしたことについて、戦後になって誤りであったと公言し自らの行動を謝罪したこと――引用者注）はちつとも文学上の問題ではないと思ふのだ。仮りに徳永直が戦争中市民としての生存権の必要から過去の著書を抹殺した。それがまた今日間違つてゐたと、大衆の面前であらうと活字の上であらうと、謝罪することで文学の問題はちつとも片づかぬ。ものを言ふのは作品だけだ。

（座談会「文学者の責務」）

一九五六年の座談会「戦争責任を語る」における吉本の発言に対して、「詩人、文学者というのは、やはり文字なり、言葉なりによる表現というものを生命にするわけですね」と答えた平野は、だがその一〇年前の座談会「文学者の責務」の中で既に、「ものを言ふのは作品だけだ」と断言しているのである。とすれば、追及すべき対象を「作品」や「表現」に限定したところで、「戦争責任」を負うべき主体とそれを追及し得る――それによって「戦後文学」を「純粋」に代表するという「責任」を有し得る――主体との「腑分け」の困難と不可能性は、常に残余してしまうのだ。だからこそ座談会「戦争責任を語る」においてはやがて、「戦争責任を追及することができる資格のある人は、もつとも被害者であるところの国民大衆じやないか」（佐々木）といった発言さえなされるのである。「戦争責任」をいかに追及するかという問題はこのようにして、もはや「文学者」を逸脱した「大衆」なる存在を要請せざるを得なくなってしまうのだ[13]。

だがこの座談会があぶり出したことは、「戦争責任」を追及する主体――「戦後文学者」としての「責任」を十全に代表し得る主体――の正当性保持、あるいは「責任」を負ったものと「責任」から「自由」でいられるものとの「腑分け」の困難のみではない。議論はより根本的な、「戦争責任」という語そのものが有する問題を露呈することとなるのである。

本多　共産主義者が戦争に反対する理論をとなえていながら、戦争協力者に転落したということは、それはむろんおおいに責任を問わなくちやいけないという前提の上にたつて、もう一つさつきも二つ三つとくに非転向者の共産主義者も、なんらかの責任があるのではないかという論が出てきているとおもう。しかしながらそれはさつき荒君も敗戦責任というのは付録だといつた。僕もはじめ付録のつもりで、あるいはミスプリントぐらいのつもりでいつていたので、これはもともとの戦争責任座談会の本旨からいうと、わきにとりのけておいてよいものじやないかとおもう。共産党の戦争責任、非転向共産主義者の戦争責任というのは、これも戦争責任の括弧つきの戦争責任であつて、これも一応除外しておいたほうが本道が明きらかになるのではないかとおもう。

ここで本多は、吉本をはじめとする一九五五年以降の「戦争責任」論者が明らかにした「共産党の戦争責任、非転向共産主義者の戦争責任[14]」を「括弧つきの戦争責任」とした上で、それを「除外しておいたほうが本道が明きらかになるのではないか」と述べている。だが、ならば「戦争責任」の「本道」とはいかなるものだろうか。

例えばこの座談会の中で大熊信行は、吉本・武井の「戦争責任」論を評価した上で、戦時中に「戦争協力」的な活動をしていた「文学者」が「戦後そのことをまつたく棚にあげ、新らしい出発をされたということ」について、「これは私は戦争責任の問題とはおもわない。ぜひこれは区別して、なんという名前でよんでいいか、わかりませんが考えたい問題なんです」と述べるが、その発言に対して荒は「(「戦争責任」の問題では――引用者注)ないけれども……」と言葉を濁し、佐々木は「ですが、戦争責任ということのなかにいろいろな問題が含まれている」と反論する。あるいは平野は、「戦争責任に対する基準というものは積極的なものと、相対的なものとある」とした上で、「太平洋戦争になつてからのいろいろな動きというものに対しては、責任を解除するという説もあるんだな」と述べるが、こうした問題提起に対しては本多が「以後全面解除するということは、ちよつとどうかとおもいます」と疑問を呈する一方で、佐々木は「戦争責任の問題の重点を太平洋戦争以前にもつていくということのほうが必要じやないかとおもいますね」と答える。このように、「戦争責任」の定義自体において論者間での食い違いと混乱が顕在化するこの座談会においては、結局のところ「戦争責任」の「本道」や「基準」が明示されることは遂にないのであり、だからこそこの座談会を読んだ福田恆存が、「「戦争責任」などといふものは、元来、成りたゝぬものなのです。在るには在つても、論じられぬものといふものがある」と断じる事態さえ生じるのだ。(15)

とすればこのとき、「戦争責任」論は「戦争責任」を負うべき主体とそれを追及すべき主体との確定不可能性のみに留まらず、「戦争責任」とは何を対象とするのか、さらには「戦争責任」とはそもそもいかなる「責任」を指すのかといったような、「責任」の領域の決定不可能性にさえ陥っているのではないだろうか。即ちそこにおいては、「戦後」という時代に「戦争責任」を問う際に、「責任」を十全に追及し得る「文学者」と厳しく追及されるべき「文学者」、「戦争責任」を確実に有する「文学者」と有さない「文学者」――もちろんそれは相対的な差異に留まるだろうが――、といった「責任」主体を明確に分離することの困難とともに、「責任」の基準、あるいは領域をどこに定めるかという「腑分け」の機能不全が生じているのである。一連の「戦争責任」論が露呈したもの――。それは、「戦争責任者」の「固有名」を確定し、自らは「戦後」を代表すべき「文学者」としての「責任」を有さんとする「戦後文学者」の欲望とは裏腹に、ある主体がある出来事の「責任」を十全に代表すること、あるいはその「責任」を介して「文学者」が主体化・特権化することの不可能性だったのである。

4　椎名麟三と「責任」

「戦争責任」論において示唆されたのは、ある出来事についての「責任」を、ある「固有名」を有した「文学者」が主体的に負うこと――それは逆に、例えば「戦後文学者」をはじめとする「戦争責任」論者が「戦争責任」を様々な他の「固有名」に負わせたように、ある出来事に関する「責任」を他者に一方的に代表させることでもあるだろう――の困難であり、さらにそうした「責任」を介した主体化の運動が、「責任」を負うべき主体それぞれの「腑分け」、あるいは様々な出来事とそれに付随する種々の「責任」の「腑分け」が不可能であるが故に、遂に機能失調に陥るという事態であった。では、かつて「戦後文学の代表者」とみなされた椎名麟三とそのテクストにおいて、「責任」はいかなるものとしてあるだろうか。

終戦直後のことでありますけれども、戦争に協力した、戦犯といわれる人々が、「実はおれは戦争に協力したけれども、しかし本当は協力したのではなかった。内心では、戦争がいやでいやでたまらなかった」と弁解していたのを覚えています。またそれについて、左翼が非常に攻撃をしました。しかし私自身はその罪をにくみながらも非常に同情したわけであります。私たちの心の中にはいつも二つの矛盾したものが潜んでいることを知っていたからであります。「本当」に何かに協力しているという状態は、さっきも申しましたように私達が気違いになるかそれとも死ぬかしない限りは成立しないわけであります。

（「わたくしの人生観」裁判所書記官研究所『所報』一九六〇・二）

椎名はここで、敗戦直後になされた一連の「戦争責任」論において「戦争責任」を追及された人々が、「戦争に協力した」けれども「内心では、戦争がいやでいやでたまらなかった」と「弁解」したことに対しての「同情」を隠さない。なぜならば椎名によれば、人が何らかの事象に「本当」に協力することなど「気違いになるかそれとも死ぬかしない限りは成立しない」からである。あるいは別のテクストにおいても椎名は、「聖戦万歳を叫び、国策遂行を心から叫んでいたように見える戦争協力者」が、「戦犯追求の声」に対して「なるほど自分はそうではあったが、あのときは政治の圧力のために仕方なくそうであったにすぎないのだ、ホントは心のなかでは、戦争はイヤでイヤで仕方がなかった」と反論したことについて、「そのひとたちは、人間としての自分の事実を語っている」と認め、「私たち人間は、この世界のなかにありこの社会のなかにあるものとして、また自分ひとりの死を死ななければならないものとして生きているのである。そしてこれらの条件の一つでも、ホントウには順応できないものなのだ」と記しているのだ[16]。

こうした言説の背後に、唯一絶対の「真実」とは「復活」のイエス・キリストの肉体以外にはあり得ず、故に人間が考える「本当」とは全て相対的なものに過ぎないという、キリスト教入信以降様々な場でくり返し提出されてきた椎名のイエス・キリスト観が存在することは言うまでもあるまい。だがこうした概念はかえって、「文学者」をはじめとする様々な人間に対して「責任」を問うことを、さらには自らが何らかの「責任」を負うことを回避・解消するものとして機能してしまわないだろうか。事実椎名は「信仰と文学」(『福音と世界』一九五二・四)においては、「神か文学か、という二者択一において、神を信ずるということ」が「人間の自由の無視であり、人間の現実に対する責任の回避であると考えられるのであり、この時代における人間の自由と責任が、痛切な問題になっている現在の文学においては、非難されるべきことだと考えられる」と記していたのであり、あるいは前掲「わたくしの人生観」の中でも、「しかし本当というものが人間の手の中にないということを知っている場合、それは自分の本当と思っていることに対して今度は無責任になってしまって、どうでもよくなってしまうというふうになる」と述べているのだ。このとき椎名自身もまた、「本当」を「復活」のイエスのみに託すことは、「戦争責任」をはじめとする様々な「責任」を「本当」ではないとみなすことで不問に付してしまう可能性があることを認めているのであり、その限りにおいて、例えば唯一絶対の「ほんとう」は「美しい女」にのみ成立可能であるとする『美しい女』について「責任のがれ」と断じる中村光夫の批判[17]は、正当なものと言わざるを得ないのである。

だが本書第六章で確認したように、「復活」のイエスの肉体のみを唯一絶対とみなす椎名のイエス・キリスト観が如実に反映された小説とも言うべき『美しい女』はまた、そのように「ほんとう」である「美しい女」が「私」の内に既に到来しているにもかかわらず、一方で「死」と「労働」の絶対性が回帰し、さらには「美しい女」の下では全て相対的であったはずの様々な事象が、「ほんとう」のものとして分裂的に生成していくテクストではなかったか。だとすれば、仮に「復活」のイエスのみが椎名において唯一絶対の「真実」であったとしても、それは人間に対する全的な救済――「責任」の不問――をもたらすものとしては機能し得ないのではないだろうか。だからこそ椎名は、キリスト教入信直後に既に次のように述べていたのである。

この変革された意識によっては、復活のキリストに於ける肉と骨のように死と世界は直接的となる。いわば人間一切の条件を自分に引受けなければならなくなるのだ。キリストから与えられた自由を信ずるとき、もはやその責任を避けることが出来なくされているのである。アフリカのジャングルのなかで、土人が獅子に食われたという、僕たちには無関係と思われる出来事さえも、僕たちは眼をつぶることの出来ない関係をもつのである。人間の一切の挫折、この社会のあらゆる悲惨に対しても、僕たちは曖昧にすごすことも無関心であることも出来なくなってしまっているのである。世界の一切が僕たちへ関係をもち、あらゆる死が、僕たちへ関係をもつ。これらの多様な諸関係が、キリストの肉と骨のように僕たちの意識へ直接的となるのは、それらの諸関係を自己の責任として引受けるということによってであるのだ。（略）僕たちがそれらの責任を引受け、絶対的に絶望であると実証されている現実とさえたたかい得るのは、僕たちがまさに自由で〈ある〉からなのではなかったのか。そうである。キリストから贈られた僕たちの自由は、あらゆる多様な人間の諸関係をすすんで自己の責任として引受けることを〈欲す〉のだ。

（「復活　5」『指』一九五二・三）

椎名によれば、人間はイエスの「復活」によって「自由」を与えられるが、そのとき「死」と「世界」は同時に「直接的」となり、「人間一切の条件」を引き受ける義務へと接続していく。そして椎名は、人間は「自由」であるが故に、「あらゆる多様な人間の諸関係」あるいは「僕たちには無関係と思われる出来事」に対してさえも「責任」を負わねばならないとするのだ。このとき椎名において「復活」のイエスとは、人間の一切の「責任」を不問に付すもの、即ち「責任」の抹消をもたらすものでは、もはやない。イエスの「復活」を全的に信仰する主体とはまた、自分とは一見無関係な出来事に対してさえも「すすんで自己の責任として引受けることを〈欲す〉」主体の謂なのである。

こうした椎名の「責任」概念はまた、主体と世界との関係のみならず主体の自己内部においても徹底化されるべきものとなるだろう。「不条理の壁　3」（『週刊読書人』一九六〇・八・一）において椎名は、「池田内閣を信じるというやつも信用しないが、信じられないというやつも信用しないね」といった言説や、三池争議に関して「資本家の方にも賛成できないが、といって労働者の方にも賛成できない」といった意見を挙げた上で、「しかしこれらの意見からは、何物も生れないということは事実である。何故ならそれは単なるニヒリズムであり、不毛の意見であるからだ。実践というものは、あのドン・キホーテほどではないにしても、多少のおかしさから免れることはできない。それはどちらかをえらばなければならないからだ」と断じる。世の全ての事象がイエスの「復活」の前では「真実」を剥奪されているにもかかわらず、人間は常に何かを「選択」し「実践」するという「おかしさ」を免れ得ないというわけだが、このとき、その「選択」はもはや単なる「選択」を逸脱するものとなるのだ。

今年一年間、私は他の執筆者諸氏とともにこの欄を担当することになった。そして恐らく政治的な諸問題についてふれる機会も多いだろうと思う。何故なら私たちがそのなかに巻き込まれないでは生きられない以上、それらの問題を避けて通るわけには行かないからである。しかもそれらの問題の一つ一つの意見については、私にとっては実に残念で仕方がないのだが、究極のところ賛成するか反対するか二つの道しかあり得ないようなのだ。第三の道なんかありそうでないのである。それがおそらく現代という時代のきびしさなのだろう。（略）たとえば、いま議会で政府と野党との間にその成立を争われている新安保条約がある。その条約については、私は、はっきり反対である。クリスチャンとしてそうなのかと問われても、それじゃ共産党と同じじゃないかといわれても、私ははっきり反対なのである。しかも共産党とちがってはっきりしすぎるほど反対なのだ。何故なら地球が彗星と衝突してけしとぼうが、人類がほろび去ってその後にねずみが繁殖しようが、私は反対であるからだ。――そしてこれが私のいう反対のニュアンスなるものなのである。

（「感想一束　発言のニュアンス」『キリスト新聞』一九六〇・二・二）

『キリスト教新聞』の「言」欄を担当するにあたって記した文章において、椎名は「現代」における「選択」の不可避性を語っているわけだが、しかしその「選択」は例えば「共産党」のそれと同じではない。本書でこれまで明らかにしてきたように、椎名においてイエスの「復活」の肉体とはまた、「死」の絶対的な終焉という機能をも人間から剥奪するものであった。だからこそそのとき、「選択」の「責任」は「地球が彗星と衝突してけしとぼうが、人類がほろび去ってその後にねずみが繁殖しようが」果たさなければならないものと化すのである。

だがここで、『美しい女』をはじめとする椎名の諸テクストにおいては、「死」が超克不可能なものとして「回帰」し続けてもいたことを想起しなければならない。とすれば、椎名が提示した「責任」とはまた、決して十全に負い得るものではないことが椎名自身の言説によって明らかにされているのである。にもかかわらず、椎名において「責任」とは自己と無関係に見える出来事に対してさえも引き受けなければならないものであり、あるいはある事象を「選択」することとは、自らの「死」――さらには「地球」や「人類」の滅亡――の後でさえも果たすべきものとしての「責任」を残余させることなのだ。とすればこのとき、椎名が言うところの「責任」を負う主体とは、「戦後文学者」が「戦争責任」論などで提示した「責任」主体からはるかに逸脱するものであるだろう。既に確認したように、「戦争責任」論とは「戦争責任者」の「固有名」を確定し、さらに「戦後文学者」を「戦後」を代表する「責任」を負うにふさわしき主体として確立するための運動であった。つまりそこでは、ある一つの事象・出来事とそれに対して「責任」を負う主体は、常に密接な関係――言うならば代行‐表象関係――を有するものとみなされていたのである。だが椎名によれば、イエスの「復活」が到来した後の世界においては、人間は個々に限定されることなき「人間一切の条件」を引き受けなければならない。即ち椎名が考える主体とは、決してある「固有」の出来事に対する「責任」を負う――代表する――ことによって「自己確立」をなすような「近代的」な主体ではもはやないのだ。ならばそのとき、主体はいかなるものとしてあり得るのだろうか。

むしろカフカの幾分アイロニックな忠告のように、「君と世の中の戦いには、世の中の味方せよ」の方向に徹底した方がいいのかも知れません。主体をあえて放棄する極限においてあらわれてくるのが真の主体であるともいえるからであります。

（「信仰と実作　3」『たねの会月報51』一九六七・四）

椎名は「君と世の中の戦いには、世の中の味方せよ」というカフカの言説を「徹底」するような、主体放棄の「極限」においてこそ「真の主体」が立ちあらわれると断じる。しかしこのような、脱主体化を表明したとも言うべき記述は、単に「世の中」に埋没することで自己が負うべき「責任」を抹消することを意味するものでは、もちろんない。既に示したように、椎名によれば「復活」のイエスという絶対的な「本当」が到来した後も、主体はある事象を「選択」し、それに対する「責任」を負わねばならないのである。

どうしても「出会い」という言葉が信仰において必要ならば、イエスにはもちろんイエスでありながらイエスでないものやさらにイエスでないものにも出会うことはできないといえるにすぎない。そこには何の希望もなければ可能性もないのである。

もし万が一、そこに希望や可能性があるならば、このような私の判断を超えて、イエスやイエスでありながらイエスでないものやさらにそのイエスでないものの側から出会われているのだということであろう。しかしそのことには、イエスの言葉以外の何の確証もない。しかしキリスト者は、イエスのその言葉に自分を賭けたものなのである。（略）だからどうしても「出会い」という言葉が必要であるならば、キリスト者は、イエスの言葉へ自分を賭けることによって、自分自身の新しい現実の意味と出会うのだといえるにすぎない。この現実は、賭けることによってしか出会うことはできないのだ。（略）何故なら、真理も出会うか出会わないかの向うにあるからだ。

そして私たちは、自分の人間的な現実のなかで、しばしば、自分の賭を失いながら、その都度、あらためて向うから出会われているということに賭けるのである。

（「出会いについて」『指』一九六〇・九）

イエスの「復活」によって「真理」は常に既に到来していたにもかかわらず、主体はその「真理」に出会うことは遂に不可能であると椎名は記す。なぜなら「真理」とは「出会うか出会わないかの向う」に存在するものだからであり、そうである以上主体の「希望や可能性」とは、自らの「判断」を超越したところの「イエスやイエスでありながらイエスでないものやさらにそのイエスでないもの」——こうしたレトリックがイエスの「真理」の表象不可能性を示唆したものであることは言うまでもない——から「出会われている」ことへの「信仰」である他ないのだ。自ら出来事の「責任」を「主体的」に「腑分け」することで特権化しようとする「戦争責任」論の目論みとは正反対とも言うべきこの言表は、しかし人間は常に出来事を「選択」しその「責任」を負わねばならないと断じられている以上、単に「出会われている」ことを信ずるだけの一方的な受動主体を示唆するものではないことも、また確かなのである。もちろんそのとき「選択」とは、「人間的な現実のなか」にある以上決して絶対的な「真実」たり得ないものであろう。「選択」は常に既に唯一無二の「ほんとう」などからは遠く隔たり、それに対する「責任」がまた生成していく。にもかかわらず椎名の主体はその「責任」からも逃れることは許されず、そのたびごとに「選択」を行い、その都度「真実」に「あらためて向うから出会われているということに賭ける」のだ。「地球が彗星と衝突してけしとぼうが、人類がほろび去ってその後にねずみが繁殖しようが」残余する、決して唯一の「真実」たり得ぬ自らの「選択」に「責任」を負うために、そして「あらゆる多様な人間の諸関係をすすんで自己の責任として引受ける」ために、「主体をあえて放棄する」という極限にまで達さんとすること——。それが椎名における「責任」であり「主体」なのである。

5　大岡昇平と「責任」

一九七〇年代中盤からくり広げられた「戦後文学」批判の中で、大岡昇平は例外的に高い評価を受ける文学者の代表とも言うべき存在であった。そうした評価を下した論者の一人である蓮實重彥との対談において、大岡は次のように語っている。

大岡　アイデンティティに限って言えば、若い頃から自己同一性を求めようとする志向はなかったですね。戦後文学は主体性の確立ということは言いながら、同時にアイデンティティ喪失であるというアンビバレンツを持っていて、だから主体性、アイデンティティを取りもどす、という考え方に行かざるをえない。それがいま言われた大江、江藤の考え方につながるのかもしれませんね。ぼくの場合アイデンティティを求めるということは昭和の初めにジットやプルーストに接した時代からないんで――。(18)

大岡はここで、「戦後文学」の「主体性の確立」という思考は同時に「アイデンティティ喪失」という「アンビバレンツ」に基づいており、それ故に失われた主体性を取り戻す欲望と不可分であったと指摘する。なるほど、「戦後文学者」が自身を転向者とみなし、「失はれた世代《ロスト・ジエネレイション》」としての「三十代」だからこそ「政治と文学」論争や「戦争責任」論争を経て「近代的自我」を確立し得る特権的な主体であるとする思考は、まさに「アイデンティティ喪失」と「アイデンティティ回復」の弁証法的・疎外論的な運動としてあると言えよう。大岡はそのように「戦後文学」を定義した上で、「ぼくの場合アイデンティティを求めるということは昭和の初めにジットやプルーストに接した時代からない」として「戦後文学者」と自らを差異化するのである。あるいは別の場所でも大岡は、小林秀雄の『私小説論』における「社会化された私」という言表を「極めて日本的な贋の観念の一種」[19]とみなした上で、「「私」の「克服」もまた一つの錯覚ではあるまいか。なぜ人はそう私を克服したがるのか、私は克服に値するか、という風に視点を変えてみれば、今日なお我々の文学に一般的な、底の浅さ、ひよわさについて、考える手懸りがあるかも知れない」と記している。[20]とすれば大岡において主体とは、弁証法的に自己同一性を獲得するようなものでも、「社会化」によって「私」を「克服」するという欲望を有するものでもなかったと言うことができるだろう。

ではそのように「戦後文学」が提示した主体から離脱したところの、大岡およびそのテクストにおける主体とはいかなるものであろうか。

大岡はかつて自身が『俘虜記』という「戦場の極限状況」を描いた小説でデビューしたことについて、「戦後文学」の「反措定」であると述べていた。[21]即ち「戦場」とは、「転向」を思考の基盤とした「戦後文学」に対して批判的視座を有していた大岡が意図的に選択した場であるわけだが、その「戦争小説」の代表作とも言うべき『レイテ戦記』について大岡は次のように記している。

私は二十年前に『俘虜記』で「自分はこういうふうに戦った」ということを書きました。しかしその狭い経験も、井伏さんのいわれるように国家が大変なお金を使って、私を前線に送ったために起ったのです。マッカーサーがレイテの次にミンドロへ上陸するという作戦をきめなければ、私が山の中で米兵と向き合うということは起らなかった。すべては数え切れないほどの原因の結果起っているので、それらを巨視的に高いところから見渡すのでなければ、戦争を書いたことにはならないと思っていました。私がこんどの『レイテ戦記』で試みたのは、そういうふうにいわば大きな壁画のように戦争を描くことでした。

（「『レイテ戦記』の意図」『日本文芸論集』一九七〇・三）

大岡はここで、『レイテ戦記』とは戦場での様々な出来事を「巨視的に高いところから見渡す」ことによって「大きな壁画のように」戦場を描こうとした小説であったと解説している。では大岡における主体とは、そのように全事象を俯瞰的に記述するような――「全体小説」的な欲望にも似た――存在であろうか。だが大岡は後に、「こんどの戦争をとらえる特権的な観点はないのではないか」とも述べてもいるのである。[22] だからこそ以下に示すように、大岡は『レイテ戦記』の意図が書き記す間に変化していったことを認めているのだ。

従って私の次の仕事は、レイテの戦闘について、鳥瞰的な記述を試みることだった。兵士には戦場の出来事はすべて偶然のように現われる。しかしその一部は軍や師団の参謀の作戦、司令官の決断によって、左右されるのである。それらを数え上げたくなった。（略）私の意図は、最初はレイテ戦を全体としてとらえることであった。しかし書き進めるうちに、戦死した兵士の一人一人について、どこでどういう風に死んだか、を数え上げることになって来た。

（「フィリピンと私」『読売新聞（朝刊）』一九七一・八・七～八）

ここにおいて『レイテ戦記』は、「レイテ戦の全体」を「鳥瞰的」に記述するテクストではなく、「戦死した兵士一人一人」についてことごとく「数え上げる」ことを試みたテクストとみなされるのである。ところで戦場の出来事を「数え上げる」ということについて、大岡は小説家としてデビューした初期において既に語ってはいなかったか。

しかし経験とは、そもそも書くに価するだろうか。この身で経験したからといって、私がすべてを知っているとは限らない。（略）ただ私は「書く」ことによってでもなんでも、知らねばならぬ。知らねば、経験は悪夢のように、いつまでも私に憑いて廻る公算大である。そして私の現在の生活は、いつまでも夢中歩行の連続にすぎないであろう。

あの過去を、現在の私の因数として数え尽すためには、私はその過去を生んだ原因のすべてを、私個人の責任の範囲外のものまで、全部引っかぶらねばならぬ。

（「再会」『新潮』一九五一・一二）

大岡は、戦場の出来事を「私の因数」として全て「数え尽す」ような記述とは、「私個人の責任の範囲外のものまで、全部引っかぶ」らんとすることであると断じる。とすればここで、大岡の「責任」観もまた明らかとなるであろう。主体の「アイデンティティ」を回復するとともに「戦後」を代表する「責任」を有さんとする「戦後文学」的な記述を拒否し、戦場での出来事をことごとく「数え上げる」ことを選択した大岡において、その記述は限定された個の「責任」の域内などからは逸脱せざるを得ない所作となるのだ。だからこそ大岡は、一九六四年に亀井勝一郎らとともに中国を訪問した際に、西安の劇場前で中国人から「抗議と罵声」[23]を受けた経験について、次のように記すのである。

しかし私はどう考えても、自分の中に、ひとかけらの罪悪感も見附けることは出来ない。私は満州事変が起った時二十一歳であったが、わが国が自己の利益のために、不当な戦争を仕掛けていることを完全に理解していたつもりである。その後いくら捷報が重なっても、中国人が気の毒だと思ったことこそあれ、勝利を喜んだことなど、一度もなかった。

こんど実際中国の土を踏み、かつての八路軍の勇士馬烽さんと毎日顔を突き合わせていても、私は日本が昔すまないことをしていたのを、思い出したことはなかった。ただこの夜の劇場前の西安市民の叫声だけは、不思議に私の恐怖に残り、いまでも私の平静は乱される。私と関係ないにしても、客観的に存在するものの、私の感情に及ぼす影響である。

（「西安の旅」『新潮』一九六四・七）

中国を旅する大岡は、だが満州事変から日中戦争へと至った過去の出来事に対して「ひとかけらの罪悪感」を有することもなければ、かつての八路軍の兵士と行動をともにしても「日本が昔すまないことをしていた」という事実を思い出すこともない。ならばここで大岡は、戦時中に日本が中国になした様々な事象に対していささかの「責任」も感じてはいないのであろうか。にもかかわらず、ある夜劇場の前で西安市民が上げた「叫声」を想起するとき、大岡はそれを「私とは関係ない」としつつも「私の平静」を乱す「客観的に存在するもの」として認めざるを得ないのだ。即ちこのとき大岡は、西安市民から発せられた「抗議と罵声」の「叫声」を、「私個人の責任の範囲外」にありながら「私の因数」として「数え上げる」べき事象と捉えているのである。換言すれば大岡において書記行為とは、自らと直接は「関係」を有することはないとみなされる出来事、自己固有の「責任」には決して還元し得ない様々な事象に対してさえも、その「存在」を「数え尽す」ことをやめない所作の謂であるのだ。

だからこそ、例えば『野火』では「生きている」と叫び続ける「死者」が、「ハムレット日記」では他の登場人物とともに遂に「亡霊」化するハムレットが、語り手として要請されなければならなかったのである[24]。大岡が「私個人の責任の範囲外」まで書き尽くすことを選択したとき、それは「責任」を「腑分け」した上である「責任」を他の「固有名」に委託し、同時に自己の「責任」を確定することで「近代」的な主体と化すことを欲望するような「戦後文学」的な主体においては、とうとう不可能な行為ではなかっただろうか。だが大岡のテクストにおける語り手が、ある場所では死後も「生きているぞ」と叫び続ける「死者」となり、あるいは他者とともにことごとく「亡霊」化した上で様々な場に――それは時に「ゴルフ」といった非「文学」的な場でさえあっただろう――現出するような存在と化すとき、その書記行為は自己と他者の「責任」の「腑分け」などとは遂に無縁のまま、様々な出来事をことごとく「私の因数」として「数え上げる」ことを可能とするのである。大岡における「主体」とは、そのようにして自己固有の「責任」などからはるかに逸脱し、幾多の他者――「亡霊」／「死者」――とともに遍在するものとしてあったのだ。

6

文学の「戦後」――椎名麟三と大岡昇平――

かつて椎名麟三は「戦後文学の代表者」とみなされ、大岡昇平は「戦後派と違う」ことによって評価されてきた。もちろん二人の文学者としての歩みは、そうした作家イメージの正当性を示唆するようなものであったことは確かだろう。本書でこれまで明らかにしてきたように、初期テクストで転向者としての主体の「絶望」――それは「死」を絶対的な外在とみなす自己意識においてあらわれる――をくり返し描いていた椎名は、やがて「〈生と死〉の統一点」であるところのイエスの「復活」の肉体を発見し、それを唯一絶対の「真実」として信仰することによって主体の「死」を相対化した。それ故キリスト教入信以後の椎名のテクストは、そのようなイエスの「復活」の「真実」、それによって獲得された「自由」をいかに敷衍していくかという問題を絶えず提示し続けるものとなる。一方で椎名の初期テクストの思考――「戦後文学」の基盤とも言うべき転向者の自己意識と主体性回復の欲望――を批判し、その「反措定」として「戦場」を小説の場に選択した大岡は、唯一絶対の「真実」なる概念には遂に拘泥せぬまま、反復され複数化されていく出来事を記述しようと試みた。「鎮魂」を拒む「死者」や「亡霊」によってなされるそのような記述は、「文学」特権化の運動から離脱するとともに、やがて「戦後文学」の思考をも切断するのである。このとき椎名と大岡という二人の文学者は、その「文学」観においても「戦後」観においても明確な相違を有していると言えよう。

にもかかわらず両者のテクストには、例えば書記行為における「真実」の分裂・複数化という事態や、「死」の後に主体の行為がなおも残余する可能性、さらにはそのような主体と「責任」との非対称的な――「固有名」を「腑分け」し得ぬ――関係、といった様々な相似が見られることもまた、確かなのである。だがそのような近接は、二人の文学者固有の特質といった問題にのみ還元し得るだろうか。「戦後文学」を介して相反する存在として対峙させられてきた二人の文学者の、そのテクストにおいて相似的に現出する様々な事象・問題は、むしろ「戦後」という時代にあって「文学」が不可避的に直面してしまうものであったと言うべきではないだろうか。

「昭和十年前後」の「反復」と「昭和十年代」の「切断」という二つの所作によって主体の自己同一性回復と「文学」の特権化を図り、その弁証法的な運動において「全体」の獲得を志向し、さらに他の「文学者」の「戦争責任」を追及することによって自らは「戦後」の「文学」を代表する「責任」者たらんとした「戦後文学」――。だがそうした理念とは裏腹に、「戦後文学」における「全体」表象の欲望は常に「昭和十年代」の思考に付きまとわれ続け、あるいは「文学者」という主体の自己同一性および特権性の獲得が不可能であることを、一連の「政治と文学」論や「戦争責任」論は顕在化する。とすればそこでは、「戦後文学」の思考・理念が遂に機能不全に陥ることが表明されているのだろうか。だが本書でこれまで考察してきたことを踏まえるならば、そうした「戦後文学」の限界と不可能性を通過した上でなおもテクストは生成され続けることを、椎名麟三と大岡昇平の文学は提示していると言わねばならないのだ。くり返すならば、彼らのテクストにおいては唯一絶対の「真理」の不可能性や、「文学」を普遍的な存在にせんとする欲望のあらわれである「全体性」の機能失調を経た上での、「真実」／「ほんとう」の断片化・複数化をもたらす記述がなされている。あるいはそこでは、十全たる主体性回復の運動からは離脱したような、「死の恐怖」の絶対性を解消し得ないまま「死」後も行為を遂行せんとする主体や、「鎮魂」を忌避した上で「生きているぞ」と叫び続けつつ様々な場に遍在する「死者」／「亡霊」が表象される。そしてそのような、「死」の超克不可能性という問題を絶えず残余させながらも「死」は「絶対」ではないという意識のもとに既存の「主体」から逸脱していく記述主体や、「戦争」の記憶をはじめとする無数の出来事が「忘却」されることに抗うかのように、遂には自らをも非特権的な「亡霊」／「生きている死者」と化すような書記行為においてこそ、「戦後文学」の思考が遂に負い切れなかった「腑分け」不可能な「責任」が――あるいは各々の「固有名」に限定された「責任」などを逸脱した様々な出来事が――到来するのだ。

椎名麟三と大岡昇平――。一方は「戦後文学」の弁証法的な思考の極限を表象し、他方はそうした「戦後文学」的な思考に対する批判的意識の下で書記行為をなし続けるなど、全く相反する「文学」観と「戦後」観を有していたかのようなこの二人の文学者は、だがそのテクストにおいて、既存の「戦後文学」の主題には還元されることなき新たな「戦後」の「文学」の可能性を、そしてそのような「文学」と「戦後」を生成し得るような主体の新たな位相を、ともに提示している。ならば、そうした二人の諸テクストを並置しつつ読み進めるとき、改めて「戦後」とは何か、そして「文学」とは何か、という問いを考察することがわたしたちに可能となるのである。

注

（1）久野収・鶴見俊輔・藤田省三「戦後日本の思想の再検討――第一回「近代文学」の思想――」（『中央公論』一九五八・一二）より鶴見の発言。

（2）「戦後文学」における「政治と文学」論の重要性、ならびに「転向（文学）」の問題については、本書序章も参照されたい。

（3）『週刊読書人』に一九五八年一〇月一三日から一九六三年一一月二五日まで連載され、一九六〇年一二月、一九六二年一一月、一九六五年六月にそれぞれ『物語戦後文学史』、『続　物語戦後文学史』、『物語戦後文学史　完結編』として刊行されたこのテクストにおいては、「第八回　宮本百合子を訪問する――「政治と文学」論争の前ぶれ」（一九五八・一二・八）で初めて表題に「政治と文学」の文字が記され、以下「第一〇回　荒・平野と中野重治――「政治と文学」論争の開幕」（一九五九・一・一二）、「第一一回『党生活者』を中心に――「政治と文学」論争の展開」（一九五九・一・一九）と「政治と文学」論争に関する記述が続くが、その直後の「第一二回『近代文学』の座談会――戦争責任追及の端緒」（一九五九・二・二）からは「戦争責任」をめぐる記述が始まり、「第一四回　隘路を抜く爆発装置――吉本隆明の戦争責任論」（一九五四・二・一六）までなされている。

（4）荒正人・小田切秀雄・佐々木基一・埴谷雄高・平野謙・本多秋五座談会「今日の文学　宮本百合子を囲んで」（『近代文学』一九四六・四）より荒の発言。

（5）平野謙「基準の確立」（『新生活』一九四六・六）

（6）荒正人・加藤周一・佐々木基一・花田清輝・埴谷雄高・日高六郎・福田恆存座談会「平和革命とインテリゲンチャ」（『近代文学』一九四七・四）

（7）荒による「三十代」特権化の言説が「戦後文学（者）」の特権化へと連なる機能を有していたことについては、本書序章第三節も参照されたい。

（8）こうした「戦争責任者」と「戦争責任」追及者の差異化は、他の「戦後文学者」の言説からもうかがえよう。例えば小田切秀雄が前掲「文学における戦争責任の追求」において、「吾々はかの「一億総懺悔」を行はうとする者ではない。それはバカげたことだ。周知のやうに、そこでは誰にも責任があるといふことによつて、一部の者の重大且つ直接的な責任がごまかされてしまふ」と記すとき、小田切は「重大且つ直接的な責任」を有する「一部の者」を設定することで、そのような「戦争責任者」と「純粋」な「文学者」との分離を行おうとしているのである。だが後述するように、このような差異化の困難については後に小田切自身が表明することとなる。

（9）前掲「文学における戦争責任の追及」において小田切は、「主要な責任者（「戦争責任者」――引用者注）」の「第一回発表」として、菊池寛・久米正雄・中村武羅夫・高村光太郎・野口米次郎・西條八十・齋藤瀏・齋藤茂吉・岩田豊雄（獅子文六）・火野葦平・横光利一・河上徹太郎・小林秀雄・亀井勝一郎・保田與重郎・林房雄・浅野晃・中河與一・尾崎士郎・佐藤春夫・武者小路実篤・戸川貞雄・吉川英治・藤田徳太郎・山田孝雄の名を挙げている。

（10）だが、このような「無名」と「固有名」の差異化が果たして正当であったかどうかは、大いに疑わしいだろう。周知の通り平野謙をはじめとする一部の「戦後文学者」たちは、既に戦前において種々の評論・小説を発表しているのである。あるいは仮に彼らが当時「無名」であったとしても、「戦後」において戦前・戦中に「有名」であった「文学者」の「戦争責任」を追及するという所作は、既に「戦後文学者」として各々が「固有名」を有しそれを保証されているからこそなし得たものではなかっただろうか。

（11）福田恆存は「戦争責任はない」（『新潮』一九五六・一一、後に「戦争責任といふこと」と改題されて『一度は考へておくべき事』新潮社、一九五七・九所収）において、一九五五年以降の「戦争責任」論の「事の発端」を『中央公論』一九五六年一月号に掲載された鶴見俊輔「知識人の戦争責任」であるとした直後に、「さらに、最近、吉本隆明・武井昭夫の両氏による『文学者の戦争責任』といふ本が出ました。あるひは、今年の「戦争責任」論のきつかけをなしたのは、本多さん（本多秋五――引用者注）よりは、この二人のはうなのかもしれません。なぜなら、本多さんは「戦争責任」といふものゝ、人を責めるばかりでなく、自分もまた責められるべき立場にあつたわけですが、この二人は戦後派らしく、自分のはうにぜんぜん罪の意識がなく、それだけに問題をはつきり割り切り、舌鋒するどく責任追及の火の手をあげたからです」と記している。あるいは『吉本隆明の時代』（作品社、二〇〇八・一一）の「第一章　一九五〇年代のヘゲモニー闘争――「文学者の戦争責任」と花田清輝」で絓秀実は、吉本が「戦争責任」論において自らの「無垢と無知」を強調することによって、「共産党に対して批判的な距離を持っていなければならず、なおかつ、非転向コミュニストと同様に、戦時下の戦争協力から免罪される地位を確保していなければならない」といった「戦争責任」追及者の「資格証明」を「周到に提出」したと論じている。これらの言説は確かに、吉本が一九五五年以降の「戦争責任」論において特権的な地位を占めたことの証左となるであろう。だが本書で既に示したように、そうした世代論的な「騙り」（絓）は「戦後文学者」の「戦争責任」論においてもなされているのであり、その限りにおいて吉本の疎外論的な言説は、「戦後文学」のそれを引き継いだ上で、より徹底化するものであったと言えるのである。なお福田恆存のテクストの引用は、『福田恆存著作集　第八巻』（新潮社、一九五七・九）に拠った。

(12) 座談会の参加者は小田切秀雄・平野謙・原田義人・臼井浩司・大熊信行・吉本隆明・本多秋五・杉浦明平・佐々木基一・武井昭夫・村上兵衛・荒正人であった。

(13) だがこのような発言はまた、「あなたの説の一部分だけとつて言うわけだけれども、大衆というものは戦争責任があるのか、ないのか」（本多）、「さつき群集と言つたのですが、大衆と言つたらちがうのですか」（村上）、「国民と言つては工合が悪いのですか」（荒）といった不毛な議論にさらされるだろう。即ち「戦争責任」を追及し得る「純粋」な主体を「大衆」に託したとき、その言表は本書第四章で確認したような「大衆」の不可解さ――あるいは表象不可能性――をも露呈してしまうのだ。

(14) 共産党の「戦争責任」を論じたものとしては、丸山眞男「戦争責任論の盲点」（『思想』一九五六・三）が代表的なものとして挙げられよう。丸山はそこで、共産党の「前衛政党としての、あるいはその指導者としての政治的責任の問題」を提示し、「政治的責任は峻厳な結果責任であり、しかもファシズムと帝国主義に関して共産党の立場は一般の大衆とちがつて単なる被害者でもなければ況や傍観者でもなく、まさに最も能動的な政治的敵手である。この闘いに敗れたことと日本の戦争突入とはまさか無関係ではあるまい」とした上で、「共産党が独自の立場から戦争責任を認めることは、社会民主主義者や自由主義者の共産党に対するコンプレックスを解き、統一戦線の基礎を固める上にも少からず貢献するであろう」と記している。なお丸山眞男のテクストの引用は、『戦中と戦後の間　一九三六―一九五七』（みすず書房、一九七六・一一）に拠った。

（15）　前掲「戦争責任はない」参照。なお福田のこのような論述に対して、鶴見俊輔はカール・ヤスパースの書を参照しつつ、「戦争責任」を「法的責任」「政治的責任」「論理的責任」「倫理的責任」「宗教的責任」に区分し、それらを一旦整理した上で「法律も、政治も、論理も、倫理も、宗教も、きりはなしてもまた一緒にも考えることのできる見方をつくることが必要なのだ」と反論している（「戦争責任の問題」『思想の科学』一九五九・一）。ところで柄谷行人は『倫理21』（平凡社、二〇〇〇・二）の「第八章　責任の四つの区分と根本的形而上性」の中で、ヤスパースのこのような「責任」の区別について、「あらゆることが「責任」として同一視されてしまい、結局、責任が問われなくなる」ことを避けるためにも不可欠であるとした上で、「責任」とはあくまで「形而上的」な問題であり、それを問うことと「原因」を問うことは全く別のものであることを強調する。だが本書において問題としたいのはむしろ、そのように一つの出来事・原因に決して還元し得ぬものが「責任」であるならば、人はそれらの出来事にいかに応答し得るのか、ということなのである。なお鶴見のテクストの引用は、『鶴見俊輔集　9』（筑摩書房、一九九一・八）に拠った。

（16）　椎名麟三「芸術家の創造の苦しみ」（阿部知二・小田切秀雄・清水幾太郎編『講座　現代芸術　第Ⅱ巻　芸術家篇』勁草書房、一九五八・三所収）

(17) 臼井吉見・河上徹太郎・中村光夫鼎談「戦後派の功罪　合評会・現代文学の諸表情(1)」(『新潮』一九五六・一)より中村の発言。

(18) 大岡昇平・蓮實重彦対談「崩壊する全体性」(『日本読書新聞』一九七七・一・一)より大岡の発言。

(19) 小林秀雄の『私小説論』に実際にある言葉は「社会化した「私」」であり、平野謙らがそれを「社会化された私」と誤認──それは時に「曲解」ともみなされる──して用いた問題については、本書序章で確認した通りである。

(20) 大岡昇平「常識的文学論　第十回」(『群像』一九六一・一〇、『常識的文学論』講談社、一九六二・一所収)

(21) 「戦後文学の二十九年」(『東京新聞(夕刊)』一九七四・八・一四)で大岡は次のように記している。

私の戦場での体験を書いた『俘虜記』が発表されたのは、一九四八年二月であるが、野間宏『暗い絵』、椎名麟三『深夜の酒宴』など、第一次戦後派の花ざかりを開いた作品は二年前の一九四六年に発表されている。戦場の極限状況を日常の次元に引き戻して書いた私の作品は、むしろその反措定と見られたはずである。

(22) 大岡昇平・大西巨人対談「戦争・文学・人間」(『群像』一九七一・九)より大岡の発言。

(23) そしてそうした出来事を全て「数え尽す」のは遂に不可能であることは、本書第八章などで確認した通りである。

(24) 高橋哲哉は『戦後責任論』(講談社、一九九九・一二)において、「責任」を「応答可能性(responsibility)」として捉えた上で、「戦後責任」とは「亡霊」的なものとしてある「戦争の記憶」に対して、「喪の作業」(フロイト)による「忘却の政治」に反逆しつつ「応答」のあり方を探っていく所作であると論じている。ジャック・デリダの思想に依拠した高橋のこうした論考は、本書でこれまで明らかにしてきたような大岡のテクストにおける戦争記述のありようと、一見したところ相似している。だが、大岡の「死者」/「亡霊」表象の特異性は、単にそのような「戦争の記憶」の「亡霊」的な回帰が示唆されているのみならず、遂には戦争を記述する主体自らさえも様々な他者とともに「亡霊」化している、という点にある。即ち大岡の諸テクストにおいては、戦争を含めた無数の出来事の「記憶」が

「喪」の作業によって親和化／「忘却」されることを回避するために「文学」がなし得ることは何か、という問題とともに、そうした記述を果たすために主体自らが「亡霊」的なものへと変容しなければならないという事態こそが前景化されているのである。そしてそれはまた、イエス・キリストの「復活」の肉体という絶対的な「真実」の表象不可能性に辿り着きながらも、なおも様々な出来事に対する「選択」を行い、そのたびごとに「責任」を負わんとする――さらにそれを可能とするために、遂には「主体をあえて放棄する」という極限にまで達さんとする――椎名文学が提示する記述主体のありようにも、接続するものではなかっただろうか。

あとがき

本書は、二〇一〇年六月に早稲田大学に提出した博士学位論文をもとに、その後発表した論考を加えた上で再構成し、加筆・修正を施したものである。

本書所収の論を書き進める際に常に考えていたのは、私はなぜ椎名麟三と大岡昇平という二人の文学者とそのテクストを分析しているのか、ということであった。それはそのまま、なぜアジア・太平洋戦争後の文学であるのか、なぜ日本の近現代文学を研究対象としたのか、ひいてはなぜ「文学」を論じるのか、という問いにもつながるだろう。日本の近現代文学を専攻する大学院に入り、椎名麟三と大岡昇平という二人の文学者を研究対象としたのは様々な「偶然」によるものであっただろうが、そうであったとしても、椎名麟三と大岡昇平を「現在」において論じる意義を提示しなければならないという思いは常にあった。その思考の過程で、椎名文学における「死」と大岡文学における「死者」、あるいは両者の「責任」をめぐる言説の、ある種の相似性が見出されていった。そして二人の文学者が提示した、そのような「死」や「死者」、「責任」のありようは「現在」においてこそ問われるべきものだということを、本書をまとめるにあたって改めて感じている。

折しも、二〇一五年は「戦後七〇年」という言葉とともに、様々な場で「戦後」の再検討がなされている（もっとも、そのような「再検討」は「戦後」において幾度もくり返されたものかもしれないが）。そのような時に本書が刊行されるのもまた「偶然」に過ぎないが、大岡昇平の言葉を借りるならば、そうした「偶然」を「必然」へと接続させていく行為こそが「文学」なのではないだろうか。そのような「文学」の潜勢力を今後も問い続け、論考していきたいと考えている。

本書の刊行だけでなく、これまで研究を続けるにあたっては多くの方々にお世話になった。博士学位論文の審査にあたって下さった、早稲田大学の中島国彦先生、高橋敏夫先生、宗像和重先生、十重田裕一先生には、今日まで多大なるご指導、ご助言をいただいた。大学院に入るまで「文学研究」というものにまともに触れたこともなかったが、そのような私に研究の方法を基礎から教えて下さった先生方に、深く御礼申し上げたい。

亜細亜大学の原仁司先生、大野亮司先生、佐藤知乃先生、浅野麗先生、そして奥井智之先生には、日々の何気ない会話の中から研究を進める上での多くのヒントをいただいた。また、大学院時代から現在に至るまで継続している、有志による読書会のメンバーと交わした議論は、本書に様々な影響を及ぼしている。このような方々と出会えた幸運に感謝しつつ、ここに御礼申し上げたい。

本書カバーの絵画作品は、日本画家の立尾美寿紀氏によるものである。一五年ほど前に彼女の展覧会に足を運んで以来、その絵画に魅了され続けてきた身として、本書のカバーに氏の作品を飾ることができたのは望外の喜びである。作品の使用をご快諾下さった氏に、感謝したい。

本書の出版に際しては、翰林書房の今井肇氏と今井静江氏に大変お世話になった。書籍刊行のことなど何一つ分からない私に、常に適切なご助言を下さった両氏に、改めて御礼申し上げたい。

最後に、これまで私を見守り、いつも温かく励ましてくれた両親に、そして本書の校正や索引作成などにも協力してくれた、私の精神的な支えである妻の川染ユリカに、心より感謝の意をあらわす。

二〇一五年八月

立尾真士

初出一覧（ただし、いずれも改訂を施した）

序　章　書き下ろし
ただし、内容の一部は左記の論考に基づく
「平野謙の「戦後」――「昭和十年前後」と「昭和十年代」をめぐって――」（『亜細亜大学学術文化紀要』第二二巻、二〇一二・一）

第一部

第一章　「「死」と「庶民」――椎名麟三「深夜の酒宴」論――」（『文藝と批評』第九巻第九号、二〇〇四・五）
第二章　「〈死〉と〈危急〉――椎名麟三『赤い孤独者』論――」（『亜細亜大学学術文化紀要』第二四巻、二〇一四・一）
第三章　「回帰する「恐怖」――椎名麟三『邂逅』論――」（『国文学研究』第一四三集、二〇〇四・六）
第四章　「「庶民」と「大衆」――椎名麟三と映画――」（『文藝と批評』第一〇巻第六号、二〇〇七・一一）
第五章　「「自由」と表象――椎名麟三『自由の彼方で』その他――」（『文藝と批評』第一〇巻第一号、二〇〇五・五）
第六章　「「女」の分裂――椎名麟三『美しい女』と「戦後派」の文学――」（『文藝と批評』第一〇巻第九号、二〇〇九・五）

第二部

第七章　「大岡昇平のスタンダール観――「エネルギー」をめぐって――」（『亜細亜大学学術文化紀要』第二三巻、二〇一三・七）
「大岡昇平と「散文精神」――ベルクソン・ブハーリン・戦争小説――」（『文藝と批評』第一一巻第八号、二〇一三・一一）

第八章　「増殖する「真実」――大岡昇平『俘虜記』論――」（『日本文学』第五五巻第四号、二〇〇六・四）

第九章　「「悲劇」・「誓い」・「事故」――大岡昇平『武蔵野夫人』論――」（『文藝と批評』第一〇巻第七号、二〇〇八・五）

第十章　「「死者は生きている」――大岡昇平『野火』論――」（『日本近代文学』第七七集、二〇〇七・一一）

第十一章　「「亡霊」の「戦後」――大岡昇平「ハムレット日記」論――」（『文藝と批評』第一〇巻第一〇号、二〇〇九・一一）

第十二章　「「死者」・「詩人」・「ゴルフ」――大岡昇平論――」（『文藝と批評』第一〇巻第四号、二〇〇六・一一）

終　章　書き下ろし

は

か

さ

人名・書名・論題名・雑誌名索引

ま

な

は

事項索引

【著者略歴】

立尾真士（たちお　まこと）

1978年、熊本県生まれ。早稲田大学第一文学部卒業。

早稲田大学大学院文学研究科博士後期課程単位取得退学。博士（文学）。

暁星中学・高等学校、日本大学商学部、早稲田大学文学学術院非常勤講師を経て、現在、亜細亜大学経済学部准教授。

主な論文に、「「悲劇」・「喜劇」・「責任」――小島信夫『抱擁家族』論――」（『昭和文学研究』2008.9）、「村上龍が描かなかったもの――『五分後の世界』における原子力と「危機」――」（『文藝と批評』2011.11）など。

「死」の文学、「死者」の書法
――椎名麟三・大岡昇平の「戦後」――

発行日	2015年10月24日　初版第一刷
著　者	立尾真士
発行人	今井　肇
発行所	翰林書房
	〒101-0051 東京都千代田区神田神保町2-2
	電 話 (03) 6380-9601
	FAX (03) 6380-9602
	http://www.kanrin.co.jp/
	Eメール●Kanrin@nifty.com
装　釘	須藤康子＋島津デザイン事務所
印刷・製本	メデューム

落丁・乱丁本はお取替えいたします

ISBN978-4-87737-390-0